Karl May, Peter Thannisch
Winnetou unter Werwölfen

Zu diesem Buch

Wir wussten es schon immer – der Wilde Westen war nicht so, wie Karl May ihn beschrieben hat. Jetzt kommt die Wahrheit endlich ans Licht. Erleben Sie die Abenteuer um Winnetou und Old Shatterhand von einer ganz neuen Seite. Erfahren Sie alles über die gute alte Zeit, als trunksüchtige Westmänner noch Jagd auf Untote machten, Werwölfe Wettschwimmen abhielten und Vampire wussten, wie man mit störrischen Pferden umgeht. Begleiten Sie die tapfersten Abenteurer aller Zeiten in ihrem Kampf gegen verräterische Werwölfe und … nun ja … verführerische Werwölfinnen. Die bestgehüteten Geheimnisse des Westens werden gelüftet – und mit »Winnetou unter Werwölfen« erfahren Sie alles aus erster Hand!

Peter Thannisch, geboren 1965 in Mönchengladbach, machte bereits im Alter von fünf Jahren Bekanntschaft mit der Welt der Western-Literatur. Er verschlang die Comic-Serien »Silberpfeil, der junge Häuptling« und »Lasso« und fand wochenlang keinen Schlaf, nachdem er seinen ersten Dracula-Film gesehen hatte. Die Leidenschaft für Western und Gruselfilme hat Peter Thannisch auch während seines Studiums der Germanistik, Pädagogik und Philosophie nicht verlassen. Er arbeitete zehn Jahre lang als Lektor in einem großen Publikumsverlag und ist heute als freier Lektor und Autor in München tätig.

Karl May
Peter Thannisch

WINNETOU UNTER WERWÖLFEN

ROMAN

Piper München Zürich

Originalausgabe
Oktober 2010

Umschlagkonzeption: semper smile, München
Umschlaggestaltung: Guter Punkt, München | www.guter-punkt.de
Umschlagabbildung: Nikolay Georgiev, Bulgarien
Satz: Fotosatz Amann, Aichstetten
Druck und Bindung: CPI – Clausen & Bosse, Leck
Printed in Germany ISBN 978-3-492-26772-4

Für Mark Denver,
Autor des Klassikers »Die Falle in der Geisterschlucht«,
erschienen als Geister-Western-Romanheft 24,

und Lassie-Regisseur William Beaudine
für die Kultfilme »Jesse James trifft Frankensteins Tochter«
und »Billy the Kid jagt Dracula«.

Würde es dieses Genre ohne wagemutige Männer wie sie geben?

Einleitung

Immer fällt mir, wenn ich an den Werwolf denke, der Indianer ein. Das mag merkwürdig erscheinen, denn zwischen beiden scheint es kaum Gemeinsamkeiten zu geben.

Ja, der Werwolf ist über und über behaart, zumindest in Vollmondnächten. Der Indianer hingegen kann sich nicht mal einer anständigen Bartpracht rühmen. Der Werwolf beliebt seine Opfer roh zu verspeisen. Der Indianer brät sie stattdessen am Marterpfahle, doch entgegen der Meinung vieler meiner Landsleute verzehrt er sie danach nicht (jedenfalls habe ich dies noch nie mit eigenen Augen gesehen). Vielmehr ernährt er sich vom Wild, das er über dem Feuer zubereitet, von Beeren und sogar von Maisbrei, der dem Werwolf, da er vegetarische Kost verabscheut, sofort hochkommen würde.

Der Werwolf erscheint am Tage für gewöhnlich als Mensch, der Indianer aber bleibt ein Indianer. Womit ich sagen will, dass der Werwolf in Menschengestalt nicht mehr als Werwolf zu erkennen ist, der Indianer aber bei näherer Betrachtung durchaus als Indianer, auch wenn er zuvor ein Bad nimmt, sich die Haare schneiden lässt und den Lendenschurz gegen Leggings und Baumwollhemd eintauscht. Er ist nun mal eine Rothaut und kann selbige nicht ablegen, wie es der Werwolf nach beendetem Vollmond mit seinem Pelze tut.

Und doch haben Werwölfe und Indianer viel miteinander gemein. Sie beide gelten uns angeblich so zivilisierten

Menschen als unleidliche Zeitgenossen und sind zugleich beide vom Aussterben bedroht. Nun gut, mitunter ist der Werwolf tatsächlich recht unleidlich, ich gebe es zu, und auch die Art und Weise mancher roten Völker, mit ungeliebten weißen Einwanderern umzuspringen, ist politisch nicht immer ganz korrekt und gilt bei vielen Siedlern im Lande Amerika als Ausdruck fremdenfeindlicher Gesinnung. Aber haben wir es uns nicht selbst zuzuschreiben, wenn man uns so begegnet? Seit Jahrhunderten hatte der Werwolf seinen angestammten Platz im deutschen Walde, wo er in Eintracht lebte mit allerlei anderen magischen Wesen, mit dem Heinzelmann, der Fee und dem Kobold. Wir vertrieben den Werwolf von dort, jagten ihn, knallten ihn ab mit Silberkugeln und rodeten dann seine Wälder, um Einkaufszentren zu errichten. In der großen Stadt aber muss der Werwolf zwangsläufig zur Bestie werden. Was soll er anderes tun, als dort bei Vollmond nächtliche Passanten zu reißen?

Nicht viel anders verfuhren wir mit dem Roten Mann. Wir nahmen ihm sein Land, entweder mit der Waffe in der Hand, oder wir tauschten es gegen billigen Tand, gegen wertlose Glasmurmeln etwa, und quatschten ihm als Zugabe noch ein paar originale Indianerdecken ab, die wir dann in den großen Städten für gutes Geld verhökerten.

Ist es da verwunderlich, dass so mancher Werwolf zur Bestie wurde und der eine oder andere Indianer nur noch Rot sieht? Kein Wunder, dass so mancher Werwolf da auf grausige Rache schwört und der Indianer es ihm gleichtut. Der eine wetzt seine Krallen, der andere buddelt das Kriegsbeil aus. Doch was können sie tun, als nur vereinzelte Menschen oder alleinstehende weiße Siedler zu massakrieren, die jeder für sich kaum Schuld an der ganzen Misere haben? Vergossenes Blut aber bringt neues Blutvergießen hervor, und gegen die Kavallerie hat der einzelne Indianer so wenige Chancen wie der Werwolf gegen eine aufgebrachte Dorfgemeinschaft, die ihr ganzes Hab und Gut gegen Silberwaffen eingetauscht hat. Man schickt den Indianer ins Reservat, wo er vor dummglotzenden Urlaubern seinen Regentanz aufführen darf, während man dem Werwolf unerbittlich den Garaus macht, denn er kann nicht tanzen und taugt darum nicht zur Touristenattraktion.

Das Los der Indianer und der Werwölfe ist ein bitteres, beide gehen sie dahin, und dies ist auch der Grund, warum mir der Werwolf in den Sinn kommt, wenn ich an den Indianer denke. Mehr noch: Erzählt mir jemand einen Indianerwitz, muss ich sofort den Werwolf beweinen, erzählt mir ein deutscher Förster, er habe einen Werwolf erlegt, beginne ich sofort, den Indianer zu betrauern. Ich gebe zu, das hat schon zu manch unangenehmer Situation geführt, denn meine schwankenden Gemütszustände sind nicht all meinen Mitmenschen verständlich.

Noch schlimmer ist es aber, wenn ich an den Indianer-Werwolf denke, denn der ist der eigentliche Grund, warum ich an den Werwolf denke, wenn ich an den Indianer denke, und warum ich an den Indianer denke, wenn ich an den Werwolf denke. Dann denke ich nämlich zumeist an den Indianer-Werwolf, und das Gejammer ist gleich doppelt groß.

Warum? Es liegt doch auf der Hand: Da der Indianer und der Werwolf beide vom Aussterben bedroht sind, ist der Indianer-Werwolf natürlich gleich doppelt vom Aussterben bedroht. Das ist eine ganz einfache Rechnung, wie du zugeben wirst. Und wenn du jetzt denkst, der Indianer wäre ein roter Wilder und der Werwolf ein Ungeheuer und also der Indianer-Werwolf ein rotes wildes Ungeheuer, so muss ich aufs Heftigste widersprechen, denn so mancher Indianer-Werwolf ist von durchaus edler Gesinnung und festem Charakter und erfüllt mit dem Stolz eines sterbenden Titanen. (Dieser Vergleich muss jetzt einfach mal erlaubt sein!)

Einst traf ich ihn, den größten Werwolf-Indianer aller Zeiten, im Wilden Westen von Amerika (hier in Radebeul zeigen sich Indianer-Werwölfe dagegen recht selten). Die Rede ist von Winnetou, dem edlen, tapferen Häuptling der Werwolf-Apachen!

Ich will ihm hier das wohlverdiente Denkmal setzen.

Und wenn der Leser, der es mit seinem geistigen Auge schaut, dann ein gerechtes Urteil fällt über den Indianer und den Werwolf und vor allem über den Indianer-Werwolf, dessen treues Einzelbild der Werwolf-Apachen-Häuptling war, so bin ich reich belohnt.

So, es ist Vollmond, und meine Zeit ist gekommen.

Radebeul, 1892
Karl Mayer

Teil 1
St. Louis

Die Lusche

Lieber Leser, weißt du, was das Wort Lusche bedeutet? Es ist eine höchst ärgerliche und despektierliche Bezeichnung für denjenigen, auf den sie angewendet wird, und als ich in den Wilden Westen kam, nannte man mich anfangs so. Das war in der Tat ärgerlich, wirklich despektierlich. Vor allem für den, der mich kennt. Und ich kenne mich recht gut.

Denn eine Lusche, das ist einer, der vom wirklichen Leben keine Ahnung hat, der, wenn er auf einen Werwolf trifft, den haarigen Kerl zu pfählen versucht und sich damit ein paar üble Prankenhiebe einfängt. Der sich wiederum, begibt er sich auf Vampirjagd, statt sich mit einer Knoblauchkette zu schützen, mit Zwiebelringen schmückt. Der den strunzdummen Zombie mit klugen Reden von seinem blutigen Treiben abzubringen versucht und das wandelnde Skelett mit einer Silberklinge erdolchen will und sich wundert, dass er das Herz nicht trifft.

Jetzt wirst du denken: Nun gut, wenn dem so ist, gibt es wohl nicht allzu viele Luschen, denn so einer überlebt keine einzige Geisterstunde. Doch weit gefehlt. Es kommt nämlich nur sehr selten vor, dass die Lusche einem Werwolf gegenübertritt, auf Vampirjagd geht oder eine Nacht in einem Spukschloss verbringt.

Eine Lusche ist nämlich auch ein Feigling, einer, der sich nicht traut, in stürmischen Nächten, wenn das Rad seiner Kutsche gebrochen ist, in einer alten Burg zu übernachten, weil man ihm erzählt hat, dass dort ein Vampirgraf seinen Sarg aufgestellt habe. Der dann lieber im Regen stehen bleibt und friert, statt sich mannhaft in das alte Gemäuer zu begeben, den Blutsauger in dessen Gruft aufzusuchen und ihm einen angespitzten Holzpflock ins untote Herz zu treiben, um anschließend die bleichen, vollbusigen Bräute des Grafen zu pfählen, bevor er auch ihnen den Garaus macht.

Ich sage dir, lieber Leser: Die Welt ist voller Luschen, man trifft sie überall. Der Irländer etwa fürchtet sich vor seiner Banshee und bricht bei ihrem Todesruf in hysterische Panik aus, der Engelländer ergreift die Flucht, wenn er nachts der Weißen Frau begegnet, und der Holländer bibbert vorm Klabautermann, über den der Deutsche nur lachen kann.

Ja, der Deutsche gilt nicht umsonst als sehr tapfer und recht gewitzt, denn das muss er auch sein, immerhin ist seine schöne Heimat das Land der Geister und Gespenster. Er ist umringt vom deutschen Walde, der des Nachts und im Winter nicht nur sehr, sehr düster und unheimlich ist, sondern darüber hinaus auch bevölkert wird von allerlei sagenhaften Wesen, vom Rüben zählenden Riesen bis hin zum geistig minderbemittelten Kobold, der nachts ums Feuer springt und seinen Namen, den niemand wissen darf, in den Wald hinausbrüllt.

Es ist wichtig für diese Geschichte, lieber Leser, dass du weißt, was eine Lusche ist, denn dann wirst du erkennen, dass ich mit absoluter Sicherheit keine bin. Auch ich bin in den deutschen Landen aufgewachsen, in direkter Nachbarschaft mit allerlei Geister- und Spukgestalten, wenn man so will. Doch schon in jungen Jahren verließ ich meine Heimatstadt Radebeul und mein geliebtes Vaterlande, um Abenteuer in fremden, exotischen Ländern zu bestehen …

In den Oststaaten des neuen Landes USA hätte ich sehr wohl ein gutes Einkommen gefunden. Die Amerikaner schätzen die deutschen Tugenden – Ehrlichkeit, Pünktlichkeit, Kadavergehorsam bis zum Schluss –, und ich hätte eine Menge Dollars scheffeln können, doch es zog mich immer weiter in den Westen, hin zum Abenteuer, dorthin, wo es noch Land gab, das es zu zivilisieren galt, indem man es den Wilden abnahm.

Längere Zeit verweilte ich in St. Louis, wo ich Anstellung bei einer ehrlichen, fleißigen, sehr gläubigen, sprich extrem deutschen Familie fand. Die suchte für ihre beiden Kinderlein, ein Mädchen und einen Buben, einen Hauslehrer, der ebenso bewandert war in Sprachen und Literatur als auch in Physik, Mathematik und Geografie. Also einen Tausendsassa. So einen wie mich.

Es gab noch einen weiteren Lehrer, der das Haus der deutschen Familie regelmäßig aufsuchte, um den Kinderlein Unterricht zu erteilen, und zwar in einer Disziplin, die den Eltern sehr am Herzen lag, nämlich der Religion. So unterrichtete nicht ich dieses Fach, sondern ein ebenfalls aus den deutschen Landen stammender Mönch, der sich selbst Bruder Heinrich nannte.

Bruder Heinrich war ein knurriger, meist schlecht gelaunter Kerl. Eine finstere Ausstrahlung ging von ihm aus, die die Luft in seiner Nähe mit klirrender Kälte füllte. In seiner Lehre, mit der er den Kinderlein der Familie das Wort Gottes näher bringen wollte, fand sich nichts von fröhlicher Erlösung oder selig machender Frömmigkeit. Stattdessen beschwor er den Kleinen die Hölle auf Erden, wetterte gegen jegliche Formen der Sünde – Vielweiberei, Völlerei, den Genuss von Naschwerk – und drohte den Kleinen, dass ihnen auch nur bei der geringsten Verfehlung endlose Pein im Fegefeuer blühe.

Einmal kam ich ins Lehrzimmer der Kleinen, um meine Mathematikstunde zu beginnen, doch Bruder Heinrich war mit seiner leidenschaftlichen Predigt über Sünde, göttliches Strafgericht und Höllenfeuer noch nicht fertig und überzog mal wieder. So lehnte ich mich an den Türstock und lauschte ihm, während er den beiden Kindern wieder die ewige Verdammnis androhte.

Dann richtete sich der Blick seiner stechenden schwarzen Augen auf den Jungen, und er schrie ihn an: »Legst du nachts auch brav die Hände auf die Decke, statt sie darunter zu stecken?« Als der Junge nicht sogleich antwortete, schrie er: »Sprich, Elender! Ich frage kein zweites Mal!«

Der Junge wurde bleich im Gesicht, begann zu zittern, stammelte: »Nun, wenn es im Winter kalt ist in der Kammer und mir die Finger frieren …«

Weiter kam er nicht. »Sünde! Sünde!«, schrie Bruder Heinrich und riss die Arme weit empor, sodass die Ärmel seiner Kutte nach unten rutschten und ich auf seinem linken Unterarm grausige Narben sah, die scharfe Krallen dort hinterlassen haben mussten. »Es ist Sünde, was du da treibst! Die Dämonen der Hölle werden dich holen! Sie kommen des Nachts, in tiefer Dunkelheit, wenn alle braven Christenmenschen schlafen und du dein schändliches Werk verrichtest. Dann holen sie dich, packen dich Gottlosen mit ihren spitzen Klauen und verschleppen dich in ihr düsteres Totenreich, wo sie dir die Haut bei lebendigem Leibe abziehen und dich in Salz einlegen …«, drohend hob er den Zeigefinger, »… was eine äußerst schmerzhafte Prozedur ist, wie ich hinzufügen möchte …«, der Finger sank, die Stimme hob sich wieder, »… bevor sie dann dein verdorbenes Fleisch fressen und dir die Augen aus dem Schädel picken, weil Knabenaugen – wie jeder weiß – in der Hölle als Delikatesse gelten!«

Der Junge begann am ganzen Körper zu zittern und nässte sich den schmucken Matrosenanzug ein, während das Mädchen schreiend aus dem Zimmer lief und mich fast über den Haufen rannte.

Ein andermal, nachdem Bruder Heinrich seinen gar schaurigen Religionsunterricht beendet hatte, fragte mich das brave, wohlerzogene Mädel: »Herr Mayer, meint auch Ihr, dass ich eine verwerfliche geile Hure bin, die für ihre sündige Wollust auf alle Zeiten in der Hölle schmoren muss?«

Das erschien selbst meiner deutschen Christenseele zu viel des Guten, und ich begab mich am nächsten Tage zu Bruder Heinrich, um ihm ins Gewissen zu reden. »Glaubt Ihr wirklich«, fragte ich ihn, »dass Eure Art der Bibelstunde die richtige Methode ist, aus den Kinderlein gute und gottesfürchtige Menschen zu machen, die aus eigener Willensstärke heraus den Verlockungen Satans widerstehen?«

Da funkelte er mich aus zornigen Augen an: »Gottesfurcht, Satan, Willensstärke«, höhnte er. »Was wisst Ihr denn davon, Ihr Lusche? Vom richtigen Leben hat ein Bücherwurm wie Ihr doch keine Ahnung. Jawoll, ich nenne Euch eine Lusche, denn nichts anderes ist ein Stubenhocker wie Ihr für mich.«

Ich bin ein verträglicher Mensch, Beleidigungen perlen normalerweise an mir ab. Wer mich kennt, der weiß, dass sehr viel dazugehört, mich derart zu reizen, dass ich zur Gewalt greife, dass ich meine Fäuste erhebe, sie jemandem ins Gesicht ramme, wieder und immer wieder, und ihm anschließend den Kopf so lange auf den Boden hämmere, bis sein Schädel bricht.

Bruder Heinrich hatte es geschafft, mich so weit zu treiben!

Ich packte ihn mit einer Hand, klammerte meine Finger

in seine Mönchskutte unterhalb des Kinns und hob ihn einfach hoch, hielt den schweren Mann am ausgestreckten Arm in die Höhe, und zugleich nahm ich mit der anderen Faust Maß, um dem dreisten Mönchlein das Gesicht zu bügeln.

Zum Glück – nicht zu meinem, sondern zu dem von Bruder Heinrich – erschienen in diesem Moment die beiden Eltern, deren Sprösslinge Bruder Heinrich und ich unterrichteten.

Die Dame des Hauses stieß einen spitzen Schrei aus, und darauf verharrte meine Faust in der Luft, dann stellte ich den Mönch wieder auf die Dielen zurück.

Als der Herr des Hauses dann wissen wollte, was los sei, erklärte Bruder Heinrich, wobei er sich die Kutte glatt strich: »Ich bat den Kollegen Mayer, mir ein Prinzip zu erläutern, das mir zuvor unklar war. Es betrifft die Hebelwirkung als Reaktion auf unangemessene Unterstellungen.«

»Ich verstehe kein Wort«, gestand der Hausherr.

»Auch ich verstand es eben noch nicht«, sagte der streitlustige Gottesmann. »Inzwischen scheint mir dieses Prinzip jedoch einleuchtend, und ich mag Prinzipien, vor allem Menschen, die solche haben.« Er nickte mir zu. »Wir sollten dieses Gespräch ein andermal fortsetzen, Herr Mayer. Es gibt noch mehr, was ich von Euch erfahren möchte.«

Von diesem Tage an wandelte sich das Verhältnis zwischen Bruder Heinrich und mir radikal. Zwar war sein Auftreten weiterhin das eines grimmigen Unmenschen, der in seinem Nächsten einen elenden Sünder wider Gottes Gebote sah, aber er begegnete mir von nun an mit Respekt, und eines Abends lud er mich gar zu sich ein.

Er lebte nicht weit von meiner Gastfamilie entfernt in einem kleinen Kloster, das, ganz aus Stein errichtet, eher einer Festung glich, und bevor man mir das wehrhafte Tor öffnete, wurde ich durch eine Sichtklappe misstrauisch beäugt und einer genauen Musterung unterzogen.

»Kämpfender Orden des Schwertes Christi« – so nannte sich die Bruderschaft, der Heinrich angehörte. Das klang ein bisschen nach einer schlagenden Studentenverbindung, was wiederum die Schmisse erklärt hätte, die mancher der frommen Männer in diesem Kloster im Gesicht trug; erst später erfuhr ich, dass die meisten dieser Narben Hinterlassenschaften mannhafter Kämpfe gegen die Kreaturen der Finsternis waren.

Ein Mönch, dessen Gesicht unter der tief herabgezogenen Kapuze verborgen war, führte mich durch düstere Korridore, die nur von flackerndem Schein vereinzelter Fackeln erhellt wurden. Der Kerl sagte kein Wort und setzte seine Schritte so leise, dass sie nicht zu hören waren. Nicht mal das Rascheln seiner Kutte war zu vernehmen, sodass man fast hätte meinen können, mein Führer wäre ein Gespenst.

Dafür hörte ich das Fiepen von Mäusen und Ratten; Gebete, die wie das Flüstern verdammter Seelen durch die düsteren Gänge wehten; eine Glocke, deren hohler Klang durch das feuchte Mauerwerk drang wie Totengeläut; das Knallen einer Peitsche und das Schreien eines sich geißelnden Sünders; das wollüstige Stöhnen eines Weibes ...

Das wollüstige Stöhnen eines Weibes?

Mein unheimlicher Führer hielt vor einer eisenbeschlagenen Tür aus dicken, dunklen Bohlen, und wie von Geisterhand bewegt öffnete sie sich mit jammerndem Quietschen. Der schweigsame Mönch machte eine einladende

Handbewegung, blieb jedoch im Korridor stehen, während ich unter dem Türsturz hindurchschritt.

Ich gelangte in eine Art Werkstatt, in der mehrere Werkbänke standen und allerlei Gerät an den Wänden hing. Erleuchtet wurde der Raum durch einen riesigen offenen Ofen. Bruder Heinrich, die Kapuze seiner Kutte zurückgeschlagen, stand über eine Werkbank gebeugt und feilte an einem Stück Eisen herum, das er dort eingespannt hatte. Als er mich bemerkte, blickte er auf, und der Anflug eines Lächelns huschte für einen Wimpernschlag über sein grimmiges Gesicht.

»Ihr seid es, Ihr Lusche!«, dröhnte seine Bassstimme. »Aber so soll ich euch wohl nicht mehr nennen. Denn Bärenkräfte stecken in Euch, das habt Ihr mir bewiesen.«

Ich sah mich um. »Was ist das hier, Bruder Heinrich? Es scheint mir, als sei dies eine Werkstatt, in der man Waffen herstellt. Recht irdische Waffen, wenn mich mein Auge nicht täuscht.« Tatsächlich waren auf den Werkbänken die Einzelteile von Gewehren zu sehen. »Verträgt sich dies mit Eurem Glauben?«

»Die Herstellung dieser Art von Waffen bestimmt«, behauptete er und lehnte sich mit der Hüfte gegen die Werkbank. »Ich mag ein Mönch sein, aber keine Lusche, die vor dem Gebrauch einer Waffe zurückschreckt, wenn es darum geht, gegen den Feind zu ziehen.«

»Und dieser Feind ist?«, wollte ich wissen.

»Die Hölle«, gab mir Bruder Heinrich die Antwort, die ich schon erwartet hatte. »Was sonst?«

Ich nickte, griff mir einen Schemel, nahm darauf Platz und fragte: »Was ist dies für ein Orden?«

Bruder Heinrich schob den rechten Ärmel seiner Kutte hoch und präsentierte mir seinen Unterarm. »Was seht Ihr?«

»Einen Unterarm!«

»Und weiter?«

»Härchen!«

»Ich meine die Narben«, knurrte er ungehalten.

Ich nickte. »Ja, da hat Euch wer gekratzt.«

»Wer gekratzt!«, äffte er mich nach. »Fürwahr, Ihr seid tatsächlich eine Lusche! Es war eine wandelnde Leiche!«

»Ups!«

»Jawoll! Zu Lebzeiten war der Tote ein arbeitsloser Atheist, dem, weil er sich dem Militärdienst entzog, der Prozess gemacht werden sollte.«

»So ein Lump, verdammter!«, entsprang es meinem deutschen Herzen.

»Oder ...« Bruder Heinrich geriet ins Grübeln. »War er nicht doch eher ein atheistischer Arbeitsloser?« Er winkte ab. »Egal, jedenfalls verweigerte er den Dienst an der Waffe.«

»Was ja verwerflich genug ist«, erklärte meine deutsche Seele.

»Doch der vaterlandslose Gesell entzog sich der irdischen Gerichtsbarkeit und vielen wohlverdienten Jahren Straflager, indem er sich in seiner Zelle selbst entleibte.«

»Diese Kanaille!«, empörte sich der Christ in mir.

»So wurde er an einer Friedhofsmauer ohne den Beistand eines Priesters verscharrt.«

»Recht so!«

»Arbeitsscheu, gottlos, feige und Selbstmörder«, fuhr Bruder Heinrich fort. »So einen will nicht mal der Satan haben ...«

»Natürlich nicht.«

»... und so buddelte er sich eines Nachts wieder aus seinem ungeweihten Grabe und wollte sich für seine eigenen Verfehlungen an der gesamten Menschheit rächen.«

»Also steckte doch irgendwo ein Mann in ihm«, meinte ich.

»Er drang in das nächstbeste Haus ein, welches das meinige war, und tötete meine Familie, meine liebliche Frau, die lieblichen Kinder, ein liebliches Mädchen und einen lieblichen Knaben.«

»Und Euch hat er verletzt.«

»Jawoll.«

»Am Unterarm.«

»Und tief in der Seele.« Er seufzte schwer. »Wisst Ihr, in Deutschland war ich ein bekannter Büchsenmacher. Vielleicht habt Ihr schon einmal von den Gebrüdern ›Heinrich & Koch‹ gehört?«

Ich nickte. Natürlich war mir der Name ein Begriff.

Bruder Heinrich stieß sich von der Werkbank ab und begann im Raum auf und ab zu stiefeln, die Hände hinter dem Rücken verschränkt. »Nachdem meine Familie beerdigt war, verkaufte ich meine Anteile an der Waffenschmiede an einen Herrn Heckler und verließ die deutsche Heimat, denn alles dort erinnerte mich an meine gemeuchelte Frau und meine toten Kinder. Ich suchte Trost im Glauben, und zugleich schwor ich allen Kreaturen der Hölle Rache. Als ich dann auf die frommen Brüder vom Kämpfenden Orden des Schwertes Christi traf, trat ich ihnen bei.«

»Und was ist das nun für ein Orden?«, wollte ich endlich wissen.

»Männer, die sich dem Kampf gegen die Sünde und gegen die Hölle verschrieben haben!«, grollte er, während er stehen blieb, um mich mit stechenden Blicken zu fixieren. »Männer, die gegen den Satan und den Ehebruch kämpfen, gegen Unzucht und Dämonen! Ihr fragtet, ob dies hier eine Werkstatt für irdische Waffen sei. Ja, eine Werkstatt ist dies, und ich stelle hier Waffen her. Doch ist ihre Wirkungsweise nicht nur irdischer Natur, denn mein Glauben und der meiner Brüder wirkt auf sie ein, und so werden sie zu Waffen des Herrn!«

»Und damit macht Ihr Jagd auf Ehebrecher?«, fragte ich erstaunt.

»Oh, Ihr Lusche!«, donnerte er da. »Auf Dämonen machen wir damit Jagd! Diese heiligen Waffen befähigen uns, die Knechte der Hölle zu vernichten, wenn sie sich aus den Schwefelklüften in die Welt der Lebenden wagen!« Bruder Heinrich sah mich an. »Wie sieht es mit Euch aus, Herr Mayer? Seid auch Ihr Manns genug, gegen die Mächte der Hölle zu bestehen?«

Es wunderte mich, dass Bruder Heinrich derartige Fragen stellte und mich immer wieder mit Lusche betitelte. Da er doch aus deutschen Landen stammte, hätte er eigentlich die vielen Reiseberichte, die ich schon verfasst hatte, kennen müssen, denn die verkaufen sich in der Heimat alles andere als schlecht, will sagen: sehr, sehr gut. Regelmäßig kehre ich nämlich von meinen Abenteuern in mein geliebtes Radebeul zurück und lege nieder, was ich erlebt habe, schreibe von meinen Kämpfen gegen Vampire, Ungeheuer, arabische Shaitans, Zyklopen und Meuchelmörder auf fliegenden Teppichen. Und ärgere mich – das muss ich hier einfach mal loswerden – über die haltlosen und verleumderischen Behauptungen besserwisserischer, böswilliger und arroganter Kritiker, die allen Ernstes unterstellen, ich würde dies alles nur erfinden, kein Mensch könne all diese Abenteuer erleben, und um dies zu beweisen, zählen sie Details und Kleinigkeiten auf, die in meinen Tatsachenerzählungen angeblich nicht stimmen. Wenn denn Fehler darin zu finden wären (wovon man mich längst nicht überzeugt hat), dann allenfalls, weil ich mich an eine Nebensächlichkeit oder an eine bedeutungslose Bagatelle falsch erinnere. Ansonsten stimmt alles! Herrgott noch mal, ich war ja dabei, die Herrn ach so schlauen Kritiker nicht![1]

Zurück zum Geschehen in jenem schaurigen Kloster, wo ich Bruder Heinrich gegenüberstand:

»Ich bin Lehrer«, antwortete ich dem Unwissenden nur ausweichend. »Hexen, Geister und Ehebrecher gibt es in unserer gemeinsamen schönen deutschen Heimat leider genug. Niemand erzählte mir aber, dass sie auch in diesem Land so zahlreich sind.«

»Die heidnischen Völker dieses wilden Landes wissen nichts vom Herrn – und auch nichts von der heiligen Institution der christlichen Ehe – und sind daher den Verlockungen des Teufels schutzlos ausgeliefert«, erklärte er mir. »Sie verehren geisterhafte Wesen, die sie Manitus nennen, und nur die Tonsur hat so manch frommen Mann davor bewahrt, während seiner missionarischen Tätigkeit den Skalp zu verlieren. Oh, dies ist ein Land des Unglaubens, und für einen wahren, standhaften Christenmenschen gibt es hier weiß Gott viel zu tun.« Wieder traf mich sein flammender Blick, dieser Blick, der mir bis ins Mark ging. »Ich frage Euch, Herr Mayer: Seid Ihr so ein standhafter Christenmensch oder doch nur eine Lusche?«

»Dass ich keine Lusche bin, habe ich Euch bewiesen!«

»Ihr habt mir nur bewiesen, welche Kraft in Euch steckt!«, hielt mir der Gottesdiener entgegen. »Doch habt Ihr nicht nur Muskeln, sondern auch Mumm in den Knochen? Seid Ihr ein ganzer Kerl, der auch schießen und reiten kann?«

»Natürlich kann ich reiten«, erklärte ich, »und schießen erst recht.«

1) Anmerkung des Autors am Manuskriptrand: *Wehe Dir, Lektor, Du streichst das!!!!*

Da war es wieder, das wahnhafte Funkeln in seinen Augen, als würde dort selbst das Feuer der Hölle brennen. »Nun gut«, grollte er. »Wir treffen uns morgen Nacht – punkt zwölf auf dem Friedhof von St. Louis!«

»Was wollen wir dort um diese Zeit?«, fragte ich. »Heimlich auf Kreuze schießen? Ich dachte, Ihr seid ein Mann der Kirche.«

»Nicht auf Kreuze«, berichtigte er mich. »Erst recht nicht auf die wehrlosen Statuen der Heiligen. Und auch ewige Lichter werden wir nicht ausschießen.« Noch mürrischer wurde sein Blick. »Ihr werdet auf Leichenfresser schießen!«

Leichenfresser und Satansbraten

Leichenfresser! Damit wollte mir Brüderlein Heinrich wohl ganz besonders Angst einjagen. Mir, der Lusche, dem Weichei!

Leichenfresser – dass ich nicht lache!

Als gebildeter Mensch kennst du – im Gegensatz zu Bruder Heinrich – meine zahlreichen ~~Räuberpistolen~~[2] Reiseberichte, die meinen Verleger wohlhabend und mich bekannt gemacht haben, und weißt, dass ich auch viele Jahre im Orient zubrachte und dort an der Seite eines Eingeborenen namens Hatschi, der mir zum treuen Freunde wurde, viele haarsträubende Abenteuer bestand. Dann weißt du als gebildeter Leser auch, dass der Leichenfresser seine Heimat im Orient hat, wo man ihn als Ghul bezeichnet, und dass ich ihn dort auf meinen Reisen häufig getroffen habe – zumeist zwischen die rot glühenden Glupschaugen.

Jawohl, der Ghul ernährt sich von Leichen. Das heißt, sofern welche in der Nähe sind. Diese Abart des Dämonenreichs haust zumeist auf Friedhöfen, dort buddeln sich die Ghule unter der Erde von Sarg zu Sarg, brechen die Totenkisten auf und verzehren die Verstorbenen. Ganze Tunnelsysteme hat man schon auf solchen Totenackern gefunden. Mit Rattengift allein ist da nichts zu machen.

Gefährlich wird es, wenn die höllische Brut alle Leichen aufgefressen hat und Hungers darben muss. Dann lauert der

2) im handschriftlichen Originalmanuskript gestrichen und ersetzt

Ghul dicht unter der Erde, wartet auf einen Grabbesucher, und wenn der ins Gebet versunken ist – schnapp! – packt ihn der Ghul und zieht ihn zu sich in sein finsteres Reich, wo der Ärmste ersticken muss, um später, wenn er anfängt zu faulen, von dem Leichenfresser verzehrt zu werden.

Bruder Heinrich und ich hatten uns um Mitternacht vor dem Friedhofstor getroffen und hockten nun hinter einem alten, gesprungenen Grabstein, der vor Blicken vom Gräberfeld her Deckung gab. Es war eine kalte, neblige Nacht.

Der Mönch und Büchsenmacher hatte mir davon erzählt, dass seit kurzer Zeit ein Leichenfresser auf dem Friedhof von St. Louis sein Unwesen trieb. Die Erde von nur wenigen Wochen alten Gräbern war nachgerutscht, was nicht weiter ungewöhnlich war, aber der »Kämpfende Orden des Schwertes Christi« war dennoch aufmerksam geworden, und als man die Särge der betroffenen Gräber heimlich frei buddelte, fand man diese aufgebrochen und die Leichen darin angenagt.

Nun waren Bruder Heinrich und ich hier, um uns »den Ghul vorzunehmen«, wie sich der wackere Gottesmann ausgedrückt hatte, womit er offensichtlich meinte, ihm die Rübe von den Schultern zu pusten, was bei allerlei dämonischem Pack und auferstandenen Toten ein effektives Mittel ist, um sie zu vernichten.

Zu diesem Zwecke hatte Bruder Heinrich ein Gewehr aus seiner Werkstatt mitgebracht. Die recht kurze, handliche Waffe hätte als ganz gewöhnlicher Stutzen durchgehen können, hätte sich nicht dort, wo bei einem normalen Gewehr das Schloss war, eine faustgroße Eisenkugel befunden, die dem Ganzen ein merkwürdiges, recht eigenwilliges Aussehen verlieh.

Außerdem hatte Bruder Heinrich einen Sack dabei, aus dem es erbärmlich stank. Aus dem holte er eine tote Katze hervor, deren übel riechende und verfärbte Gedärme aus dem aufgeschlitzten Bauch baumelten. Bruder Heinrich schleuderte den Kadaver weit von sich, und er landete auf einem der Gräber. Dann drückte er mir das Gewehr in die Hand und sagte: »Hier, Ihr erledigt den Leichenfresser, sobald ihn der Gestank der Katze angelockt hat.«

»Ha!«, entgegnete ich. »Ich dachte, Ihr haltet mich für eine Lusche! Was ist, wenn ich danebenschieße und den Kopf des Dämons verfehle?«

»Dieses Gewehr habe ich selbst gefertigt«, erklärte er mir. »Ihr braucht nicht mal den Kopf des Unholds zu treffen, ein Streifschuss genügt, denn jeder Schuss aus dieser Waffe entfaltet heilige Kräfte, die für jedweden Dämon tödlich sind.«

»Aber was ist, wenn ich eine solche Lusche bin, dass mein Schuss ihn nicht mal streift?«

»Dann habt Ihr noch vierundzwanzig weitere Schuss, um den Leichenfresser zu erledigen«, erklärte er mir und tippte auf die Eisenkugel, die dem Gewehr ein so merkwürdiges Aussehen gab. »Dies ist ein von mir selbst entworfenes Kugelschloss, es enthält fünfundzwanzig Patronen. Nach jedem Schuss dreht sich die Kugel automatisch weiter, und die Waffe ist wieder schussbereit. Selbst eine Lusche müsste dann irgendwann treffen, und sei's nur aus Zufall.«

Ich gestehe, wie das von Bruder Heinrich erfundene »Kugelschloss« funktioniert, ist mir bis heute schleierhaft geblieben, obwohl sich diese Waffe nun schon seit Jahren in meinem Besitz befindet. Aber wenn das, was der wackere Gottesmann da von sich gab, der Wahrheit entsprach, so dachte ich damals, war dies tatsächlich eine Zauberwaffe, selbst wenn man keine dämonischen Kreaturen damit zur Hölle pusten konnte.

Er sah das begeisterte Funkeln in meinen Augen, als

ich darüber nachsann, welche wunderbare Bedeutung dieses Gewehr für kommende Kriege haben könnte, und er lächelte zufrieden und verkündete stolz: »Ich nenne es den Heinrich-Stutzen!«

Ich wollte noch etwas sagen, da hob er die Hand, gebot mir zu schweigen und lauschte in die neblige Nacht.

»Hört Ihr es?«, flüsterte er.

Ja, da war ein Geräusch, als würde jemand in der Erde wühlen, sie mit bloßen Händen zur Seite schaufeln, dann vernahmen wir ein heiseres, irres Kichern, schließlich ein Reißen und gieriges Schmatzen und zwischendurch eine krächzende Stimme: »Lecker, lecker, lecker!«

Es war der Ghul, der sich gierig über das tote Tier hermachte, daran gab es keinen Zweifel.

Ich erhob mich hinter dem Grabstein und sah eine bleiche, gebeugte Gestalt, die auf einem frischen Grabhügel hockte, den stinkenden Kadaver in beiden Händen, während ihr die fauligen Gedärme der toten Katze schon aus dem Maul baumelten. Der Ghul hatte Ähnlichkeit mit einer wandelnden Leiche, mit gelblicher Haut, unter der von blauen Äderchen durchzogenes, glibberiges Fleisch zu sehen war. Sein Schädel und sein Körper waren völlig unbehaart, die Augen leuchteten wie rot glühende Kugeln, sein lippenloses Maul war etwas zu breit geraten, und darin befanden sich recht stumpfe Zähne, der Grund dafür, dass sich diese widerwärtigen Kreaturen in erster Linie an Toten vergreifen: Das modrige, verwesende Fleisch einer Leiche lässt sich mit diesen Stummelzähnchen einfach leichter vom Knochen nagen.

Ich nahm den Kolben des Heinrich-Stutzens an die Schulter, zielte zwischen die rot glühenden Augen, die durch den Nebel leuchteten, der Schuss krachte, und ich sah den Kopf des Leichenfressers zerplatzen.

Bruder Heinrich war aufgesprungen und sah das Ergebnis meiner Treffsicherheit im wallenden Nebel liegen.

»Hol mich der Leibhaftige!«, rief der fromme Mann. »Verflixt, verdammt und noch eins – was seid Ihr für ein Teufelskerl!«

»Ich gebe zu«, gestand ich, »ich bin schon stolz auf diesen Treffer. Aber Ihr, Bruder Heinrich, könnt ebenso stolz auf diese Waffe sein, die wahrhaft ein hervorragendes Tötungsinstrument ist; sie wird den Wilden Westen revolutionieren!«

»Meint Ihr?«, fragte er ergriffen.

»Aber ja.«

Plötzlich drangen weitere Geräusche aus dem Nebel hervor. Es waren schleifende Schritte, bösartiges, feindseliges Knurren.

Bruder Heinrich wurde ganz bleich im Gesicht, und wie ich sah er gut zwei Dutzend rot glühender Augenpaare, die auf uns zuschwankten. »Herr im Himmel, Hölle und Verdammnis!«, entfuhr es ihm. »Es sind noch mehr! Und sie kommen auf uns zu!«

»Natürlich«, sagte ich kalt lächelnd. »Der Leichenfresser tritt nur selten allein auf, haust zumeist im Rudel.«

»Ihr habt das gewusst?«, fragte mich Bruder Heinrich entsetzt. »Und Euch trotzdem hergetraut?«

Ich lachte auf und rief: »Wer von uns beiden ist jetzt die Lusche?«

Ich hatte mitgekriegt, dass sich das von Bruder Heinrich erfundene »Kugelschloss« nach dem Schuss tatsächlich leicht gedreht hatte, und so durfte ich hoffen, dass der fromme Mann nur halb so wahnsinnig war, wie er auf seine Umwelt wirkte, und das Gewehr tatsächlich wieder schussbereit war.

Diesmal legte ich den Kolben nicht an die Schulter, sondern schoss aus der Hüfte, und tatsächlich spie der Heinrich-Stutzen eine zweite Kugel aus, und sodann drehte sich das Kugelschloss weiter. Der Mechanismus funktionierte wunderbar, ich ließ es mehrmals hintereinander krachen, drehte mich dabei immer wieder leicht hierhin und dorthin und schoss jedes Mal genau und zielsicher zwischen die rot glühenden Augenpaare im Nebel.

Man hörte die Einschläge der Kugeln, denn es gab jedes Mal einen dumpfen und zugleich klatschenden Laut, mit dem das Geschoss den Stirnknochen durchschlug und dann den Hinterkopf der Kreatur wegsprengte, dabei das grüne Glibbergehirn des Dämons mit sich reißend, um es auf der Friedhofserde zu verteilen.

»Wir werden sterben!«, jammerte der gottesfürchtige und nun völlig verängstigte Mönch.

»Fällt mir nicht ein!«, entgegnete ich. »Sollte ich hier und jetzt draufgehen, würde ich mich doch sehr ärgern!«

»O Allmächtiger«, klagte Bruder Heinrich und sank auf die Knie. »Himmel, Herrgott und verdammt!« Er bekreuzigte sich so eilig, dass ihm das Kreuzzeichen misslang.

Ich will mich nicht selbst loben, aber ich blieb eiskalt, während Bruder Heinrich hinter dem Grabstein hockte und zu flennen begann wie eine … ja, wie eine Lusche eben.

Schließlich näherten sich mehrere Leute aus der Town, angelockt von meiner nächtlichen Rumballerei, und sie kamen gerade noch rechtzeitig, um zu sehen, wie ich mit der allerletzten Kugel im Heinrich-Stutzen den allerletzten Ghul niederschoss.

Bruder Heinrich hockte noch immer hinter dem Grabstein auf den Knien und dankte Gott dem Herrn für meine Schießkünste, sodass es an mir hängen blieb, den braven Bürgern von meiner Heldentat zu berichten.

Zwei Tage brauchte der fromme Bruder Heinrich, um sich von seinem Schrecken zu erholen, dann eröffnete er mir, dass es noch eine weitere Prüfung für mich gäbe, mit der ich ihm beweisen sollte, dass ich keine Lusche sei. »Schießen könnt Ihr, das habt Ihr auf dem Friedhof bewiesen. Aber wie steht es mit Euren anderen Fähigkeiten? Ihr habt behauptet, Ihr könntet auch reiten. Seid Ihr willens, mir das zu beweisen?«

Vielleicht, so überlegte ich, sollte ich Bruder Heinrich eins meiner Bücher signieren und ihm schenken, dann hätte er sich ein Bild über mich machen können, ohne mich diesen dämlichen Prüfungen zu unterziehen.

In der Nacht sollte ich ihn wieder im Kloster des »Kämpfenden Ordens des Schwertes Christi« aufsuchen, und dort führte er mich zu den klostereigenen ~~Stellungen~~ Stallungen und sprach mit einigen Brüdern. Dabei deutete er mehrmals auf mich. Die Mönche rissen entsetzt die Augen auf, dann bekreuzigten sie sich, und zwei gingen in einen Stall, vor dessen Tor sich eine Koppel befand.

Bald darauf wurde ein Flügel des Tors geradezu aufgesprengt, und heraus donnerte ein Hengst – und was für einer! Das Tier hatte absolut schwarzes Fell, so schwarz wie eine sternenlose Nacht, die man mit zugebundenen Augen in einer Höhle verbringt, mit dem Kopf im Hintern eines winterschlafenden Grizzlybären. Der Gaul tobte durch den umzäunten Bereich, wieherte laut, schlug mit den Hinterläufen aus, dann wieder stellte er sich auf und drohte den panisch zurückweichenden Mönchen hinter dem Zaun mit kreisenden Vorderhufen. Feuerwölkchen flammten aus seinen Nüstern, wenn das Tier schnaufte.

»Was für ein Satansbraten!«, entfuhr es mir.

»Ja, das ist er«, sagte Bruder Heinrich und lachte grollend. »Darum nennen wir ihn auch so: Satansbraten!«

Dann erklärte er mir, dass dieser Teufelsgaul einst einem Phantomreiter gehörte, einem ehemaligen Banditen, der wegen seiner Schandtaten am Galgen endete. Doch da er mit einem gotteslästerlichen Fluch auf den Lippen starb, war der Weg ins Jenseits verwehrt, und so ritt er weiterhin auf diesem Pferde dahin und verbreitete Terror und Schrecken, bis ihn einige von Bruder Heinrichs Kampfgefährten vernichten konnten. Das Pferd nahmen sie mit.

»Doch etwas von der bösen Kraft des Phantomreiters ist auf das arme Tier übergegangen«, sagte Bruder Heinrich. »Es gelang uns nicht mal, ihm Sattel und Zaumzeug abzunehmen, und noch niemand schaffte es, sich länger als eine halbe Minute auf seinem Rücken zu halten.« Er schlug mir auf die Schulter und fragte: »Was ist, Herr Mayer? Traut Ihr Euch zu, diesen Teufelshengst zu reiten, oder seid Ihr doch die Lusche, für die ich Euch anfangs hielt?«

Seine Worte ließen mir keine Wahl. Ich nickte mit männlicher Entschlossenheit, griff in die Seitentaschen meiner Jacke und holte zwei Reitersporen hervor. Es waren Silbersporen, die ich am Nachmittag in einem Lone-Ranger-Fanshop erstanden hatte. Bruder Heinrich hatte mir ja erklärt, dass meine nächste Prüfung mit Reiten zu tun hatte, und dass dabei wieder dämonische Mächte im Spiel waren, hatte ich mir ausrechnen können.

Ich zog die Silbersporen an, flankte über die Umzäunung, wich geschickt den nach mir schlagenden Hufen des schwarzen Hengstes aus und nutzte den richtigen Zeitpunkt, als das Tier kurzfristig auf die Vorderläufe niederging: Ich gab dem Gaul meine Rechte zu schmecken, dass er benommen den Kopf schüttelte, mich dann ungläubig anglotzte und empört ein Flammenwölkchen aus den Nüstern prustete. Ich ergriff das Sattelhorn, stieß blitzschnell die Stiefelspitze in den Steigbügel, und bevor sich Satansbraten von seiner Verdatterung erholen konnte, saß ich auf ihm.

Himmel, war das ein Ritt! Satansbraten bockte, stieg auf, ließ sich wieder nach vorn fallen. Ich aber ließ nicht locker, klammerte mich fest und stieß dem Höllenhengst die Silbersporen in die Flanken, und als das Edelmetall mit seinem Blut in Berührung kam, stieß er ein Kreischen aus, so schrill, dass es allen Anwesenden in den Ohren schmerzte.

Das Silber half, das spürte ich, es dämpfte die höllischen Kräfte, die das Tier unter Kontrolle hielten. Aber es konnte nicht verhindern, dass ich an diesem Abend und in der folgenden Nacht Dutzende Male abgeworfen wurde. Doch jedes Mal stand ich wieder auf und stellte mich mannhaft erneut dem Kampf mit der Bestie.

Einmal wurde ich weit über den Zaun geschleudert und krachte gegen die Leiber dreier Mönche, die ich mit mir zu Boden riss. Schreie gellten, Knochen brachen, doch zum Glück nicht meine. Ich stand auf, während sich zwei der Mönche nie wieder erheben würden, und schimpfte: »So nicht, Satansbraten! Du wirst nicht über mich triumphieren!«

»Ihr habt doch schon gewonnen!«, rief der über alle Maßen entsetzte Bruder Heinrich und rang die Hände wie ein Waschweib, wenn es im Fluss einen nackten Kerl beim Baden entdeckt. »Nie hielt sich ein Mann länger als Ihr auf dem Rücken dieser Bestie! Lasst es dabei bewenden. Ihr habt uns allen bewiesen, was für ein Kerl Ihr seid!«

Doch von seinem Gejammere ließ ich mich nicht beeindrucken, und als mich drei weitere Mönche ergreifen wollten, um mich daran zu hindern, mir den Höllenhengst noch einmal vorzunehmen, streckte ich sie mit den Fäusten nieder.

Es gelang mir, mich immer länger im Sattel der tobenden Bestie zu halten. Wieder und wieder stieß ich der Bestie die Sporen in die Flanken, und das Silber schwächte die höllische Kreatur zusehends.

Bald strömte dem Satansgaul dampfender Schweiß aus allen Poren, der nach Schwefel und Fäulnis stank, und als dann die Sonne als rot glühender Feuerball über den Horizont kroch und ihre ersten Strahlen das teuflische Untier trafen, knickten seine Läufe ein, und es brach schweißüberströmt und dampfend unter mir zusammen, um dann mit einem letzten Schnauben sein dämonisches Leben auszuhauchen. Ich aber erhob mich und klopfte mir den Staub von den Klamotten.

Mein Kampf gegen die Bestie hatte die ganze Nacht bis zum Morgengrauen angedauert, und während ich mir mit diesem Ungeheuer ein Duell auf Leben und Tod geliefert hatte, waren Bruder Heinrich und seine Mönche doch tatsächlich eingenickt. Schnarchend lagen sie um den Zaun herum, hatten es sich auf ein paar Heuballen oder Getreidesäcken gemütlich gemacht.

Ich weckte Bruder Heinrich mit einem Stiefeltritt: »Aufgewacht, frommer Mann! Es ist vollbracht!«

Er stand auf, besah sich das tote Pferd und frohlockte: »Halleluja, Ihr seid fürwahr ein ganzer Kerl!« Dann meinte er mit Blick auf den noch dampfenden Kadaver: »Der wird einen leckeren Sauerbraten abgeben!«

Ja, er sagte Sauerbraten, nicht Satansbraten. Erst später erfuhr ich, dass Bruder Heinrich Rheinländer war und der Rheinländer ebenso wie der wilde Rote seinen Gaul einfach auffrisst, nachdem er ihn zuschanden geritten hat.

So wurde aus dem Satansbraten ein Sauerbraten, eine rheinische Spezialität, wie Bruder Heinrich mir später erklärte.

Es gab noch eine dritte und letzte Prüfung, der mich Bruder Heinrich unterzog, doch die war wesentlich ungefährlicher und unspektakulärer als die beiden davor.

Er führte mich in einen Raum, der nur spärlich möbliert war, mit Regalen an den Wänden, in denen Folianten und Papierrollen lagerten, und mit einem Holztisch mit sechs Stühlen in der Mitte. Auf dem Tisch lagen Karten und Pläne, dazwischen allerlei Messinstrumente, und ich fühlte mich wie in einem geodätischen Büro.

Der Abt des Klosters und drei weitere Brüder gesellten sich zu uns, nachdem Bruder Heinrich nach ihnen geschickt hatte, und der Klostervorsteher begann ein sehr freundliches Gespräch mit mir. Hauptsächlich drehte es sich um religiöse Themen, denn er wollte wohl erfahren, wie fest ich in meiner christlichen Gesinnung war.

Voller Stolz erzählte er mir auch, dass in seinem Kloster einige äußerst kostbare Reliquien aufbewahrt wurden. Dass unser Erlöser allerdings nach gewirktem Wunder stets auf einer Indianerdecke geruht und ein Bisonschädel das Kreuz, an dem er gestorben war, geschmückt hatte, war selbst mir als bibelfestem Christen bis dahin unbekannt gewesen (was ich wohlweislich verschwieg).[3]

Mit einigem rhetorischen Geschick, sodass ich den Themenwechsel kaum bemerkte, lenkte er dann das Gespräch von einer Marienerscheinung, die man in der Nähe von St. Louis auf einem weißen Büffel hatte reiten sehen, auf die Instrumente und Karten auf dem Tisch und zeigte schließlich ein außerordentliches Interesse an der Feldmesskunst.

3) Notiz des Autors am Manuskriptrand: *In der Heiligen Schrift nachschlagen und ggf. streichen!*
Anmerkung des Herausgebers: Hat er offenbar vergessen.

Nun, ich hatte in meiner geliebten Heimatstadt Radebeul eine ausgesprochen gute Allgemeinbildung erhalten, wie an deutschen Volksschulen üblich, und wenn sich der fromme Mann mit mir über Feldmessung unterhalten wollte, konnte er das haben.

Bald erläuterte ich ihm die Funktionsweise jedes einzelnen der auf dem Tisch liegenden Instrumente, führte sie ihm vor, griff zu den Karten und stellte auf seinen Wunsch hin ein paar komplizierte Berechnungen an. Auch die drei anderen Brüder beteiligten sich schließlich an unserem Diskurs, äußerten gezielte Nachfragen, die so speziell waren, dass ich durchaus erkannte, dass es sich um Fachleute auf dem Gebiet der Feldmessung handelte, und als das Gespräch schließlich versiegte, nickten sie dem Abt zufrieden zu.

Der blickte Bruder Heinrich an, welcher wiederum das Wort an mich richtete: »Ihr habt alle Prüfungen bestanden, Herr Mayer. Ich muss sagen, dass ich außerordentlich zufrieden bin.«

»Schön und gut. Aber welchem Zwecke dienten diese Prüfungen?«, wollte ich wissen.

»Heute Abend, im Hause Eurer Gastgeber, werdet Ihr alles erfahren«, versprach er mir. »Man erwartet auch mich dort zum Abendessen, und ich habe mir erlaubt, noch einen weiteren Gast einzuladen, der seit ein paar Tagen in St. Louis weilt.«

»Aber ...«, wollte ich entgegnen.

»Ihr werdet alles erfahren, Herr Mayer – heute Abend!«

Howlin' Sam

Am Abend erschien Bruder Heinrich zum Abendessen, so wie es verabredet war. Meine Gastgeber begrüßten den Mönch höflich, und er hatte einen Strauß Blumen für die Frau Gemahlin mitgebracht.

Noch etwas hatte er dabei, einen langen Gegenstand, den er stümperhaft in Geschenkpapier eingewickelt hatte (Weihnachtspapier, mit Engelchen drauf) mitsamt Schleife. »Dies ist für Euch, Herr Mayer«, verriet er mir. »Aber Ihr dürft es erst später auspacken, wenn wir über eine gewisse Angelegenheit gesprochen haben.« Er zwinkerte mir zu. »Ihr kommt nie drauf, was es ist.«

Ein Gewehr, erkannte ich sofort. Man musste wahrhaft eine Lusche sein, dies nicht auf einen Blick zu erkennen.

Zwei Minuten später donnerte jemand wie irre mit der Faust gegen die Tür, und ich dachte schon, dort draußen stünde ein Betrunkener oder die Polizei auf der Jagd nach einem entflohenen Sträfling, denn wer immer dort gegen das Türblatt hämmerte, war entweder wirr im Kopf oder hatte eine besonders dringende Angelegenheit zu regeln.

Als die gnädige Frau öffnete – Bruder Heinrich, der Herr des Hauses und ich weilten noch im Eingangsbereich –, stand draußen ein kleinwüchsiges, haariges Männlein, das mich an die unheimlichen Bewohner des deutschen Waldes erinnerte, eine Art Schrat, kaum größer als eins sechzig, in fransiger Lederkleidung, die vor Dreck starrte, mit einem verfilzten Bart, in dem das Essen der letzten Wochen klebte, und einer dicken Schmutzschicht auf dem faltigen Gesicht. Auf dem Kopf trug er etwas, das ich zunächst für ein zotteliges Tier hielt, dann für eine Art Mütze aus dem schmutzig-braunen Fell einer mir unbekannten Kreatur. Erst bei genauerem Hinsehen kam mir der Gedanke, dass es sich dabei um die Haarpracht des kleinwüchsigen Gesellen handeln könnte.

An seinem breiten Gürtel waren mehrere gefüllte Beutel festgeschnürt, und allerlei Waffen steckten darin, vom Jagdmesser mit breiter Klinge bis hin zum Revolver. Eine Waffe hielt er auch in der rechten Hand, eine langläufige Büchse. Er kaute schmatzend auf etwas herum, und zwischen seinen Lippen rann bei jeder Bewegung des Kiefers eine schwarze Brühe hervor und versickerte in seinem Bartgestrüpp. Mit Sicherheit handelte es sich um Kautabak, den der echte Westmann immer einer guten Zigarre vorzieht.

Die Dame des Hauses wich mit einem Aufschrei zurück, ich hingegen trat vor, um mich dem kleinwüchsigen Unhold zu stellen, der auf mich ganz wie eine kannibalische Gestalt aus der wildesten Wildnis wirkte, doch Bruder Heinrich näherte sich ihm mit ausgebreiteten Armen, unterließ es dann aber, den Dreckspatz damit zu umschließen, sondern ergriff dessen freie Hand und schüttelte sie überschwänglich. »Sam Howlin! Wie schön, Euch zu sehen!«

Auch der Angesprochene grüßte den Mönch, und wie es schien, kannten sich beide recht gut. Dann wurde uns der Waldschrat vorgestellt. »Dies ist Sam Howlin«, erklärte Bruder Heinrich, »genannt Howlin' Sam! Sam ist ein echter Westmann, ein Präriejäger, wie er im Buche steht.« Er sah mich an, bevor er hinzufügte: »Ihr werdet von Sam eine Menge lernen, wenn Ihr ihm in den Westen folgt.«

Bevor ich meinem Erstaunen über diese Worte Ausdruck verleihen konnte, überwand die Dame des Hauses ihre verständliche Scheu vor dem Schrat und hielt ihm die Hand hin. »Mister Howlin.«

Doch anstatt die Hand der Dame an seine Lippen zu führen und einen Kuss anzudeuten, wie es der Gentleman tut, wischte sich der Waldschrat mit seinem Ärmel den braunen Tabakssaft, der über seine Lippen geschwappt war, aus dem Bart und sagte: »Mister Howlin war mein Vater, wenn ich mich nicht irre. Ist das Einzige, was ich von ihm weiß. Ich bin der Howlin' Sam.« Und dann lachte er meckernd wie eine Ziege.

Howlin' Sam nannte er sich also, was wahrscheinlich eine Art Kriegsname war, den sich Westmänner geben oder auf irgendeine Weise verdienen. Meiner Ansicht nach hätte der Kampfname Rumpelstilzchen besser zu ihm gepasst.

»Wollt Ihr nicht Euer Gewehr ablegen?«, fragte ihn der Herr des Hauses höflich.

»Will's lieber behalten, wenn's recht ist«, antwortete der Howlin' Sam. »Ein echter Westmann trennt sich nicht von seinen Waffen, und mein Gewehr, die gute Liddy, ist mir ans Herz gewachsen wie ein treues Weib, wenn ich mich nicht irre.«

Die Eigenheit, den Beisatz »und wenn ich mich nicht irre« an das, was er sagte, anzufügen, schien ein Tick von ihm zu sein, eine Marotte, wie sie viele schräge Vögel pflegen.

Man sah unserem Gastgeber und seiner holden Gattin an, dass auch sie sich über diesen seltsamen Kauz wunderten, so wie auch ich es tat. Dennoch bat uns die Dame des Hauses zu Tisch, und wir begaben uns in den Salon, wo die beiden Kinderlein der Familie brav auf uns warteten und uns artig begrüßten, das Mädle im rosa Kleidchen und mit Haarschleife, der Knabe im schmucken Matrosenanzug.

Der Tisch war geradezu festlich gedeckt, mit bestem Porzellan und Silberbesteck und Weingläsern aus teurem Kristall. Die drei Herren und die Kinder warteten, bis die Dame des Hauses Platz genommen hatte. Den Howlin' Sam konnte man offensichtlich nicht zu den Herren rechnen, denn der ließ sich sofort am Tischende nieder, nachdem er den Kautabak in eine nahe stehende chinesische Vase gespuckt hatte, die bestimmt von einigem Wert war.

Während Bruder Heinrich ein Tischgebet sprach, stemmte Sam Howlin die Ellbogen auf den Tisch, und kaum war das Kreuzzeichen gemacht, langte er schon kräftig zu, und zwar ganz nach Art des Westmannes, indem er das Fleisch mit bloßen Händen nahm. Sodann schaufelte er sich den Teller voll Kartoffeln, nutzte die Gabel, um sie zu zerquetschen, badete das Ganze in Soße, mit der er kunstvolle Muster auf die Tischdecke malte, und stopfte alles mit dem Silberlöffel in sich hinein, dessen Stiel er umklammert hielt wie einen Faustkeil.

Der Hausherr und die Dame waren sichtlich pikiert über Sam Howlins Tischmanieren, das Mädchen erschrocken, der Knabe musste sich das Grinsen verkneifen – und Bruder Heinrich? Ja, der schlug Sam Howlin, dem er über Eck saß, auch noch auf die Schulter, dass der sich verschluckte und würgte und hustete, und rief: »Fürwahr, Howlin' Sam! Ihr seid ein echter Westmann, wie man sieht!« Dann deutete er mit der Gabel auf mich: »Aus diesem Grund will ich Euch diesen Burschen anvertrauen, Sam. Auch er ist ein Mann aus echtem Schrot und Korn, ein Mann, auf den Verlass ist. Und für unsere Mission genau der Richtige!«

»Was für eine Mission?«, wollte ich wissen.

»Pshaw!«, rief der Howlin' Sam und stopfte sich einen Fleischbrocken zwischen die Zähne, um dann mit vollem Mund zu nuscheln: »Der Gent scheint mir eher eine Lusche!«

Sofort erhob ich mich. (Blöderweise hing mir die Serviette wie ein Lendenschurz vor meinem Schritt, da ich eine Ecke davon der Sicherheit halber in den Bund gestopft hatte.) »Wie nennt Ihr mich?«

Bruder Heinrich hob beschwichtigend die Hände und bedeutete mir, wieder Platz zu nehmen. »Nein, Sam!«, wandte er sich an den Westmann, dessen Gewehr neben ihm am Tisch lehnte, griffbereit, sodass es ~~sehr leichtsinnig von mir gewesen wäre, ihn herauszufordern~~[4] sehr mutig von mir war, ihm meinen Zorn so offen zu zeigen. »Nein, Herr Mayer ist alles andere als eine Lusche, das hat er mir sehr eindrucksvoll unter Beweis gestellt. Aus ihm kann ein echter Westmann werden, glaubt mir!«

»Wollen es sehen«, schmatzte Sam Howlin und stopfte sich mit der rechten Hand den Mund mit Fleisch voll, während er in der Linken den Löffel hielt und damit Kartoffeln nachschaufelte. »Wollen es sehen.«

Ich nahm wieder Platz, fixierte Bruder Heinrich und forderte mit ernster Stimme: »Ich will jetzt wissen, wovon Ihr redet, Bruder Heinrich.«

Statt des frommen Gotteskriegers antwortete mein Gastgeber: »Es geht um einen Bekannten von mir, einen Geschäftsmann aus St. Louis, der sich in den Kopf gesetzt hat, eine Bahnstrecke durch das Indianergebiet der Apachen und der Kiowas zu bauen«, erklärte er mir. »Vielleicht habt Ihr schon von ihm gehört, Herr Mayer. Sein Name ist John Bancrott.«

4) im handschriftlichen Originalmanuskript durchgestrichen und ersetzt

»Nein«, gestand ich.

»Er ist Eigentümer der American Raillines.«

»Ist mir kein Begriff.«

»Nun ja …« Meine Unkenntnis machte den guten Mann wohl etwas verlegen, denn dass Bancrott und sein Unternehmen mir so völlig unbekannt waren, sprach nicht dafür, dass es sich um einen besonders erfolgreichen Geschäftemacher handelte. »Jedenfalls plant er diese Strecke durch das Gebiet der Apachen und Kiowas …«

»Die untereinander verfeindet sind, wenn ich mich nicht irre«, setzte Sam Howlin hinzu, bevor er sich den nächsten Fleischbrocken in die Backen schob.

»Und was wollt Ihr von mir?«, fragte ich, dann sah ich Bruder Heinrich an. »Und was habt Ihr als Mann Gottes und Streiter wider die Hölle mit dieser doch recht weltlichen Angelegenheit zu schaffen?«

»Ihr müsst wissen«, erklärte dieser, »dass die Roten nicht nur eine Bande von wilden Heiden sind, denen das Wort Gottes völlig fremd ist, was sie in meinen Augen schon zu Dienern des Teufels macht …« Seine Miene wurde wieder grimmig, in seinen Augen loderte erneut dieses fanatische Feuer, und er nahm einen weiteren tiefen Schluck Rotwein, bevor er mir eröffnete: »Die Roten dort, sowohl die Apachen als auch die Kiowas, sind Werwölfe!«

»Aha«, sagte ich, »Werwölfe also.« Dann erst sickerte in meinen Verstand, was er mir soeben eröffnet hatte. »Werwölfe?«

»Zwei Stämme, deren Mitglieder allesamt Werwölfe sind, ja!« Bruder Heinrich nickte ernst, dann stürzte er den Rest des Weines hinunter und fragte mich: »Ihr wisst, was ein Werwolf ist?«

»Was für eine Frage!«, antwortete ich. »Ihr seid ein Landsmann und wisst, dass der Werwolf in Deutschland weitverbreitet ist. Er ist tagsüber ein Mensch, nur wenn der Vollmond scheint, verwandelt er sich in eine reißende Bestie, die nicht mehr weiß, was sie treibt und auch nicht mit wem. Zum Werwolf wird ein Mensch entweder durch einen Familienfluch, was heißt, dass zumeist der Vater bereits ein Werwolf ist, oder indem er den Angriff eines Werwolfs überlebt, von diesem aber verletzt wurde, also ähnlich wie beim Biss des Vampirs ...«

»An dieser Stelle möchte ich Euch unterbrechen, Herr Mayer«, sagte Bruder Heinrich, »denn was Ihr hier äußert, trifft auf den europäischen Werwolf sicherlich zu, doch es gibt mehrere Arten von Werwölfen, und hier im Westen haben wir es mit einem anderen zu tun, als er bei Euch zuHause anzutreffen ist. Der Indianerglaube ist voll von mystischen Gestaltwandlern, und auch der Werwolf spielt in ihrer heidnischen Vorstellungswelt eine große Rolle. Die Navajo-Indianer etwa nennen ihn den *yee naaldlooshii*, den Skinwalker, und er verwandelt sich in einen Wolf, ohne dass der Mond irgendeinen Einfluss darauf hätte, sondern ganz aus freiem Willen, sogar am Tage.«

Ich staunte nicht schlecht. »Ein Werwolf, der im Licht der Sonne sein Unwesen treibt? Der sich zu jeder Tages- und Nachtzeit verwandeln kann?« Bruder Heinrich nickte finster. »Ihr begreift, dass so eine Bestie noch viel gefährlicher ist als der europäische Werwolf, vor dem man sich nur bei Vollmond in Acht nehmen muss.«

»Und diese Indianerstämme, von denen Ihr gesprochen habt«, sagte ich. »Sind alle Angehörigen dieser beiden Stämme Werwölfe?«

»Ja, diese Kiowa- und Apachen-Werwölfe treten nicht allein auf, sondern bilden jeweils ein Rudel, einen Stamm eben. Sehr unwahrscheinlich, dass sie alle unter einer Art Familienfluch leiden, so wie Euer europäischer Werwolf, oder dass einer den anderen gebissen hat. Nein, hier ist heidnische Zauberei im Spiel, die Macht eines Götzen oder eher einer götzenhaften Kraft. Die Wilden in diesem Land beten Naturgeister an, ihre Welt ist durchdrungen von sogenannten Manitus, wie ich Euch gegenüber schon erwähnte, gespensterhaften Wesen, mit denen ihre Hexenmeister, die sich Medizinmänner nennen, in Kontakt stehen. Ich bin davon überzeugt, dass diese beiden Stämme durch die Anbetung und Verehrung eines dieser Manitus dereinst zu Werwölfen wurden, dass sie sich bewusst dafür entschieden haben, um der Natur, die sie so sehr verehren, näher zu sein.«

»Der Natur näher zu sein?«, fragte ich. »Indem man zur reißenden Bestie wird?«

»Reißende Bestie ist etwas übertrieben, wenn ich mich nicht irre«, mischte sich der Howlin' Sam wieder ins Gespräch ein. Er legte das Messer zur Seite, mit dem er sich zuvor zwischen den Zähnen herumgestochert hatte. »Sie sind nicht wirklich Bestien, will sagen, sie sind auch in ihrer Wolfsgestalt ganz Herr ihrer Sinne und bleiben bei Verstand. Sie werden nicht getrieben von blinder Mordgier, sondern wissen genau, was sie tun.«

»Das ist … unglaublich!«, rief ich aus.

»Aber es ist so, Herr Mayer«, sagte Bruder Heinrich.

Ich blickte in die Runde und sah vier Menschen nicken – den Herrn des Hauses, die Gastgeberin, Sam Howlin und Bruder Heinrich – und zwei weitere Menschen, die käseweiß im Gesicht geworden waren – die lieben Kinderlein, denen es bei unserem Tischgespräch so sehr gruselte, als würde ihnen Bruder Heinrich eine seiner Predigten über Sünde und Verdammnis halten.

»Dennoch«, fuhr Bruder Heinrich fort, »sind sie in der Nacht kräftiger und schneller als am Tage, so als würde das

Sonnenlicht sie schwächen, doch am stärksten sind sie bei Vollmond, denn das Licht des Mondes verleiht ihnen zusätzliche Kraft und Energie.«

»Wenn sie allerdings ihre Wolfsgestalt nicht tragen«, fügte Sam Howlin hinzu, »verhalten sie sich und leben wie ganz gewöhnliche Rothäute. Hin und wieder buddeln sie das Kriegsbeil aus, massakrieren sich gegenseitig oder quälen irgendwelche weißen Siedler am Marterpfahl zu Tode. Da merkt man ihnen gar nicht an, was für verruchte Kerle sie in Wirklichkeit sind, hihihi.« Er lachte kichernd, dann riss er das Maul weit auf, griff sich in den Rachen und bohrte mit dem Nagel des Zeigefingers dort herum, wo er zuvor mit dem Messer gestochert hatte.

Ich nickte grimmig. »Dieses Indianergebiet, in dem diese zwei Werwolfsstämme leben, wo befindet es sich?«

»Esch schlieschd schwischen schen Schwellscheschied schesch Schieo Scheschosch undsch schüschischen Schaschaschischan«, antwortete mir Sam Howlin, der nun schon mit zwei Fingern plus Daumen in seinem Munde an etwas herumzerrte.

»Es liegt zwischen dem Quellgebiet des Rio Pecos und des südlichen Canadian«, übersetzte mir Bruder Heinrich.

Ich wandte mich an meinen Gastgeber: »Und Euer Geschäftsfreund, dieser Herr Bancrott, plant, eine Eisenbahn durch dieses Gebiet zu bauen?«

Er nickte. »Die Bisonherden dort lassen sich vom Zug aus hervorragend abknallen. Dafür würden Touristen viel Geld bezahlen.«

»Aber Ihr befürchtet, dass sich Euer Freund in arge Gefahr begibt, richtig?«

»Das stimmt, Herr Mayer.«

»Und wie sollte ich das ändern?«

»Nun, Herr Mayer«, ergriff wieder Bruder Heinrich das Wort und deutete auf Sam Howlin, der gerade ein Knöchelchen aus einer seiner hinteren Zahnreihen gelöst hatte und es stolz präsentierte, »unser Freund, der Howlin' Sam, und seine beiden Partner Dick Stick und Büffel-Bill arbeiten für Herrn Bancrott als Scouts. Herr Bancrott schickte Sam nach St. Louis, denn er benötigt wohl noch einen Landvermesser, den Sam hier auftreiben soll.«

»That's right«, bestätigte Sam und warf das Knöchelchen über die Schulter hinweg. »Bancrott und seine Gents brauchen Dick, Bill und mich, weil sie Angst haben, sich ohne uns im Indianerterritory zu verlaufen, wenn ich mich nicht irre. Außerdem sprechen wir die Sprache der Indsmen, sowohl der Apachen als auch der Kiowas, was immer ganz gut ist, wenn man an ihren Marterpfählen landet und um Gnade winseln will. Bancrott schickte mich her, um einen weiteren Surveyor aufzutreiben und ihn mit vielen leeren Versprechungen und für wenig Geld ins Indianergebiet zu locken, weil die drei Flaschen, die er für diese Aufgabe angeheuert hat, für wenig mehr taugen als für einen Schiss in die Prärie. Bancrott ist noch dabei, den künftigen Schienenverlauf zu vermessen, deshalb braucht er zumindest einen fähigen Surveyor, sonst verreckt sein Dampfross an der erstbesten größeren Steigung. Erst anschließend kommen die Bahnbauer, verlegen die Eisentrassen und nehmen den Rothäuten ab, was von Anbeginn der Zeit an ihnen gehörte. Arme Hunde, wenn ich mich nicht irre. Oder …« Er kicherte. »… doch eher arme Wölfe, hihihi.«

»Und jetzt kommt Ihr ins Spiel, Herr Mayer«, sprach Bruder Heinrich. »Ihr habt mir bewiesen, dass Ihr das Zeug zu einem echten Westmann habt und überdies auch mit dämonischen Kräften fertig werdet. Außerdem versteht Ihr Euch in der Kunst der Landmessung, eignet Euch also hervorragend als Surveyor.«

»Ihr meint demnach, ich sollte diesen Posten annehmen, als Landvermesser ins Indianerterritorium gehen, auf Euren gemeinsamen Freund Herrn Bancrott aufpassen …«, ich holte tief Luft, bevor ich den Satz zu Ende sprach, »… und allein zwei ganzen Werwolfstämmen den Garaus machen, falls diese zur Gefahr werden?«

»No, Sir«, widersprach Sam Howlin, »nicht allein, denn Mr. Bancrott hat noch ein paar Aufpasser angeheuert, dreizehn wilde Kerle, deren Anführer sich Ratten-Jim nennt und von sich behauptet, schon mit Gestaltwandlern zu tun gehabt zu haben.« Er blähte die Brust auf, wobei ihm ein knarrender Furz entfuhr, und fügte nicht ohne Stolz hinzu: »Und außerdem sind da ja noch meine Kumpel Dick Stick und der Büffel-Bill und der Sohn meiner Mutter, wenn ich mich nicht irre.«

»Ich bin sicher, ausgerechnet Ihr werdet mir eine große Hilfe sein«, sagte ich abfällig zu dem kleinwüchsigen, verlausten Kerl, der mich so sehr an einen deutschen Waldschrat erinnerte.

Im nächsten Moment hätte ich mir am liebsten die Zunge abgebissen, denn es ist nicht meine Art, mich derart despektierlich über andere Menschen zu äußern. Aber die Worte waren heraus, und bevor ich mich entschuldigen konnte, ließ der Howlin' Sam vor Empörung noch einen fahren und brauste dann auf:

»Bin ein echter Westmann und in diesem Land verwurzelt, Sir!« Das »Sir« betonte er ganz besonders, in einem ebenso beleidigten wie beleidigenden Tonfall. »Kenne mich hier aus und bin auch mit den Indsmen und ihren Sitten vertraut, was Ihr bestimmt nicht von Euch behaupten könnt, Sir. Und wenn Ihr mir jetzt vorzuhalten gedenkt, ich hätte keine Erfahrungen mit dämonischen Kräften, so irrt Ihr Euch, wenn ich mich nicht irre, Sir!«

Und damit griff er sich an den Kopf, und das verfilzte Etwas, das ich zuerst für ein mir unbekanntes Tier und dann für seine Haarpracht gehalten hatte, entpuppte sich als Perücke – und was darunter zum Vorschein kam, ließ die beiden braven Kinderchen am Tische laut aufkreischen.

Es war ein hässliches, ja, grauenhaft anmutendes Narbengeflecht, das den haarlosen Schädel überzog, mit wulstigen Buckeln darauf und bläulichen Äderchen, die das rosafarbene Narbenfleisch durchzogen. Besonders stachen drei tiefe Kerben hervor, die bis auf die Schädelplatte reichten, eindeutig von messerscharfen Krallen beigebracht.

Sam Howlin schleuderte das filzige Etwas, das diese scheußlichen Narben bisher bedeckt hatte, wütend auf den Tisch, und es landete in einer Schüssel Rosenkohl. »O ja, auch ich bin schon mit den finsteren Kräften der Hölle aneinandergeraten. Es war einer jener Kiowa-Krieger, die im benannten Gebiet leben. Er griff mich an in seiner Werwolfsgestalt, und bevor ich ihm mit meiner Liddy den Schädel wegpusten konnte, schlug er zu, um mir den Kopf von den Schultern zu reißen. Flink, wie ich bin, duckte ich mich, doch seine Pranke streifte mein Haupt, seine Krallen verfingen sich in meiner blond gelockten Haarpracht, deretwegen mich die Weiber so sehr liebten, und – *rrrratsch!!!* – riss er sie mir mitsamt der Kopfhaut vom Schädel und hielt diese als blutige Trophäe in der Klaue!«

Erneut schrien die Kinder auf. Offenbar stand ihnen das grässliche Geschehen bildlich vor Augen.

»Das Blut spritzte nur so und lief mir durchs Gesicht«, fuhr Sam Howlin fort. »Doch mannhaft biss ich die Zähne zusammen, denn ich wusste: Wenn ich der Wolfsbestie die

Möglichkeit gab, noch einmal zuzuschlagen, würde sie mir mit ihren messerscharfen Krallen den Bauch aufschlitzen – *ritsch-ratsch!* –, mir die dampfenden Eingeweide – *zuppel, zuppel!* – aus dem Leib zerren und meine Gedärme fressen. Also unterdrückte ich den entsetzlichen Schmerz, hob meine Liddy und schoss. Der Kopf des Werwolfs explodierte regelrecht. Stinkendes, dickflüssiges Blut spritzte umher, und etwas Glibberiges traf mein Gesicht, wobei es sich um das Gehirn des Kiowas handelte, wenn ich mich nicht irre.«

Das Mädchen würgte laut, spuckte das Essen zurück auf den Teller. Nicht nur die letzten Bissen, sondern vom Frühstück angefangen alle Mahlzeiten des Tages.

Davon ließ sich Sam Howlin weder beirren noch unterbrechen: »Ich wischte mir das Hirn der Rothaut und mein eigenes Blut aus dem Gesicht und sah, wie die Kreatur zu Boden ging, mit weggesprengtem Kopfe – oder vielmehr ohne Kopf, wenn ich mich nicht irre, hihihi. Trotzdem lebte der Bursche noch für eine Weile, schlug unkontrolliert mit den Armen um sich und strampelte wild mit den Beinen, während er sich in einen Menschen zurückverwandelte und man das Knirschen der sich verschiebenden Knochen hörte. Und während der ganzen Zeit pulste der dampfende Lebenssaft aus dem aufgesprengtem Halsstumpf und … Was ist denn nu los?«

Auf einmal hielt er doch inne und starrte verwirrt den beiden Kinderlein nach, die aufgesprungen waren und laut kreischend aus dem Raum liefen.

»Ja, ich bin doch noch gar nicht fertig!«, rief Sam Howlin und grummelte: »Stadtkinder!« Dann sah er mich an. »Ihr sagtet gerade, Sir, dass ein Mann, der von einem Werwolf verletzt wird und dies überlebt, selbst zum Werwolf wird, wenn ich Euch richtig verstanden habe.«

»Ist dies denn bei Euch der Fall?«, fragte ich ihn und ahnte, dass es anders sein musste.

»Nein, ist es nicht. Und das habe ich einzig und allein Bruder Heinrich zu verdanken, wenn ich mich nicht irre.«

Dieser nickte eifig und berichtete: »Ich selbst hielt mich damals im Indianerterritorium auf, weil ich Erkundigungen über die dort ansässigen Werwolfstämme einziehen wollte, von denen mein Orden gehört hatte. Vom Fauchen der Bestie und Howlin' Sams Schuss angelockt, fand ich ihn, über und über mit Blut besudelt und die Kopfhaut weggerissen. Ich brachte ihn in eine Mission, wo ich nicht nur seine schlimme Wunde versorgte, an der so manch anderer gestorben wäre, sondern auch einen Exorzismus an ihm durchführte, um den Werwolfskeim in ihm zu bannen.«

»Wen ich mich nicht irre«, sagte Sam Howlin kichernd, »schüttete Bruder Heinrich in diesen Tagen und Nächten mehr Weihwasser in mich hinein, als ich Zeit meines Lebens Whiskey gesoffen hab!« Er sah die Hausherrin an und bat sie: »Äh, könntet Ihr mir meine Haare herüberreichen. Ich möchte nicht, dass sie die nächsten Tage nach Rosenkohl riechen und womöglich Grizzlys oder andere Feinschmecker anlocken.«

»Es gelang mir«, erklärte Bruder Heinrich, »den Werwolfskeim in Sam so weit zu isolieren, dass er zwar noch vorhanden ist, aber diese bösartige Krankheit nicht bei ihm zum Ausbruch kommt.«

»Der dunkle Keim befindet sich noch immer in Eurem Blut?«, fragte ich Sam Howlin erstaunt, der sich das dampfende Toupet wieder auf den grässlich verunstalteten Schädel setzte.

»Ist leider so«, antwortete er. »Aber ich verwandle mich nicht in einen Wolf.« Er verzog grimmig das Gesicht. »Nur bei Vollmond, da …« Er verstummte.

»Was passiert bei Vollmond?«, fragte ich alarmiert.

»Nun, dann kommt es über mich«, erklärte Sam. »Dann … nun, dann … äh, heule ich den Mond an!«

»Darum nennt man ihn den Howlin' Sam«, erklärte Bruder Heinrich.

»Ach«, sagte ich, den Blick auf den Westmann gerichtet, »und mir kam der Gedanke, es könnte an Eurem Namen liegen.«

»Wie steht es nun, Herr Mayer?«, fragte mein Gastgeber. »Seid Ihr bereit, Euch auf dieses Abenteuer einzulassen?«

»Ihr sollt natürlich nicht nackt und unbewaffnet in die Schlacht ziehen«, sagte Bruder Heinrich, als ich kurz zögerte, und griff nach dem in Weihnachtspapier (mit Engelchen) eingepackten Gewehr, das er hinter sich an die Wand gelehnt hatte. Er reichte es mir über den Tisch, wobei er die Soßenschüssel zerschlug. »'tschuldigung«, murmelte er. Die Gastgeberin ertrug es in stillem Zorn.

»Das ist für Euch, Herr Mayer!«, verkündete er dann feierlich, während die Bratensoße eine unansehnliche braune Pfütze auf der Tischdecke bildete.

Ich nahm ihm das Gewehr aus den Händen, bevor er noch mehr Unheil damit anrichten konnte, und packte es aus. Nur die Schleife bekam ich nicht auf, da sie zu fest verknotet war, und so riss ich das Geschenkpapier und die Engelchen rundherum ab.

Es handelte sich um eine schwere Vorderlader-Doppelbüchse mit zwei dicken Läufen, die sich an der Mündung stempelförmig verbreiterten.

»Ein Gewehr«, verkündete Bruder Heinrich, was jeder sehen konnte. »Das hättet Ihr nicht gedacht, was?«

»Dass mir ein Büchsenmacher eine Büchse schenkt?« Ich schüttelte den Kopf. »Wahrlich nicht.«

»Ich nenne es den Werwolftöter!«, sagte er nicht ohne Stolz. »Habe es selbst gefertigt.«

»Ach.«

»Ratet mal, welche Art schwarzmagischer Kreatur man damit vortrefflich abknallen kann!«

»Werwölfe«, vermutete ich.

Er zwinkerte mir zu. »Ihr gefallt mir immer besser, Herr Mayer«, lobte er mich. »Seid ein blitzgescheiter Bursche.«

Mein Blick fiel auf die beiden leeren Plätze. »Und was ist mit Euren Kinderlein?«, fragte ich meinen Gastgeber.

»Nehmt es mir nicht übel«, bat der Herr des Hauses. »Ihr seid gewiss ein echter Mann, wenn's um Dinge geht, die einen Mann zum Manne machen, doch ein lausiger Pädagoge.«

Und seine Gattin stieß mit einem tiefen Seufzer ins gleiche Horn: »Ihr seid zu warmherzig und zu nachgiebig mit den Kleinen, Herr Mayer. Sie haben keine Angst vor Euch und zucken nicht mal zusammen, wenn Sie Euren Namen hören.«

Vielleicht hatten sie ja recht. Ich hatte so häufig ums nackte Überleben gekämpft während meiner zahlreichen Abenteuer, hatte mich sogar mit dem Beelzebub und seinen höllischen Schergen angelegt – doch für den Lehrerberuf war ich schlichtweg zu weich.

Ich würde die Kinderlein vermissen.

Egal, vor mir lag eine neue Herausforderung!

Teil 2
Indianer-Territory

Inglorious Bastards oder: Ein Haufen versoffener Hunde

Der Howlin' Sam und ich machten uns also auf in den Wilden Westen. Doch noch bevor wir in St. Louis aufbrachen, versuchte Howlin einen echten Westmann aus mir zu machen, zumindest äußerlich.

»So könnt Ihr unmöglich in den Westen ziehen!«, erklärte er mir eines Morgens, als wir unsere Abreise besprechen und den Proviant überprüfen wollten. »Ihr würdet Euch nicht nur bei den Westmännern lächerlich machen, sondern die Rothäute derart erschrecken, dass sie Euch für ein ihnen unbekanntes wildes Tier halten, gleich Werwolfsgestalt annehmen und über Euch herfallen!«

Dass ausgerechnet dieser kleinwüchsige, krummbeinige Schrat behauptete, ich könnte die Roten an ein Tier gemahnen, erstaunte mich nun doch, und ich fragte verwundert: »Was ist an meinem Aufzug so ungewöhnlich?«

»So wollt Ihr doch nicht wirklich in den Westen ziehen?«

Ich wusste nicht, was er hatte. Ich trug wadenlange Lederhosen aus Hirschleder, der dazugehörige Hosenträger wurde von einem aus Holz geschnitzten Hirschgeweih geziert, mein Oberkörper steckte in einem blau-weiß karierten Baumwollhemd, und darüber trug ich einen Janker. Ein Hut mit Gamsbart vervollständigte mein mannhaft-deutsches Erscheinungsbild.

»Was den deutschen Manne im heimatlichen Walde ziert, schmückt ihn auch in der Fremde«, verteidigte ich meine Kluft. »Die Lederhose ist bequem und robust, das Hemd ebenso, der Janker zeitlos elegant!«

»Nichts da!«, bestimmte der Howlin' Sam. »So etwas trägt man vielleicht in Eurer Heimat, wenn man zum Bierkrugstemmen ins Festzelt geht, nicht aber hier im Wilden Westen. Man wird Euch für eine Lusche halten, wenn Ihr in diesem Aufzug am Rio Pecos auftaucht.« Und listig grinsend fügte er hinzu: »Und das wollt Ihr doch nicht, wenn ich mich nicht irre, hihihihi!«

Der Howlin' Sam war ein wirklich seltsamer Kauz, doch hin und wieder schaffte er es, mich mit seinen Argumenten zu überzeugen, denn für eine Lusche wollte ich weiß Gott nicht gehalten werden. Auch das deutsche Mannsbild muss sich ab und zu den gegebenen Gepflogenheiten anpassen, um bei den unzivilisierteren Kulturen nicht allzu sehr aufzufallen, das hatte ich auf meinen Reisen gelernt.

Also zogen wir los, fanden bald einen Western Store, und dort staffierte mich Sam nach Art des Westmannes aus, mit Leggings aus Wildleder und mit Fransen, mit einem Hemd aus Wildleder und mit Fransen und mit einer Jacke aus Wildleder und mit Fransen. Zum Schluss verpasste er mir noch ein paar Stiefel aus Wildleder und mit Fransen und eine schmucke Satteltasche für mein Pferd – natürlich aus Wildleder und mit Fransen.

Einerseits ist die Art, wie sich der Westmann kleidet, eine sehr schlichte, andererseits musste ich zugeben, dass alles recht schön zusammenpasste und ein einheitliches Bild ergab. Wenn ich mich noch sechs Monate lang weder rasierte noch wusch, würde ich aussehen wie der Howlin' Sam.

Ich kaufte auch noch einen Hut – diesmal ohne Fransen, was das Gesamtbild jedoch nicht störte, dafür aber mit einer sehr breiten Krempe, die ich vorne hochklappen musste, um überhaupt etwas sehen zu können – und einen Revolvergurt mit zwei Revolvertaschen und kleinen Schlaufen rundum, in die ich Patronen stecken konnte, um bei der nächsten Ballerei genügend Futter zum Nachladen zu haben.

Derart ausstaffiert zog ich also an der Seite von Sam Howlin in den Westen.

Unsere Reise verlief ohne größere Zwischenfälle. Einmal wurden wir Zeuge eines Postkutschenüberfalls, in den wir eingriffen; wir erschossen die Banditen und wurden von den beiden Damen in der Postkutsche ob unseres heldenhaften Handelns sehr gelobt, während der Kutscher und sein Shotgun uns mit ihrer Dankbarkeit überhäuften. Dann machten wir Halt in einer Town, die von einer Bande Revolverschwinger und einem korrupten Sheriff terrorisiert wurde. Wir erschossen auch diese Banditen, und bei einem Duell auf der Mainstreet spickte ich den Leib besagten Sheriffs mit Blei. Daraufhin wollten mich die braven Bürger zum neuen Ordnungshüter ihrer Stadt ernennen, doch ich lehnte ab; ich hatte an diesem Orte für Ruhe und Ordnung gesorgt, nun zog es mich weiter ins Abenteuer.

Wir retteten einen Treck weißer Siedler vor einem Überfall der Komantschen und vereitelten anschließend einen Überfall weißer Siedler auf das Dorf der Komantschen. Auf diese Weise hatten wir uns beide Seiten zum Feinde gemacht (was bewies, welch prächtige Mannsbilder wir waren) und mussten die Gegend schleunigst verlassen. In einer anderen Town rempelte mich ein Gent an, wohl unabsichtlich, dennoch packte ich als angehender Westmann die Gelegenheit natürlich beim Schopfe, um eine wilde Saloonschlägerei vom Zaun zu brechen, wie sie an frühen Abenden in dieser Art von Etablissement üblich ist, und weil mir dabei auch der Bürgermeister vor die Fäuste geriet, mussten wir aus dieser Gegend ebenfalls schleunigst verschwinden.

Wir trafen auf eine Herde Longhorns, die gerade ihren Weidehirten durchgegangen war und als Stampede über die Prärie donnerte. Da die Cowboys es nicht schafften, die Tiere zu beruhigen, übernahmen Sam und ich dies. Die Kerls waren so dankbar, dass sie uns zu einer Pfanne Bohnen und zu schwarzem Kaffee an ihrem Lager einluden.

Es geschah also nichts wirklich Aufregendes, nur das Übliche, was der Westmann auf seinen Reisen so erlebte. Doch in diesen wenigen Tagen wurde mir der Howlin' Sam zum Freunde. Zwar rutschte ihm hin und wieder das üble Wort »Lusche« über die Lippen, wenn er mit mir sprach und mich belehren wollte, doch ihm nahm ich dies nicht mehr krumm, denn ich hatte erkannt, dass er es nicht böse meinte, sondern mich vielmehr damit freundschaftlich aufziehen wollte. Überhaupt war Sam ein Kerl, dem man nichts übel nehmen konnte. Er wurde mir von Tag zu Tag, mit jeder Kugel, die ich verschoss, mit jedem Banditen, den wir gemeinsam lynchten, mit jeder Town, die wir befriedeten, sympathischer und wuchs mir ans Männerherz.

Doch als wir dann das Lager der Eisenbahnbauer erreichten, war die schöne Zeit vorbei. Was ich dort erlebte, war für mich ein wahrer Schock, und dies, obwohl der Howlin' Sam während unseres Ritts versucht hatte, mich darauf vorzubereiten.

John Bancrott konnte mich bei unserem Eintreffen nicht empfangen; er lag in seinem Zelt und schlief seinen Brandyrausch aus. Seine drei anderen Surveyors, die meine

Kollegen werden sollten, lagen vor dem Zelte, ebenfalls völlig zugesoffen; sie hatten sich mit Bancrott die Kante gegeben. Wie ich später erfahren sollte, waren sie tatsächlich ebensolche Pfeifen, als die Sam sie mir beschrieben hatte: zu allem bereit, zu nichts zu gebrauchen!

Auch den Revolverhelden Ratten-Jim und seine Coltschwinger, die sich die »Glorreichen 13« nannten, bekam ich vorerst nicht zu Gesicht. Sam zeigte mir ihre Schlafplätze: Es handelte sich um sieben Pferdewagen mit geschlossenen Kästen über den Ladeflächen. Als ich einen der Wagen öffnete, sah ich dort zwei Särge stehen.

»Ist hier jemand gestorben?«, fragte ich verwundert. »Das sind Leichenwagen, richtig?«

»Gestorben ist noch keiner, wenn ich mich nicht irre«, antwortete mir Sam Howlin und kicherte. »Die Mesch'-schurs sind ein bisschen … hm, eigenwillig. Will nicht sagen: komisch, merkwürdig, seltsam, wunderlich oder gar plemplem.« Er ließ den Zeigefinger an der Schläfe kreisen. »Kommen aus einem Land irgendwo im Osten …«

»Georgia, Carolina, Maryland, Connecticut …?« Den letzten Staat konnte ich nicht nur richtig aussprechen, sondern auch fehlerfrei schreiben, was ich bereits in Deutschland fleißig geübt hatte. Damit war ich so manchem Amerikaner weit voraus.

»Unterbrecht mich doch nicht ständig, Ihr Lusche!«, fuhr Sam mich an. »Ich wollte sagen: einem Land irgendwo im Osten Europas. Es heißt Rumania.«

»Ihr meint Rumänien.«

»Was hab ich denn anderes gesagt!«

»Und warum haben die Kerls dann Särge bei sich? Wollen sie wen beerdigen?«

»Höchstens sich selbst, hihihihi.« Als ich ihn nach dieser Antwort erstaunt anblickte, fügte er erklärend hinzu:

»Wie gesagt, die Gents sind etwas komisch, merkwürdig, seltsam …«

»… wunderlich und plemplem«, fiel ich ihm ins Wort. »Und?«

»Sie schlafen tagsüber«, fuhr Sam fort, »damit sie abends fit und ausgeruht sind, wie sie behaupten. Klar, wenn Trouble mit den Werwölfen zu erwarten ist, dann in der Nacht, denn dann sind die Rothäute in ihrer Wolfsgestalt am stärksten. Der Ratten-Jim und die übrigen ›Glorreichen 13‹ stellen sich darauf ein, deshalb schlafen sie tagsüber in den Särgen.«

Ich riss die Augen auf, dann wies ich auf einen der Särge: »Sie schlafen da drin?«

Sam zuckte mit den Schultern. »Sie meinen, dort sei es sehr bequem.«

»Ich muss sagen, Sam, auch wenn der Westmann ein komischer Kauz ist und seine Eigenheiten pflegen mag, so erscheint mir dies doch recht eigenartig, ja, merkwürdig, seltsam, wunderlich, will nicht sagen plemplem. Wer schleppt denn ständig einen Sarg mit sich herum?«

Erneut hob Sam die Schultern an. »Ratten-Jim – sein richtiger Name lautet übrigens Ratanescu, wenn ich mich nicht irre – behauptet, in seinem Land Rumania sei dies so üblich. Wenn einen unversehens eine Kugel trifft oder man sonst wie ums Leben kommt, hat man immer seinen Sarg dabei, da braucht nur ein Wanderer, der zufällig des Weges kommt, die Leiche in die Kiste zu werfen und sie einzubuddeln. Das wäre hyänischer, – er meinte wohl hygienischer – »als die Toten am Wegesrand liegen und verrotten zu lassen.«

Diese Argumentation erschien mir durchaus einleuchtend, trotzdem überkam mich ein mulmiges Gefühl.

»Ihr wisst, dass auch ich aus Europa stamme«, sagte ich,

doch bevor ich weitersprechen konnte, fiel mir Sam ins Wort:

»Sagtet doch aus Germany!«

»Das liegt in Europa!«

»Dachte, Germany wär ein eigenständiges Land.«

»Hört zu, Sam«, bat ich, während ich den Wagen wieder schloss und mich meinem Freunde zuwandte. »Bei uns in den deutschen Landen haben wir sehr viel mit schwarzmagischem Pöbel zu tun. Unter anderem mit dem Vampire. Ihr wisst, was das ist?«

Er nickte. »So wie wir hier im Westen den Werwolf Wolfman nennen, nennen wir den Vampir Batman.«

Ich war mir nicht sicher, ob das wirklich ein und dasselbe war. »Wir in Germany haben diese Kreaturen jedenfalls im Großen und Ganzen bis weit in den Osten vertreiben können, wo sie sich vor allem in jenem Land tummeln, aus dem auch der Ratten-Jim kommt. Der Vampir ruht des Nachts in seinem Sarge, denn das Sonnenlicht tut ihm nicht gut.«

»Ihr meint also, die Glorreichen 13 sind in Wirklichkeit glorreiche Vampire?«, fragte Sam erschrocken.

»Oder dreizehn Vampire und dafür weniger glorreich«, sagte ich bestätigend.

Sam zog die Stirn kraus, kratzte sich am Kopf, wobei seine Perücke hin und her rutschte, dachte so angestrengt nach, dass ich glaubte, es in seinem Schädel klackern zu hören, dann hellte sich seine Miene wieder auf, und er zuckte abermals mit den Schultern. »Und wenn. Die Indsmen sind Indsmen, Ihr seid ein Dutchman, ich bin ein Westman – und Ratanescu und seine Gesellen sind Batmen.« Erneutes Schulterzucken. »Wenn man in einem Land wie Amerika lebt, trifft man auf viele unterschiedliche Kulturen, und jede hat ihre Eigenheiten: Die einen schlafen tagsüber in Särgen, die anderen binden gern weiße Siedler an Marterpfähle, wieder andere tragen lächerliche wadenlange Lederhosen mit Trägern und Hirschgeweihschmuck. Soll jeder leben, wie er will, solange er dem anderen den Skalp lässt.«

»Genau das aber ist das Problem«, wandte ich ein.

»Was meint Ihr?« Sam wirkte erschrocken. »Diese Vampire fressen Skalps?«

»Nein«, sagte ich, »aber sie trinken das Blut von Menschen.«

»Nein!«

»Doch!«

»Oh!« Wieder zog er die Stirn kraus, wieder ruckelte seine Perücke hin und her, dann hatte er eine Lösung gefunden: »Was ist aber, wenn diese Vampir-Gents nicht das Blut von Menschen trinken.«

»Von irgendwas müssen sie sich aber ernähren.«

»Mein Gefährte Dick Stick und auch ich haben den Ratten-Jim – also Mr. Ratanescu – schon mal dabei erwischt, wie er kleine Nagetiere biss und an ihren Kadavern lutschte«, erklärte er. »Wahrscheinlich hat er daher seinen Kriegsnamen. Dick und ich haben uns nicht viel dabei gedacht, denn so mancher Westmann entwickelt in der Einsamkeit der Wildnis einen Spleen. Nun glaube ich aber, er trinkt deren Blut, also das von Ratten, nicht von Menschen. Immerhin sind er und seine Glorreichen 13 hier, um uns vor den Werwölfen zu beschützen, vergesst dies nicht.«

Sam hatte in diesem letzten Punkt recht. Konnte es sein, dass ich es hier mit zivilisierten Vampiren zu tun hatte, mit solchen, die sich der menschlichen Gesellschaft angepasst hatten?

Einiges sprach dafür, denn im Lager der Eisenbahner waren bisher keine ausgesaugten Leichen aufgefunden worden. Wären Ratanescu und seine zwölf Gefährten blutrünstige Bestien gewesen, wären sie doch längst über Bancrott und seine drei besoffenen Surveyors hergefallen. Oder?

Hatten es Ratanescu und seine Brut irgendwie geschafft, ihre Gier nach Menschenblut zu bezähmen? Hatte ich es bei ihnen mit einer anderen Art Vampir zu tun, so wie sich ja auch die Indianer-Werwölfe deutlich von den Bestien unterschieden, die ich aus der deutschen Heimat kannte?

Es waren sieben Pferdewagen mit hölzernen Aufsätzen auf den Ladeflächen, wie ich schon schrieb, und in diesem einen hatte ich zwei Särge gesehen. Ich schloss daraus, dass auch in weiteren fünf jeweils zwei Särge untergebracht waren und Ratanescu, der Ratten-Jim, den siebten für sich allein beanspruchte.

Die Glorreichen 13 – die Dreizehn war in vielen Kulturen eine Unglückszahl, auch das wollte mir nicht aus dem Kopf.

Sam und ich ließen die Wagen stehen und schlenderten zu einer Feuerstelle, an der zwei Gents saßen, schwarzen Kaffee aus Blechtassen schlürften und Kautabak zu Boden spuckten. Beide trugen Leggings aus Wildleder und mit Fransen, Hemden aus Wildleder und mit Fransen, Jacken aus Wildleder und mit Fransen, Stiefel aus Wildleder und mit Fransen und Hüte ohne Fransen, dafür aber mit sehr breiten Krempen, die sie vorne hochklappen mussten, um überhaupt etwas sehen zu können. (Wie dir sicherlich aufgefallen ist, lieber Leser, war ich der gängigen Mode des Westens entsprechend gekleidet.)

Sam stellte sie mir als seine Scout-Gefährten vor, Büffel-Bill und Dick Stick.

Beide begrüßten mich mit mannhaftem Handschlag, und Sam verkündete: »Das ist Mr. Mayer aus Germany, Mesch'schurs. Noch ist er eine Lusche, aber er hat sich ganz fest vorgenommen, ein echter Westmann zu werden!«

»Dann nehmt bei uns Platz, Lusche!«, sagte Büffel-Bill, und obwohl er das böse L-Wort benutzte, zeigte sein schelmisches Grinsen, dass er es freundlich meinte, und Sam und ich hockten uns hin.

Der Kaffee war stark, hätte einen Toten wieder zum Leben erweckt, ohne dass irgendwelche magischen Rituale vonnöten gewesen wären. Sam gab zum Besten, was wir auf der Reise hierher alles erlebt hatten. Dabei übertrieb er ungemein: Aus den ~~acht~~[5] dreißig Revolverschwingern in der Town, die wir vom Terror befreit hatten, machte er vierzig, ~~aus den neun Komantschen~~ dem Komantschenstamm gleich drei Stämme. Dieser Aufschneider! Doch an den Gesichtern der beiden anderen Scouts war abzulesen, dass sie ihm nicht wirklich glaubten.

»Dann habt Ihr ja schon einige Erfahrungen machen können, wie es hier im Westen so zugeht!«, sagte Dick Stick zu mir. »Well, werden sehen, ob Ihr zum Westmanne taugt.«

»Als Westmann braucht er aber einen echten und griffigen Kriegsnamen«, meinte Büffel-Bill. »Den hat jeder Westmann!«

»Ja, was käme da infrage?«, überlegte Sam. Dann schnippte er mit den Fingern und sagte: »Wie wär's mit Teutonen-Charly?«

»O nein!«, winkte ich heftig ab. Ich wollte nicht, dass die Eingeborenen schon wieder meinen Namen verunstalteten. Das war mir schon bei meinen Reisen durch den

5) im handschriftlichen Originalmanuskript gestrichen und abgeändert

Orient passiert, wo man mich Kara Ben Nimdich genannt hatte, eine Idee von Hatschi übrigens, der (ich erwähnte es schon), damals mein treuer Begleiter gewesen war; er hatte mir diesen seltsamen Namen verpasst, da ich anfangs, wie ich zugeben muss, Schwierigkeiten hatte, mich den lokalen Gepflogenheiten anzupassen, und seine Landsleute hatten ihn aufgeschnappt und mich fortan so gerufen. »So ein Kriegsname kommt für mich nicht infrage. Seit ich zurückdenken kann, nennt man mich den Mayer Karl, Mayer mit a y. So soll es bleiben.«

»Mayer Karl, Mayer mit a y«, wiederholte Dick Stick. »Pshaw! Das ist doch kein Kriegsname. Das sagt doch gar nichts!«

»Sam Howlin etwa wird Howlin' Sam genannt, weil er so schön den Mond anheulen kann«, erklärte der Büffel-Bill. »Und mich nennt man den Büffel-Bill ...«

»... weil Ihr ein Meister in der Büffeljagd seid«, vermutete ich.

»Mitnichten, Sir«, widersprach er. »So nannte man mich, weil mein holdes, untreues Eheweib wie ein Büffel aussah.«

Sam kicherte. »Ja, ich erinnere mich an sie. Bill hat ihr einst heimlich, während sie schlief, den Damenbart rasiert. Hat aber nichts genutzt, sah anschließend aus wie ein rasierter Büffel, wenn ich mich nicht irre.«

»So seid Ihr verheiratet?«, wunderte ich mich.

»Die Ehe scheiterte«, gestand Büffel-Bill mit trauriger Miene, »denn eines Tages, als ich etwas früher als gewöhnlich vom Spurenlesen heimkehrte, erwischte ich sie mit dem Kerl vom Ponyexpress im Bett. Der kam einmal im Jahr vorbei und brachte uns die Post.« Er machte ein zerknirschtes Gesicht. »Möchte nicht wissen, wie lange das zwischen den beiden schon lief.«

Sam schlug ihm auf die Schulter. »Wein dem untreuen Miststück nicht nach. Sie sah wirklich aus wie ein Büffel, wenn ich mich nicht irre.«

»Aber die Bohnen mit Biberspeck, die sie machte«, schwärmte Bill in trauriger Erinnerung, »die hab ich immer gern gegessen.«

»Und woher habt Ihr Euren Namen, Sir?«, wandte ich mich an Dick Stick.

Zur Antwort bekam ich nur ein dämliches Gekichere aus drei Kehlen.

»Ja, jeder Westmann trägt einen Kriegsnamen«, bekräftigte Sam Howlin, der Howlin' Sam, noch einmal, und sogleich fielen ihm weitere Beispiele ein. »Da ist etwa der berühmte Old Firehand …«

»Der bestimmt so heißt, weil er so vortrefflich schießen kann«, vermutete ich.

»Pshaw!«, widersprach Sam. »Weil er sich mal besoffenen Kopfes die Flossen am Lagerfeuer verbrannte.« Dann setzte er seine Aufzählung fort: »Oder der recht promillente Old Surehand, der immer ganz bestimmt und zielsicher ins Fettnäpfchen greift und …«

»Ins Fettnäpfchen *tritt*«, musste ich ihn als sprachgewandter Weltenbürger berichtigen. »Man greift nicht ins Fettnäpfchen, sondern tritt hinein!«

»Nonsens!«, rief er da erbost. »Dann würde er ja Sure*feet* heißen! Tut er aber nicht, wenn ich mich nicht irre! Kennt Ihr Euch im Westen aus? Unterbrecht mich nicht, Ihr Lusche!« Er fuhr fort: »… der immer ganz bestimmt und zielsicher ins Fettnäpfchen greift – jawoll, greift! – und deshalb stets in Trouble und Schwulitäten steckt …«

»Oder«, übernahm Büffel-Bill für Sam, der auch ein paar Westmänner kannte, »der nahezu legendäre Old Tremblehand, der noch nie getroffen hat …«

»Ja«, rief Dick Stick, »oder der allseits beliebte Old Shakehands, der so ein ungemein höflicher Bursche ist, dass er sogar seinen Feinden die Hand schüttelt ...«

»Oder der famose Old Onehand«, kannte Bill noch einen, »dem bei einem Grizzlybärenweitwurfwettbewerb eine Hand abgebissen wurde ...«

»Oder der sehr bedauernswerte Old Nohand«, ergänzte Dick, »der an besagtem Wettbewerb öfter teilgenommen hat ...«

»That's right!« Sam nickte eifrig und geriet richtiggehend in Ekstase. »Oder der gute, alte Old Hand, der schon so unglaublich lange im Westmann-Geschäft ist. Oder der fast schon sagenumwobene Lederstrumpf, der ...«

»Nicht Old Lederstrumpf?«, fiel ich ihm erneut ins Wort. »Ist er denn nicht alt?«

»Pshaw!«, rief Sam. »Bis auf Old Hand ist keiner der genannten Gents wirklich alt. Ihr sollt mich doch nicht unterbrechen, Ihr Lusche!«

»Lederstrumpf ...«, murmelte ich sinnierend. »Hört sich an wie ein indianisches Verhüterli!«

Sam seufzte ergeben. »Ich merk's schon, Mister Mayer, Sir: Ihr seid eine Lusche und werdet's bleiben. Geben's auf. Für heute zumindest. Werdet Euch schon noch einen geeigneten Kriegsnamen verdienen.« Wieder kicherte er. »Obwohl Teutonen-Charly nicht schlecht wär, wenn ich mich nicht irre.«

Erst ein paar Stunden später erwachten Bancrott und seine drei bisherigen Surveyors aus ihrem Rausch. In der Zwischenzeit hatte ich mich anhand der Karten und der Aufzeichnungen selbst darüber ins Bilde gesetzt, wie weit ihre Vermessungen schon vorangekommen waren – oder eher nicht vorangekommen waren, denn in all der Zeit war hier nicht viel geleistet worden.

Bancrott empfing mich in seinem Zelt, in dem es stank, als hätte ein Skunk darin übernachtet. Die drei Surveyors lungerten draußen herum. John Bancrotts Händedruck war übertrieben heftig, so wie der einer Lusche, die vorgibt, ein Mann zu sein. Der Alkohol machte ihm noch immer die Zunge schwer, und aus seinem Gestammel war zunächst kaum etwas Vernünftiges herauszuhören. Offenbar hielt er mir eine Art Moralpredigt, dass er hart arbeitende Männer schätze und Faulenzer in den Allerwertesten zu treten pflege. Nun, da hätte er bei sich selbst anfangen müssen, denn mir war schnell klar, dass Bancrott ein Säufer, ein Trunkenbold, eine Schnapsdrossel und auch sonst am Ende war. Diese Eisenbahnlinie, die er plante, stellte wohl seine letzte Möglichkeit dar, seine finanzielle Lage irgendwie zu retten. Wenn diese Sache schiefging (und wenn er so weitermachte, würde sie das), war er pleite, dann war er als Unternehmer gescheitert und würde seinen Lebensunterhalt fortan mit ehrlicher Arbeit verdienen müssen, was Leuten wie ihm bekanntlich ein Gräuel ist.

Wie es um seine Lage bestellt war, sagte er mir natürlich nicht offen, doch zwischen den gelallten Worten hörte ich es gleichwohl heraus. Ein bisschen weniger Brandy hätte seine Lebenssituation sicherlich verbessert.

»Ich hörte, die hiesigen Indianerstämme hätten die Fähigkeit, sich nach Belieben in Wölfe zu verwandeln«, begann ich irgendwann, nur um etwas Vernünftiges zu erfahren.

Er nickte grimmig, hockte hinter seinem Klapptisch auf einem Klappstuhl und schlürfte schwarzen Kaffee, um wieder einigermaßen klar zu werden. »Ja, ja«, knurrte er.

»Indianer-Hokuspokus. Heidnische Magie. Irgendein Zauber ihrer elenden Schamanen-Hexer.«

»Habt Ihr keine Angst, sie könnten über Euch herfallen, wenn Ihr Eure Eisenbahn durch ihre Gebiete zieht und Ihnen damit das Land abnehmt?«

»Zerbrecht Euch nicht meinen Kopf, Mayer!«, sagte er mürrisch. »Ihr seid hier, um den Verlauf der Schienen zu vermessen. Um die Rothäute kümmern sich Mr. Ratanescu und seine Männer.«

»Die draußen in ihren Särgen liegen«, sagte ich. »Das erscheint mir … hm, merkwürdig.«

»Was soll daran merkwürdig sein?«, knurrte er.

Na, was wohl?, dachte ich. War er schon so versoffen, dass ihm das gar nicht seltsam vorkam? Das konnte ich nicht glauben.

»Vampire schlafen tagsüber in ihren Särgen«, sagte ich.

Er verengte die Augen zu schmalen Schlitzen, fixierte mich mit grimmiger Miene. »Was wisst Ihr denn von Vampiren?«

»Mit Verlaub, ich komme aus Germany, und dort, im Herzen des europäischen Kontinents, sind uns solche Spukgestalten durchaus nicht unbekannt. Im Gegenteil kennen wir uns in den deutschen Landen aus mit Vampiren, Hexen, Geistern und Dämonen. Kennt Ihr die Hausmärchen der Gebrüder Grimm?«

»Was, zum Teufel, sind Hausmärchen?«

»Märchen, die so unheimlich sind, dass man, wenn man sie gelesen hat, sich kaum noch aus dem Hause traut«, klärte ich ihn auf. »Deshalb Hausmärchen.«

»Hell and damnation!«, fluchte er. »Eure deutschen Märchen könnt Ihr Euch sonst wo hinschieben! Lasst Ratanescu in Ruhe! Legt Euch bloß nicht mit dem Ratten-Jim an! Und die Rothäute überlasst ihm und seinen Boys, die sind nicht Euer Problem. Außerdem«, fuhr er dann doch fort, »habe ich mich mit einem der Stämme längst geeinigt. Ihr Häuptling Tuntua ist ein durchtriebener und geldgieriger Bursche, der alles zu tun bereit ist, um sich persönlich zu bereichern. In seinem Herzen ist er also weniger Rothaut als Unternehmer, ein Mann ganz nach meinem Geschmack. Er freut sich auf die Touristen und die Geschäfte, die er mit ihnen machen kann. Er hat schon jetzt eine Massenproduktion von allerlei original indianischem Krimskrams laufen und lässt seine Squaws im Akkord echt indianische Teppiche knüpfen, die er den Weißen, wenn meine Eisenbahn kommt, zu völlig überzogenen Preisen verscherbeln kann. Außerdem plant er, ein Spielkasino und ein Freudenhaus zu errichten.«

»Ein Freudenhaus?«, wiederholte ich fassungslos.

»Ja, ein Freudenhaus«, sagte Bancrott, »einen Puff, ein Bordell, ein Hurenhaus, einen Stall für nackte Hühner. Das ist ein Etablissement, wo Freier gegen Bezahlung …«

»Ich weiß, was ein Freudenhaus ist!«, unterbrach ich ihn ~~erregt~~ aufgebracht.

»Oh, dann seid Ihr offenbar doch ein Mann«, beleidigte mich Bancrott und grinste unverschämt. »Jedenfalls freut sich Häuptling Tuntua auf den Reibach, den er mit den weißen Touristen machen kann!«

»Mit Euch als Geschäftspartner, nehme ich an. Ich bin sicher, er wird Euch dafür gehörig Prozente abdrücken müssen!«

Da lachte Bancrott schallend. »Das wird er, aber das ahnt er noch nicht. Er hat seine drei Kreuzchen unter meinen Vertrag gesetzt, dabei ist keiner seiner bepelzten roten Brüder des Lesens mächtig, hahaha!«

Bancrott hatte noch immer eine Menge Alkohol im Blut, nur darum plauderte er mir gegenüber Dinge aus, die er im nüchternen Zustand sicherlich verschwiegen hätte, weil sie mich schlichtweg nichts angingen.

»Ich glaube kaum, dass Häuptling Tuntua wirklich so dumm ist, wie Ihr glaubt«, äußerte ich meine düstersten Befürchtungen. »Er und seine Kiowas sind Werwölfe; sie haben es auf möglichst viele wehrlose Opfer abgesehen. Ihr schafft diese ahnungslosen Touristen hierher, die nicht mehr wollen, als von Eurer Bahn aus auf grasende Büffel zu schießen und ein paar Bisonherden auszurotten, und werft sie diesen Bestien im wahrsten Sinne des Wortes zum Fraße vor. Die Kiowas freuen sich auf die hilflosen Weißen, die sie durch die Vollmondnacht hetzen und dann mit ihren Klauen zerfleischen können. Nur darum geht es Häuptling Tuntua und seinen rotschwarzmagischen Spießgesellen!«

»Genug jetzt!« Erzürnt schlug Bancrott mit der Faust auf den Tisch. »Was Tuntua letztendlich vorhat, ist mir gleich. Ich bin Geschäftsmann, da kann ich mir moralische Anwandlungen nicht leisten. Wie heißt es doch so schön: Als Unternehmer sei gerissen und begrabe dein Gewissen!« Er lachte dröhnend über diesen Slogan, den wohl irgendein Arbeitgeberverband des Wilden Westens ausgegeben hatte. »Ich habe mit den Kiowas einen Deal ausgehandelt, der für beide Seiten Profit abwirft, das allein zählt für mich. Nur die edlen Apachen könnten noch Schwierigkeiten machen, da ihr Häuptling Schuschuschuna zu senil ist, um überhaupt zu begreifen, was ich von ihm will und dass bei diesem Unternehmen auch für ihn eine Menge herausspringen könnte. Aber für alle Probleme, die sich in dieser Hinsicht ergeben, habe ich ja Ratanescu, damit er sie mir vom Hals schafft!«

»Mit ein paar Kugeln, nehme ich an!«

»So ist es!«

»Da vergesst Ihr aber, dass Werwölfe gegen Kugeln immun sind.«

»Ja, gegen welche aus Blei, da habt Ihr recht!« Er grinste mich listig an. »Die Glorreichen 13 jedoch haben kistenweise Silberkugeln hergeschafft, mit denen man vortrefflich auf Werwolfsjagd gehen kann, wie Ihr wissen solltet.« Später sollte ich erfahren, dass jene Silberkugeln Bancrotts letzte Ersparnisse aufgebraucht hatten, wobei ihn der Ratten-Jim noch kräftig übers Ohr gehauen hatte. John Bancrott war das Paradebeispiel eines Unternehmers. Hätte man auch ihm einen Kriegsnamen gegeben, hätte dieser sicherlich Wirtschaftskrisen-Johnny gelautet.

»Silberkugeln«, murmelte ich. »Ratten-Jim und seine Männer kennen sich, wie's scheint, bestens mit der Bekämpfung magischer Kreaturen aus.«

»Allerdings«, bekräftige Bancrott, offenbar sehr zufrieden mit sich selbst und wie er alles eingefädelt und vorbereitet hatte.

»Müssen sie wohl als Vampire auch«, setzte ich noch hinzu.

Wieder wollte Bancrott aufbrausen, doch riss er sich zusammen, musterte mich nur aus stechenden, rot geränderten Augen und knurrte: »Ich brauche dringend noch einen Surveyor, Sir, weil Tickman, Trickman und Trackman mit der vielen Arbeit nicht nachkommen. Sonst, Sir, würde ich Euch hier und jetzt für Eure vorlauten Sprüche fristlos kündigen, wie es hier in Amerika gehandhabt wird, wenn einer seinem Boss gegenüber das Maul aufreißt. So aber gebe ich Euch noch eine Chance. Und jetzt geht an die Arbeit! Wir haben genug Zeit mit Schwätzerei vergeudet!«

Ich hatte das Zelt noch nicht ganz verlassen, da vergeudete Bancrott seine Zeit wieder damit, dass er zur Flasche griff.

Ein paar Minuten später hatte ich die zweifelhafte Ehre, meine neuen Kollegen kennenzulernen. Tickman, Trickman und Trackman waren alles andere als Pfadfinder, sondern versoffene Spießgesellen, die ebenso wenig Fachkönnen wie Fleiß an den Tag legten. Als ich mich ihnen vorstellte, nannten sie nicht mal ihre Namen, aber ich hätte sie ohnehin stets miteinander verwechselt, denn mit ihren knallroten Säufernasen glichen sie sich wie ein Entenei dem anderen.

Die Arbeit blieb an mir hängen. Noch immer vom Alkohol berauscht, schliefen die Kerls einer nach dem anderen in der Sonne ein. An diesem Nachmittag erledigte ich die Arbeit, die sie zu dritt in den letzten Wochen nicht zustande gebracht hatten. Am Abend besahen sie sich mein Tagewerk, mäkelten ohne jedes Fachwissen daran herum, gaben unqualifizierte Kommentare von sich, wussten alles besser und verzapften dabei einen Unsinn, dass sich selbst einem Laien die Haare gesträubt hätten, und als wir dann Bancrott begegneten, behaupteten sie ihm gegenüber, dies alles zu dritt geleistet zu haben, während ich ihnen nur ein Klotz am Bein gewesen wäre.

»Da müsst Ihr Euch mehr anstrengen, Herr Mayer!«, ermahnte mich Bancrott, mit erhobenem Zeigefinger und Brandyfahne. »Wenn Ihr dem Job nicht gewachsen seid, werde ich mich nach einem anderen Surveyor umschauen müssen. Nehmt Euch ein Beispiel an Tickman, Trickman und Trackman. Auf die drei kann ich mich immer verlassen!«

Ach, lieber Leser! Wenn du schon mal Dein Geld mit ehrlicher Arbeit verdient hast, wird dir das Verhalten meiner »Kollegen« und meines neuen Chefs sicherlich nur allzu bekannt vorkommen.

Ratten-Jim

Am Abend, nach Sonnenuntergang, lernte ich dann endlich Ratanescu – genannt Ratten-Jim – und seine Spießgesellen kennen. Bancrott, Tickman, Trickman und Trackman saßen zusammen an einem Lagerfeuer, hatten ein Fässchen Brandy aufgestellt und kippten sich die Rüben voll. Sam, Bill, Dick und ich saßen etwas abseits an einem zweiten Feuer, tranken Kaffee und löffelten Bohnen von unseren Blechtellern, und die drei Westmänner furzten gemütlich in die Nacht, was ihnen offenkundig nicht nur Erleichterung verschaffte, sondern auch Freude machte, denn jedem Brummer ließen sie ein fröhliches Kichern folgen.

Wir unterhielten uns zunächst über den Westen, und jeder der Präriejäger konnte eine amüsante Geschichte zum Besten geben, kamen aber bald auf die Indianerstämme dieser Gegend zu sprechen. Ich merkte den dreien an, dass ihnen das Thema Werwölfe nicht angenehm war, und als dann Sam seinen beiden Kumpels erklärte, dass ich Ratanescu und die Glorreichen 13 gar für Vampire hielt, wurden Dick Stick und Büffel-Bill so bleich, als wären sie selbst Angehörige dieser Spezies.

»Der Mayer Karl hat mit derlei Kreaturen so einige Erfahrungen in seiner Heimat gemacht«, fügte Sam noch bekräftigend hinzu.

»Demnach seid Ihr Euch Eurer Sache sicher?«, fragte Dick leise. Wir alle flüsterten nur, denn Bancrott und die drei Surveyors an ihrem Feuer sollten von unserer Unterredung nichts mitbekommen.

Mit einem Nicken bejahte ich Dick Sticks Frage. »Sie schlafen bei Tage in ihren Särgen. Kam Euch das nicht seltsam vor?«

»Nun, ein wenig schon«, gab Dick zu. »Aber sie hatten dafür eine Erklärung …«

»Ich weiß, was sie Euch erzählten«, sagte ich. »Dennoch bin ich mir fast sicher, dass es sich bei diesen Männern um Blutsauger handelt.«

»Sie sind auch ganz bleich im Gesichte«, erklärte Bill. »Ich dachte immer, das liegt daran, dass sie ja so wenig Sonne abkriegen in ihren Särgen.« Er schaute mich aus ängstlich geweiteten Augen an. »Ihr meint also, unsere Beschützer sind ebenfalls Geschöpfe der Dunkelheit?«

»Ja, wäre das denn so schlecht?«, fragte Dick. »Ich meine, ihre Aufgabe ist es, uns vor schwarzmagischen Kreaturen zu schützen. Als Vampire haben sie da vielleicht sogar bessere Möglichkeiten.«

Erneut nickte ich. »Ja, der Vampir kann den Wolf beeinflussen, kann ihn sich untertan machen. Man erzählt sich sogar, in Rumänien würden die Blutsauger Werwölfe als ihre Haustiere halten oder ihre Burgen von ihnen bewachen lassen.«

Eine andere Legende behauptet übrigens, der Werwolf würde als Vampir wiederauferstehen, wenn man ihn tötete. Doch das, werter Leser, ist reiner Aberglaube und hat mit dem wirklichen Leben nichts zu tun.

»Na, wenn also Ratanescu und seine Gesellen tatsächlich Vampire sind, dann stünden unsere Chancen gegen die Apachen wesentlich besser, oder?«, meinte Sam.

»Vorausgesetzt, diese Geschichten über Werwölfe und Vampire sind wahr«, schränkte ich ein.

»... und der Ratten-Jim und seine Gents haben es nicht auf unser Blut abgesehen«, flüsterte Bill düster, und damit hatte er natürlich recht.

In diesem Moment vernahm ich ein Quietschen, das ich in meiner Heimat schon des Öfteren vernommen hatte. So hörte es sich an, wenn Leichenhände Sargdeckel mit schlecht geölten Scharnieren nach oben drückten und sich die Toten erhoben. Dreizehnmal war dieses Quietschen zu hören, danach öffneten sich sieben Wagentüren nicht minder kreischend.

Alle waren verstummt, die Westmänner furzten nicht mehr, Bancrott, Tickman, Trickman und Trackman hatten aufgehört, schmutzige Lieder zu singen und üble Witze über Rothäute zu reißen, selbst die Natur um uns herum schien den Atem anzuhalten. Bisher hatte irgendwo in der Ferne ein Kojote geheult; nun war es völlig still.

Ich vernahm auch keine Schritte, dennoch tauchten der Ratten-Jim und seine Gesellen unvermittelt im Schein der Lagerfeuer auf.

Bei ihrem Anblick war ich mir sofort sicher, es mit Untoten zu tun zu haben. Ihre Gesichter waren so bleich, dass sie im Licht der Feuer zu leuchten schienen, ihre Wangen eingefallen, die Lippen dünne Striche, die Augen pechschwarz, und auch waren sie gänzlich in Schwarz gekleidet.

Ratanescu konnte man als Anführer gleich ausmachen. Er schritt vornweg, trug schwarze, auf Hochglanz polierte Stiefel – das fiel mir auf, denn wer putzt schon in der Wildnis jeden Tag sein Schuhwerk? –, schwarze Leggings, ein schwarzes Hemd und eine schwarze Lederweste, die vorn offen stand. Um seine Hüfte hatte er einen Revolvergurt geschlungen, mit einem Schießeisen an jeder Seite. Sein Gesicht war hässlich und kantig, und eine kreuzförmige Narbe zog sich vom Ansatz seines schwarzen, zurückgekämmten Haars bis zum Kinn über die rechte Hälfte seines Antlitzes.

Vampire tragen keine Narben davon, denn ihre untoten Leiber regenerieren sich auf magische Weise. Es sei denn, sie werden von einem magischen oder geweihten Gegenstand verletzt. Die Narbe, die Ratanescus hässliches Gesicht kaum noch verunstalten konnte, sah aus, als hätte sich ihm ein glühendes Eisen ins blutleere Fleisch gebrannt. Aufgrund der Kreuzform war ich sicher, dass es ein Kruzifix gewesen war, das man ihm in die totenbleiche Visage geschlagen hatte, wahrscheinlich das Werk eines Dämonenjägers. Der arme Mann hatte es wohl trotz dieser Bewaffnung nicht überlebt, sonst hätte Ratanescu in diesem Moment nicht vor uns gestanden.

Noch etwas fiel mir auf. Sein Kinn und seine Wangen waren so glatt wie ein Babypopo. Ich konnte mir aber nicht vorstellen, dass er sich im Sarg rasiert hatte.

Muss ich noch weiter ausholen? Nein, ich denke, die Sache ist klar: Ratanescu und seine Kumpanen waren genau das, wofür ich sie von Anfang an gehalten hatte.

Ihr Auftritt hatte alle zum Verstummen gebracht, nun aber erhob sich Bancrott, schwankte dabei sichtlich, denn er war schon wieder mächtig angeheitert, streckte beide Arme aus, als wollte er den Ratten-Jim zum Liebesspiel in der Prärie auffordern, und rief: »Mr. Ratanescu! Schön, Euch zu sehen! Wollt Ihr Euch zu mir setzen und Euch auch einen schönen, wärmenden Brandy genehmigen, Ihr und Eure Mannen?«

Natürlich lehnte Ratten-Jim das überschwängliche Angebot ab: »Meine Männer und ich trinken keinen Alkohol, wie Ihr wisst, Mr. Bancrott. Stattdessen sehen wir uns lieber in der Gegend um, ob nicht irgendwelche Apachen-Hunde ums Lager schleichen!«

»Stimmt, ach ja!«, rief Bancrott. »Was seid Ihr doch für pflichtbewusste Gents! Denkt immer nur an die Arbeit, genehmigt Euch keinen Tropfen!«

War Bancrott wirklich solch ein Vollidiot? Natürlich tranken Ratanescu und seine Kerls keinen Tropfen, zumindest keinen Brandy. Der Sinn stand ihnen nach einem ganz anderen Drink.

In diesem Moment fiel der Blick aus Ratanescus nachtschwarzen Augen auf unseren Kreis. Er betrachtete mich, rümpfte die Nase, dann näherte er sich mit kreisenden, überheblichen Schritten unserem Feuer und blieb dicht vor mir stehen.

Ihm folgte ein anderer Bursche mit ebenso brutalem Gesicht, der wohl so etwas wie sein Stellvertreter oder Oberstiefellecker war.

»Euer Gesicht habe ich noch nie gesehen«, sagte Ratanescu zu mir statt eines Grußes. »Wer seid Ihr?«

Ich erhob mich, wie es ein Gentleman tut, wenn er sich einem anderen vorstellt. »Ich bin der Mayer Karl.«

Und Sam fügte hinzu: »Mayer mit a y, wenn ich mich nicht irre!«

»Was habt Ihr hier verloren?«, fragte Ratanescu, meine ihm dargebotene Rechte ignorierend.

Der unverschämte Kerl spielte hier den Boss und führte das Wort, als hätte er das Sagen und nicht Bancrott.

Dieser torkelte auf uns zu, ein dämliches Grinsen im Gesicht, und mischte sich ein: »Aber, Mr. Ratanescu. Ich habe Euch doch erzählt, dass der gute Sam Howlin losgezogen ist, einen weiteren Surveyor zu besorgen. Das ist Herr Mayer, der uns von nun an zur Seite stehen wird.«

»Ihr gefallt mir nicht«, zischte mir der Ratten-Jim ins Gesicht. »Ihr riecht, als würdet Ihr Ärger machen.«

»Das will ich für Euch nicht hoffen, Mr. Ratanescu,

Sir«, sagte Sam Howlin, der sich die Laune von dem dreisten Burschen nicht verderben ließ. »Der Mayer Karl hat schon bewiesen, dass er ein ganzer Kerl ist, einer, mit dem nicht zu spaßen ist. Wenn er Ärger mit Euch sucht, zieht Ihr am Ende noch den Kürzeren, wenn ich mich nicht irre.« Und er ließ einen fröhlichen Brummer folgen.

Der Ratten-Jim richtete kurz den Blick auf ihn, dann sah er wieder mich an, musterte mich abschätzig von oben bis unten und wieder zurück und knurrte dann: »Ein ganzer Kerl, ja?« Er spuckte vor mir aus. »Auf mich macht Ihr eher den Anschein, als wärt Ihr eine Lusche!«

Da war es wieder, das böse L-Wort.

Alle hielten den Atem an. Plötzlich schien die Luft mit Elektrizität aufgeladen. Sie schien regelrecht zu knistern. Jeder Blick war auf Ratten-Jim und mich gerichtet.

Ich legte den Kopf schief, hielt mir die linke Handfläche hinter die Ohrmuschel und sagte: »Entschuldigt, Mr. Rattenschwanzko. Wie habt Ihr mich genannt?«

»Ich sagte Lu...«

Er kippte steif nach hinten und schlug der Länge nach hin wie ein gefällter Baum und blieb liegen, als hätte sich die Spannung in der Luft in einem Blitzschlag entladen, der ihn getroffen hatte.

Es war freilich kein Blitz, sondern meine Faust, die ihn niedergestreckt hatte, und die ließ ich nun sinken.

Wie ich schon betonte, bin ich ein äußerst friedliebender Mensch. Es gibt nur die eine oder andere Sache, die ich mir nicht gefallen lasse, und die hatte Ratanescu punktgenau getroffen, so wie meine Faust ihn.

Wieder war es still. Nur der Howlin' Sam ließ erneut einen freudigen Brummer hören, der in der ansonsten herrschenden Geräuschlosigkeit meilenweit über die Prärie zu hallen schien.

Dann rief Bancrott: »Mayer, was habt Ihr getan?«

Und vor Schreck machte er einen Schritt nach hinten und plumpste unbeholfen auf den Hintern.

Der Halunke aber, der Ratanescu bis zu unserem Feuer gefolgt war, trat bis auf Armeslänge auf mich zu. Sein Gesicht war plötzlich eine Fratze des Hasses, und kurz sah ich seine Vampirfänge in den Mundwinkeln blitzen.

»Dafür wirst du büßen, Kerl!«, grollte er.

Ich hob locker die Fäuste und gab mich völlig unbeeindruckt. »Kommt alle her, ich nehme mir euch nacheinander vor oder auch alle zusammen«, bot ich ihnen an. »Aber bedenkt, dass ihr jetzt nur noch zu zwölft seid!«

Diese Drohung wirkte. Dass ich ihren Anführer mit einem einzigen Schlage niedergestreckt hatte (und dies, obwohl er ein Vampir war und daher kräftiger und zäher als jeder normale Mann), bewies ihnen, dass mit mir nicht zu spaßen war. Der eine und andere fauchte mich zwar zornig an, zeigte dabei ganz ungeniert seine Eckzähne, doch keiner wagte es noch, mit mir anzubinden.

Nur der eine, den ich für eine Art Stellvertreter des Ratten-Jim hielt, stand noch immer in drohender Haltung vor mir.

Da aber mischte sich Bancrott ein und beschwor Ratanescus Oberlakaien: »Lasst gut sein, Mr. Satanescu. Sicherlich war dies nur ein Missverständnis.« Er erhob sich umständlich, stand schwankend da und klopfte sich den Staub vom Hintern, wobei er, da er den Oberkörper drehen musste und schon anständig einen im Kahn hatte, fast wieder auf den Allerwertesten geplumpst wäre. »Außerdem«, fügte er hinzu, »ist Mr. Mayer offenbar doch ein ganzer Kerl, so wie Mr. Ratanescu auch, und unter echten Männern ist ein Faustschlag ins Gesicht doch nicht weiter tragisch, oder?«

»Well, stimmt so«, rief der Howlin' Sam vom Feuer aus und kicherte. »Westmänner pflegen sich einander derart vorzustellen, wenn ich mich nicht irre!«

Satanescu – so also hieß der Bursche – ging weder auf Sams Worte noch auf die Bancrotts ein, sondern funkelte mich hasserfüllt an. Auch seine Augen waren schwarz wie die Nacht und schienen nur aus den Pupillen zu bestehen. Endlich trat er zurück und knurrte: »Seid froh, wenn dies kein Nachspiel hat.«

Er winkte zwei seiner Komplizen heran, die den noch immer bewusstlosen Ratanescu unter die Achseln griffen und ihn aus dem Schein des Feuers zerrten. Sie verschwanden mit ihm in der Nacht, alle, und die Dunkelheit verschluckte sie, als hätten sie nie existiert.

Bancrott schwankte wütend auf mich zu. »Was habt Ihr Euch nur dabei gedacht, den Ratten-Jim derart zu verärgern!«, schnauzte er mich an. »Wir brauchen diesen Mann dringender als einen vierten Surveyor, denn er und seine Leute sorgen für unsere Sicherheit!«

Ob dem so war, musste sich meiner Ansicht nach noch herausstellen. Vielleicht, so stand für mich zu befürchten, stellten sie aber auch eine größere Gefahr dar als beide Werwolfstämme zusammen.

Ich ließ Bancrott zetern und maulen, drehte mich einfach um und setzte mich wieder ans Feuer meiner Westmann-Gefährten. Daraufhin schwankte Bancrott, noch immer murrend, zurück zu seinen Saufkumpanen und zum Brandy. Er war schon so betrunken, dass es ein Glück war, dass er sich auf der kurzen Strecke nicht in die Wildnis verlief.

»Diesen Mr. Rattengesicht habt Ihr Euch zum Todfeind gemacht, wenn ich mich nicht irre«, prophezeite Sam und kicherte, dann schlug er mir kameradschaftlich auf die

Schulter. »Recht so, Teutonen-Charly. Was wäre ein Mann ohne Feind.«

Nun, während Sam guter Dinge war, war die Stimmung unter seinen Kameraden ziemlich gedrückt. Ich bemerkte es daran, wie sie in die uns umgebende Nacht blickten, die Köpfe dabei zwischen die Schultern gezogen; ja, sie machten einen geradezu verängstigten Eindruck.

»Habt ihr die Eckzähne dieser Burschen gesehen, als sie den Mayer Karl anfauchten?«, fragte Bill mit leiser Stimme.

»Hell and damnation«, raunte Dick. »Diese Gents sind tatsächlich Vampire!«

»Ja«, sagte Sam vergnügt und nickte mir anerkennend zu. »Vom Leben im Westen habt Ihr Lusche zwar keine Ahnung, weil Ihr noch kein Westmann seid, sondern eben nur eine Lusche, wenn ich mich nicht irre. Aber mit diesem schwarzmagischen Höllengezücht kennt Ihr Euch offenbar bestens aus, Ihr und Eure Landsleute in Germany oder Europa oder wo immer Ihr nun herkommen mögt.« Dann wandte er sich an seine Scout-Gefährten. »Und ihr, scheißt euch mal nicht in die Büffellederhosen, Mesch'schurs! Dass Ratanescu und seine Spießgesellen üble Spitzbuben sind, haben wir vorher gewusst. Dass sie aber auch schwarzblütige Kreaturen sind, kann uns, da sie uns gegen die Indsmen-Werwölfe beschützen sollen, durchaus zum Vorteil gereichen, so wie Dick es schon sagte. Habe gegen die Werwolf-Indianer lieber dreizehn Untote auf meiner Seite als revolverschwingende Aufschneider, die sich vor Angst anpissen, wenn beim ersten Wilden, dem sie begegnen, die Wolfshärchen aus der Rothaut sprießen!«

Dem konnte ich zwar nicht unumwunden zustimmen, denn meine Begegnungen mit Blutsaugern waren bisher stets unerfreulich verlaufen, doch Sams aufmunternde

Worte hellten die Stimmung unter seinen Kameraden merklich auf.

Ich warf einen Blick zu Bancrott und meinen drei ungeliebten Kollegen hinüber. Die schütteten sich wieder die Köpfe mit Brandy zu, sodass ihr Verstand statt in Hirnflüssigkeit in Alkohol schwappte. Sie bekamen von unserer Unterhaltung nichts mit.

»Ihr habt fürwahr einen echten Donnerschlag«, sagte auf einmal Bill zu mir. »Ich habe selten einen Mann erlebt, der einen solchen Bums hat.«

»Ja«, stimmte Dick mit ein. »Wenn Euch der Kriegsname Teutonen-Charly nicht gefällt, wie wäre es mit Donnerkeule oder Alte Bumsfaust?«

»Das eine gemahnt zu sehr an Donnerbalken«, widersprach Sam und schüttelte den Kopf, »und unter einem guten Bums kann so mancher Kerl was Falsches verstehen.«

»Ihr müsst Silber in den Fäusten haben, dass Ihr damit einen Vampir einfach niederschlagen könnt«, meinte Büffel-Bill, noch immer ganz ergriffen von dem Rumms, den ich Ratanescu verpasst hatte.

»Yeah!«, rief da der Howlin' Sam begeistert aus. »Das ist es: Wir nennen Euch Silverhand! Ja, schließlich habt Ihr den bleichen Fatzke niedergestreckt, als hättet Ihr mit einer silbernen Faust zugeschlagen!«

»Nennt mich bitte weiterhin einfach nur den Mayer Karl«, bat ich, »das wär mir lieber.«

Doch Sam ließ nicht locker. »Silverhand«, sagte er. »Oder noch besser: Old Silverhand!«

»Warum alt?«, fragte ich und schaute ihn ergrimmt an. »Sehe ich für Euch so greise aus?«

»Pshaw!« Sam winkte ab. »Das verhält sich so wie bei Old Firehand oder Old Nohand! Old heißt im Westen nicht wirklich alt. Man setzt es gern vor einen Kriegsnamen, um damit anzudeuten, dass der Betreffende ihn ganz und gar verdient. Es gilt als Verstärkung der im Namen bekundeten Fähigkeit.«

Ich verstand. »Ah ja, so macht man's bei uns in Germany auch«, sinnierte ich. »Ein alter Schwede ist längst nicht alt, zumeist nicht mal ein Schwede. Und ein alter Schwerenöter ist sogar meist recht jung, denn ein Greis könnte nicht so vortrefflich schwerenöten.«

»Sehr Ihr, jetzt habt Ihr's begriffen«, freute sich Sam. »Well, also bleibt's dabei: Ab heute seid Ihr Old Silverhand!«

Für mich stand dies noch längst nicht fest, doch hatte es wenig Sinn, Sam Howlin weiterhin zu widersprechen. Als wollte er seine Worte bestätigen, ließ der Howlin' Sam noch einen fahren, dass es laut in die Wildnis krachte.

An diesem Abend am knisternden Lagerfeuer mit den drei erfahrenen Präriejägern wäre mir nicht eingefallen, dass mich schon bald der ganze Westen unter diesem Namen kennen und bewundern würde: Old Silverhand.

Nun, Mayer Karl gefällt mir noch immer besser, denn es bringt in die Fremde einen heimatlichen Klang. Andererseits ist Old Silverhand allemal besser als Kara Ben Nimdich.

An diesem Abend ließen sich Ratanescu und seine Gesellen im Lager nicht mehr sehen. Ich gebe zu, ich rechnete eigentlich mit einem Racheakt seitens des Ratten-Jim, aber das bescherte mir keine schlaflose Nacht. Ich habe einen sehr leichten Schlaf, so auch in dieser Nacht, obwohl ich den Nachmittag mit harter Arbeit zugebracht hatte. Ein Auge war deshalb immer halb offen, und hätte sich jemand an mich herangeschlichen, hätte ich es zudem auch gehört. Doch ich vernahm nicht mehr als die üblichen Geräusche der Prärie und hin und wieder das Heulen eines Wolfes, wahrscheinlich eines der Werwölfe, die diese Gegend unsicher machten, doch es war so weit entfernt, dass es mich nicht zu beunruhigen vermochte.

Als ich am Morgen erwachte, hatten sich Ratanescu und seine Spießgesellen wieder in ihre Särge verkrochen. Dass Ratten-Jim es nicht gewagt hatte, es mir heimzuzahlen, zeigte für mich, dass er im Grunde nicht mehr als eine Lusche war, ob Vampir oder nicht.

Nach einem schnellen Frühstück, das aus schwarzem Kaffee und abermals Bohnen mit Speck bestand, machte ich mich an die Arbeit, und erst gegen Mittag gesellten sich Tickman, Trickman und Trackman hinzu, um mir recht lustlos zur Hand zu gehen; sie waren mir dabei mehr hinderlich als eine Hilfe.

Einer der drei – ich konnte sie nicht auseinanderhalten und gab mir darin auch keine Mühe – wagte es am Nachmittag schließlich tatsächlich, an meiner Arbeit herumzumosern. Während er dumme Sprüche klopfte, standen die beiden anderen grinsend in der Nähe und kratzten sich im Schritt.

Ich nahm mir den Moserer vor, indem ich plötzlich herumwirbelte und ihm eins auf den Schnabel gab. Er fiel um, steif wie ein Brett, wie am Abend zuvor Ratanescu, und erhob sich bis zum Abend nicht mehr; ein Ausfall, der das Voranschreiten der Landmessung nicht weiter verzögerte. Im Gegenteil, seine beiden Kumpane rissen nach meinem Faustschlag weit die Augen auf, machten dann ängstliche Gesichter und entschlossen sich, in einer anderen Ecke des weiten Landes herumzulungern, sodass sie mir nicht weiter auf ~~den Sack~~ ~~auf den Senkel~~ den Keks gingen, was meine Arbeit doch erheblich erleichterte.

Damit hatte ich mir gegenüber den drei Burschen so weit Respekt verschafft, dass sie mich in Ruhe ließen und es auch nicht mehr wagten, sich in meiner Gegenwart bei Bancrott über mich zu beschweren. Dass sie dennoch die Schnäbel aufrissen und Unwahrheiten über mich schnatterten, sobald sie abends mit Bancrott dessen Brandyvorräte dezimierten, war mir klar. Der aber hätte nicht nur ständig betrunken, sondern zudem noch blind sein müssen, um nicht zu erkennen, dass die Arbeit seit dem vergangenen Tage mit einer erstaunlichen Geschwindigkeit fortschritt. Ja, in eineinhalb Tagen hatte ich mehr Land vermessen, als meine »Kollegen« in den letzten drei Wochen. Nicht, dass Bancrott das mir gegenüber zugab oder mich gar gelobt hätte. Dafür war er zu sehr Unternehmer.

Sicher fragst du dich, lieber Leser, warum ich mich so ins Zeug legte. Nun, erstens tat ich das gar nicht, aber um so wenig zu leisten wie Tickman, Trickman und Trackman hätte ich schlicht aufhören müssen zu atmen und meinen Herzschlag einstellen müssen. Zweitens ist Pflichterfüllung nun mal eine deutsche Tugend, und die legte ich auch in der Wildnis nicht ab.

Am Abend krochen Ratanescu und seine Blutsauger wieder aus ihren Särgen, doch keiner wagte es, sich mit mir anzulegen. Mir war es fast, als würde mir der Ratten-Jim ganz bewusst aus dem Weg gehen. Nur Satanescu, sein ~~Oberarschlecker~~ Oberstiefellecker, funkelte mich hasserfüllt an, als er mich mit Sam und den zwei anderen Westmännern am Lagerfeuer sitzen sah, und machte die Geste des Halsabschneidens. Sam sah es, hob die Hand und ballte eine Faust, wobei er einzig den Mittelfinger ausgestreckt ließ, eine Geste, die ich nicht kannte. Als ich ihn danach fragte, kicherten die drei Scouts nur wieder, und ich nahm an, dass es irgendein indianisches Zeichen war, das jeder echte Westmann kannte.

Bisons, Mustangs und ein Zombie

Am dritten Tage – es war Nachmittag – suchte mich Sam Howlin bei der Arbeit auf. »Heda, Lusche!«, grüßte er mich. »Sattelt Euer Horse, wir machen einen Ausflug!«

»Kann nicht«, entgegnete ich. »Bin mitten in der Arbeit, wie Ihr seht.«

»Pshaw!«, gab er zurück. »Habt die letzten zwei Tage mehr gearbeitet als die drei Trunkenbolde an Eurer Seite in ihrem ganzen Leben. Und seid weit vorangekommen mit der Vermesserei. Da ist ein freier Nachmittag drin. Habe eine Bisonherde gesichtet, will uns einen guten Braten schießen, damit es heut Abend was anderes gibt als Bohnen, sonst verpesten wir mit der Rumfurzerei noch die ganze Prärie, dass die Werwölfe an Atemnot krepieren. Also rauf auf Euren Gaul, der alte Howlin' Sam will Euch was beibringen, damit Ihr nicht für alle Zeiten eine elende Lusche bleibt!«

Mit seinen letzten Worten hatte er mich überzeugt, denn auch, wenn ich mich nicht als Lusche sah, sollte doch ein Westmann aus mir werden. Wir kehrten also zurück ins Lager, dort sattelte ich mein Pferd und steckte den Werwolftöter für alle Fälle in den Sattelschuh.

»Wo wollt Ihr hin?«, rief mich Bancrott an, der aus dem Zelt getaumelt kam und auf mich zuwankte. »Wollt Ihr heut nichts mehr tun?« Er blies mir seinen Brandyatem entgegen, der schon auf eine Entfernung von einem Dutzend Schritten eine nahezu betäubende Wirkung entfaltete.

»Wir wollen einen Bison schießen«, erklärte Sam statt meiner. »Das gibt gutes Fleisch – und mit so einem Braten überm Feuer schmeckt Euch der Brandy heut Abend sicherlich noch mal so gut, wenn ich mich nicht irre!«

Der gewitzte Sam Howlin hatte stets das richtige Argument parat, um seine Mitmenschen zu überzeugen, so schien's. Jedenfalls nickte Bancrott, wenn er auch weiterhin eine mürrische Miene zur Schau trug, wie man sie von einem Boss erwartete.

Sam und ich ritten also los, doch nach einiger Zeit bemerkte ich: »Sam, wir sind einen Umweg geritten, einen weiten Bogen.«

»Folgt nur immer dem braven Sohn meiner gestrengen Mutter, der bringt Euch sicher ans Ziel«, sagte er und kicherte. Dann wurde er ernst und sagte: »Dicht beim Lager gibt es eine Indianergrabstätte, die wir umritten haben. Dies ist heiliger Boden, und wir sollten ihn nicht betreten, wenn wir nicht den Zorn der Indsmen auf uns ziehen wollen, womit ich sowohl die noch lebenden als auch die verstorbenen meine. Nicht jeder von denen weilt nämlich in den Ewigen Jagdgründen, um dort die Geister weißer Siedler niederzumetzeln.«

Als wir eine Anhöhe erreichten, wies er in die entsprechende Richtung; dort sah ich mehrere primitive Gerüste, errichtet aus schmalen Baumstämmen und Geäst, auf welche die Rothäute ihre Verstorbenen gebettet hatten. »Dies ist die Art, wie die Indsmen ihre Toten bestatten«, klärte mich der Howlin' Sam auf. »Auf diese Weise sind sie dem Himmel und ihren Ahnen näher, als würde man sie verscharren, wie man's einst mit uns machen wird, wenn ich mich nicht irre.«

In der anderen Richtung sahen wir eine Herde Pferde. »Wildpferde«, erklärte Sam dazu. »Sie reiten durch die

Prärie und fühlen sich in ihrer Freiheit pudelwohl. Ist so manch prächtiger Mustang darunter, für den ein Weißer ein Vermögen hinblättern würde.«

Schließlich erreichten wir ein Tal, wo eine Herde Bisons graste. Es waren mächtige, sehr eindrucksvolle Tiere, Kühe und Büffel und auch einige Jungtiere. »Sie stellen die Nahrungsgrundlage der Indsmen da«, sagte Sam. »Die Rothäute töten nur immer so viele, wie sie selbst zum Überleben brauchen. Wenn aber erst die Weißen mit der Eisenbahn hierherkommen, wird man sie wohl weitestgehend ausrotten.«

»Aber die Stämme, die hier leben, sind Werwölfe«, erinnerte ich ihn. »Fressen die auch Bisons?«

»Ich will Euch was verraten, Lusche«, gestand mir Sam. »Bruder Heinrich ist ein guter Freund von mir, trotzdem teile ich seine fanatischen Ansichten nicht. Die Kiowa-Werwölfe sind üble Spießgesellen, und dass Bancrott einen Vertrag mit ihnen geschlossen hat, will mir nicht gefallen. Die Apachen aber, und auch die Werwolf-Apachen, deren Häuptling Schuschuschuna heißt, machten auf mich stets einen edlen und friedliebenden Eindruck. Bruder Heinrich verdammt alle magischen Kreaturen, weil sie seiner Ansicht nach keine Geschöpfe Gottes sind. Die Apachen dieser Gegend aber haben nie das Kriegsbeil gegen die Weißen ausgegraben, und mir kam bisher auch nicht zu Ohren, dass ein Werwolf-Apache einen Reisenden angegriffen hätte. Stattdessen jagen sie die Bisons und ernähren sich von ihrem Fleisch, nicht von dem unschuldiger Menschen, die sich in ihr Gebiet verirren.«

»Dann ist es aber vielleicht falsch, diese Eisenbahn durch ihr Gebiet zu bauen und damit Bancrott zu helfen, seine Pläne in die Tat umzusetzen.«

Sam nickte düster. »Dieser Gedanke kam mir in den

letzten Wochen immer wieder. Aber wenn Dick, Bill und ich für ihn nicht den Scout machen, holt sich Bancrott eben drei andere Gents für diese Aufgabe. Und mit Euch verhält es sich ebenso, denn auch Ihr seid zu ersetzen.« Dann aber zuckte er mit den Achseln. »Oder auch nicht, wenn man sich diese Luschen Tickman, Trickman und Trackman so anschaut!«

Er zog sein Gewehr aus dem Sattelschuh und sagte: »Genug davon. Ich werde uns einen schönen Braten schießen. Bleibt zurück, ich will nicht, dass Euch Lusche was zustößt. Schaut schön zu, aber aus sicherer Entfernung, dann könnt Ihr was lernen!«

Bevor ich noch ein Wort sagen konnte, stieß er seinem Pferd die Fersen in die Flanken und preschte los, auf die Herde zu.

Er hatte sich einen schönen Bullen ausgesucht, der etwas abseits der anderen Bisons graste und in diese Tätigkeit derart vertieft war, dass er Sam Howlin erst bemerkte, als dieser schon weit heran war und sein Gewehr krachen ließ.

Ja, Sam wollte mir offenbar beweisen, was für ein toller Westmann er war und dass er zugleich reiten und schießen konnte, und so drückte er ab, im Sattel sitzend, den Kolben an die Schulter gedrückt und die Zügel mit den Zähnen haltend.

Sein Schuss bewirkte, dass der Büffel unwillig den schweren Schädel hob, in Sams Richtung blickte, ein wildes Schnaufen ausstieß und dann auf Sam und sein Pferd losging.

Sam riss die Augen weit auf, ließ das abgeschossene Gewehr einfach fallen, nahm die Zügel in beide Hände und riss den Gaul herum. Dafür war es längst zu spät, und es war in dieser Situation auch das Falscheste, was er machen konnte, denn dadurch wandte der Gaul dem anstürmenden Büffel die Flanke zu, gerade als der ihn erreichte.

Ich hörte Sams entsetzten Schrei, das schrille Wiehern seines Gauls, dann stürzten Reiter und Pferd zu Boden.

Im Gegensatz zu seinem Reittier sprang Sam wieder auf und rannte wie ein Wiesel auf seinen krummen, kurzen Beinen davon. Etwas anderes blieb ihm auch nicht übrig, denn der Bulle setzte ihm nach, wollte sich für die Kugel, obwohl sie ihn meilenweit verfehlt hatte, auf seine Weise bedanken.

Fast hatte das wilde Ungetüm den kleinen Mann erreicht, da war ich heran, um Sam zu retten. Natürlich war ich nicht in sicherer Entfernung geblieben, sondern war Sam mit wenigem Abstand gefolgt, schließlich bin ich alles andere als eine Lusche. Vor allem aber hatte ich geahnt und befürchtet, dass Sam Howlin mir gegenüber den großen Westmann herauskehren wollte, dass er mir eine Schau hatte bieten wollen und dabei zu viel riskierte.

Und damit hatte ich leider richtiggelegen.

Doch hatte mich diese Voraussicht auch richtig handeln lassen, und bevor der Bulle den armen Sam auf die Hörner nehmen konnte, drückte ich ab, gleichzeitig reitend und betend, dass Bruder Heinrichs Werwolftöter nicht nur Wolfsmenschen den Garaus machte, sondern auch so ein Bisonbüffel alle Hufe von sich streckte, wenn ihm ein aus der geheiligten Waffe abgefeuertes Geschoss durchs Hirn fuhr.

O ja, das tat er, wie ich im nächsten Augenblick erlebte.

Und wie!

Ich hatte auf das rechte Auge des Büffels gezielt, traf ~~zwar das linke, dafür aber~~[6] punktgenau – und der riesige Schädel des Bisons explodierte! Der Donnerschlag, mit

6) im handschriftlichen Originalmanuskript gestrichen

dem der Werwolftöter seine mörderische Ladung ausspie, riss mich glatt aus dem Sattel. Hart schlug ich auf dem Allerwertesten auf.

Als ich mich aus dem Gras erhob, stand mein verschrecktes Pferd neben mir und rollte wild mit den Augen, Sam hockte schnaufend am Boden und versuchte zu Atem zu kommen, und der kopflose Bison lag im Gras, um ihn herum Fleischfetzen, Knochensplitter und ein schönes Paar Hörner.

Ich trat auf Sam zu, half ihm hoch, und gleich zeterte er los: »Hab ich Euch nicht gesagt, Ihr sollt in sicherer Entfernung bleiben, Ihr Lusche?«

Das also war sein Dank dafür, dass ich ihm das Leben gerettet hatte? Nun, offenbar wollte er sich keine Blöße geben, und so schimpfte er mit mir, obwohl er sich über sich selbst ärgerte. Darum antwortete ich lächelnd: »Ich wollte genau sehen, wie Ihr den Büffel erledigt, darum bin ich näher geritten, denn die Augen von uns Stadtmenschen sind bekanntlich nicht so gut wie die eines Westmanns.«

»Hättet dabei draufgehen können«, schimpfte Sam.

»Pshaw«, sagte ich, »hatte Euch doch in meiner Nähe, der mich sicherlich gerettet hätte.«

Da grinste er listig und sagte: »Da habt Ihr recht, Sir. Der gute Sam Howlin hätte auf Euch aufgepasst.«

»Ich habe mit Bewunderung zur Kenntnis genommen, wie schnell Ihr laufen könnt«, lobte ich ihn. »Geradezu geflitzt seid Ihr.«

»Da seht Ihr mal, was so ein Westmann alles draufhat.« Sam blähte die Brust auf. »Kann reiten, schleichen und auch flitzen. Und treffe nie daneben, wenn ich's will. Wollte den Büffel aber mit meinem Fehlschuss verwirren und hab ihn dann so in Position gelockt, dass selbst Ihr Lusche ihn zielsicher erwischen konntet.«

»Das war überaus klug von Euch.«

Er nickte. »Geradezu genital, wenn ich mich nicht irre.« Sicherlich hielt er sich nicht für »genital«, sondern für äußerst »genial«.

Wir näherten uns Sams Pferd. Ich wollte ihm den Gnadenschuss geben, doch Sam meinte: »Lasst mich das machen. Bei Eurer Donnerbüchse fliegt uns der ganze Gaul um die Ohren, wenn ich mich nicht irre.«

Er hatte sein Gewehr inzwischen wieder aufgelesen und nachgeladen. Damit schoss er dem armen Tier in den Kopf, bemerkte dann, dass der Kopf in einiger Entfernung zum Rumpf lag, lief hinüber zum Rest des Körpers, lud sein Gewehr erneut und schoss ein weiteres Mal.

Er machte keine Bemerkung darüber, das tote Tier verspeisen zu wollen. Er als Westmann war offenbar ein wenig zivilisierter als der Rheinländer.

Stattdessen klagte er, nun keinen reitbaren Untersatz mehr zu haben. »Als Präriejäger ohne Pferd ist man doch angeschi… ich meine: aufgeschmissen«, jammerte er. »Bin doch kein Waldläufer, auch wenn ich so erstaunlich zu flitzen vermag, wie Ihr es nanntet! Was soll ich denn jetzt machen?«

»Beruhigt Euch, Sam«, sagte ich aufmunternd und schlug ihm auf die Schulter. »Haben doch die Herde Wildpferde gesehen. Werde dorthin zurückreiten und Euch einen prächtigen Mustang fangen.«

»Ja, seid Ihr denn dazu in der Lage und Manns genug?«, fragte er und starrte mich aus großen Augen an.

»Aber sicher«, versprach ich. »Werdet's sehen, wenn ich in ein paar Minuten mit dem schönsten und edelsten Tier der ganzen Herde am Lasso zurückkomme.«

Ein paar Stunden später kam ich zurück, das von mir eingefangene Tier am Lasso.

Doch statt sich zu freuen, riss sich Sam die Perücke vom blanken Schädel, warf sie zu Boden und hüpfte wutentbrannt darauf herum.

»Was seid Ihr nur für eine Lusche!«, schrie er mich an. »Das ist kein edler wilder Mustang, sondern ein Maultier, hell and damnation!«

»Habt Euch nicht so. So ein Maultier ist viel robuster und ausdauernder als jedes Pferd«, ~~fantasierte ich drauflos~~[7] belehrte ich ihn. »Jeder, der Ahnung davon hat, reitet tausendmal lieber ein Maultier als so einen blöden Mustang, dem schon nach wenigen Meilen scharfen Ritts die Puste ausgeht. Außerdem scheint mir das Tier von Gestalt und Gemüt her gut zu Euch zu passen.«

~~»Oh, so einen Unsinn habe ich in meinem ganzen Leben noch nicht gehört!«, ereiferte sich Sam. »Wo habt Ihr diesen Quatsch bloß her? Wer immer Euch das aufgetischt hat, wollte Euch blöde Lusche nur auf den Arm nehmen und Euch anschmieren. Aber der Angeschmierte bin jetzt ich! O Herr, wie will ich mich denn mit so einem Viech unter Westmännern blicken lassen!«~~[8]

»Oh, was für ein ausgezeichneter Westmann Ihr schon seid«, lobte mich Sam. »Ja, mit jedem Wort habt Ihr recht. Dass ich Blödkopf nicht selbst draufgekommen bin und Euch nicht bat: Bringt mir bitte, bitte ein Maultier, auch wenn die besonders schwer zu fangen sind! Mein Schädel ist ebenso hohl wie kahl. Gut, dass Ihr so ein cleverer Bursche seid. Habt Dank für dieses wundervolle Reittier, mein bester Freund und liebster Gefährte!«

7) im handschriftlichen Originalmanuskript gestrichen und abgeändert
8) im handschriftlichen Originalmanuskript gestrichen und durch die folgende Passage ersetzt

Wie ich bereits schrieb, habe ich einen sehr leichten Schlaf, sodass es nur sehr schwer ist, mich im Schlummer zu überraschen. Das zeigte sich auch in dieser Nacht, als plötzlich ganz in der Nähe des Lagers Schüsse krachten.

Schon nach dem vierten Schuss öffnete ich das linke Auge, nach dem fünften oder sechsten das rechte, und nachdem es dann noch einige Male geknallt hatte, schlug ich die Decke beiseite und erhob mich.

Sam, Dick, Bill und ich hatten es uns am Lagerfeuer gemütlich gemacht, wie echte Westmänner eben, deren Bett die Natur ist und denen der Waldboden als Matratze reicht.

Ich blickte mich um. Es war Nacht, doch es war nicht stockfinster, denn der Mond stand am Himmel und würde in zwei, drei Nächten sein volles Rund erreichen, sodass er nun bereits genügend Licht spendete, um sich zu orientieren. Nebel kroch wadenhoch über den Boden und schimmerte silbrig im Mondschein.

Wär ich eine Lusche, würd ich schreiben: Es war eine unheimliche Nacht. Nun, ich bin keine Lusche, wie ich mehrmals unter Beweis gestellt hatte. Furchtlos blickte ich mich um, hörte wieder zwei Schüsse, dann lautes Knurren und einen Schrei, der selbst einem ganzen Kerl wie mir durch Mark und Bein fuhr. Da kreischte jemand, als würde er auf des Teufels glühender Herdplatte hocken, und das mit nacktem Hintern. Dann folgten wieder ein lautes, grausames Knurren und weitere Schüsse.

Bill und Dick schlummerten reglos unter ihren Decken, Sam drehte sich auf die Seite und murrte: »Verflixte Ballerei! Sollen aufhören, will schlafen!«

Von ein paar Revolverschüssen in der Nacht lässt sich ein echter Westmann natürlich nicht beunruhigen, das war er gewohnt. Meine Neugier aber war geweckt, denn es waren tatsächlich Revolverschüsse, die ich hörte, und sogleich kamen mir Ratanescu und seine Glorreichen 13 in den Sinn. Da wollte ich natürlich wissen, was die Burschen in der Nacht trieben und worauf sie schossen.

Ich schlüpfte in meine Stiefel – die aus Wildleder, mit den Fransen – und huschte wie ein Puma in die Nacht, in jene Richtung, aus der die Schüsse erklangen.

Es waren nur wenige Meter, die ich zu gehen brauchte. Ich brach durch ein Dornengestrüpp – verdammt, riss mir die Haut an den Händen dabei auf! – und gelangte auf eine baumbestandene Lichtung.

Was ich sah, wirkte irgendwie lächerlich!

Ratanescu und seine zwölf Mannen hockten auf den Bäumen, zu dritt oder viert auf jeweils einem, und unter ihnen stand ein Kerl, wild knurrend und fauchend, der eindeutig Indianerkluft trug, Mokassins, Leggings und einen Jagdrock, natürlich alles aus Wildleder und mit Fransen. Zudem trug er allerhand indianischen Tand, eine Kette aus Bärenklauen und ähnliches Zeug, mit dem sich die Angehörigen wilder Völker nun mal gern behängen.

Der Ratten-Jim schoss seinen Revolver auf den Indsman ab, doch der Vampiranführer zitterte wie Espenlaub, und so ging der Schuss weit daneben.

Einer der Glorreichen 13 hatte es jedoch nicht ganz bis auf einen der Bäume geschafft. Er hing halb über einem Ast, seine Füße strampelten einen Meter über dem Boden in der Luft, und der Indsman schnappte sich eines der Beine mit beiden Händen – die mich eher an skelettierte Totenklauen erinnerten, doch das schrieb ich zunächst der Entfernung und den Lichtverhältnissen zu – und biss hinein!

Ja, er biss dem Revolverschwinger ins Bein, und nicht nur einfach so, sondern sehr kräftig, und während der

Mann schrie, zerrte und riss der Indianer, bis er ein großes Stück Fleisch aus dem Schenkel lösen konnte, auf dem er sodann schmatzend herumkaute.

Mir fiel auf, dass kein Blut aus der Wunde trat. Doch der Revolvermann rief gellend, so als hätte es nicht jeder sehen können: »Der Kerl beißt! Großer Satan, er beißt, der Mistkerl!«

War das die Art, wie die Indsmen ihr Territorium verteidigten? Sicher, wenn sie Werwölfe waren. Doch diese Rothaut hatte keine Wolfsgestalt angenommen!

Habe ich »Rothaut« geschrieben? Nun, diese Bezeichnung war irgendwie falsch, denn als ich auf die Lichtung trat und rief »Äh, Sir ...!«, wandte sich der Indianer um, und sein Gesicht war eher bleich. Dies galt vor allem für den Totenschädel, der an einigen Stellen freilag, dort, wo die teigige Haut bereits abgefallen war.

Wie schon geschrieben, ich kenne mich mit übernatürlichen Wesen aus, und für mich bestand kein Zweifel daran, dass ich es mit einer wandelnden Leiche zu tun hatte. Sie war offenbar auf der Suche nach Frischfleisch, doch das blutleere Gewebe eines Vampirs ist nun mal alles andere als frisch, und so spie der wandelnde Tote den fauligen Brocken aus, den er dem Blutsauger zuvor aus dem Bein gerissen hatte, und stapfte nun auf mich zu, die Hände mit den krallenartigen Fingernägeln, die auch im Tode noch wachsen, nach mir ausgestreckt.

Der Leichnam fletschte dabei die gelblich verfärbten Zähne, knurrte gierig, starrte mich aus blicklosen Augen an, die aussahen wie Gelee. Ich ließ ihn kommen, denn ich wusste ja, wie man mit wandelnden Toten zu verfahren hat. Eine Kugel in den Kopf, dann war der Spuk vorbei.

Ratanescu und seine Spießgesellen verfügten ja sogar über Silberkugeln, da hätten sie den Untoten nicht mal in den Schädel treffen müssen, doch die Burschen waren lausige Schützen und zitterten zudem vor Angst, und so hatten sie ein kleines Vermögen ziellos in die Wildnis verballert.

Ich blieb die Ruhe in Person, ließ den Untoten kommen – dann griff ich zu meinen Revolvern!

Das heißt, ich wollte zu meinen Revolvern greifen! Aber – verdammt! – ich trug nichts weiter als meine langen Unterhosen mit aufknöpfbarem Podeckel und meine Stiefel! Klar, war ja auch mitten in der Nacht aus dem Schlaf gerissen worden und hatte ganz vergessen, meine Waffen mitzunehmen.

Ehe ich michs versah, war der lebende Leichnam heran und packte mich mit seinen Klauenhänden am Hals. Er drückte mir die Kehle zu, und schlagartig blieb mir die Luft weg. Es war, als läge ein Schraubstock um meinen Hals. Gleichzeitig beugte sich der Tote vor, zog die dünnen Lippen zurück und präsentierte mir seine langen, gelben Zähne, die im fauligen Zahnfleisch hockten. Die dentale Versorgung der Rothäute war nicht die beste, wie ich anhand dieser Ruinen erkennen konnte, aber einige der schräg abgebrochenen Beißerchen erschienen mir dennoch unangenehm spitz.

Er riss das Maul weit, weit auf, und ein Gestank nach Fäulnis und Kloake schlug mir daraus entgegen. Nun, da er mir die Luft abdrehte, war's gottlob nur halb so schlimm, sonst hätte ich wohl das Bewusstsein verloren und wäre ihm hilflos ausgeliefert gewesen.

Schon wollte er mir das Gesicht wegbeißen, ich aber packte mit beiden Händen seinen Kopf – igitt, in seinen fransigen Haaren wimmelte allerlei Getier – und riss seinen Schädel zur einen, dann ruckartig zur anderen Seite, und – *knack!* – schon brachen seine Wirbel, da die Nackenmuskulatur längst vergammelt war, und ich hielt seinen abgerissenen Kopf zwischen den Händen.

Seine Klauenfinger lösten sich von meiner Kehle, der Leichnam wankte zurück, dann brach er zusammen und fiel in den wadenhohen Nebel.

Ich sah auf den Schädel in meinen Händen, der mich vorwurfsvoll anstarrte und knurrte. Ich ließ ihn fallen, trat gleichzeitig zu und kickte ihn mit einem Vollspannstoß ins Gebüsch.

Doch ich war nicht ganz zufrieden mit meiner Leistung. Immerhin ist Fußball in meiner Heimat der Nationalsport schlechthin, und so ging es mir auch in diesem Falle um die Ehre.

Also holte ich mir den Kopf wieder und benutzte nun den linken Außenrist. Auf den Geschmack gekommen, zog ich den Kopf ein weiteres Mal an den verfilzten Haaren hervor und setzte ihn mit einem Dropkick ins Dickicht.

Daraufhin fand ich ihn nicht mehr wieder. Es war Nacht, es war neblig, und er hatte inzwischen aufgehört zu knurren und zu zetern und mich auf Indianisch zu beschimpfen.

Zudem sah ich mich, als ich wieder aufblickte, Ratanescu und seinen Leuten gegenüber. Nur einer von ihnen war nicht ganz so schnell und humpelte fluchend heran. (Dass sie sich auf der Flucht vor der wandelnden Leiche nicht einfach in Fledermäuse verwandelt hatten und davongeflattert waren, schrieb ich ihrer blinden Panik zu und nahm es als Beweis, mit was für einem Haufen Feiglinge und Drückeberger ich es bei ihnen zu tun hatte.)

»Was habt Ihr Narr getan?«, fuhr ich Ratanescu an, noch bevor er das Wort ergreifen konnte. »Wie konntet Ihr so dumm sein, diesen Toten zu erwecken?«

»Er war plötzlich da, als wir hier Wache hielten«, behauptete Ratanescu, »tauchte auf wie aus dem Nichts.«

Er log, ohne rot zu werden (was einem Vampir auch nur dann gelingt, wenn er vorher Blut getrunken hat).

Ich wies auf drei seiner Männer, in deren Gürteln indianischer Schmuck steckte und sogar aus den Hosentaschen heraushing. »Ihr wart bei der indianischen Begräbnisstätte und habt die Toten geplündert«, hielt ich ihm vor. »Dabei habt Ihr einen ihrer Manitus erzürnt, und der erweckte diesen toten Indsman, um Euch aufzuhalten!«

»Schwachsinn!«, grollte Ratanescu und gab seinen Männern Zeichen, den Indianerschmuck bitte etwas besser wegzustecken, damit ihn nicht jeder sah. »Das Zeug lag hier im Gebüsch, hat wohl jemand verloren!«

Inzwischen kamen auch Sam, Dick und Bill heran, gefolgt von Bancrott, der ihnen hinterherschwankte. Tickman, Trickman und Trackman ließen sich nicht blicken. Sie schliefen entweder noch ihren Rausch aus oder waren schlicht zu ängstlich, um unter dem Stein hervorzukriechen, unter dem sie sich versteckt hielten.

»Was ist hier los?«, wollte Sam wissen. »Verflixt und zugenäht, warum lässt man uns nicht schlafen? Erst die Ballerei und jetzt dieses Geschrei!«

Ich wies auf den kopflosen Indsman und erklärte ihm, was vorgefallen war. Ratanescu widersprach darauf heftig und brachte seine Version der Geschehnisse dar: »Mr. Mayer ist offenbar schlafgewandelt und dabei über eine lebende Leiche gestolpert, die ihn fressen wollte. Nur meinen Leuten und mir hat er sein Leben zu verdanken, weil wir unseren Job ernst nehmen und unsere Posten in der Nacht nie verlassen. Wir kamen hinzu und pusteten dem Untoten mit unseren Silberkugeln den Schädel weg!«

»Was erzählt ihr da für Lügenmärchen?«, brauste ich auf. »Ihr habt zwar rumgeballert wie die Narren, doch ich war es, der Euch vor dem Leichnam rettete, indem ich ihm den Kopf abriss!«

Ratanescu lachte meckernd. »Diese Lusche! Will einem lebenden Toten mit bloßen Händen den Garaus gemacht haben! Was sagt Ihr als erfahrener Westmann dazu, Mr. Howlin?«

Sam fixierte ihn grimmig und gab zu: »Hab noch nie gehört, dass dies einer schaffte, da geb ich Euch recht, Mr. Rattenpesto.« Er kniete sich neben dem jetzt toten Toten nieder, besah sich die Leiche, über die die Nebelschwaden krochen, und richtete sich wieder auf. »Ja, habt recht, Rattenfressko. Ihr wart's, der den Leichnam erledigt hat!«

»Sagte ich doch!«, triumphierte der Ratten-Jim.

Ich war erstaunt und – ich geb's zu – auch erbost über Sams Worte, denn sie konnten ganz und gar nicht stimmen. Da aber fügte der listige Howlin' Sam mit tückischem Grinsen hinzu: »Ihr und Eure Männer habt richtig gehandelt, dass Ihr wild in der Gegend rumgeballert und dutzendfach Silberkugeln in die Wildnis gejagt habt. Durch das Geknalle hat sich der Untote derart erschreckt, dass er glatt den Kopf verloren hat, wenn ich mich nicht irre, hihihihihi!«

Ratanescu funkelte mich zornig an: »Und ich sage, Ihr seid ein Lügner!«

Ich lasse mich ungern als Lusche bezeichnen, noch ungerner aber als Lügner. Ratanescu hatte das Wort gerade ausgesprochen, da streckte ihn auch schon mein Faustschlag nieder.

Satanescu, sein treuester Spießgeselle, wollte daraufhin zum Eisen greifen, doch er hatte es gerade aus dem Holster gerissen, da war ich mit zwei Schritten bei ihm, nahm es ihm mit der Linken einfach ab und versenkte meine Rechte in sein bleiches Angesicht.

Auch er ging zu Boden.

»Fürwahr«, hörte ich Sam hinter mir zu Bill und Dick sagen, »er ist wirklich eine alte Silberhand, unser Old Silverhand!«

Ratanescu war diesmal zumindest Manns genug, nicht gleich ohnmächtig zu werden. Auf dem Allerwertesten hockend, drohte er mir: »Dafür wirst du grausam büßen!«

Bancrott mischte sich ein, indem er mir vorhielt: »Wie konntet Ihr die beiden Gents nur niederschlagen, auf die wir so dringend angewiesen sind, Ihr Fool!«

Fool ist ein englisches Wort und bedeutet, übersetzt in meine Heimatsprache, so viel wie Blödheini, und Blödheini ist dort, wo ich herkomme, eine ebenso schlimme Beleidigung wie Lusche oder Lügner.

Also setzte sich auch Bancrott unbeabsichtigt auf den Hosenboden.

Bevor die drei anfangen konnten, zu zetern und zu schreien, warnte Sam: »Achtung! Da kommt jemand! Ich glaube, es sind Wöl…«

Weiter kam er nicht.

In unserer Nähe hatte sich, von uns unbemerkt, eine Nebelwand aufgebaut, wie durch magische Kräfte erzeugt, und aus der sprang eine laut und drohend knurrende Gestalt hervor und jagte mit einem weiten Satz auf mich zu. Mächtige Pranken stießen gegen meine Schultern und rissen mich nieder, ich schlug im Nebel auf und sah über mir eine Wolfsfratze mit glühenden Augen und weit aufgerissenem Maul, dessen Fänge im nächsten Moment dicht vor meinem Gesicht krachend zusammenschlugen.

Klage-Peter

Das Untier über mir war eindeutig ein Werwolf, halb Mensch, halb wildes Tier.

Und was für ein Tier! Wenn es sich aufrecht stellte, war es gut zwei Meter groß, und es hatte schwarzes, seidiges Fell, unter dem dicke Muskelstränge spielten. Ich hatte nie zuvor eine solch edle Kreatur gesehen, und ich nahm mir vor: Wenn ich mir je ein Haustier zulegte, ein Kätzchen, ein Hündchen, einen Wolf, dann sollte es so ein anmutiges, prächtiges Tierchen sein wie dieses!

Ich stemmte meine Unterarme gegen die Kehle und die Brust des Wolfs und versuchte ihn zurückzuschieben. Abermals schlugen seine mächtigen Kiefer über meinem Gesicht zusammen, und warmer, glitschiger Geifer spritzte auf mich herab.

O ja, dieser Wolf war wirklich ein Prachtbursche!

Und sicherlich hätte sein nächster Bissen mich erledigt, denn Sam, Bill und Dick waren viel zu entsetzt und überrascht, als dass sie mir rechtzeitig hätten beistehen können. Sie standen um mich herum und glotzten nur dämlich. Und Ratanescu und seine Mannen hatten ja schon bewiesen, wie vortrefflich sie mit ihren Schießeisen umzugehen wussten. Sie hätten mich wahrscheinlich durchsiebt, ohne auch nur mit einer einzigen Kugel den Werwolf zu treffen!

Sicherlich wäre es aus mit mir gewesen, wäre nicht ein weiterer Wolf aufgetaucht, einer mit weißem Fell, ein sehr alter Wolf, der einen stark gekrümmten Rücken, einen Buckel hatte. Er lief heran, stellte sich auf die Hinterpfoten und zog den schwarzen Wolf mit den Vorderpfoten von mir weg. Sein Knurren hörte sich an, als würde er zu dem anderen Unhold sprechen.

Auch dieser erhob sich auf die Hinterläufe, stand zweibeinig da wie ein Mensch, aber mit immer noch glühenden Lichtern, wie man die Augen eines Wolfes nennt, und gefletschten Fängen, die muskelbepackten Arme mit den furchtbaren Pranken hin und her schwenkend.

Ich kroch von ihm weg und erhob mich, gesellte mich zu den anderen Weißen, die noch immer wie erstarrt dastanden, und sah einen dritten Wolf, ebenfalls sehr alt, mit grauem Fell, der auf allen vieren aus dem Nebel lief, sich umsah, eine Runde drehte, an dem toten Untoten schnüffelte, dann eine Fährte am Boden verfolgte bis zu mir, an meinen Beinen ebenfalls herumschnupperte und schließlich von dem schwarzen Wolf weggezogen wurde.

Und dann geschah es: Der weiße und der schwarze Wolf verwandelten sich, man hörte ihre Knochen knirschen, als sie sich verschoben, ihr Fell schien sich in die Hautporen zurückzuziehen, und sie nahmen immer mehr menschliche Gestalt an, bis zwei Gents im Nebel vor uns standen, ein junger Indianer und ein alter Weißer, beide mit nicht mehr angetan als Lendenschurzen.

Der junge Indianer hatte sich mir eben noch als schwarzer Wolf gezeigt, doch seine menschliche Gestalt war nicht weniger anmutig. Er war hochgewachsen, schlank und zugleich muskulös, seine Haut schimmerte im Mondlicht wie Bronze, und auch sein Gesicht war fein und lieblich geschnitten, mit vollem Mund und großen schwarzen Augen. Rabenschwarzes Haar fiel ihm glänzend über die Schultern.

Der andere war eindeutig ein Weißer, recht betagt und klein geraten. Ein Buckel krümmte seine Gestalt, und mit seinen krummen Beinen erinnerte er mich an Sam Howlin, doch sein weißes Haar war nicht minder lang als das des Indianers an seiner Seite.

Der graue Wolf verwandelte sich noch nicht, schnüffelte jetzt an Sams Stiefeln herum, der ihn loszuwerden versuchte, ohne ihn dafür treten zu müssen, und erst ein Ruf des alten Weißen veranlasste ihn, von Sam abzulassen: »Schuschuschuna, oje!«, jammerte der Alte. »Komm doch zu uns. Ach, wie schrecklich, dass er mal wieder nicht rafft, was geschieht. Schuschuschuna, komm her! Diese Männer sind nicht deine Freunde!«

Der Graue stellte sich zwischen den weißen Alten und den roten Jungen – will sagen: zwischen den alten Weißen und den jungen Roten – und verwandelte sich ebenfalls, und schließlich stand er als alter Indianer vor uns, ebenfalls im Lendenschurz, und blickte sich um, als wüsste er nicht, wo er sich befand und wie er hergekommen war.

Der alte Weiße hob die Hand und grüßte uns mit »Howgh!«.

Dieses »Howgh!« liest sich vielleicht seltsam, wird aber ganz einfach ausgesprochen, wie »Hau!«. Da sich aber »Hau« so ähnlich liest wie »Wau«, wir es jedoch mit Wölfen zu tun hatten und Wölfe nun mal nicht bellen, schreibe ich weiterhin »Howgh!«, wenn es dir recht ist, werter Leser.

Dieses »Howgh!« benutzen die Indianer einerseits, um etwas zu bestätigen oder ihre Zustimmung zu einem vorgetragenen Sachverhalt oder Vorschlag zu geben; dann heißt es so viel wie »Ja!«, »Richtig!«, »Jawoll!« oder »Ist gebongt!«. Andererseits kann dieses »Howgh« aber auch als Gruß gemeint sein und bedeutet dann »Hallo!«, »Grüß

Gott!«, »Schönen Tag auch!«. Anders als allgemein angenommen, grüßen sich die Indianer allerdings nicht untereinander mit diesem »Howgh!«, sondern sagen es nur zu den Weißen, denn in diesem Falle ist es die Abkürzung für das englische »How do you do?«, was den Indsmen aber zu umständlich und lang für einen knappen, freundlichen Gruß ist. Eigentlich müsste ich also »How!« schreiben, doch das sieht dann ebenso bescheuert aus wie das »Howgh!«. Der Texaner sagt übrigens stattdessen »Howdy!«, denn er stammt in der Regel von bayerischen Siedlern ab, die bekannterweise nicht weniger mundfaul sind als der Indsman.

Siehst du, Leser, hast du wieder mal was gelernt vom klugen Mayer Karl. Jetzt hast du dir das Büchlein nicht umsonst gekauft!

»Oh, was tut ihr Weiße nur in dieser Gegend«, sprach der weiße Alte weiter, und seine Stimme klang so jammernd, als hielte er eine Rede am Grabe seines einzigen Kindes, das zugleich sein einziger Freund gewesen war und der einzige Mensch, der ihn liebte. »Oh, wie schrecklich das alles ist! Ihr fallt in das Land der Indianer ein, knallt ihre Bisons ab, raubt ihre Maultiere …«, bei diesen Worten blickte ich ganz schuldbewusst auf meine Stiefelspitzen, denn irgendwie fühlte ich mich angesprochen, »… und jetzt, ihr Unholde, ihr arglistigen Halunken, jetzt schändet ihr auch noch die heiligen Grabstätten der Apachen …«

»Äh, das war ich nicht«, sagte ich rasch.

»… und reißt ihren untoten Wächtern die Köpfe ab.«

Okay, das war ich.

»Der arme rote Mann ist euch elenden Kerlen schutzlos ausgeliefert. Was soll er denn machen ohne Bisons, Maultiere und Gräber?« Der Alte schüttelte traurig den Kopf.

»Wie könnt ihr nur so schrecklich gemein sein? Wie könnt ihr nur? Ach, wie könnt ihr?«

Endlich meldete sich der junge Indianer zu Wort, der mit der edlen Gestalt und dem edlen Gesicht: »Klage-Petär sprischt weisä«, sagte er in englischer Sprache, allerdings mit einem starken, des Deutschen Ohr beleidigenden französischen Akzent. »Die Weißen sind wahr'aftig 'alunken, üblä 'alsabschneidär und älendä Sau'undä, und da sie die Gräbär des Roten Mannäs schändän, 'aben sie keinä Barm'erzigkeit zu erwarten. Winnetou verachtät den weißen Mann, dessen 'andäln einzik von der Gier bestimmt wird. Er kann sie partout nicht ausste'än und rät seinem Vatär Schuschuschuna, das Kriegsbeil gegän die Weißen auszugrabän! 'owgh, Winnetou 'at gesprochän!«

»Äh, wer hat erbrochen?«, fragte Schuschuschuna und blickte sich verwirrt um.

Lieber Leser, nicht, dass du glaubst, ich hätte etwas gegen den Franzmann. Nein, so ist es nicht. Im Gegenteil, der Franzmann ist mir herzlich egal, solange er mit seinem Stangenbrot nicht deutschen Boden betritt und die Finger vom deutschen Weibe lässt. Dennoch – Sam Howlin ging mir schon mit seinem ewigen »Mesch'schurs«, bei dem es sich wohl um die Westmannvariante des französischen »Monsieurs« handelte, gehörig auf den Senkel; bei Winnetous Akzent aber graute mir geradezu. Ich habe ihn als edlen Menschen beschrieben. Diese Ansicht bekam einen scharfen Riss, als ich ihn so sprechen hörte. Auch wenn des Engelländers Sprache nicht mit dem schönen Klang des Deutschen zu vergleichen ist, so empfand ich es doch geradezu als Verbrechen, wie er das Englische verunstaltete.

Später erfuhr ich, dass der arme Winnetou selbst nichts dafür konnte. Er hatte die Sprache der Weißen in einer

Missionsschule gelernt, und zwar von einem französischen Priester, der in den Westen gegangen war, um die Wilden zu bekehren. Das an sich war sehr löblich von ihm, selbst für einen Franzmann. Aber er hätte die Aussprache des Englischen vorher selbst besser erlernen sollen, bevor er dieselbe anderen beizubringen versuchte – worin sich wieder einmal die Überheblichkeit des Franzmannes zeigt.

Durch Winnetous Rede wussten wir nun, mit wem wir es zu tun hatten. Der alte Indianer, der so hilflos und verdattert in die Gegend starrte, war offenbar Schuschuschuna, der Häuptling der Werwolf-Apachen, von dem Bancrott mir gegenüber ja schon behauptet hatte, er wäre senil, was offenbar nicht mal als Beleidigung gemeint, sondern eine schlichte Feststellung gewesen war. Der junge, edle Indsman mit der grauenhaften Aussprache schien sein Sohn zu sein, Winnetou geheißen, und der alte, bucklige Weiße an seiner Seite nannte sich Klage-Peter.

In der Sprache der Werwolf-Apachen bedeutet Schuschuschuna »Der sich den Wolf tanzt«, und wie mir Winnetou später verriet, erhielt sein Vater diesen Namen, weil er in jungen Jahren, während einer großen Dürre, für den Medizinmann des Stammes eingesprungen war, der sich den Knöchel verstaucht hatte. Schuschuschuna hatte versucht, einen Regentanz aufzuführen, hatte sich drei Nächte und drei Tage lang den Wolf getanzt, was zwar nicht für Regen, aber trotz der für den Stamm bedrohlichen Situation für allgemeine Erheiterung gesorgt hatte, und war schließlich ermattet zusammengebrochen. Erst da hatte es zu regnen begonnen, und schließlich hatte es wochenlang wie aus Eimern geschüttet, der vorher nahezu ausgetrocknete Rio Pecos war über die Ufer gestiegen, und es hatte eine Hochwasserkatastrophe gegeben. Seither hatte Schuschuschuna seinen Namen weg – und seinem Stamm beim Großen Geist schwören müssen, sich nie, nie wieder den Wolf zu tanzen.

Winnetous Name hingegen klingt einfach nur gut, ohne dass irgendeine Rothaut oder ein Werwolf oder beides ihm irgendeine Bedeutung beimisst. Auch wir in der deutschen Heimat geben unseren Knaben in der Regel ja Namen wie Hans oder Fritz allein des schönen Klanges wegen und nicht, weil wir damit etwas Tiefgründigeres zum Ausdruck bringen wollen, und so halten es auch hin und wieder die Wilden, wenn ihnen zu einem ihrer Stammesmitglieder so gar nichts Gescheites einfallen will.

Sam zog mich etwas zur Seite und raunte mir ins Ohr: »Der alte Indianer, der so hilflos und verdattert in die Gegend starrt, ist offenbar Schuschuschuna, der Häuptling der Wolfs-Apachen, der schon ziemlich senil ist …«

»Das habe ich mir gerade schon gedacht«, raunte ich zurück.

»Der junge, edle Indsman mit der grauenhaften Aussprache scheint sein Sohn zu sein, Winnetou geheißen …«

Wieder fuhr ich ihm in die Parade. »Auch das habe ich mir selbst zusammenreimen können.«

»Ach, verflixt!«, schimpfte Sam Howlin. »Wenn Ihr schon alles wisst, brauche ich ja nichts mehr zu sagen. Halt ich eben den Mund.«

»Nein, nein«, beschwichtigte ich und fragte ihn dann leise: »Wer ist der Weiße an Winnetous Seite?«

»Ach, der alte Jammerlappen.« Sam feixte. »Ein Landsmann von Euch, wenn ich mich nicht irre. Wurde in Deutschland der Klage-Peter genannt und wird auch von den Apachen so beschimpft. Er ist so eine Art Ratgeber Schuschuschunas, weil der ja nichts mehr auf die Reihe kriegt, und Lehrer Winnetous.«

»Er kommt mir irgendwie ... merkwürdig vor«, äußerte ich vorsichtig, denn ich wollte kein voreiliges Urteil sprechen, »um nicht zu sagen: seltsam, wunderlich oder gar plemplem. Warum nennt man ihn den Klage-Peter?«

»Ja, hört Ihr denn dieses Gejammere nicht?«, fragte Sam. »Der Kerl ist magisch deplatziert.« Erst beim weiteren Zuhören ging mir auf, dass Sam manisch-depressiv meinte. »So ein Typ, für den die Sonne niemals scheint, der alles düster sieht, mit seinem Jammern jedem auf die Nüsse geht und sich selbst verantwortlich macht für alles Leid auf der Welt.«

Sam hatte offenkundig recht, denn gerade hörte ich den Klage-Peter greinen: »Oh, ich selbst bin ein Weißer und deshalb nicht besser als diese ehrlosen Banditen und Schufte, diese Räuber und Büffelschänder. Welch großes Unglück meine verabscheuungswürdige Rasse über den Roten Mann bringt. Die Mitschuld, die ich trage, will mich erdrücken. Oh, was bin ich doch schon von der Hautfarbe her für ein elender Lump! Ich hasse mich dafür, dass ich zu diesem abscheulichen Volk gehöre! Warum bindet man mich nicht an den Marterpfahl und zieht mir diese eklige weiße Haut vom Leibe?«

»Und was macht so eine Heulsuse im Wilden Westen?«, wollte ich von Sam wissen.

»Nun, wie ich hörte, hat der Klage-Peter in seinem bayerischen Heimatdorf einmal darüber lamentiert, dass die Steuern doch ungerecht hoch wären. Vier Monate später brach im ganzen Land ein Aufstand aus, die Bauern erhoben sich, die Arbeiter legten die Arbeit nieder, die Frauen forderten das Wahlrecht und die Studenten an den Universitäten Freibier für alle. Der Ordnungsmacht blieb nichts anderes übrig, als hart durchzugreifen, die Bauern zu erschießen, die Arbeiter einzukerkern, die Frauen zurück an den Herd zu schicken und den Studenten das Saufen während der Vorlesung zu verbieten. Klage-Peter führte dies alles auf seine Rede in der Schankstube zurück, obwohl ihm damals nur zwei seiner Saufkumpane zuhörten. Er verfiel in tiefe Deputation« – er meinte Depression – »und verließ das Land, um hier in der Wildnis, abgeschieden von jeder Menschenseele, kein Unheil mehr anrichten zu können.«

Die Indianer hatten sich inzwischen gesetzt und sprachen mit Bancrott. Winnetou nannte ihn einen »'alunken« und »'alsabschneidär« und drohte ihm mit Krieg und Marterpfahl, Schuschuschuna schaute noch immer verwirrt, stellte hin und wieder Fragen wie »Warum ist es denn hier so neblig?«, und Klage-Peter bejammerte das schwere Los der Indianer, an dem er sich als Weißer mitschuldig fühlte.

»Aber wie ist so ein Mensch denn Berater eines Indianerhäuptlings geworden? Und wie kann es sein, dass er dessen Sohn erzieht?«, fragte ich Sam. »Ich meine, so einen Lehrer zu haben kann doch der Entwicklung eines jungen Menschen eher schaden, oder?«

»Wenn ich mich nicht irre, habt Ihr da recht«, meinte Sam. »Aber bei den Rothäuten gelten Menschen, die plemplem sind und wirr in der Birne, als heilig. Die halten sein Gefasel für das Gestammel des Großen Manitu, bei dem man ja auch nie weiß, was er eigentlich sagen will.«

»Aha«, sagte ich. Das klang einleuchtend. »Aber wie kommt's, dass auch der Klage-Peter ein Werwolf ist?«

»Sie haben ihn in ihren Stamm aufgenommen, deshalb«, antwortete Sam.

»Und ihn dann gebissen?«, fragte ich. »Den armen alten Mann?«

»Nun, schätze, sie haben dafür eher eins ihrer magischen Rituale verwendet.« Sam kicherte leise. »Schmeckt doch nicht, so ein alter, zäher Brocken.« Er spie aus.

Ich konzentrierte mich wieder auf das Gespräch, das Bancrott mit den beiden Werwolf-Apachen und dem Klage-Peter führte.

Bancrott hatte sich und seine Leute inzwischen vorgestellt und auch den Grund unseres Hierseins dargelegt. Und zwar inzwischen schon dreimal, denn immer wieder blickte Schuschuschuna seinen Sohn an und fragte: »Winnetou, wer sind diese Männer, und was wollen die hier?«

Gerade endete Bancrott seine Rede mit den Worten: »... Ihr seht, großer Häuptling Schuschuschuna, jeder kann seinen Vorteil ziehen aus dem Bau der Eisenbahn. Ihr könnt mit den Touristen prächtige Geschäfte machen, vielleicht an sie ein bisschen echt indianischen Plunder verscherbeln, den Ihr nicht mehr braucht, und außerdem sind so ein paar ahnungslose Urlauber doch – hihihi – ein leckerer Happen Frischfleisch für solche Prachtburschen von Werwölfen, wie ihr es seid.«

Dieser Schurke! Tatsächlich bot er den Werwölfen seine eigene Kundschaft als Beute an, und das in zweifacher Hinsicht!

»Hm«, machte Schuschuschuna, der offenbar gerade einen lichten Moment hatte. »Und wie viel Prozent der weiße Mann dafür verlangen?«

Klage-Peter schlug die Hände überm Kopf zusammen und jaulte: »Oh, welch großes Unglück! Schuschuschuna verkauft sein Land und Volk, und ich Elender bin nicht in der Lage, ihn davon abzuhalten! Dafür soll ich im Fegefeuer schmoren! Dafür habe ich alle Strafen der Hölle verdient!«

Doch da griff Winnetou ein. »Keinä Prozentä, kein Kontrakt mit Weißäm Mann! Was der Weißä Mann vorschlägt, ist ein Affront gegen die stolzen Wolf-Apatschän! Winnetou sagt seinäm Vatär: Vertreibä den Weißän Gaunär und die Bleichgesichtär aus dem Land deinär A'nen!« Bei dem Wort »Gauner« wies er auf Bancrott, bei dem Wort »Bleichgesichter« auf Ratanescu und seine Spießgesellen, wie mir auffiel. Er wusste also, mit wem er es zu tun hatte. »Der Weißä Mann wird unser Land zerstörän. Zu Tausendän wird er übär uns kommän, unserä Bisoons abknallän, die Wäldär ab'olzän, die Flüssä vergiftän, in den Rio Pecoos urinierän und die Steppän zubetonierän!«

Wieder überkam mich das schlechte Gewissen. Auch ich hatte in den vergangenen Tagen schon in den Rio Pecos uriniert.

»Der Rotä Mann und der Wolfman brauchän ihrä liberté«, fuhr Winnetou fort. »Sie brauchän die Weitä der Prärie, die Wäldär …«

Ach, verdammt! Lieber Leser, nimm es mir nicht übel. Ich habe dir Winnetou als edlen Wilden beschrieben, und er war fürwahr der Vollbluthengst unter den Werwölfen. Nur sein Englisch war weiß Gott grauenhaft, und es fällt mir schwer, es nachzuäffen, so wie es dir sicherlich schwerfällt, es zu lesen. Hinzu kommt, dass er die englische Sprache vergewaltigte wie ein läufiger Bison ein ahnungsloses Rindvieh, ich aber seine Worte hier im Deutschen wiedergeben muss, und es belastet mich und bricht mir das nationale Herz, die Sprache der Dichter und Denker derart zu entstellen. Von daher werde ich im Folgenden sein Gequake der schönen deutschen Sprache weitestgehend angleichen, mit nur ein paar wenigen Hinweisen auf seinen Akzent, damit du dir weiterhin seine gar scheußliche Aussprache vorstellen kannst.

Also, Winnetou fuhr fort: »Der rote Mann und der Wolfsmann brauchen ihre Frei'eit. Sie brauchen die Weite der Prärie, die Wälder, die Flüsse. Die Apachen sind Werwölfe, sie 'aben ein Faible für die Natur, das der Weiße Mann nicht 'at. Sie lieben es, durch die Wildnis zu streunen, nachts auf der Jagd zu sein, ihre Beute zu reißen und dann den Mond anzu'eulen, wie der Wolf es tut. Doch der Weiße Mann wird keine 'emmungen 'aben, ihnen die Wildnis zu nehmen, er wird alle Bäume um'auen, die Wälder ab'olzen, um seine Städte zu bauen. Er wird den Apachen-Werwölfen auch die Beute nehmen, die Bisons schießen und schließlich ausrotten, um sie zu 'äuten und mit ihren Pelzen commerce zu machen oder einfach nur des Sports wegen. Und auch den Werwolf-Apachen selbst wird er jagen, denn der Weiße Mann in seiner Angst vor allem, was er nicht kennt und was ihm fremd ist, wird in dem Werwolf-Apachen eine Bedro'ung se'en, die er eliminieren muss. Der Wolfs-Apache würde zugrunde ge'en, wenn der Weiße Mann sein Land überschwemmt. Also sagt Winnetou: Non! Und Winnetou sagt noch mal: Non! Non, non et non! Es wird kein Feuerross durch das Land der Werwolf-Apachen zie'en!«

Ich muss gestehen, Winnetous Rede hatte mich – trotz ihrer Länge und der unerträglichen Aussprache – tief bewegt. Was immer Bruder Heinrich und sein Kämpfender Orden des Schwertes Christi über Werwölfe im Allgemeinen und speziell von diesen halten mochten, ich verstand Winnetous Beweggründe sehr gut. Diese Wesen brauchten die Freiheit, sie liebten sie. Und sie brauchten die Natur, mit der sie im Einklang lebten. Der Weiße Mann würde ihnen beides nehmen, und Leute vom Schlage Bruder Heinrichs würden unerbittlich Jagd auf sie machen, bis sie vollständig ausgerottet waren, frei nach dem Motto: Nur ein toter Werwolf ist ein guter Werwolf!

Auch Schuschuschuna hatte Winnetous Rede gelauscht,

doch offenbar als Einziger kein Wort davon begriffen: »Ein … ein Feuerross?«, fragte er, wandte den Kopf und starrte Winnetou aus großen Augen an. »Was … was ist denn ein Feuerross?« Da hellte sich seine Miene auf. »Ach, Winnetou meint einen Mustang mit anständig Feuer im Blut.«

Winnetou ging nicht darauf ein, sondern sagte sehr eindringlich: »Der Weiße Mann und seine Bleichgesichter werden das Land der Wolfs-Apachen verlassen. Winnetous weiser Vater Schuschuschuna kommt mit seinen Kriegern in zwei Nächten zurück, wenn der Vollmond am 'immel steht …«

»Ach?«, fragte Schuschuschuna erstaunt.

»Wenn sich der Weiße Mann dann noch im Land der Wolfs-Apachen 'erumtreibt, wird der Weiße Mann es bitter bereuen, dann wird es Krieg geben.«

»Wird es das?«, fragte Schuschuschuna. »So einfach Krieg?« Er runzelte die Stirn, lächelte dann und sagte: »Ja, so ein Krieg ist immer eine feine Sache. Da ist viel los, das ist immer ein großes Hallo, und wenn man den Krieg anschließend beendet, kann man das Kriegsbeil wieder einbuddeln, und wenn so ein Kriegsbeil eingebuddelt ist, ist das gut, und jeder freut sich.« Auf einmal erlosch das Grinsen auf seinen Lippen. »Bis man es wieder ausbuddelt. Das ist dann schlecht.« Dann aber zuckte er gleichgültig mit den Schultern. »Aber man kann es ja anschließend wieder einbuddeln. Ist ja kein großer Aufwand, die Buddelei.«

Der Klage-Peter aber warf die Arme in einer Geste der Verzweiflung empor und greinte: »Krieg! Krieg! O grausamer Krieg! Ich schaue dein knöchernes Antlitz, und Tränen benetzen meine Wangen! Wieder werden Menschen sterben! Und auch meine roten Wolfsbrüder werden bluten müssen! Krieg, o unglückseliger Geselle, du Hure des Gevatters Tod! Abermals kann ich's nicht verhindern, dass du Schnitter der Unschuld auf die Menschen losgelassen wirst!« Er senkte die Arme, verbarg sein Gesicht in den Händen und begann hemmungslos zu weinen. »Oh, ich fühle mich so schuldig an all dem! Meine Seele sei verdammt, dass ich so fehlte! Mögen mir die Augen aus dem Kopf faulen, mir die letzten verbliebenen Zähne ausfallen! Oh, strafe mich, Herr im Himmel! Ich bin schuld, schuld, schuld!«

Schuschuschuna jedoch war inzwischen ganz Feuer und Flamme. »Ja«, rief er, »wir buddeln das Kriegsbeil aus und buddeln's dann wieder ein. Und zwischendurch machen wir Krieg. Dann ist mein Sohn Winnetou glücklich, weil er seinen Krieg hat, und der Klage-Peter ist glücklich, weil so ein Krieg ja irgendwann auch mal wieder vorbei ist, und dann …« Er strahlte, und in seinen Augen leuchtete es. »Ja, dann herrscht Frieden!«

»In zwei Tagen!«, sagte Winnetou noch zu Bancrott und erhob sich. »Dann kommen Winnetou und Schuschuschuna und viele Wolfs-Apachen wieder! Seit ihr dann noch 'ier, 'abt ihr ein problème.«

Bancrott wollte noch etwas sagen, hob in einer ebenso beschwichtigenden wie verzweifelten Geste beide Hände, doch Ratanescu stieß ihn beiseite und trat vor.

»Du dämliche Fellhaut kläffst hier rum und redest vom Krieg?«, grollte er an Winnetou gerichtet. »Wer soll deine räudigen, verlausten Wolfsbrüder denn in den Krieg führen? Der senile Alte da?« Er wies mit dem Kinn auf Schuschuschuna. »Oder dieser Jammerlappen?« Damit war der Klage-Peter gemeint. »Keiner von beiden ist in der Lage, deine winselnden Wolfs-Apachen anzuführen, wenn es hart auf hart kommt.« Dann aber verengten sich seine stechenden schwarzen Augen zu schmalen Schlitzen, und er fixierte Winnetou wie ein Adler die Feldmaus. »Nun, *du* könntest es! Aber ich weiß es zu verhindern!«

Und damit zog er – schneller, als dass ich oder sonst irgendwer es verhindern konnte – seinen Revolver, richtete den Lauf auf Winnetous Herz und schoss!

Der Schuss krachte, und es kam mir überlaut vor. Doch Winnetou zuckte nicht einmal zusammen!

Was war geschehen? Hatte Ratanescu gar keine Silberkugeln in der Trommel? Oder war Winnetou durch irgendeinen mächtigen Schamanenzauber auch dagegen gefeit?

In diesem Moment hörte ich den Klage-Peter, der noch immer am Boden saß, laut seufzen: »Es musste ja so enden, ich hab's immer gewusst …«

Und dann kippte er einfach um, Ratanescus Silberkugel im Herzen.

Himmel, war der Typ ein lausiger Schütze!

»Was ist denn nu?«, fragte Schuschuschuna und starrte den armen Klage-Peter an. »Ist ihm schlecht geworden?«

Und Ratanescu starrte seinen Revolver an, als hätte der ganz von sich aus danebengeschossen.

Bald darauf starrte er nicht mehr, denn mein Faustschlag streckte ihn – wieder mal – nieder.

Bewusstlos blieb er liegen, und das war gut so, denn er hatte für eine Nacht weiß Gott genug Unheil angerichtet.

Nun ja, »Unheil« war gar kein Ausdruck dafür: Der Klage-Peter würde nie mehr jammern, und während sich Schuschuschuna noch immer verdattert umsah und fragte: »Was ist denn nu? Warum hat's auf einmal so geknallt?«, funkelte Winnetou uns alle voller Zorn an: »Ihr weißen 'undä! Was 'abt Ihr getan?«

Er sank neben dem Klage-Peter nieder, bettete dessen

Haupt in seinen Schoß und sagte: »Klage-Peter, mein Lehrer und guter Freund!« Offenbar war also auch der Klage-Peter kein guter Pädagoge gewesen, denn Winnetou schien sich über sein Ableben kein bisschen zu freuen. »Welch unge'euerer Verlust für uns Wolfs-Apachen! Der Weiße Vater ist von uns gegangen! Nie wieder wird er uns mit seinen Klagen die Augen öffnen für die Ungerechtigkeit und Verkommen'eit der Welt!«

»Noch nicht«, kam es da über die bebenden Lippen des Klage-Peter.

Sofort war ich bei ihm und sank ebenfalls auf die Knie. Es war noch ein Funke Leben in dem alten Mann. Also hatte das Klagen noch kein Ende.

»Oh, Winnetou«, sagte er mit schwacher Stimme. »Was soll nur werden, jetzt, da ich nicht mehr bin? Wer soll dir Weisheit schenken, dir klarmachen, wie böse die Welt ist, wie schlecht alle Mitmenschen? Wer soll dir jetzt den Glauben eintrichtern an den einen, zornigen, wütenden, strafenden Gott, der dort oben im Himmel thront, um uns mit Leid und Schmerz zu prüfen, da wir alle Pein und Elend verdienen für den Sündenfall der Eva, dieses verlotterten Miststücks? Oh, düster ist alles, dunkel und elend!«

Dann fiel der Blick seiner glasigen Augen auf mich. »Ihr! Ihr müsst Euch Winnetous annehmen. Macht aus ihm einen anständigen Menschen, der in dieser schlechten, üblen Welt seinen Weg findet, der sich nicht betrügen und hintergehen lässt von seinen Mitmenschen, die doch alle Halunken und Halsabschneider sind. Wollt Ihr mir das versprechen?«

Warum er gerade mir dieses Versprechen abforderte, weiß ich nicht. Vielleicht, weil ich der Einzige war, der gerade greifbar war. Wen hätte er auch sonst fragen sollen?

Den senilen Schuschuschuna, der gerade rief: »Klage-Peter! Winnetou! Was treibt ihr da am Boden?« Den versoffenen Bancrott? Der stand in der Gegend rum und versuchte noch zu begreifen, was geschehen war und welche Auswirkungen dies auf seine krummen Geschäfte haben konnte. Oder Sam Howlin, der sichtlich ergriffen war und schniefte, während ihm der Rotz in den Strubbelbart lief?

Nein, ich war wahrhaftig der einzige Mann in der Nähe, dem sich Klage-Peter anvertrauen konnte.

Ich wollte ihn nicht zur Hölle fahren lassen, ohne ihm ein wenig Trost zuzusprechen. So ergriff ich seine Hand und gelobte: »Ich verspreche es: Ich kümmere mich um den Burschen und werde mit Strenge und Zucht einen zivilisierten Menschen aus dieser wilden Rothaut machen!«

Kurz huschte ein glückliches Lächeln über Klage-Peters dünne Lippen – dann aber entzog er mir ruckartig die Hand und jammerte: »Ach, Ihr werdet Euer Versprechen ja doch nicht halten. Seid ein mieser Lump und Betrüger wie alle anderen.«

Noch einmal stieß er ein trauriges Seufzen aus, dann fiel sein Kopf zurück, und alles Jammern hatte ein Ende.

Ich aber sah Winnetou an und sagte: »Doch, ich halte mein Versprechen und werde dein Freund sein!«

Auch er sah mich an. »Wie ist dein Name?«

»Man nennt mich den Mayer Karl, Mayer mit a y. Und ab jetzt sind wir wie Brüder.«

Ich will ehrlich sein: Seine Antwort fiel nicht ganz so aus, wie ich es erwartet hatte. »Der Mayer Karl, Mayer mit a y, kann Winnetou den 'intern küssen. Der Mayer Karl, Mayer mit a y, ist nicht Winnetous Freund, nicht Winnetous Bruder. Er ge'ört zu den Männern, die Winnetous Weißen Le'rer getötet 'aben. Er ist Winnetous Feind und wird unter Winnetous Pranken sterben! Winnetou wird ihm das 'erz 'erausreißen und seine Eingeweide fressen! 'at der Mayer Karl das verstanden?«

Ach, er war wirklich ein wilder, edler Naturmensch, dieser Winnetou, der mit all seiner Leidenschaft lebte und hasste. Seine Worte gemahnten mich an Rache, Blut und Totschlag, an ~~Hoden~~ Horden[9] blond gelockter, gut gebauter Germanen, die des Engelländers Schiffe versenkten und plündernd über des Franzmannes Siedlungen herfielen, und ich spürte, wie mein deutsches Herz und das dieses Wilden im Einklang schlugen, spürte das Band innerer Verbundenheit, das sich zwischen unseren Seelen spannte, und als ich in seine böse funkelnden schwarzen Augen blickte, empfand ich wahre, aufrichtige Liebe!

»Der Mayer Karl, Mayer mit a y, wird Schmerzen erleiden, wie noch kein Weißer sie erleiden musstä! Sein Tod wird grausamer sein als die Liebeslieder der Komantschen, schmerz'after als ein Tritt zwischen die Beinä!«, schwor er mir noch, dann stemmte er sich in die Höhe, den toten Klage-Peter auf den Armen, den er hob, als wäre dieser leicht wie eine Stoffpuppe.

Und während er aufstand, verwandelte er sich und nahm wieder Wolfsgestalt an. Seine Knochen verschoben sich, wobei mir das grässliche Knirschen, welches dabei entstand, eine Gänsehaut bescherte und meinen Zahnschmelz mit einer Eisschicht zu überziehen schien, und Fell spross aus seinen Poren.

So stand er da, aufrecht auf zwei Beinen und dennoch ein Wolf, mit drohend leuchtenden Lichtern und fingerlangen Reißzähnen im Maul, über und über mit schwarzem Fell bewachsen, eine Gestalt, die nur aus Muskeln und Sehnen und mörderischer Kraft zu bestehen schien, den

9) im Originalmanuskript vom Lektorat berichtigt

toten Klage-Peter, dieses sinnlose, bedauernswerte Opfer auf seinen Armen.

Er öffnete das Wolfsmaul, und knurrend stieg seine tödliche Drohung aus seinem Rachen: »Die Weißen Männer 'aben sich mit den Bleichgesichtern verbündet, die Klage-Peter erschossen 'aben! Darum werden nicht nur die Bleichgesichter sterben, sondern auch die Weißen Männer, an denen die Wolfs-Apachen blutige Revanche üben werden! 'owgh, Winnetou 'at gesprochän!«

Damit wandte er sich um, rief Schuschuschuna etwas in der Wolfsindianersprache zu, die ich damals noch nicht verstand, und der Alte antwortete verwundert, wieder auf Englisch: »Wir gehen? Sind wir denn schon fertig hier?«

Winnetou bestätigte es mit einem geknurrten »Oui«, und blitzschnell wirbelte er herum, um mit mächtigen Sprüngen, den toten Klage-Peter auf den Armen, in die neblige Nacht zu entschwinden. Zwei Sätze, und er war weg.

Ratanescu war, ohne dass ich es bemerkt hatte, wieder zu sich gekommen, stand plötzlich neben mir und jagte Winnetou ein paar Silberkugeln hinterher, schrie dabei: »Verdammte räudige Fellhaut!«

Als auch er endlich begriff, dass er Winnetou nicht mehr erwischen konnte, wirbelte er halb herum, richtete den Lauf seines Schießeisens auf Schuschuschuna und brüllte: »Dies ist für dich!«

Bevor ich ihn daran hindern konnte, schoss er zweimal.

Oh, er war fürwahr ein grottenschlechter Schütze. Das schienen auch alle anderen inzwischen begriffen zu haben, denn sie warfen sich zu Boden, um nicht zufällig von den Kugeln erwischt zu werden, die Schuschuschuna meilenweit verfehlten.

Das Knallen veranlasste endlich auch den Häuptling der

Werwolf-Apachen, sich zu erheben und wieder seine Wolfsgestalt anzunehmen. »Uff, uff!«, rief er mit knurrender Stimme. »Diese Behandlung lässt sich Schuschuschuna nicht gefallen! Bleichgesichter und Weiße werden büßen!«

Und bevor ich Ratanescu in alter Gewohnheit nochmals niederschlagen konnte, verschluckten Nebel und Dunkelheit Schuschuschunas Gestalt wie zuvor die Winnetous.

Offenbar hatte die ganze Ballerei Bancrott ernüchtert, denn ihm ging auf, dass die neue Situation seinen Geschäften so gar nicht zum Vorteil gereichte. Er riss sich den Stetson vom Kopf und raufte sich die Haare. »Himmel und Hölle!«, rief er greinend. »Was soll denn jetzt werden? Die Apachen, diese verlausten Werwolfsbestien, werden uns alle in blutige Stücke zerfetzen!«

Sam trat vor. »Nicht, wenn wir's verhindern können.«

»Und wie wollt Ihr das anstellen?«, fragte Bancrott verzweifelt.

»Indem wir das Lager abbrechen und uns verpieseln, wenn ich mich nicht irre«, schlug Sam vor.

»Nein, nein und nochmals nein!«, schrie Bancrott, und auf einmal sprang er wie irre auf seinem Hut herum, als wollte er ihn in den Boden stampfen. »In diesem Unternehmen liegt das ganze verbliebene Geld meiner Familie. Ich werde mir doch nicht alles von ein paar räudigen Werwölfen zerstören lassen!«

»Wenn die Apachen-Werwölfe über unser Lager herfallen, werden sie uns massakrieren!«, prophezeite Sam düster. »Sie werden blutige Rache üben für den Mord an ihrem weißen Lehrer Klage-Peter. Sie werden uns niedermetzeln, und die wenigen, die sie am Leben lassen, enden an ihren Marterpfählen und werden ihre toten Gefährten beneiden.«

Da wandte sich Bancrott in seiner Verzweiflung an mich, und wenn du, lieber Leser, deinen Chef schon mal in arger Bedrängnis erlebt hast, wenn es etwa darum ging, ob du unbezahlt noch ein paar Überstunden leisten oder für weniger Gehalt mehr Aufgaben übernehmen könntest oder deinen Bos sonst irgendwie aus der Patsche helfen solltest, dann kannst du dir seine nächsten Worte schon denken.

»Mr. Mayer«, sprach er, die Hände nervös knetend, »Ihr seid mein bester Mann, und darüber hinaus sind wir gute Freunde. Ihr wart mir von Anfang an sympathisch, und ich wusste gleich: Der Mayer, das ist ein Kerl, auf den du zählen kannst. Habt Ihr keinen Einfall?«

Nun, das waren ja ganz neue Töne.

Ich überlegte und sprach dann: »Häuptling und Häuptlingssohn werden sich nicht allein so weitab vom Dorf der Werwolf-Apachen entfernt haben, daher nehme ich an, dass sich ein Kriegertrupp ihres Rudels ganz in der Nähe befindet. Sie begleiteten die beiden Häuptlinge und Klage-Peter, bis diese sich als Delegation zu uns ins Lager begaben, um uns den Bau der Eisenbahn auszureden, was ja nun mächtig in die Hose ging. Oder in den Lendenschurz, wenn man's genau nimmt.«

»Hm«, brummte Sam. »Könntet recht haben mit Eurer Vermutung.«

»Bevor Ratanescu auf Winnetou schoss und den Klage-Peter niederstreckte«, sprach ich weiter, »drohte uns der Häuptlingssohn, in zwei Tagen mit seinen Kriegern zurückzukommen. Daraus folgere ich, dass Schuschuschunas Werwolfskrieger einen Tagesmarsch von hier entfernt auf ihn und Winnetou warten, wobei natürlich die Geschwindigkeit zu bedenken ist, mit der sich Werwölfe bewegen.

Sie werden jedoch nicht den ganzen Tag über in Wolfsgestalt durch den Wald und über die Steppe hetzen, von daher nehme ich an, dass der Maßstab auch für uns gilt, wenn ich von Tagesmarsch spreche.«

»Hm«, brummte Sam erneut. »Könntet recht haben mit Eurer Vermutung.«

»Also haben wir zwei Tage Zeit, bis sie kommen, und vielleicht könnten wir ihrem Angriff mit den Glorreichen 13 und mit Sam, Dick und Bill sogar widerstehen, wenn ihre Mannsstärke nicht allzu hoch ist. Doch das Risiko ist groß, dass uns der Kriegstrupp zahlenmäßig weit überlegen ist. Das müssten wir in Erfahrung bringen, am besten, indem wir Winnetous und Schuschuschunas Spur folgen und ihren Kriegstrupp ausspionieren.«

»Hm«, brummte Sam zum dritten Mal. »Könntet recht haben mit Eurer Vermutung.«

Schlagartig hellte sich Bancrotts Gesicht auf. »Ja, eine tolle Idee!«, tönte er. »Dann wissen wir, wie stark sie sind, und können sie gegebenenfalls gebührend empfangen.« Er schlug mir auf die Schulter und forderte mich auf: »Ihr und Sam macht Euch am besten gleich auf den Weg und folgt ihnen.«

»Äh«, wagte ich einzuwenden, »bei Nacht können wir ihrer Spur nicht folgen. Weder Sam noch ich haben die Augen von Katzen.«

Sofort brauste Bancrott auf. »Ausreden, Ausreden! Warum könnt Ihr nicht einmal das tun, was man Euch sagt, Mayer! Ich sollte Euch wirklich feuern!«

»Gut«, nickte ich, »so werde ich gleich bei Sonnenaufgang meinen Gaul satteln und nach St. Louis zurückkehren!«

Da glotzte mich Bancrott erschrocken an, dann zwang er ein falsches Lächeln auf seine Lippen und klopfte mir erneut auf die Schulter. »Hab's nicht so gemeint, Mayer. Seid nicht so sensibel. Wir machen's so, wie Ihr's wollt. Werdet bis zum Sonnenaufgang warten, Ihr und Sam, und dann der Fährte der Indsmen folgen.« Er zwinkerte mir zu. »Wenn's klappt, können wir um einen kleinen Erfolgsbonus feilschen, was meint Ihr?«

»Und wenn's nicht klappt?«, wandte Sam ein. »Wenn uns die Werwölfe entdecken, während wir sie ausspionieren? Dann werden sie uns mit Zähnen und Klauen niedermetzeln und sich aus unseren Eingeweiden ein leckeres Nachtmahl bereiten!«

»In diesem Fall«, sagte Bancrott, »gebt mir *vorher* Bescheid, wie stark ihr Kriegstrupp ist.« Damit wandte er sich um und stiefelte zum Lager zurück. »Auf den Schreck muss ich dringend einen trinken. Dieses ganze Rumgeschieße und Sterben macht mir immer den Mund so trocken!«

Er ging, und der Rest folgte ihm, wobei die Glorreichen 13 mal wieder ihren ausgeknockten Anführer mit sich schleifen mussten, während mir Satanescu zum Abschied erneut drohende Blicke zuwarf.

Auch Bill und Dick entfernten sich; nur Sam und ich blieben zurück, und als wir allein waren, trat der kleinwüchsige Präriejäger wütend gegen den kopflosen, nun toten Untoten, der noch im Grase lag, dass dessen morsche Rippen knackten, und schnauzte mich unvermittelt an: »Herrgott noch eins, Ihr Lusche! Wie kommt Ihr dazu, Bancrott den Vorschlag zu machen, dass wir die Werwolfsbrut ausspähen?«

Die Frage hatte ich nicht erwartet. Ich zuckte mit den Schultern und sagte: »Wollte einen konstruktiven Vorschlag machen.«

»Einen konstruktablen Vorschlag?«, fragte er und

krauste die Stirn. »Nun, was auch immer das ist, Ihr habt damit tief in die Latrine gegriffen. Ja, glaubt Ihr denn nicht, dass Winnetou mit jedem Wort, das er sagte, im Recht ist? Bancrott will ihm und dem Rudel seines Alten das Land stibitzen. Und Ratanescu, diese Ratte, wollte Winnetou, den Häuptlingssohn der Apachen, töten und hat den Klage-Peter ermordet! Wäre angebrachter, wir alle würden von hier verschwinden, vor allem dieser versoffene Bancrott!«

Howlin hatte recht, das musste ich mir eingestehen. »Tut mir leid, Sam. Hab einfach nicht darüber nachgedacht.«

»Dann merkt Euch eins«, sagte er mit mahnend erhobenem Zeigefinger. »Erst schießen, dann fragen, aber erst denken, dann reden! Ist im Westen schon mancher abgeknallt worden, weil er's Maul aufmachte, ohne vorher seine Worte zu überdenken. Bevor Ihr was sagt, lasst es Euch besser durch den Kopf gehen, bevor dies fünf Gramm Blei tun.«

Ich entschloss mich, mir seine Worte zu merken. »So meint Ihr, wir sollten die Werwölfe nicht verfolgen.«

»Pshaw!«, antwortete er. »Jetzt haben wir die Kacke am Hacken kleben, da müssen wir sie auch abstreifen. Bancrott ist so am Ende, nicht nur finanziell, sondern überhaupt, dass er das Indianer-Territory nie und nimmer verlassen wird. Auch wenn er ansonsten eine Heulsuse ist, in diesem Punkt bleibt der Kerl standhaft. Nein, nicht standhaft, stur wie ein Esel ist der Trunkenbold. Wäre vernünftig zu verschwinden. Er aber ist ein unvernünftiger Kerl, darum tut er genau das Gegenteil. Er säuft sich lieber einen, als sich die Konsequenzen von dem, was er tut, klarzumachen. Wenn wir nicht wollen, dass sie alle – Bancrott, Eure drei versoffenen Kollegen, vielleicht sogar Bill und

Dick … wenn sie nicht alle draufgehen sollen, müssen wir was unternehmen.« Er seufzte schwer. »Lasst uns in der Früh erst mal Winnetou und Schuschuschuna folgen und sehen, wie viele Krieger sie mitgebracht haben und was sie planen, dann können wir weitere Entscheidungen treffen.«

Damit war alles gesagt für diese Nacht, und wir wollten zurück ins Lager. Dabei trat Sam einmal mehr gegen den toten Untoten, diesmal unbeabsichtigt, und wäre fast gestürzt.

»Kann den Müll nicht mal einer wegräumen?«, schimpfte er.

Während wir zum Lager gingen, schimpfte der kleine Sam Howlin weiter vor sich hin und verdammte alle Luschen, die den Wilden Westen seiner Meinung nach nur noch unsicherer machten …

Teil 3
Krieg der Werwölfe

Wer mit den Wölfen heult

Sam und ich brachen also im Morgengrauen auf, genügend Proviant und Kautabak in den Satteltaschen, um zwei Tage lang in der Wildnis auszukommen.

Irgendwann – wir waren schon den ganzen Tag lang unterwegs, durchstreiften die Prärie und die umliegenden Wälder, und die Sonne sank dem Horizont entgegen – sagte ich zum Howlin' Sam: »Wir müssen's uns eingestehen, Sam. Wir haben die Fährte der Werwolf-Apachen verloren. Winnetou und Schuschuschuna haben ihre Spur zu gut verwischt.«

Der Westmann zügelte das Maultier, das er mir verdankte, wandte den Kopf und glotzte mich erstaunt an. »Ja, was redet Ihr denn da, Ihr Lusche!«, beschimpfte er mich. »Habt Ihr denn Büffeldung auf den Augen?« Er wies nach vorn, direkt vor uns. »Dort sind doch ihre Spuren, klar und deutlich zu sehen, wenn man solche Adleraugen hat wie der Sohn meiner Mutter!«

»Aber, Sam«, sagte ich und seufzte. »Habt Ihr das tatsächlich für die Fährte Winnetous und Schuschuschunas gehalten?«

»Für was sonst, wenn ich fragen darf?«

»Es sind die Prankenabdrücke eines Grizzlybären, denen Ihr die ganze Zeit über folgt!«

»Pshaw! Ihr seid fürwahr eine Lusche!«, behauptete er. »Glaubt Ihr, der alte Howlin' Sam könnte nicht die Fährte eines Grizzlys von denen zweier Werwölfe unterscheiden?

Ich muss schon sagen, ein Blindfisch seid Ihr, ein Grottenolm, ein Narr, der sich auf dem Weg zur Latrine verläuft. Schaut doch genauer hin!«

Ich tat es, beugte mich im Sattel hinab und sagte: »Ein Grizzly!«

»Ja, hol mich doch der Teufel!«, rief Sam. »Selten so einen Blödsinn gehört, wenn ich mich nicht irre! Folgt mir einfach, Ihr Pfeife, wenn Ihr zwei Wölfe nicht von einem Bären unterscheiden könnt. Werdet schon sehen, der alte Howlin' Sam ist kein Narr und erst recht kein Volltrottel, sondern ein echter Westmann, der sich in der Wildnis auskennt wie ein Politiker in der Brieftasche seiner Wähler!«

Ich wollte mit ihm keinen Streit anfangen, und vielleicht hatte er ja recht, immerhin war der Wilde Westen seit Jahrzehnten seine Heimat, ich hingegen war neu in diesem Land. Also folgten wir weiter der Spur – der Bärenfährte – bis zu einem Wald, in den wir eindrangen, während die Sonne allmählich hinter dem Horizont versank.

Es wurde dunkler, die letzten Strahlen versickerten zwischen den mächtigen Stämmen, und unheimliche Laute erklangen um uns herum, der Ruf eines Käuzchens, Rascheln im Unterholz – und plötzlich ein tiefes Knurren.

Mit erhobener Hand gebot Sam, dass ich mein Reittier zügeln sollte. Er lehnte sich zu mir und flüsterte: »Habt Ihr's gehört? Das Knurren eines Werwolfs!«

»Es war ein Bär«, sagte ich voller Überzeugung.

»Ach, Ihr Lusche!«, schimpfte er. »Was habt Ihr nur immer mit Eurem Bären! Los, aus dem Sattel und ab ins Gebüsch, dann können wir Schuschuschuna und Winnetou belauschen!«

Wir stiegen ab und schlangen die Zügel unserer Reittiere um einen Ast, dann zogen wir die Gewehre aus den Sattelschuhen, Sam seine Liddy, ich meinen Werwolftöter.

Leise wie Schlangen in der Wüste drangen wir ins Unterholz ein, während ein weiteres Knurren ertönte.

»Noch ein Werwolf«, flüsterte Sam. »Es sind zwei, Schuschuschuna und Winnetou.«

Für mich klang das zweite Knurren ebenso wie das erste, nämlich wie das eines Bären, und zwar wie ein und desselben.

Wir schlichen weiter – und standen auf einmal einem mächtigen Grizzly gegenüber, der sich auf die Hintertatzen erhob, laut brüllte, auf uns zuwankte und uns mit seinen Klauen und Zähnen drohte.

Es war eine mordsgefährliche Bestie. Und wir hatten sie gestört, als sie sich gerade zur Nachtruhe hatte betten wollen. Dafür wollte sie uns bestrafen, uns mit ihren Krallen die Haut vom Fleisch und das Fleisch von den Knochen ziehen, uns die Köpfe abbeißen und noch so einiges mehr.

Wild brüllend und fauchend stapfte diese unüberwindliche Tötungsmaschine auf uns zu, unaufhaltsam, einzig getrieben von dem Willen, uns beide in Stücke zu reißen.

Es krachte, und der Bär kippte um.

Sam ließ seine rauchende Büchse sinken und starrte missmutig auf den toten Grizzly. »Eiderdaus! Ein Bär. Wo kommt der denn her?«

»Da fragt ihr noch? Ihr seid den ganzen Tag über seiner Spur gefolgt.«

Da riss sich Sam die Perücke vom blanken Narbenschädel und schleuderte sie zu Boden, erzürnt über sich selbst. »Oh, nicht Ihr seid die Lusche, sondern ich!«, ärgerte er sich. »Wie kann mir das nur passieren! Lebt man tagaus, tagein in der Wildnis und lässt sich von so einem Brummbären in die Irre führen!« Er sah mich an und bettelte: »Bitte, Silverhand. Das dürft Ihr niemandem sagen. Um meiner Seel, ich fleh Euch an!« Und damit sank er vor mir auf die Knie und rang die Hände. »Ewig stehe ich in Eurer Schuld, doch sprecht zu niemandem davon. Im ganzen Westen würde man über den Howlin' Sam lachen. Ich bitt Euch, schweigt über dieses unglaubliche Missgeschick, das einem alten Präriejäger widerfuhr!«

Ich hatte Mitleid mit ihm, und so versprach ich ihm hoch und heilig, niemals über diese Sache zu sprechen. Wohlgemerkt, lieber Leser, zu *sprechen*. Von *schreiben*[10] war nie die Rede!

Sich auf mein Wort verlassend, beruhigte sich Sam Howlin endlich und erhob sich wieder. »Habt Dank, bester Freund! Ewig werd ich Euch dafür lieben, so wie ein Manne einen anderen Manne liebt.«

Ich fragte lieber nicht nach, was er damit meinte. Stattdessen hob ich die Hand und gebot: »Still!«

»Was habt Ihr?«

»Ich vernahm das Knurren eines Wolfes!«

»Jetzt hört aber auf, den armen Sam Howlin auf den Arm zu nehmen!«, beschwerte er sich.

»Psst!«, machte ich. »Ich mein's ernst!«

»Das ist doch ...«, wollte er aufbrausen, da griff ich ihn an die Schulter und zog ihn nach unten, in die Deckung des Unterholzes.

Zugleich knackten Zweige ganz in unserer Nähe. Ein Rascheln im Buschwerk.

Da endlich begriff Sam, dass dies kein Spaß war. Er verhielt sich ganz still, griff nach seiner Perücke, die er in der gebückten Haltung, die wir eingenommen hatten, leicht ergreifen konnte, und setzte sie sich wieder auf. Dann spähten wir in die Dunkelheit des Waldes.

Der Mond war inzwischen aufgegangen, doch abgese-

10) im handschriftlichen Originalmanuskript dick unterstrichen

hen von seinem fahlen Licht war es nahezu finster um uns herum. Man konnte nur Schemen erkennen – und die fünf Gestalten, die sich dem toten Bären näherten, angelockt von dessen Gebrüll und Sams Schuss.

Es waren Werwölfe, die aufrecht durchs Unterholz schlichen. Die Lendenschurze, die sie trugen, bewiesen, dass sie in ihrer menschlichen Gestalt Indianer waren.

»Apachen?«, sagte und fragte ich je zur Hälfte.

Sam antwortete nicht, sondern beobachtete aus unserer Deckung heraus. Befanden sich unter den fünf Werwölfen auch Winnetou und sein Vater Schuschuschuna? Aber woher kamen dann die anderen drei?

Plötzlich verwandelten sie sich halb zurück, nahmen die Körper von Menschen an, doch die Verwandlung war nicht vollständig, ihre Hände blieben gefährliche Klauen mit langen Krallen, ihre Augen leuchteten weiterhin wie die Lichter von Wölfen, und zwischen den Lippen sah ich mächtige Fänge im Schein des Mondes blitzen.

Er ließ mich auch die harten Gesichter der Indsmen erkennen, die nichts von den weich geschwungenen Linien hatten, die ich bei Winnetou gesehen hatte, sondern kantig, nahezu brutal wirkten. Das waren keine Apachen.

Auch Sam erkannte dies und sagte: »Kiowas!«

Und zu meinem größten Erstaunen erhob er sich und winkte den Rothäuten zu.

»Heda, Klewerwoff – Schlauer Wolf!«, rief er. »Hier sind wir!«

Der Anführer der Indsmen blieb stehen, stieß zuerst ein erstauntes »Uff, uff!« aus, dann ein drohendes Knurren, wobei er die mächtigen Wolfszähne fletschte, die in seinem menschlichen Gesicht noch grauenvoller wirkten.

Sam warf mir einen Blick zu und raunte: »Der Dummkopf erkennt mich nicht!«

Dann rief er wieder: »Ich bin's – Howlin' Sam! Wie geht es meinem roten Bruder Schlauer Wolf?«

Dieser ließ zunächst wieder ein Knurren hören, und es folgte ein weiteres »Uff, uff!« darauf. Dann rief er: »Howlin' Sam! Klewerwoff erkennt seinen weißen Bruder. Was macht der Howlin' Sam hier?«

»Wir … äh …«, stammelte Sam.

»… sind auf Bärenjagd«, flüsterte ich ihm zu, denn das war eine gute Ausrede, wie ich fand, da der erschossene Grizzly in unserer Nähe sie bestens zu belegen schien.

»… sind auf Bärenjagd!«, rief Sam Howlin, während auch ich mich erhob, sodass die Roten mich sehen konnten.

Die Augen des Schlauen Wolfs glühten förmlich vor Wut. »Ihr jagt Bären? In den Jagdgründen der Wolfs-Kiowas! Das ist Frevel!«

Nun gut, war ein Fehler gewesen – oder wie Sam es genannt hätte, ein Griff in die Latrine –, aber wie hätte ich wissen sollen, dass dies hier das Gebiet der Kiowas war?

»Das Gebiet der Kiowas?«, raunte ich dann auch Sam zu. »Wusstet Ihr das? Wieso dachtet Ihr, dass sich Winnetou und Schuschuschuna ins Gebiet der Kiowas begeben, wenn doch beide Stämme verfeindet sind?«

»Hell and damnation«, knurrte er leise. »Hab nur auf die Spur der Werwölfe geachtet und nicht auf die Umgebung.«

»Auf die Bärenspur, Sam«, berichtigte ich ihn, nicht ohne Zorn.

»Lasst gut sein«, gab er leise zurück. »Die Kiowas halten Sam für einen Freund.«

»Ich dachte, einer von Ihnen hat Euch skalpiert?«

»Und ich hab ihn dafür abgeknallt«, nickte Sam. »Doch schweigt darüber. Keiner der Kiowas weiß es, und das ist auch gut so!«

Inzwischen waren Schlauer Wolf und auch die anderen vier Krieger herangekommen. Noch immer waren ihre gefährlichen Krallenhände eine Drohung gegen uns. Sie sahen den toten Bären, und Schlauer Wolf funkelte Sam mit gelblich glühenden Augen an. »Wir selbst haben den Bären gejagt und wollten ihn erlegen, wie Wölfe es tun. Nun ist er nur noch totes Fleisch. Wie konnte der Howlin' Sam sich dazu hinreißen lassen, in den Jagdgründen der Wolfs-Kiowas zu wildern?«

»Gar nicht«, verteidigte sich dieser. »Ich … äh, wollte meine roten Brüder vom Stamme der Wolfs-Kiowas besuchen, und … äh, da sagte ich mir: Mensch, Sam, Junge, sagte ich mir, bring doch deinen alten Kumpels Schlauer Wolf und Tuntua ein paar schöne Geschenke mit. Eine tolle Bärenklauenkette, ein warmes Bärenfell und so. Und … na ja, so ein Bär in euren Jagdgründen, der frisst euch doch die ganze Beute weg und beißt in jeden weißen Hintern, den er in den Wäldern aufstöbert, und die weißen Hintern … äh, die Weißen, meine ich … na ja, die wollt ihr doch jagen, wenn ich mich nicht irre. Und … tja, da dacht ich: Da tust du deinen beiden Kumpels, dem Schlauen Wolf und dem edlen Tuntua, doch 'nen Riesengefallen mit, wenn du ihnen dieses pelzige Problem vom Hals schaffst!«

Schlauer Wolf legte die Stirn in Falten und dachte nach. Dann hellte sich seine Miene auf, und er rief: »Der Howlin' Sam ist ein guter weißer Mann, der immer an seine roten Wolfsbrüder denkt. Schlauer Wolf dankt dem Howlin' Sam!«

Offenbar war Schlauer Wolf alles andere als besonders helle.

Da traf mich sein Blick, und er sagte: »Und der Howlin' Sam hat den Wolfs-Kiowas noch ein weiteres Geschenk mitgebracht – einen Weißen, den Schlauer Wolf und seine Krieger statt des Bären zerfleischen können!«

Ich sah das gierige Funkeln in seinen Lichtern, und ein Mondstrahl, der durch das Laubdach fiel, ließ einen seiner langen Reißzähne blitzen.

Ich umfasste den Werwolftöter mit beiden Händen und warnte ihn: »Lass es dir nicht einfallen, dummer Wolf!«

Sam hob abwehrend die Hände. »Nicht doch. Dies ist Old Silverhand, ein berühmter und äußerst promillenter Krieger und Freund des Howlin' Sam!«

»Uff, uff!«, rief Schlauer Wolf. »Ein promillenter Krieger.« Er sah mich an, schien mich vom Scheitel bis zu den Sohlen meiner schönen Westmannstiefel genau zu mustern und sagte dann sichtlich zufrieden: »Trotzdem werden wir ihn zerfleischen und fressen!«

Er trat vor, und die vier anderen Rothäute machten sich daran, mich – und auch Sam – zu umkreisen, während sie mehr und mehr ihre Wolfsgestalt zurückgewannen. Die Situation stand auf Messers Schneide, dennoch glaubte ich, es mit diesen fünf Burschen aufnehmen zu können. Ich würde Schlauer Wolf mit meinem Werwolftöter eins auf den Pelz brennen und die anderen mit meinen Fäusten niederstrecken.

Sam schätzte unsere Chancen wohl nicht so gut ein wie ich, denn wieder versuchte er zu beschwichtigen. »Auch Old Silverhand ist ein Freund der Wolfs-Kiowas.«

»Dann wird uns sein Fleisch sicher besonders gut schmecken.«

»Dafür ist er ein Feind der Wolfs-Apachen!«

Da stockte Schlauer Wolf. »Ein Feind der Apachenhunde? Ist er das?«

»Ja«, bestätigte Sam Howlin eilig. »Wir haben mit denen einigen Trouble, und deswegen sind wir auf dem Weg zu Tuntua. Um ihm einen gewinnträchtigen Deal vorzuschlagen. John Bancrott ist unser Boss, und der ist ja bekanntermaßen ein guter Geschäftsfreund von wiederum deinem Boss, wenn ich mich nicht irre. Old Silverhand und ich sollen Schuschuschuna, den Häuptling der Wolfs-Apachen, und seinen Sohn Winnetou in eine Falle locken. Das wäre eine einmalige Gelegenheit für die Wolfs-Kiowas, die beiden in ihre Krallen zu bekommen. Stell dir mal vor, der große Schuschuschuna und sein Sohnemann in der Gewalt der Wolfs-Kiowas. Was für eine Erniedrigung für die Apachenhunde!«

Ich war entsetzt über die Rede, die Sam da hielt. Wollte er sich tatsächlich mit diesen roten Spitzbuben verbünden gegen Schuschuschuna und den edlen Winnetou und beide diesen Halsabschneidern ans Messer – oder vielmehr an die Klauen – liefern? Ich konnte es kaum fassen.

Bruder Heinrich hatte gesagt, dass Sam weiterhin den Keim des Werwolfs im Leib hatte, auch wenn dieser nicht mehr zum Ausbruch kam. Hatte der fromme Mann die Gefahr, die noch immer von Sam ausging, unterschätzt? Die Werwolf-Kiowas jedenfalls hielten ihn für einen Freund, für einen Bruder. Witterten sie den verderblichen Keim der Kiowa-Werwölfe in seinen Adern? Fühlten sie sich deshalb mit Sam verbunden – und er sich mit ihnen, dass er gemeinsame Sache mit ihnen machen wollte?

Der Gedanke erschütterte mich zutiefst, doch als ich den Kopf wandte, um Sam misstrauisch zu betrachten, ob irgendeine Veränderung mit ihm vorgegangen war, die ich vielleicht auch äußerlich erkennen konnte, warf er mir einen kurzen Blick zu, der besagte: Jetzt haltet bloß die Fresse, Ihr Lusche! Ich versuche uns hier mit heiler Haut rauszubringen, ohne dass uns die Burschen mit Haut und

Haaren verspeisen. Versaut mir das bloß nicht, indem Ihr jetzt einen auf Gutmenschen macht, Ihr Pfeife!

Ja, das sagte mir sein kurzer Seitenblick; ich erinnere mich noch an jede Silbe. Echte Westmänner können sich untereinander auch ohne große Worte verständigen.

»Ja, ja!«, rief Schlauer Wolf im nächsten Moment begeistert aus. »Schuschuschuna und Winnetou in der Gewalt der Wolfs-Kiowas – das klingt gut! Das klingt sogar sehr gut! Das klingt nicht nur so, das ist sogar sehr, sehr, sehr gut!«

Sogleich gab er seinen Kriegern einen Wink, wieder menschliche Gestalt anzunehmen, und auch seine Krallen verschwanden, und seine Pranken wurden zu normalen Händen.

»Der Feind meines Feindes ist mein Freund. Old Silverhand ist ein Feind der Wolfs-Apachen und damit ein Freund von Schlauer Wolf.« Er rieb sich die Hände. »Schuschuschuna und Winnetou – in unserer Gewalt! Das wäre was!« Er winkte uns. »Kommt, wir rauchen das Calumet!«

Calumet nennen die Roten ihre Friedenspfeife, und es ist eine große Ehre für einen Weißen Mann, sie mit einem Indsman rauchen zu dürfen.

Schlauer Wolf und die vier anderen Kiowas führten uns zu einer Lichtung, die von Mondlicht beschienen wurde. Hohes Gras wuchs dort, und im Schein des Mondes getaucht und vom sanften Wind bewegt, wirkte es wie ein See aus Quecksilber.

Die Rothäute hatten uns hergeführt, weil sie als Werwölfe auch in menschlicher Gestalt das Licht des Mondes genossen und es ihnen Kraft spendete.

Wir ließen uns im Gras nieder, Schlauer Wolf holte das Calumet hervor und stopfte den indianischen Mischtabak, den die Wilden Kinnikinnik nennen, in den tönernen Kopf. Er entzündete den Kinnikinnik, sog am Mundstück, blies den Rauch zuerst nach rechts, dann nach links, dann nach unten und zum Schluss nach oben. Abschließend legte er sein Haupt weit in den Nacken und jaulte lang gezogen zum Mond empor.

Danach reichte er das Calumet an Sam weiter. Der paffte daran herum, ohne allerdings den Rauch zu inhalieren oder ihn auch nur in den Mund zu ziehen, dann machte er seinem Kriegsnamen alle Ehre und jaulte ebenfalls empor zum Mond, noch kräftiger und länger anhaltend als Schlauer Wolf vor ihm.

Anschließend wanderte das Pfeifchen zu mir, und ich nahm einen kräftigen Zug.

Himmelherrgott! Das hätte ich besser nicht getan!

Ich hustete, ich würgte, ich röchelte, keuchte, japste, pustete und wäre sicherlich erstickt, hätte mir Sam nicht auf den Rücken geschlagen.

Der Mischtabak der Werwolf-Kiowas enthält so einiges, was ein zivilisierter Mensch, der nicht im Lendenschurz durch Urwälder streift, recht abstoßend findet, von den Fingernägeln einer Leiche über die Achselhaare eines Toten bis hin zur abgeraspelten Hornhaut eines abgehackten Schweißfußes. Dummerweise klärte mich Sam Howlin darüber erst später auf, als wir die Kiowas längst verlassen hatten. Diese Mischung soll irgendeinen Zauber wirken, sodass sich die Burschen, die sich das elende Kraut antun, in den nächsten Stunden nicht aus irgendeinem nichtigen Anlass an die Gurgeln gehen, was im Wilden Westen schon mal vorkommen kann. Doch bei mir war die Wirkung alles andere als magischer Natur.

»Old Silverhand wird ganz grün im Gesicht«, stellte Schlauer Wolf verwundert fest.

»Äh … ja«, stammelte Sam und suchte nach einer Erklärung, die mich vor unseren neuen Verbündeten nicht als Lusche dastehen ließ. »Er ist … äh, wie ihr Wolfs-Kiowas ein Gestaltwandler, ein Skinwalker, und kann sich … äh, in ein grünes Männchen verwandeln!«

»Ah, er verwandelt sich in den berühmten grünen Mann!«, rief Schlauer Wolf aus. »Schlauer Wolf kennt berühmten grünen Mann aus den Bilderheftchen der Weißen!«

Oh, was gibt es doch für elende Schufte unter meiner Rasse, die die indianische Kultur damit verderben, dass sie den Rothäuten nicht nur Feuerwasser, sondern auch bunte Bilderheftchen verkaufen.

Mir war so schlecht wie selten zuvor, alles schien sich um mich zu drehen. Ich drückte das Calumet dem nächstbesten Wilden in die Hände und kotzte mir die Seele aus dem Leib.

Während ich gegen meine Not ankämpfte, hielt Sam mit den Werwolf-Kiowas ein Palaver ab. Er erzählte ihnen, dass die Apachen doch erhebliche Bedenken gegen Bancrotts Eisenbahn geäußert hätten, woraufhin Schlauer Wolf äußerte: »Uff, uff, sind die Apachen dumme Hunde! Die Wolfs-Kiowas werden gute Geschäfte mit Bancrott und seinen weißen Urlaubern machen. Und wenn sich eine der weißen Squaws im Gebiet der Wolfs-Kiowas verirrt, werden wir sie durch die Vollmondnacht jagen wie ein junges Reh, hihihi!« Sein Kichern war das eines blutrünstigen Unmenschen.

Als Sam dann auch noch berichtete, dass Klage-Peter erschossen worden war, warf Schlauer Wolf die Arme in die Höhe und rief: »Ich danke den bösen Geistern meiner grausamen Ahnen! Hat das Jammern und Greinen ein Ende gefunden!« Dann sagte er zu Sam: »Es ist wirklich gut, Leute wie Howlin' Sam und John Bancrott an seiner Seite zu haben!«

Ich glaube nicht, dass es Sam gefiel, von diesem Kannibalen mit John Bancrott in einen Topf geworfen zu werden. Um es mal bildlich auszudrücken.

Noch immer spuckte ich die Mahlzeiten der letzten Tage ins Gras, dennoch bekam ich mit, wie sich Schlauer Wolf sehr zuverlässig darüber äußerte, dass Tuntua seinem weißen Kumpel Bancrott zu Hilfe eilen würde. Sam äußerte meine Vermutung, dass Schuschuschuna und sein Kriegstrupp in der kommenden Nacht das Lager des Eisenbahnbauers überfallen würden, zumal dann auch Vollmond war. Schlauer Wolf versprach, dass die Wolfs-Kiowas, wie er seinen Stamm nannte, rechtzeitig dort erscheinen würden, um uns gegen den Feind beizustehen.

»Aber denk daran, Tuntua auszurichten, dass dies eine einmalige Gelegenheit ist, Schuschuschuna und gleich noch Winnetou lebend zu fangen«, mahnte ihn Sam Howlin. »Das wäre für die Wolfs-Apachen die größte Schmach, die man ihnen antun kann. Und für die Wolfs-Kiowas ein ruhmreicher Sieg, der ihnen Ehre und Ansehen bringen wird!«

»Die Wolfs-Kiowas pfeifen auf Ehre und Ansehen!«, entgegnete Schlauer Wolf. »Sie wollen Schuschuschuna und Winnetou am Marterpfahl winseln hören, während sie ihnen das Fell abziehen!« Dann schlug er Sam krachend auf die Schulter und sagte: »Kennst du eigentlich den? Kommt ein Apachenhund zum Medizinmann und sagt: Meine Rute wird immer kleiner …«

Mehr bekam ich nicht mehr mit.

Oje, während Schlauer Wolf dämliche Apachenwitze zum Besten gab, drehte sich mir alles. Und es wurde immer schlimmer.

Da saß ich nun auf einer vom Mondlicht beschienenen Lichtung mit fünf mordgierigen Werwölfen und einem Westmann zusammen, der selbst den unseligen Keim des Wolfs in seinem Blut hatte, hörte ihr hämisches Gelächter und die schaurigen Laute der Nachtjäger, die vom Wald aus zu uns drangen, und mir war so schlecht, dass alles um mich herum zu kreisen begann, die verfluchten Wolfs-Kiowas, die nichts als Tod und Blutvergießen im Kopf hatten, und das in verschmutztem Leder gekleidete Rumpelstilzchen, das sich selbst Howlin' Sam nannte und meckernd in das sardonische Lachen der Werwolfindianer einfiel.

Hätte mich die Übelkeit nicht so fest in ihrem Würgegriff gehalten – die Bezeichnung *Würge*griff hatte nie besser gepasst –, hätte wohl selbst ich als erfahrener Dämonenhenker eine Gänsehaut bekommen. So aber erbrach ich mich immer wieder, und schließlich wurde mir gar so schlecht, dass ich die Besinnung verlor.

Ich bekam nur noch mit, dass sich die Rothäute wieder in Werwölfe verwandelten und den Mond anheulten, und Sam hockte unter ihnen und heulte mit. Sam, der den edlen Winnetou und dessen Vater diesen blutrünstigen Bestien zum Fraß vorwerfen wollte.

Ja, wer mit den Wölfen heult …

Sam Howlins wirklich schlauer Plan

Als ich erwachte, war es Tag, doch die Welt stand kopf. So kam es mir zunächst vor, denn ich baumelte kopfüber, während der Prärieboden unter mir schwankte wie die Wellen des Meeres.

Was war geschehen?

Ich kam erst wieder völlig zur Besinnung, als ich die hämische Stimme Sam Howlins hörte, der rief: »Na, wie geht's Euch, Ihr Lusche? Lasst Euch von einem Indianerpfeifchen umhauen! Ist doch nicht zu fassen, wenn ich mich nicht irre! Ich hoffe, Ihr habt Euch nicht auch noch die schöne Leggings vollgemacht, hihihi!«

Ich begriff, dass ich quer über einem Sattel lag, und Sam führte das Reittier am Ziegel, dass mich wie einen Sack Hafer transportierte, während er selbst ein prächtiges Pferd ritt.

Seltsam, es sah aus wie das meinige.

Und es war auch meins, wie mir im nächsten Moment klar wurde!

Ich hing über Sams Maultier, während er stolz aufgerichtet auf meinem edlen Mustang saß und majestätisch vor mir herritt, das Maultier mit mir wie eine erlegte Beute am Zügel führend.

Was für eine schändliche, geradezu erniedrigende Gemeinheit!

Ich wollte aufbegehren, irgendetwas sagen, mich lauthals beschweren und ihn beschimpfen ob dieser unfassbaren Demütigung meiner Person. Doch mir war noch immer so übel, und meine Kehle von den vielen Säften, die in der Nacht in ihr emporgestiegen waren, so rau, dass mir nur ein Krächzen über die mit getrocknetem Erbrochenen beschmierten Lippen kam und ich anschließend wieder spucken musste, auch wenn mein Magen vollkommen leer war.

Sam Howlin genoss meinen hilflosen Zustand offensichtlich, denn nun konnte er mich als Lusche beschimpfen, als Weichei, als Jammerlappen und Heulsuse, ohne dass er dabei Gefahr lief, dass meine Fäuste ihm widersprachen.

Einmal glaubte ich, mein Zustand würde sich bessern, und auch Sam schien dies zu bemerken. Das war der Moment, in dem er mir erzählte, was sich alles im Mischtabak der Wolfs-Kiowas befand, und sogleich setzte mir die Übelkeit wieder zu.

»Kopf hoch, alte Lusche!«, rief er lachend. »Es wird schon wieder werden!«

Das »Kopf hoch!« meinte er natürlich witzig, denn in meiner Haltung war das kaum möglich.

Als ich mich dann aber nach und nach erholte, verstummten seine Beleidigungen und sein meckerndes Lachen, und er wechselte schnell das Thema, indem er mir berichtete, was sich in der Nacht noch ereignet hatte, nachdem mich der verdammte Kinnikinnik umgehauen hatte.

»Der Schlaue Wolf wird seinen Häuptling sofort aufsuchen und ihm unser Angebot vortragen«, erzählte er. »Und er ist überzeugt davon, dass Tuntua sich die Gelegenheit nicht entgehen lassen wird, sich Schuschuschuna und Winnetou zu krallen.« Er lachte. »Hihihihi – zu krallen, das passt!« Er wurde wieder ernst. »Außerdem verspricht sich Tuntua wohl ein gutes Geschäft durch seinen Pakt mit Bancrott, da wär's für ihn schade, wenn das nicht zustande käme, weil der Eisenbahner am Marterpfahl der Wolfs-Apachen sein Leben ausflennt. Schlauer Wolf sicherte mir jedenfalls zu, dass die Werwolf-Kiowas heute Nacht beim Lager eintreffen, um uns beizustehen und den Wolfs-Apachen eine schaurig-böse Überraschung zu bereiten.«

»Schlauer Wolf…«, presste ich mühsam hervor. »Woher … kennt Ihr ihn?«

»Kenne mich hier gut aus in der Gegend«, erzählte mir Sam – was ich ihm nicht wirklich glaubte, nachdem wir so blindlings ins Gebiet der Wolfs-Kiowas geritten waren. »Eines Morgens, als ich durch die Wälder strich, fand ich ihn jaulend im Unterholz. Er war nachts in seiner Werwolfsgestalt auf Jagd gewesen und in eine Bärenfalle getappt. Konnte sich nicht befreien und hat rumgeheult wie eine Memme. Als ich ihn fand, ahnte ich aber nicht, dass er einer der verdammten Werwölfe ist, und hab ihn befreit. Er witterte den Werwolfskeim in meinen Adern, und als mir klar wurde, was abging, hab ich ihm erzählt, dass ich selbst ein Werwolf wäre, aber ein böser weißer Schamane mich mit einem Zauber belegt hätte, der mich daran hindern würde, mich je wieder in einen Wolf zu verwandeln. Na ja, er hat's geglaubt. Müsst nämlich wissen, dass Schlauer Wolf alles andere als interagent ist. Im Grunde ist er sogar ein saudämlicher Hund, aber er beherrscht von allen Wolfs-Kiowas die Sprache des Weißen Mannes am besten und liest sogar dessen bunte Bilderheftchen, und darauf bildet er sich heftig was ein.« Er kicherte. »Wobei ›lesen‹ etwas hochgegriffen ist, wenn ich mich nicht irre. Er schaut sich nur die Bildchen an und tut vor allen anderen so, als würde er die Geschichte auch verstehen. Jedenfalls brachte mich Klewerwoff ins Lager der Werwolf-Kiowas, wo ich mit Tuntua das Calumet rauchte, weil ich doch einen seiner Krieger aus einer dieser strunzgemeinen Fallen der Weißen befreit hatte. Tja, und seitdem halten mich die Wolfs-Kiowas für ihren Freund, wenn ich mich nicht irre.«

»Seid Ihr's denn nicht?«, fragte ich anklagend.

»Nie und nimmer«, schwor er und tat empört. »Würde mit diesen elenden Kreaturen der Hölle niemals gemeinsame Sache machen.«

»Ihr tut's aber«, hielt ich ihm vor. »Ihr wollt ihnen Schuschuschuna und Winnetou ausliefern, die zwar auch Werwölfe sind, doch keine teuflischen Bestien wie die Kiowas!«

Da brummte Sam verdrießlich und sagte: »Was hätt ich tun sollen? Sie hätten Euch gefressen, wäre mir nicht dieser verflixt gute Plan eingefallen!«

Danach schwiegen wir eine ganze Weile lang und durchquerten die Prärie, über deren Wiesen der Morgennebel waberte, während sich in unserem Rücken blutrot die Sonne erhob und den grauen Himmel weiter aufhellte. So früh am Morgen mutete das Land noch düster und unheimlich an, als wollte es den Besucher mahnen, welche schauerlichen Kreaturen nachts durch seine Wälder streiften, doch je höher die Sonne stieg, desto mehr zeigte die Gegend auch ihre Schönheit und wilde Pracht.

An einem Bache machten wir halt, und ich nutzte die Gelegenheit, mich zu erfrischen. Als wir dann wieder aufbrachen, wollte Sam erneut mein Pferd besteigen, doch ich wies ihn zurecht; ich verzichtete zwar darauf, ihn in den Hintern zu treten, doch sagte ich mit der Entschiedenheit eines Mannes, der sein Recht einfordert: »Mir geht's gut, ich kann wieder reiten. Setzt Euch auf Euer Maultier, das Pferd gehört mir!«

Er nuschelte etwas in seinen verfilzten Bart und verzog grimmig das Gesicht, doch er widersprach nicht, und so tauschten wir die Reittiere, sodass diesmal jeder auf seinem eigenen zu sitzen kam.

Meine Übelkeit verflog mehr und mehr. Dafür genoss ich die Schönheit des Landes, das mir noch am Abend zuvor und in der Nacht so bedrohlich erschienen war.

Dennoch mahnte ich mich selbst, dass die Gefahr immer noch vorhanden war und nach wie vor drohend über uns schwebte. Denn die in diesem Gebiet ansässigen Werwolfstämme konnten sich ja auch am Tage in reißende Bestien verwandeln, die mit ihren Klauen den Leib eines Menschen mit Leichtigkeit zu zerfetzen imstande waren.

Auch Sam Howlin wälzte trübe Gedanken, allerdings waren die anderer Natur als meine. Meine Vorhaltung von eben wollte ihm nicht aus dem Kopf, und auf einmal sagte er zu mir: »Hört, Silverhand. Ich habe eine Idee, wie wir die Sache doch noch zum Guten wenden und Schuschuschuna und Winnetou retten können.«

»Lasst hören, Sam«, forderte ich. »Ich bin gespannt.«

»Wartet's ab«, bat er. »Werde euch meinen Plan darlegen, wenn auch Dick und Bill zugegen sind, dann brauche ich mich nicht zu wiederholen. Aber Bancrott und vor allem die wenig Glorreichen 13 müssen wir dabei außer Acht lassen, denn diesen Halunken können wir nicht trauen.«

Da war ich ganz und gar seiner Meinung. Außerdem beruhigte es mich, dass Sam also doch auf Seiten der edlen Wolfs-Apachen stand und damit auch auf meiner. Freundschaftlich schlug ich ihm auf die Schulter und sprach: »Ich bin begierig darauf, Euren Plan zu erfahren, Sam, alter Freund!«

Sam und ich erreichten das Lager der Eisenbahnbauer gegen Mittag. Wir legten die Strecke schneller zurück als am Tage zuvor, denn diesmal mussten wir keiner falschen Fährte folgen.

So ritten wir zur Mittagsstunde ins Lager ein, ich vorweg auf dem prächtigen Mustang und im Gefolge Sam auf seinem Maultier, so wie es sich gehörte.[11]

Wir wurden schon sehnlichst erwartet. Bancrott wankte aus seinem Zelt, baute sich breitbeinig vor meinem Pferde auf, sodass ich das Tier zügeln musste, stemmte die Fäuste in die Hüften und schnauzte: »Nun, habt Ihr herausgefunden, was Schuschuschuna vorhat und wie viele Krieger er mit sich führt?«

»Nein«, antwortete ich ihm.

Er bekam große Augen, seine Hände sanken hinab. »Nein?«

»Wir haben die Wolfs-Apachen nicht gefunden.«

»N-n-nicht gefunden?«, stammelte er fassungslos. »Wie …? Was …? Warum …?«

»Wir trafen stattdessen auf Werwolf-Kiowas, eine Abordnung Eures Geschäftspartners Tuntua, wenn Ihr so wollt.« Ich glitt aus dem Sattel und stellte mich vor ihm hin. »Er wird kommen, um uns zu unterstützen.«

»Dann … dann wird es einen Kampf geben?«, stotterte er und wurde so bleich wie seine Vampirvasallen.

»Yes.«

Die blanke Furcht stand ihm ins Gesicht geschrieben. Er war nun mal ein Weichei.

11) Handschriftliche Anmerkung des Lektors im Originalmanuskript: *Lieber Herr Mayer, mich erinnert das sehr an Don Quichotte und seinen Knappen Sancho. Wer von beiden war noch mal der Klügere????*

Handschriftliche Antwort des Autors am Seitenrand: *»Don Quichotte« ist ein Roman, Du Pfeife! Dies hier ist ein Tatsachenbericht!!!!*

Dann aber rollten seine Gedanken durch den Alkoholdunst in seinem Gehirn, es arbeitete in seiner Miene, und auf einmal wirkte er sogar sehr glücklich, und er stieß hervor: »Sehr gut! Sollen sich die Werwölfe gegenseitig den Garaus machen. Ich meine, wenn Tuntua mit seinen Kriegern kommt, kann er sich ja um die Werwolf-Apachen kümmern, und wir verkriechen uns in der Zwischenzeit irgendwo, am besten unter einen großen Stein.«

»So einfach wird's nicht werden, Mr. Bankschrott, wenn ich mich nicht irre«, sagte Sam mit listig funkelnden Augen. »Wir wissen nicht, wann uns die Wolfs-Kiowas erreichen und ob sie überhaupt rechtzeitig da sein werden. Müssen uns sehr wahrscheinlich unserer Haut allein erwehren, bis sie eintreffen. Zumindest sollten wir darauf vorbereitet sein. Ja, das sollten wir. Und hoffen, dass …« Er winkte ab. »Aber damit will ich Euch nicht belasten, Sir.«

»W-womit belasten?«, stieß Bancrott entsetzt hervor, als sich Sam schon umgedreht hatte und gehen wollte.

Sam wandte sich wieder um und kratzte sich am Kopf, sodass sein Toupet hin und her rutschte. »Na ja, Schlauer Wolf führte den Kiowa-Trupp an, auf den wir trafen, und der ist nicht der Klügste unter Gottes heller Sonne, wenn ich mich nicht irre. Gut möglich, dass er ganz vergisst, Tuntua von unserer pikanten Situation zu erzählen. Auch möglich, dass Tuntua dennoch nicht kommen wird, weil wir weißen Ärsche ihm am Mann vorbeigehen.«

»Hä?«, machte Bancrott.

»Äh, umgekehrt natürlich.«

»Oh, das wäre ja …«, stammelte Bancrott. »Das wäre ja …«

»… unser Ende«, bestätigte Sam.

Da mischte sich Ratanescu ein, der sich zu uns gesellt

hatte, seinen Oberspeichellecker Satanescu an der Seite. Obwohl heller Sonnenschein herrschte, hatten sich die beiden Bleichgesichter aus ihren Särgen getraut, was mich in meiner Annahme bestätigte, es nicht mit normalen Blutsaugern zu tun zu haben, sondern mit solchen, die über enorme magische Kräfte verfügten. Dennoch hatten sie sich breitkrempige Hüte aufgesetzt und hielten die Köpfe so weit gesenkt, dass ihre Gesichter im Schatten lagen.

»Wir werden auch so mit den Apachenhunden klarkommen«, prahlte Ratanescu. »Stimmt's, Satanescu?«

Der antwortete nicht etwa mit einem »Yeeeaah, Boss!«, so wie ich's von einem echten Westmann erwartet hätte, sondern mit: »So wie Ihr sagt, mein Herr und Gebieter.«

»Wir haben Silberkugeln genug dabei, um das ganze Apachenrudel auszurotten. Stimmt's, Satanescu?«

»So wie Ihr sagt, mein Herr und Gebieter.«

»Die sollen nur kommen!«, tönte Ratanescu weiter. »Meine Männer und ich freuen uns darauf, diesem elenden Werwolfpack das Fell über die Ohren zu ziehen. Stimmt's, Satanescu?«

»So wie Ihr sagt, mein Herr und Gebieter.«

»Stellt Euch das nicht so einfach vor«, mahnte ich den Ratten-Jim. »Schuschuschuna wird nicht nur mit einer Handvoll Kriegern erscheinen, sondern mit einem ganzen Kriegstrupp.«

»Und soll mich das jetzt erschrecken?«, höhnte Ratanescu und grinste breit, wobei seine beiden Fangzähne deutlich sichtbar wurden. Als er sah, wie ich eine Augenbraue hob, bemerkte er's, sagte: »Oh!«, und legte sich schnell eine Hand vor den Mund.

»Gehen wir, Sam«, sagte ich zu meinem Gefährten, und wir zogen unsere Reittiere mit uns davon.

Wir trafen uns mit Dick Stick und Büffel-Bill, zogen uns mit ihnen zurück und berichteten von unserem Treffen mit dem Schlauen Wolf und unserem Bündnis mit den Werwolf-Kiowas. Sams Scout-Gefährten waren alles andere als glücklich über diesen Pakt, das zeigten mir ihre verdrießlichen Mienen.

»Also bei diesem Geschäft«, murmelte Dick Stick kopfschüttelnd, »will sich mir der Stick zusammenziehen.«

»Und auch mir ziehen sich die Hörner ein, wenn ich dran denke, mit den bepelzten Halunken vom Kiowa-Werwolf-Stamm gemeinsame Sache zu machen gegen Schuschuschuna«, gestand Büffel-Bill. »Nun gut, auch Schuschuschunas Apachen mögen Werwölfe sein, doch sie taten niemandem von uns etwas zuleide. Im Gegenteil, es war Rattenarschku, der als Erster Gewalt anwandte.«

»Ihr habt recht, Gents«, stimmte ich ihnen zu, dann traf mein scharfer Blick den Howlin' Sam. »Nun, Sam, Ihr spracht auf unserem Ritt hierher von einem Plan, mit dem Ihr alles wieder ins Lot bringen wollt.«

»Ja, hört zu, ihr Mesch'schurs«, antwortete er. »Der alte Sam wird's wieder richten. Also, die Werwolf-Kiowas werden versuchen, Schuschuschuna und Winnetou gefangen zu nehmen, so wie ich's ihnen anbot.«

»Doch da werden wir ihnen einen dicken, roten, blutigen Strich durch die Rechnung machen«, vermutete ich.

»No, Sir.«

»Nein?«, fragte ich erstaunt.

»Nein, werden wir nicht. Wir warten, bis sie Schuschuschuna und Winnetou gefangen genommen und irgendwo angebunden haben, an einem Pfahl oder Baum. Dafür werden sie magische Fesseln verwenden, Riemen, die ihr Medizinmann verzaubert hat, damit Schuschuschuna und

Winnetou in ihrer Werwolfsgestalt sie nicht sprengen können.«

»Kann denn so ein Medizinmann das?«, fragte ich zweifelnd.

»Aber sicher, wenn ich mich nicht irre. Das Wort Medizin bedeutet bei den Roten Zauberei. Als die ersten Weißen ins Land kamen, behandelten sie auch kranke Indsmen mit ihrer Medizin. Die Wilden hielten's jedoch für Zauberei, als zuvor unheilbar Kranke plötzlich gesundeten. Darum sagen sie zu jeder Zauberei Medizin, und deshalb nennen sie ihre Zauberer und Schamanen auch Medicine Men, wenn sie gegenüber uns Weißen die englische Sprache benutzen.«

Das war mir neu, doch ich merkte es mir. Man ging also nicht zum Medizinmann, weil man sich einen Schnupfen oder eine Erkältung eingefangen hatte, sondern wenn man einen starken Zauber brauchte (vielleicht einen gegen Schnupfen).

»Gut«, sagte ich, »also sind Schuschuschuna und der edle Winnetou Gefangene der Kiowas. Doch was dann?«

Sam strahlte übers ganze Gesicht, zumindest über den Teil, den die filzige Perücke und das Bartgestrüpp davon sehen ließen. »Wir werden sie – jetzt kommt's – befreien!«

»Befreien?«, fragte ich ein wenig begriffsstutzig.

»Yeah!«

»Schuschuschuna und Winnetou?«, fragte Bill völlig begriffsstutzig.

»Wen sonst?«

Dick und Bill überlegten, ließen sich Sams Worte durch den Kopf gehen. Dann klatschte Bill in die Hände, und beide schrien sie begeistert: »Yeeeaaah!!!« Sie klopften Sam auf die Schulter. »Hervorragender Plan!«, sagte Bill, und Dick fügte hinzu: »Wirklich clever!«

Doch ich hatte mitgedacht und fand eine Schwachstelle: »Aber was werden die Wolfs-Kiowas dazu sagen, wenn wir Schuschuschuna und Winnetou befreien?«

Mein Einwand bremste den Enthusiasmus der drei Westmänner.

Sam überlegte einen Moment, dann hatte er die Lösung. »Ich hab's: Wir machen's einfach heimlich, dann merken es Tuntuas Krieger nicht!«

Wieder beglückwünschten Bill und Dick ihren Kumpel Sam Howlin zu dessen Einfallsreichtum.

Doch schon wieder musste ich ihnen die gute Laune verderben. »Aber was haben wir letztendlich davon? Wenn Schuschuschuna und Winnetou frei sind, haben wir die Werwolf-Apachen wieder gegen uns.«

»Mh«, machte Sam und legte die Stirn in Falten. Diesmal musste er etwas länger nachdenken. »Klar doch!«, rief er dann. »Wir sagen ihnen, dass wir es waren, die sie befreit haben. Dann erkennen sie, was für nette Burschen wir sind, und haben uns lieb bis ans Ende aller Zeiten!«

Ich nickte und musste Sam meine Anerkennung zollen. »Dies ist fürwahr ein guter Plan.«

»Nicht nur gut«, lobte er sich selbst, »sondern geradezu genital, wenn ich mich nicht irre.« Mit dem Wörtchen »genial« stand er wohl auf dem Kriegsfuß.

»Nur …«, schränkte ich ein.

Sam verzog das Gesicht. »Nur?«

»Was geschieht danach?«, fragte ich. »Wird Bancrott dann seine Eisenbahn durchs Indianergebiet bauen und den Werwolf-Apachen ihre Jagdgründe rauben?«

»Ihr findet auch überall ein Haar in der Suppe!«, schimpfte Sam, und Dick und Bill stimmten ihm zu.

Nun, dass ausgerechnet der kahlköpfige Sam Howlin

mir das vorwarf, betrübte mich schon, und ich kam mir vor wie der Oberspaßverderber.

Dennoch dachte Sam wieder nach, und wieder kam er auf die Lösung des Problems: »Das ist es! Hört zu: Wir machen uns einfach darüber Gedanken, wenn es so weit ist. Erst mal befreien wir Schuschuschuna und Winnetou.«

»Nein«, korrigierte ich ihn, »zunächst müssen wir sie fangen.«

»Äh ... ja, richtig«, pflichtete mir Sam bei, der ohne mich und meine schlauen Einwände – wie du erkannt haben wirst, werter Leser – ziemlich aufgeschmissen gewesen wäre.

Dennoch – mir blieb nichts anderes übrig, als ihn für seine Genialität zu loben. »Der Plan ist so gut, er könnte glatt von mir sein. Wirklich, Sam. An Euch ist ein großer Denker verloren gegangen, so wie sie in meinem Heimatland geradezu an den Bäumen wachsen. Nach der Sache mit der Bärenspur hätte ich nicht gedacht, dass Ihr so klug, ja, geradezu gewitzt und blitzgescheit seid!«

»Was denn für 'ne Bärenspur?«, fragte Bill.

»Ach nichts«, sagte ich schnell.

»Die dumme Lusche labert nur blöd herum!«, behauptete Sam verdrießlich.

Ich war ihm nicht böse ob seiner scharfen Worte und des bösen Blicks, den er mir zuwarf. Fast hätte ich mich tatsächlich verquatscht.

»Aber was denn für 'ne Bärenspur?«, fragte Bill noch einmal.

»Fragt nicht«, gebot ich ihm. »Ihr seht doch, dass es dem armen Sam furchtbar peinlich ist.«

Der grummelte irgendwas in seinen Bart.

Nun, Sams Plan war wirklich ~~genital~~[12] genial. Damit wir

12) vom Lektorat gestrichen und verbessert

ihn aber ausführen konnten, mussten wir zunächst die folgende Nacht überleben.

Wie sich zeigen sollte, würde das nicht einfach werden …

Winnetou in Trouble

Wir bereiteten uns auf den Überfall der Werwolf-Apachen vor. Das heißt, *ich* bereitete alles vor, denn obwohl sich Ratanescu als großer Wortführer aufspielen wollte, nahm ich die Zügel in die Hand und sorgte als Erstes dafür, dass wir unser Lager auf einer kleinen Halbinsel aufschlugen, die von einem Nebenarm des Rio Pecos umflossen wurde. So brauchten wir nur den schmalen Zugang unter Beschuss zu nehmen, wenn die Werwolf-Apachen angriffen.

Ratanescu brachte hundert fadenscheinige Einwände dagegen vor, von denen mich jedoch keiner umstimmen konnte. Erst später ging mir auf, warum es ihm nicht gefallen konnte, dass wir uns auf diese Halbinsel zurückzogen. Sie wurde von Wasser umflossen, und fließendes Wasser ist für einen Vampir tödlich. Wenn also etwas schiefging, gab es für die Glorreichen 13 keine Fluchtmöglichkeit.

Doch da ich dies nicht wusste – und selbst, wenn ich es gewusst hätte, hätte ich auf die Blutsauger keine Rücksicht genommen –, ignorierte ich seinen Widerspruch und setzte mich durch, und Ratanescu tat vampirzähneknirschend, was ich anordnete, denn er erinnerte sich wohl an die Hammerhiebe meiner Fäuste und wollte sich nicht noch weitere einfangen.

Ich fand diesen Plan mindestens so genial wie den von Sam, der mir, nach längerem Nachdenken, doch hier und da noch etwas lückenhaft erschien.

Aber erst mal galt es, am Leben zu bleiben, und die Nacht stiefelte mit mannhaft weiten Schritten heran.

Die Wagen, in denen Ratanescu und sein Gesindel in ihren Särgen schliefen, stellten wir so auf, dass sie uns als Deckung dienten. Dann stapelten wir einige Kisten dazwischen, die uns zusätzlichen Schutz boten.

Als ich dann Anordnung gab, dass auch die Särge aus den Wagen geholt werden sollten, um weitere Deckungsmöglichkeiten zu haben, wurde Ratanescu noch bleicher im Gesicht.

»Und was ist, wenn einer kaputt geht?«, fragte er geradezu entsetzt.

»Wenn ihr Burschen Glück habt«, sagte ich, »gehen von euch genauso viele drauf, dann braucht ihr euch die verbleibenden Särge nicht zu teilen.«

Die Angst flackerte in seinen nachtschwarzen Augen, dann aber kochte die Wut in ihm hoch, und er zog die Lippen über seine grässlichen Vampirzähne, damit ich sie sehen konnte. »Wenn dies alles vorbei ist«, drohte er mir, »rechnen wir beide miteinander ab. Ich werde dein Blut trinken und dich in ein Wesen der Nacht verwandeln, und dann verbuddel ich dich in der Steppe in einem Erdloch, dass nur noch dein Kopf herausragt und in der Mittagssonne verbrennt.«

Na, das waren ja herrliche Aussichten! Aber es fiel mir nicht ein, vor dem Kerl zu kuschen. »Pass lieber auf«, riet ich ihm, »dass dir nicht zufällig einer ein Stück Holz in die Brust rammt, wenn wir gegen die Werwölfe kämpfen. In so einem Getümmel kann man manchmal Freund und Feind nicht auseinanderhalten.«

Nun, meine Drohung schien ihn nicht besonders zu beeindrucken. Er wies auf einen Sarg, der wohl der seine war, und knurrte: »Keinen Kratzer, Old Silverhand!«

»Was sonst?«, fragte ich ihn provozierend und trat mit dem Stiefel heftig gegen die Leichenkiste. »Was sonst, he?« Noch mal trat ich zu, und beide Tritte hinterließen breite Schrammen. »Na, was denn, he?«

Ratanescu fletschte die Zähne, ballte die Hände zu Fäusten, doch dann wirbelte er herum und verschwand.

»Das nimmt er Euch übel, wenn ich mich nicht irre«, mutmaßte Sam, der neben mich trat.

»Soll er doch, der bleiche Blödi!«

Dann beschäftigte ich mich wieder mit der Verteidigung unseres Lagers.

Die Sonne versank am Horizont, es dämmerte, und der Himmel wurde grau und allmählich immer dunkler. Ich hockte neben einem der Wagen hinter einer Kiste und spähte auf den einzigen Zugang zur Halbinsel. Im erlöschenden Licht des Tages wurde der Wald, der sich dort befand, immer mehr zu einer dunkel drohenden Mauer.

Ein Feuer wurde in der Mitte unseres Lagers entzündet, damit wir uns gegenseitig sehen konnten.

Der Mond erhob sich. Voll und rund und bleich stand er am Himmel, ein kräftespendender Verbündeter unserer schwarzmagischen Gegner.

Und dann geschah etwas, womit ich dummerweise nicht gerechnet hatte. Ich hatte mich, wie ich schon schrieb, in den letzten Jahren im Orient aufgehalten, und dort hauptsächlich in öden Gebieten, in Wüsten und Felsschluchten, wo es keine größeren Gewässer gibt. So hatte ich nicht bedacht, dass sich nach dem relativ warmen Tag in der kühlen Nacht Nebel über den Fluss legte, der sich um die Halbinsel wand.

Die Schwaden wurden dichter und dichter und krochen nicht nur ins Lager hinein, sondern auch über den Zugang der Insel, was die Sicht erheblich erschwerte.

Verdammter Sam Howlin! Er war in diesem Land zu Hause und kannte sich doch angeblich so prächtig hier aus! Hätte er mich nicht auf diesen Umstand aufmerksam machen können?

Er hockte neben mir und sagte unvermittelt: »Jetzt versperrt uns der Nebel die Sicht. Ich hatte es Euch ja gesagt.«

Ich sah ihn scharf an. »Verdammt, das habt Ihr eben nicht, Sam!«

»Nein?«, fragte er unsicher.

»Kein Sterbenswörtchen habt Ihr verlauten lassen!«

Er kratzte sich die Perücke. »Oh, dann hab ich's wohl vergessen.« Plötzlich kicherte er. »Oder ich hab mir gedacht: Der oberschlaue Old Silverhand, der von sich behauptet, keine Lusche zu sein, wird schon selbst draufkommen, hihihihi.«

»Ach!«, entgegnete ich nur entnervt und schaute wieder zum Wald hin.

Da! Glühten dort nicht die Lichter von Wölfen im Dunkeln des Waldes? Wegen des Nebels konnte ich es nicht erkennen. Doch, nun war ich mir sicher, ganz kurz die glühenden Augen einer Bestie wahrgenommen zu haben. Und da – schon wieder!

Und dann erklang ein schauerliches Heulen. Es schallte lang gezogen aus dem Wald zu uns herüber und wurde bald aus mehreren Wolfskehlen rund um uns herum beantwortet.

»All devils!«, entfuhr es Sam, dann rief er: »Macht euch bereit! Sie kommen!«

»Schschsch!«, mahnte ich. »Leise, Sam!«

Wieder ein Jaulen, dazwischen – leiser, aber dennoch vernehmbar – drohendes Knurren. Und erneut sah ich die Lichter von Wölfen, die dort drüben, wo der Überweg seinen Anfang nahm, immer wieder kurz aufleuchteten.

Dann – huschende Schatten im Nebel. Einige auf vier Pfoten, andere auf zwei Beinen, weil ein paar der Werwölfe aufrecht auf uns zuliefen.

Sie hasteten heran, liefen über den Zugang zur Halbinsel.

»Alle Teufel!«, entfuhr es mir, dann rief ich: »Macht euch bereit! Sie kommen!«

Ich gab den ersten Schuss ab, sozusagen als Startsignal für alle anderen.

Doch ich zielte nicht, sondern schoss sehr hoch, weit über die Köpfe der heranstürmenden Bestien hinweg. Ich wollte nämlich keines der edlen Tiere treffen. Und ich benutzte auch nicht den Werwolftöter, sondern eine von Ratanescus mit Silberkugeln geladenen Rifles. Verdammt, die Werwolf-Apachen waren ja im Recht, und sie agierten im gerechten Zorn, indem sie uns angriffen, um uns alle zu zerreißen und zu zerfleischen. Wie sollte ich ihnen das übel nehmen?

Ratanescu und seine Spießgesellen zielten zwar genau, aber über ihre Treffsicherheit habe ich mich an anderer Stelle schon ausgelassen. Sie verpulverten ihre Munition, spickten die Baumstämme des Waldes auf der anderen Seite mit Silber, dass diese erheblich an Wert gewannen, doch kein einziger ihrer Schüsse traf einen der heranhechtenden Wölfe.

Ich überlegte mir gerade, ob es nicht doch gesünder für die eigene Haut wäre, ernst zu machen, als der erste Wolf, einer auf vier Pfoten, über den Sarg, hinter dem Sam und ich hockten, hinwegsprang und Sam dabei umriss.

Der kleine Mann hatte sein Gewehr gerade noch rechtzeitig quer vor sich gehalten, so verbiss sich das Ungetüm in den Lauf der Büchse statt in Sams Kehle. Trotzdem hätte die Bestie Sam zerrissen, hätte ich nicht eingegriffen.

Ich wirbelte herum und zog dem Werwolf den Kolben meines Gewehrs derart über den Schädel, dass bei ihm die Lichter ausgingen.[13]

Im gleichen Moment sprang der zweite Wolf über die Barrikade und mir in den Rücken. Beide gingen wir zu Boden, wobei mir die Rifle entglitt. Der Werwolf wollte mir in den Nacken beißen, doch knapp vor meinem Hinterkopf schlugen die mächtigen Kiefer des Monsters aufeinander.

Irgendwie wurde ich es los, rollte herum und sprang auf. Im gleichen Moment erhob sich die Bestie vor mir, gut zwei Meter groß, messerscharfe Krallen an den Pranken und mit gefletschtem Gebiss.

Sie schlug nach mir, doch ich duckte mich blitzschnell weg. Dennoch hatten nur wenige Fingerbreit gefehlt, und ich hätte Sam Howlins Schicksal geteilt und mir, bevor ich künftig mit einer Dame ausging, seine Perücke ausleihen müssen.

Jetzt hieß es: mannhaft bleiben!

Noch einmal tauchte ich unter einem mörderischen Prankenhieb hinweg, gelangte in den Rücken der Wolfskreatur und trat ihr in den Hintern. Als sie daraufhin erbost herumwirbelte, traf sie meine Schmetterfaust direkt aufs Maul, und betäubt kippte sie um.

Ich sah mich nach Sam Howlin um. Der kleine Mann hatte seine helle Not. Die Werwölfe waren durchgebrochen, das wilde Rumgeknalle der Glorreichen 13 hatte sie keine Sekunde lang aufhalten können, immer mehr von ihnen sprangen aus dem Nebel über die Barrikaden und einer direkt auf Sam zu.

13) Handschriftliche Anmerkung des Lektors im Originalmanuskript: *Nettes Wortspiel!*

Wie ich hatte er eben noch hoch über die Köpfe der Werwölfe geschossen, doch nun blieb ihm keine Wahl. Er schoss die mit Silberkugeln aus Ratanescus Munitionskisten geladene Büchse ab, und der Werwolf wurde um die eigene Achse geschleudert, bevor er zu Boden ging und jaulend verendete.

Sam ließ die leer geschossene Büchse fallen und zog zwei Revolver mit Silberkugeln, schoss um sich, und jeder Schuss war ein Treffer, der das Leben einer der edlen wilden Bestien auslöschte.

Ich kämpfte mit bloßen Fäusten weiter, wich nach mir schlagenden Pranken und zuschnappenden Fängen aus, und immer wieder schickte ich einen der Apachenwölfe ins Reich düsterer Träume.

Kurz blickte ich mich nach Ratanescu und seinen Spießgesellen um. Die Spitzbuben hatten es aufgegeben, mit ihren Schießeisen die Werwölfe treffen zu wollen, sondern verteidigten sich nun auf Art ihres Volkes – indem sie mit ihren Vampirzähnen zubissen.

Was ich sah, erstaunte mich sehr: Wann immer sie ihre Blutzähne im Pelz eines unserer Widersacher versenkten, heulte die Wolfskreatur laut auf und sackte dann in sich zusammen, um gelähmt am Boden liegen zu bleiben. Offenbar hatte der Vampirkeim, den die elenden Blutsauger an Menschen übertrugen, um sich auf diese – doch recht freudlose Weise – zu vermehren, auf die Werwölfe eine betäubende Wirkung.

Immer mehr der Apachenwölfe gingen gelähmt zu Boden, doch es waren zu wenige, denn wir hatten es gut mit vier Dutzend Feinden zu tun, und diese Übermacht war erdrückend.

Zumal auch die Werwölfe Erfolge erzielten. Meine drei trinkfreudigen Kollegen kämpften natürlich nicht mit. Sie hatten sich ins Zelt verkrochen, zu ihrem Saufkumpanen Bancrott. Einer der Wölfe huschte auf vier Pfoten ins Zelt, dann hörte man sein Knurren und panikartiges Kreischen. Der Wolf kam wieder hervor, zerrte einen der drei Surveyors mit sich (ob es sich um Tickman, Trickman oder Trackman handelte, hätte ich nicht zu sagen gewusst), in dessen rechte Schulter er sich verbissen hatte. Der Bursche brüllte wie am Spieß, und es gelang mir nicht, ihn zu erreichen und ihm zu Hilfe zu kommen (die er eigentlich auch nicht verdient hatte), bevor der Werwolf seinen linken Arm packte und einfach ausriss. Sodann biss er dem Surveyor in die Kehle und trennte ihm damit den Kopf halb ab.

Erst da war ich bei ihm und schlug den Werwolf nieder, mit einem gezielten Donnerschlag auf die Schnauze. Doch für meinen ungeliebten Kollegen konnte ich nichts mehr tun, er hatte seinen letzten Brandy gekippt.

Auch die Glorreichen 13 kamen nicht ohne Verluste davon. Aus den Augenwinkeln sah ich einen Werwolf mit einem Vampir ringen, der wild schreiend versuchte, den Wolf zu beißen. Der aber umklammerte dessen Arme, riss sie ihm aus, und während der Wolf etwas belämmert auf die abgerissenen Glieder in seinen Pranken starrte, rannte der Vampir kreischend und ohne Arme davon.

Ein anderer Vampir hatte weniger Glück. Er biss gerade einen Werwolf, der heulend niederging, in die Kehle, da packten zwei Werwolfpranken von hinten seinen Kopf, legten sich von zwei Seiten auf den Schädel und zerquetschten ihn zu breiigem Mus. Das bedeutete für jede untote oder sonst wie magische Kreatur das Ende.

Ratanescu selbst schnappte sich den Werwolf, sprang ihm in den Nacken und biss zu. Als der Wolf dann betäubt am Boden lag, trat der Ratten-Jim wild auf ihn ein und schrie: »Verdammte Fellhaut! Verflucht seid ihr alle!« Offenbar gab es einen Zwist zwischen beiden Rassen, von dem ich nichts wusste.

Büffel-Bill lief an mir vorbei, einen Revolver in jeder Faust, feuerte wild und schrie, als wäre er auf Bisonjagd: »Yeeeaah! Yeeeaahh!«

Wieder fiel mich ein Werwolf an, riss mich nieder. Ich fiel auf den Rücken, stemmte der mordsschweren Kreatur gleichzeitig meine Absätze vor den Leib und schleuderte sie mit aller Kraft über mich hinweg. Sie flog ein paar Meter durch die Luft und prallte gegen einen von Ratanescus Mannen. Sofort verbissen sich Vampir und Werwolf ineinander, und irgendwie gelang es dem Wolf, seinem blutsaugenden Widersacher den Kopf vom Hals zu trennen, doch als er sich erhob, hatte sich der abgerissene Kopf in seiner Schulter festgebissen, und mit einem klagenden Jauler ging der Werwolf zu Boden.

Trotz dieser kleinen Erfolge gewannen die Wölfe immer mehr die Oberhand. Ich sah, dass ein Wolf einen weiteren meiner Surveyor-Kollegen aus dem Zelt zerrte. Diesmal hatte sich der Wolf in den Unterleib des kreischenden Mannes verbissen, und Dick Stick hätte sich bei diesem Anblick wohl alles zusammengezogen. Draußen begann der Werwolf dann, seinem Opfer die Gedärme aus dem Leib zu zuppeln, und ich ging nicht davon aus, dass der arme Mann das lange überleben würde.

Nein, es stand nicht gut um uns. Es stand sogar sehr schlecht um uns, um nicht zu sagen: richtig übel!

In diesem Moment ertönte vom anderen Ende des Überwegs zur Halbinsel her ein mächtiges und lang gezogenes Heulen, das jeden anderen Laut übertönte.

Und dann kamen die Werwolf-Kiowas!

Die Kiowa-Werwölfe preschten und stürmten aus dem Nebel heran, überwanden die Barrikaden wie zuvor die Apachen und griffen in den Kampf ein. Mit tödlicher Gewalt, voller Hass, Wut und Vernichtungswillen fielen sie über die anderen Werwölfe her. Sie kannten keine Gnade, bissen und schlugen um sich, ihre Krallen rissen das Fell ihrer Gegner auf. Blut spritzte, Wolfshaare flogen büschelweise durch die Gegend, dass es der Tod jedes Allergikers gewesen wäre. Sie hieben ihre mächtigen Zähne in ihre Widersacher und bissen sie grausam nieder.

Was ich sah, war ein Massaker, und plötzlich schrillte in meinen Gedanken ein Name auf:

Winnetou!

Wir hatten dem Schlauen Wolf angeboten, dass die Wolfs-Kiowas Winnetou und seinen Vater gefangen nehmen könnten, dass beide ihnen lebend in die Krallen fielen. Aber was, wenn dieser Dummkopf es seinem Häuptling nicht so ausgerichtet hatte, wie wir es ihm aufgetragen hatten? Oder wenn Tuntua gar kein Interesse daran hatte, Winnetou und Schuschuschuna lebend in seine Gewalt zu bekommen? Und selbst wenn – bei diesem blutigen Massaker, wo jeder gegen jeden kämpfte, war es fraglich, ob die Kiowa-Werwölfe auf den verfeindeten Häuptling und dessen Sohn Rücksicht nehmen würden, ja, nehmen konnten. Zudem hatte Winnetou auf mich nicht den Eindruck gemacht, als würde er sich so ohne Weiteres gefangen nehmen lassen.

Ich sah mich nach beiden um, dann erblickte ich einen grau bepelzten Werwolf, der orientierungslos durch die Gegend stolperte. Das musste Schuschuschuna sein, zumal sich ein schwarzer Werwolf an seiner Seite befand, der den grauen Wolf vor den Angriffen der Kiowa-Werwölfe verteidigte.

Bei dem schwarzen Wolf handelte es sich mit Sicherheit um Winnetou, das erkannte ich nicht nur an der Farbe seines Pelzes, sondern an der edlen Tiergestalt an sich. Aufrecht auf zwei Beinen schritt er dahin, fletschte die Zähne und teilte mit gewaltigen Pranken machtvolle Schläge gegen die Kiowa-Werwölfe aus, um seinen Vater zu schützen Seine scharfen Krallen schlitzten einem Kiowa-Wolf den Bauch auf, dann traf er mit einem Prankenhieb den Hals eines Gegners, dass der Kopf halb vom Leib gerissen wurde und der Werwolf verendend zu Boden stürzte.

Doch immer mehr Kiowa-Werwölfe umringten Winnetou und seinen Vater, und so geriet der Häuptlingssohn in arge Bedrängnis. Für meine Augen unterschieden sich die Apachen- und die Kiowa-Werwölfe deutlich voneinander. Erstere waren von edler Statur, schlank und gleichzeitig mit kräftigen, wohlproportionierten Muskelpaketen versehen, die unter dem seidig glänzenden Fell anmutig spielten. Letztere hatten einen struppigen, schmutzig braunen Pelz, und ihre Körper wirkten kompakter und gedrungener.

So geschickt Winnetou auch kämpfte, so viele Gegner er auch niederstreckte, gegen die Übermacht konnte selbst er, der sicherlich noch nie bezwungen worden war, nicht bestehen. Und es sah nicht so aus, als würden die blutrünstigen Bestien ihn und seinen Vater schonen. Im Gegenteil, sie gingen mit äußester Brutalität gegen ihn vor.

Wenn ich Winnetou und Schuschuschuna retten wollte, würde mir das nur gelingen, indem ich sie außer Gefecht setzte, sodass die Kiowa-Werwölfe sie gefangen nehmen konnten. Tuntuas knurrende Horde würde dies allein nicht schaffen, da war ich mir sicher, denn Winnetou würde sich bis zum Schluss verteidigen.

Ich lief auf ihn und seinen Vater zu, wobei ich ein paar Werwölfe, sowohl des Apachen- als auch des Kiowa-Rudels, mit meinen Fäusten niederstrecken musste, um mir den Weg zu bahnen. Dann erreichte ich den grauen Wolf, der sich ebenfalls auf die Hinterläufe erhoben hatte und noch immer verwirrt umherstolperte. Winnetou war mit zwei Gegnern beschäftigt, die ihm an die Kehle wollten, so kam er mir nicht in die Quere, als ich Schuschuschuna auf die breite Schulter tippte und sagte: »Wo geht's denn hier zum Klo, Sir?«

Er drehte sich zu mir herum und fragte: »Hä?«

Vielleicht war's auch kein »Hä«, sondern irgendein indianisches Wort, das ich nicht kannte. Jedenfalls traf ihn meine Hammerfaust im nächsten Moment direkt auf die Schnauze, und betäubt ging er zu Boden.

Winnetou hatte gerade dem letzten Gegner den Kopf von den Schultern gerissen, drehte sich um und sah mich über seinem reglos am Boden liegenden Vater stehen. Mit wildem Knurren stapfte der riesige schwarze Werwolf auf mich zu, und das Funkeln seiner Raubtieraugen sagte mir, dass er mich zerfleischen würde, da ich es gewagt hatte, Hand – oder vielmehr Faust – an seinen Vater zu legen.

Da wurde Winnetou von einem Kiowa-Werwolf attackiert, musste dessen Prankenhieben ausweichen, schlug dann selbst zu, fetzte dem Angreifer den Leib auf, packte dessen Kopf, riss diesen dem Gegner vom Hals und schleuderte ihn davon, und das so geschickt, dass das abgetrennte Haupt einen anderen Wolfs-Kiowa am Schädel traf, sodass dieser betäubt niederging.

Ich aber hatte die kurze Ablenkung Winnetous genutzt, um mich ihm so weit zu nähern, dass ich blitzschnell zuschlagen konnte, als er sich mir wieder zuwandte. Nein, lieber Leser, das war kein ehrlicher Kampf, das muss ich zugeben. Ich überrumpelte den Werwolf schlicht, sonst wäre es mir sicherlich nicht gelungen, ihn derart schnell auszuschalten.

Meine Faust traf ihn punktgenau, er taumelte zurück, ich sah das wölfische Glühen in seinen Augen erlöschen, die Zunge hing ihm auf einmal seitlich aus dem Maul, dann kippte er um und blieb besinnungslos liegen.

Ich hatte den Häuptlingssohn der Werwolf-Apachen besiegt, doch sicherlich nicht im ehrlichen Kampf.

Um mich herum ging das Schlachten und Sterben weiter, und die Apachen-Werwölfe wurden immer mehr in die Enge getrieben. Die Werwölfe des Kiowastammes aber waren außer Rand und Band und massakrierten ihre Feinde gnadenlos.

Ich stand über Winnetou und Schuschuschuna. Einige der Kiowa-Werwölfe sahen den Apachenhäuptling und seinen Sohn am Boden liegen, und sogleich wollten sie die Wehrlosen in ihrer Mordgier zerfleischen, doch das ließ ich nicht zu. Jetzt endlich zog ich meine Revolver, die ich gegen die Apachen-Werwölfe nicht hatte einsetzen wollen, und brannte jedem Kiowa-Wolf, der sich zu nahe an mich und die von mir Besiegten herantraute, eine Silberkugel in den Pelz. Es waren nicht wenige, die ich abknallen musste, und es gefiel mir auch, dieses Rudel wilder Bestien zu dezimieren, denn damit tat ich jedem wehrlosen Menschen in dieser Gegend einen großen Gefallen. Würde mich Häuptling Tuntua später dafür belangen wollen, würde ich behaupten, die Kiowa-Werwölfe nicht von denen des Stammes der Apachen unterscheiden zu können, was zwar glattweg gelogen war, aber dennoch eine glaubhafte Ausrede.

Schließlich spürte ich eine harte Krallenhand auf meiner Schulter. Ich wollte herumwirbeln und meine Revolver knallen lassen, da hörte ich Ratanescus Stimme hinter mir, die zischte: »Verdammter Narr! Ihr schießt auf unsere Verbündeten! Lasst es bleiben!«

Wie der Kerl in meinen Rücken gelangt war, weiß ich nicht. Vielleicht in seiner Fledermausgestalt, vielleicht als Nebel, in den sich Vampire ja auch verwandeln können.

Jedenfalls hinderte er mich daran, noch ein paar der Kiowa-Werwölfe zu erlegen, was allerdings auch nicht mehr nötig war, denn der Kampf – oder vielmehr das Massaker – war vorbei, und die Kiowas hörten auf zu toben, sondern feierten ihren Sieg, indem sie in die Vollmondnacht heulten.

Ein mächtiger brauner Wolf trat in die Mitte des Lagers, das überfüllt war von den Leichen der Indsmen, in die sich inzwischen die getöteten Werwölfe zurückverwandelt hatten. Es waren ebenso viele Kiowas unter ihnen wie Apachen, doch die Kiowas waren in einer derartigen Übermacht über sie hergefallen, dass ihre Gegner einfach hatten unterliegen müssen. Diejenigen, die noch in Wolfsgestalt am Boden lagen, waren nur bewusstlos, entweder durch die Bisse der Vampire betäubt oder von meinen Fäusten niedergestreckt.

Der mächtige braune Wolf trat also in die Mitte des Lagers, auf zwei Beinen gehend und sich mit glühenden Lichtern zufrieden umblickend, und das Geheul der Kiowas verstummte. Dann nahm er menschliche Gestalt an.

Es musste sich bei ihm um Tuntua handeln, den Häuptling des Kiowa-Rudels, denn die anderen Kiowa-Werwölfe zogen vor ihm die Ruten ein und kuschten, bevor sie sich ebenfalls in Indianer zurückverwandelten.

An Tuntuas Seite befand sich ein junger Wolf, bei dem

es sich offenbar um ein gewöhnliches Tier und keinen Werwolf handelte. Er wuselte um Tuntuas Beine herum, bis Tuntua fast über ihn gestolpert wäre. Da verpasste der Werwolfhäuptling dem kleinen Tier einen heftigen Tritt, sodass der junge Wolf jaulend davonsprang.

Während sich der kleine Wolf trollte und auf dem Schlachtfeld herumzuschnüffeln begann, hier und da einem toten Apachen die Gedärme aus dem aufgerissenen Leib zerrte oder ein wenig Fleisch von einem abgerissenen Arm abbiss, gab Tuntua seinen Werwolfskriegern Befehle in der Sprache der Wolfs-Kiowas. Offenbar sollten die noch lebenden, aber kampfunfähigen Apachen in Fesseln gelegt werden, und wie Sam es vorhergesagt hatte, schaffte man von einem Medizinmann verzauberte Riemen herbei. Im Dunkel der Nacht leuchteten sie grünlich, so als hätte man sie mit einer phosphoreszierenden Substanz eingerieben. Doch das war nicht der Fall; das Leuchten wurde von der heidnischen Magie erzeugt, die in ihnen steckte. Den damit gebundenen Werwölfen würde es nicht möglich sein, diese Fesseln zu sprengen, dafür sorgte die Magie, mit der sie vorab behandelt worden waren.

Als die zurückverwandelten Rothäute aber Hand an Schuschuschuna und Winnetou legen wollten, trat ich ihnen in den Weg und gebot: »Dies sind meine Gefangenen! Keiner rührt sie an!«

Ich sah es zornig in den Augen Tuntuas blitzen, während seine Krieger erstaunt »Uff, uff!« riefen. Die, die sich Schuschuschuna und Winnetou genähert hatten, wichen zurück, denn mein Mut und meine Entschlossenheit imponierten ihnen.

Tuntua aber trat auf mich zu, und wieder folgte ihm der kleine Wolf. Das Tier zeigte mir seine Zähne und knurrte drohend, während mich Tuntua in der Kiowasprache anschnauzte, von der ich zu diesem Zeitpunkt allerdings keine Silbe verstand. Ich habe zuvor geschrieben, dass Wölfe nicht bellen, doch Tuntuas Rede klang für mich wie das Gekläff eines wütenden Hundes.

»Von deinem Kauderwelsch verstehe ich kein Wort!«, unterbrach ich ihn schließlich. »Der Häuptling der Wolfs-Kiowas möge sich einer Sprache bedienen, die auch ein zivilisierter Mensch beherrscht!«

Ich sprach so nicht aus weißer Überheblichkeit, sondern um ihm zu zeigen, dass ich nicht vor ihm kuschte wie die räudigen Köter seines Stammes. Als ich einen schnellen Schritt nach vorn machte und dabei heftig aufstapfte, hörte der kleine Wolf endlich damit auf, mich anzuknurren, sondern verkroch sich mit einem ängstlichen Winseln hinter den Beinen seines Herrn und Meisters.

Tuntua aber starrte mich finster an, dann drehte er sich um, rief etwas im Dialekt seines Stammes und winkte Klewerwoff, den Schlauen Wolf herbei.

Als der an seiner Seite stand, stieß der Kiowa-Häuptling in gebrochenem Englisch hervor. »Was du wollen? Du haben Problem?«

»Hat der weiße Mann irgendein Problem damit, dass die Anweisung des edlen Häuptlings Tuntua umgesetzt wird?«, übersetzte mir der Schlaue Wolf.

»Allerdings, hab ich«, gab ich zurück. »Ich habe diese beiden Werwölfe besiegt, und nach dem Gesetz des Westens sind sie daher meine Gefangenen, und nur ich bestimme, was mit ihnen geschieht!«

»Du verrückt!«, bellte mich Tuntua an. »Ich niemals hören von bescheuertem Gesetz, du reden von!«

»Der edle Häuptling Tuntua hat noch nie von diesem Gesetz gehört«, übersetzte Schlauer Wolf.

»Aber es gibt dieses Gesetz durchaus«, mischte sich

Sam Howlin ein, der neben mich trat. »Ich glaub, ich hab mal irgendwo davon gelesen, wenn ich mich nicht irre.«

Der kleine Wolf wagte sich wieder hervor. Er hatte Mut gefasst und knurrte mich erneut an.

»Tunta, machen Platz!«, befahl ihm Tuntua. Der kleine Wolf gehorchte nicht und knurrte weiter.

»Tunta, machen Platz!«, befahl der Werwolfshäuptling, diesmal energischer.

Als der kleine Racker wieder nicht Folge leistete, trat ihn Tuntua so heftig in die Seite, dass der junge Wolf davonflog und sich überschlug. Daraufhin kümmerte er sich doch wieder lieber um die toten Apachen; er schnappte sich einen abgerissenen Arm und lief damit in die nahen Büsche, um in aller Ruhe daran herumzukauen.

Wie ich vorhin schrieb, war ich der Sprache der Werwolf-Kiowas noch nicht mächtig. Sam erklärte mir aber später, dass der Name Tunta »Kleiner Tuntua« bedeutet. Offenbar hatte der Werwolfshäuptling das junge Tier also adoptiert. Es herrschen schon seltsame Sitten unter den Wilden, doch erst recht unter den Werwolfsstämmen, wie ich noch erfahren sollte.

»Wie dein Name?«, fragte mich Tuntua mit knurrender Stimme, nachdem der kleine Pinscher abgeflogen war.

»Wie heißt du?«, übersetzte Schlauer Wolf stupide, statt seinem Häuptling selbst zu antworten, schließlich war ich ihm schon vorgestellt worden.

»Man nennt mich den Mayer Ka…«

»Old Silverhand«, fiel mir Sam Howlin ins Wort. »Er ist ein berühmter und sehr promillenter Westmann.«

»Old Silverhand können sich schieben Gesetz des Weißen Mannes hinten rein. Ich Häuptling der Wolfs-Kiowas. Mein Wort sein Gesetz. Wer Gesetz von Tuntua missachtet, in kleine Stücke werden geschnitten, gebraten und von

Wolfs-Kiowas gefressen zur Nachspeise! Howgh, Tuntua haben gesprochen!«

»Das Gesetz des Weißen Mannes ist im Indianer-Territory nichts wert«, übersetzte Schlauer Wolf. »Als Häuptling der Werwolf-Kiowas ist Tuntua hier die Recht sprechende Instanz. Ein Verstoß gegen seine Gebote wird schwer geahndet.«

Sam zupfte mich am Ärmel, und als ich mich zu dem kleinen Mann herabbeugte, flüsterte er mir ins Ohr: »Lasst uns hier keinen Streit vom Zaun brechen, sonst ziehen wir den Kürzeren und die Werwölfe uns die Haut vom Leib. Haltet Euch an meinen Plan: Wir befreien die beiden Apachen später.«

»Aber …«, wollte ich einwenden.

»Alles klar!«, rief Sam jedoch schon laut und strahlte Tuntua an. »Mein guter Kumpel Old Silverhand hat nicht gewusst, wie der Hase hier läuft. Ist nun mal neu in der Gegend, musst du wissen. Fesselt Schuschuschuna und Winnetou und tut mit ihnen, was euch beliebt!«

»Aber …«, setzte ich noch einmal an, doch Sam zerrte und zog mich am Arm weg von den beiden bewusstlosen Werwölfen.

»Lasst das jetzt«, zischte er mir zu. »Spielt Euch nicht auf!«

Es behagte mir gar nicht, Tuntua gegenüber klein beigegeben zu haben. Während die Kiowas Winnetou und Schuschuschuna in magische Fesseln legten, bedachten mich sowohl der Häuptling der Wolfs-Kiowas als auch der Schlaue Wolf mit verächtlichen Blicken.

Der von Tuntua schien zu sagen: Du sein blöde Lusche! Machen Pipi in Hose, weil Angst vor Tuntua!

Der von Schlauer Wolf: Was für eine Lusche! Macht sich in die Hose, so eine Angst hat er vor Tuntua!

Oh, ich ärgerte mich darüber, dass ich mich nicht durchgesetzt, sondern in dieser Angelegenheit den Kürzeren gezogen hatte. Aber Sam hatte natürlich recht: Wir hatten einen Plan. Und noch in derselben Nacht wollten wir ihn ausführen!

Winnetous Befreiung

Wir Weißen brachen nach dem Kampf unser Lager auf der Halbinsel ab und errichteten es auf einer nahe liegenden Lichtung. Der Boden auf der Halbinsel war mit dem Blut der Getöteten getränkt, überall lagen entsetzlich verstümmelte Leichen und deren abgerissene Gliedmaßen herum. Für den verweichlichten Bancrott und seinen überlebenden Surveyor war das nicht der geeignete Ort, um nach dem grauenvollen Gemetzel erholsamen Schlaf zu finden.

Die Werwolf-Kiowas störte dies wenig. Im Gegenteil, sie fühlten sich an diesem Ort des Schreckens, wo auch so viele ihrer Rudelbrüder ein blutiges Ende gefunden hatten, offenbar wohl. So schlugen sie dort ihr Lager auf.

Auch Ratanescu und seine bleichen Komplizen blieben auf der Halbinsel und feierten mit Tuntuas Bestien den Sieg über die Apachen. Und da sie offensichtlich dort bleiben wollten, waren auch die Kastenwagen mit den Särgen dort verblieben. Im Allgemeinen schienen der Ratten-Jim und seine spitzzahnigen Spießgesellen Werwölfe nicht sonderlich zu mögen, doch im Speziellen traf dies offenbar nicht für das Kiowa-Rudel zu. Im Gegenteil, die Mordgier und Bösartigkeit, die sie mit ihnen teilten, schufen ein höllisches Band zwischen ihnen. Wahrscheinlich besprachen Ratanescu und Tuntua bereits, wie sie dieses Land und die Beute, die Bancrotts Eisenbahn herankarren würde, unter sich – also zwischen Werwolf-Kiowas und Vampiren – aufteilen wollten.

Auch die gefangenen Apachen blieben auf der Insel. Sie waren mit den magischen Riemen verschnürt und hockten alle auf einem Platze, der von Kiowa-Werwölfen bewacht wurde.

Nur mit Schuschuschuna und Winnetou war man anders verfahren. Sie hatte man mit den magischen Riemen an zwei nebeneinander stehende Baumstämme gebunden. So mussten sie die ganze Zeit über aufrecht stehen, während die Fesseln so stramm angelegt waren, dass sich das Blut in ihren Wolfskörpern staute. Tuntua hatte entschieden, es den beiden so unbequem wie möglich zu machen.

Für unser Vorhaben hatte dies aber einen Vorteil: Die beiden Bäume standen doch recht weit vom eigentlichen Lager der Wolfs-Kiowas entfernt, damit der Apachenhäuptling und sein Sohn nicht mitbekamen, was die Wolfs-Kiowas trieben und untereinander absprachen und vielleicht auch mit Ratanescu aushandelten. Auf diese Weise konnte eine Befreiung natürlich viel besser gelingen. Mehr noch, sie wurde dadurch erst möglich.

Wir hörten von der Halbinsel her Trommelschlag und magische Indianergesänge, und mehrere Feuer loderten dort auf. Was die Werwölfe und Vampire dort trieben, wusste ich nicht, doch ich sollte es schon bald erfahren.

Bancrott und der letzte meiner drei Surveyor-Kollegen soffen sich nach dieser furchtbaren Nacht in den Schlaf, doch Bill, Dick, Sam und ich blieben wach, denn wir hatten bis zum Morgengrauen noch etwas vor.

Wir hockten zusammen am Lagerfeuer und berieten, wie wir es anstellen sollten, Winnetou und Schuschuschuna zu befreien. Mal wieder hatte Sam eine seiner »genitalen« Ideen. »Also, Mesch'schurs«, sprach er. »Old Silverhand und ich werden uns auf die Insel schleichen und dann heimlich die magischen Fesseln der beiden durchschneiden.«

Das war sehr intelligent ausgedacht, doch schon wieder musste ich mit meinen Einwänden den Spaßverderber spielen. »Kann man diese magischen Fesseln denn so mir nichts, dir nichts mit einem normalen Messer durchtrennen?«

»Sicher«, bejahte Sam meine Frage. »Die Magie erlaubt es einem magischen Wesen wie einem Werwolf nicht, sie zu sprengen, doch gegen die scharfe Klinge eines Westmanns schützt dieser Zauber nicht.« Dann fügte er an: »Wenn ich mich nicht irre.« Und diesmal klang es leider nicht wie eine Floskel, sondern eher, als wollte er sagen: Das nehme ich jedenfalls an, aber ich bin mir alles andere als sicher.

Ich seufzte. Nun gut, dieses Risiko mussten wir auf uns nehmen. »Aber was ist, wenn wir Winnetou und Schuschuschuna befreit haben?«, fragte ich. »Wie kommen sie dann von der verdammten Halbinsel?«

»Heavens!«, knurrte Sam. »Das ist nun wirklich deren Problem, oder? Ich meine, wir riskieren für die beiden Leib und Seele, da sollen sie sich eben auch mal was einfallen lassen!«

Nun, Winnetou und Schuschuschuna waren nicht nur erfahrene Rothäute, sondern auch Werwölfe. Irgendwie würde es ihnen schon gelingen zu entkommen. Wenn ich mich nicht irrte.

Also stimmte ich Sams Plan zu. Wir hatten auch nicht mehr viel Zeit, wenn wir ihn bis zum Morgengrauen durchführen wollten.

Sam und ich schlichen also los. Den Bärentöter und die treue Liddy hatten wir ebenso wie Bill und Dick in unserem Lager zurückgelassen, denn beim Schleichen hätten uns die schweren Büchsen nur behindert. Zudem begaben wir uns nicht auf die Insel, um zu kämpfen. Würde es dazu kommen, waren wir ohnehin geliefert, denn die Werwolf-Kiowas waren in einer erdrückenden Überzahl.

Dennoch nahmen wir unsere Revolver mit, die mit Silberkugeln geladen waren. Sam hatte, gewitzt wie er war, vorsorglich eine von Ratanescus Munitionskisten für uns abgezweigt, ohne dass der bleiche Kerl es gemerkt hätte.

Wir huschten durch den Wald und in geduckter Haltung über den Zugang zur Halbinsel. Der Nebel über dem Fluss war in der kalten Nacht noch stärker geworden und spendete uns eine hervorragende Deckung.

Ein Werwolf hockte zwar am anderen Ende des Zugangs, um das Lager der Kiowas zu bewachen, doch war er ganz in seine grausame Mahlzeit vertieft: Er hatte das abgetrennte Bein eines Apachen in den Klauen und riss mit seinen Fängen blutige Fleischbrocken aus dem Schenkel.

Als wir im dichten Nebel an ihm vorbeischlichen, hob er zwar kurz den Kopf, schnüffelte in die Luft, doch der Blutgestank, der von der Insel herwehte, und der Geruch seines grauenhaften Mahls übertünchte unsere Witterung.

Auf der Insel ließen Sam und ich uns am Boden nieder. Ich kroch auf Knien und Ellbogen, da zischte mir Sam zu: »So schleicht ein echter Westmann nicht. Seht her, wie ich es mache!«

Ich sah hin und staunte nicht schlecht: Sam schien in ausgestreckter waagerechter Haltung Zentimeter über dem Boden zu schweben. In Wirklichkeit stützte er sich auf die Finger- und Zehenspitzen und hielt den Körper dabei flach wie ein Brett. »So macht man das, Ihr Lusche!«, sagte er.

Nun, ich konnt's ihm nicht nachmachen, denn ich hatte

in dieser Art der Fortbewegung keine Übung, und die Muskulatur meiner Finger und Zehen war dafür noch nicht stark genug. Inzwischen habe ich sie so gut trainiert, dass ich mit bloßer Faust eine rohe Kartoffel zerquetschen kann. (Ich gebe zu, dafür gebrauchte ich einen Trick, den mir ein Autorenkollege auf einer Schiffsreise beibrachte.)

Wie ein merkwürdiges Insekt krabbelte Sam neben mir in dieser Haltung her, während ich mich weiterhin auf Knie und Ellbogen stützte. Auf einmal aber hielt er im Nebel inne.

»Sam, was ist los?«, wollte ich wissen.

»All devils!«, schimpfte er. »Hab einen Krampf im rechten Fuß. Kann mich nicht mehr rühren. Müsst allein weitermachen, Lusche. Good luck!«

Es blieb mir nichts anderes übrig, wollte ich unseren Plan in dieser Nacht noch in die Tat umsetzen, und es war zu befürchten, dass die Wolfs-Kiowas in der nächsten Nacht nicht mehr so ausgelassen feierten, sondern sich um Schuschuschuna und Winnetou kümmern würden.

Also kroch ich weiter voran, bis ich am Lager der Kiowas anlangte und durch die an dieser Stelle weniger dichten Nebelschwaden sehen konnte, was sie dort trieben.

Wie schon erwähnt, hatten die Werwolf-Kiowas mehrere Feuer im Lager entzündet. In Wolfsgestalt tanzten sie um die Flammen und jaulten immer wieder den Mond an oder stießen andere, furchterregende Laute aus. Drei von ihnen schlugen mit ihren Pranken mächtige Trommeln, und ein Medizinmann in menschlicher Gestalt, über und über mit magischen Symbolen beschmiert, die er mit Blut auf seinen nackten Körper aufgemalt hatte, vollführte Beschwörungen vor zwei gefangenen Apachen-Werwölfen, die man ähnlich wie Winnetou und Schuschuschuna an Bäume gebunden hatte.

Der Medizinmann hatte eine Art Stock in der Hand, an dessen einem Ende dünne Schnüre und Federn befestigt waren, und in der anderen ein tönernes Behältnis. Mit dem Stockende rührte er in dem Tontopf herum und bespritzte dann die gefesselten Werwölfe, die sich unter größter Pein wanden, jedoch keinen Schmerzenslaut von sich gaben, mit irgendeiner Flüssigkeit.

Ich hörte ein seltsames Raunen in der Luft, und auf einmal stieg Dampf oder Nebel aus den Pelzen der gefesselten Wölfe auf, dann verwandelten sie sich in Menschen zurück.

Der Hokuspokus ging weiter, der Medizinmann stieß krächzend Beschwörungsformeln aus, während die Trommeln wild geschlagen wurden, und wieder lag ein Raunen und Wispern in der Luft. Der rote Hexenmeister ließ den Stock fallen, formte mit der Hand eine Klaue und schien etwas aus den Leibern der Gefangenen herauszuziehen, das wie ein leuchtender Nebel wirkte und sich dann verflüchtigte.

Die beiden schienen die schlimmsten Qualen zu erleiden, doch kein Laut der Klage kam über ihre bebenden Lippen.

Auf ein Zeichen des Schamanen hin traten zwei Werwölfe auf die Gefangenen zu – und schlitzten ihnen mit den Krallen die Hälse auf, um das hervorsprudelnde Blut in tönernen Gefäßen aufzufangen.

Irgendetwas hatte der Kiowa-Hexer mit den Apachen gemacht, und zwar mehr, als sie einfach nur dazu zu zwingen, ihre menschliche Gestalt anzunehmen. Er musste ihnen die Macht des Wolfes genommen haben, denn ihre Körper erschlafften, während das Blut aus ihren aufgerissenen Kehlen spritzte, und schließlich hingen sie in den Fesseln, so als wären sie dem Tode nah, und das, obwohl ihre Häupter noch auf ihren Schultern ruhten und keine

Silberkugel und auch keine silberne Klinge ihre Herzen durchstoßen hatte.

Der rote Hexenmeister und die beiden Wölfe mit den Tonkrügen traten zurück, und daraufhin eilten vier andere Kiowa-Wölfe herbei und nahmen den sterbenden Indsmen die magischen Fesseln ab, um sie zu zwei begierig wartenden Gruppen von Werwölfen zu tragen, die sich um zwei der Feuer versammelt hatten. Diese fielen mit Knurren und Fauchen über die sterbenden Apachen her, zerrissen sie bei lebendigem Leibe, fetzten ihre Körper auseinander und verschlangen das blutige Fleisch.

Die beiden anderen Werwölfe mit den Tonkrügen jedoch brachten diese an zwei andere Lagerfeuer. Um das eine herum hockten die Glorreichen 13, allerdings ohne ihren Anführer und inzwischen auf acht Vampire reduziert, an dem anderen Feuer saß Ratanescu mit Tuntua zusammen, so wie ich's schon vermutet hatte, und nahm den Krug mit funkelnden Augen entgegen. Er öffnete weit den Mund, dass ich seine langen Vampirzähne im Schein des Feuers blitzen sah, hob dann den Krug an die Lippen und trank mit gierigen Schlucken, dass ihm der rote Lebenssaft noch aus den Mundwinkeln lief und seitlich am Kinn hinabtropfte.

Tuntua, der sich, so wie der rote Hexenmeister, in menschlicher Gestalt zeigte, schlug Ratanescu lachend auf die Schulter. Na, da hatten sich offenbar die Richtigen gefunden.

Tunta, der kleine Wolf, hockte neben Tuntua und ließ sich von diesem das Fell kraulen. Als er aber dann den Kopf in den Schoß des im Schneidersitz dahockenden Werwolfhäuptlings legen wollte, stieß ihn dieser heftig weg und gab ihm noch einen Tritt mit zum Abschied, sodass sich Tunta winselnd verzog.

Während Ratanescu den einen Tonkrug ganz für sich allein hatte, mussten sich seine verbliebenen sieben Spießgesellen den anderen und das darin enthaltene Blut teilen. Es gab einen enormen Zank deswegen, jeder wollte zuerst und am meisten trinken, sie fauchten sich gegenseitig an, drohten mit ihren Vampirzähnen, rissen einander den Krug aus den Klauen – bis dieser hinfiel, umkippte und der schöne rote Lebenssaft ins Feuer spritzte.

Da schauten sieben Blutsauger doch recht verdattert und auch traurig drein und verwünschten ihre maßlose Gier, und in so manchem Vampiraugenwinkel sah ich eine Träne funkeln.

Währenddessen mischte sich noch immer ein geisterhaftes Raunen und Wispern unter das Getrommel und Jaulen der Wölfe. Starke Magie schien zu wirken, denn die Luft war wie elektrisch aufgeladen, dass mir die Härchen im Nacken aufstanden.

Ich hatte genug beobachtet und wollte dem Treiben der grausamen Kreaturen nicht weiter zusehen. Also schlich ich weiter, durchs Gebüsch und durch den Nebel, der mich zusätzlich vor den Augen der Werwölfe verbarg.

Schließlich gelangte ich in jenen abgelegenen Bereich der Halbinsel, wo man Winnetou und seinen Vater an die Bäume gefesselt hatte. Das Licht der Lagerfeuer drang kaum durchs Gebüsch, dafür waren die Trommeln noch immer laut zu hören. Vor den Gefangenen hockte ein Kiowa-Werwolf. Und schüttete gerade eine von Bancrotts Brandyflaschen in sich hinein, die er den Weißen stibitzt haben musste. Eine weitere, allerdings schon leere Flasche lag vor ihm im Grase.

Woher Bancrott seinen ganzen Alkoholvorrat hatte, wusste ich nicht. Auch das kam mir mittlerweile wie Zauberei vor, denn so, wie er und meine drei Surveyor-Kollegen in den letzten Tagen gesoffen hatten, musste Bancrott irgendwo eine ganze Zugladung versteckt haben.

Doch mir gereichte dies nun zum Vorteil. Wie bei Indianern üblich, so vertrug auch dieser Werwolf kein Feuerwasser. Ich sah es an seinem glasigen Blick und der Art, wie er am Boden hockte, denn sein Oberkörper schwankte haltlos hin und her.

Ich gelangte hinter die beiden gefesselten Apachen, die noch ihre Werwolfsgestalt zeigten. Da der Schein der Lagerfeuer uns nur schwach erreichte, sah ich das grünliche Schimmern der magischen Fesseln. Nun, es würde sich zeigen, ob Sam mit seiner Vermutung richtiglag und die magischen Riemen einem normalen Messer nicht standhalten konnten.

Ich zog meine Klinge hervor. Als Ersten würde ich Winnetou befreien, denn den hatte ich von Anfang an lieb gewonnen. Er hatte mir einen grausamen Tod angedroht, doch hatte er im gerechten Zorn gesprochen, und ich mag Leute, die ihrem gerechten Zorn freien Lauf lassen, denn damit zeigen sie, dass sie echte Männer sind. Zudem schimmerte in seinen Worten, obwohl er ein unzivilisierter Wilder war, etwas wie eine deutsche Gesinnung durch, denn auch meine Landsleute liegen ja ständig mit ihren Nachbarn im Clinch, weil sie meinen, für dieses und jenes angebliche Unrecht, das ihnen irgendwann mal widerfuhr, Genugtuung fordern zu müssen.

Man hatte den beiden Apachen-Wölfen die Hände hinter dem Baumstamm zusammengeschnürt, denn die Bäume waren nicht dicker als der Leib eines Mannes, und die Füße am Stamme angebunden.

Ich lag am Boden und durchschnitt zuerst den leicht glühenden Riemen, mit dem Winnetous Füße gefesselt waren. Verdammt, nicht, dass du glaubst, lieber Leser, ich hätte mich ungeschickt angestellt. Es war bestimmt der dumme Apache, der sich genau in diesem Moment so ungünstig bewegte, dass ich ihm in den nackten Fuß schnitt.

Ich hörte, wie er scharf die Luft einsog, um nicht aufzuschreien, dann zischte er auf Werwolf-Indianisch: »Shay-Zee!«

Es tat mir leid, dass ich ihm wehgetan hatte, aber nach einem weiteren Schnitt fielen die Fesseln, und das war ja wohl die Hauptsache. Sam hatte recht: Die magischen Riemen konnten der scharfen Klinge eines Westmannes nicht widerstehen.

Ich gedachte, bei den Handfesseln besser aufzupassen, doch als ich mich erhob, sah ich die Büschel, die auf den Spitzen seiner Ohren wuchsen wie bei einem Luchs, und da kam mir eine tolle Idee. Wie oft muss ich mich doch in der Heimat mit verblendeten, besserwisserischen Kritikern herumschlagen, die allen Ernstes behaupten, meine Geschichten wären frei erfunden, weil sie sich nicht vorstellen können, dass ein einziger Mann derart viele ruhmreiche Taten durchführt und jeden Tag, Stund um Stund, neue aufregende Abenteuer erlebt wie ich. Diesen einfältigen Moserern würde ich einen schönen Beweis mit in die deutschen Lande bringen, dass ich es war, der den edlen Werwolf Winnetou befreite. So schnitt ich Winnetou das Ohrbüschel vom rechten Lauscher.

Das heißt, ich wollte es, doch wieder hatte sich der dumme Apache wohl bewegt, denn statt des Büschels schnitt ich ihm das halbe Ohr ab. Woran er – ich schwör's! – selbst schuld war!

»Shay-Zee!«, zischte er erneut, einen Laut des Schmerzes unterdrückend.

Ich hätte den Kopf geschüttelt über so viel Dummheit, doch ich musste mich konzentrieren. Ich steckte die abgeschnittene Ohrspitze in eine Tasche meiner schmucken Lederjacke, die mit den schönen Fransen, und in der Hoffnung, dass der dämliche Wolf diesmal stillhalten würde, machte ich mich an seinen Handfesseln zu schaffen.

»Shay-Zee!«, hörte ich ihn zum dritten Mal sagen, denn wieder hatte ich seine Haut geritzt. Dafür aber war er jetzt frei, und ich bin nach wie vor der Meinung, er hätte sich wegen der Kratzer nicht so aufregen müssen, zumal sie bei ihm als Werwolf sofort verheilten und schon wenige Herzschläge später völlig verschwunden waren. Nur sein rechtes Ohr, das war nur noch halb vorhanden und wuchs seltsamerweise auch nie mehr nach.

»Shay-Zee« ist ein Wort aus der Werwolf-Apachensprache, wird aber auch von anderen roten Gestaltwandlern verwendet. Es heißt so viel wie »Verdammt« oder »Mist« oder auch »Verdammter Mist«, wenn man beides kombinieren möchte, und sie sagen es immer dann, wenn ihnen irgendwas nicht passt oder für sie ungünstig verläuft.

Ach, warum konnte sich Winnetou nicht zusammenreißen? Bei seinem dritten »Shay-Zee« war der betrunkene Wachposten aufmerksam geworden. Er erhob sich schwerfällig, torkelte auf Winnetou zu und lallte: »Ja, Shay-Zee! Ganz schön Shay-Zee, die Lage, in der sich befinden du und dein Alter. Ist alles für euch gelaufen ganz schön Shay-Zee, und ihr tatsächlich stecken bis zum Hals in Shay-Zee! Aber nur warten, bis Tuntua lassen zu Tode foltern dich und deinen Alten, dann du Grund, brüllen Shay-Zee!«

Diesmal stellte sich Winnetou nicht ganz so dumm an. Er blieb ganz ruhig, ließ sich nicht provozieren, blickte dem anderen Werwolf nur in die vor Suff flackernden Lichter und rührte sich nicht.

Der Kiowa-Werwolf torkelte daraufhin zurück zu seinem Platze und kümmerte sich wieder um seine Flasche, die, als er sie ergriff, halb in seiner mächtigen Pranke verschwand, um sie sich erneut ans Maul zu halten.

Ein paar Herzschläge verstrichen, in denen nichts geschah.

Ich war, als der Werwolf auf Winnetou zugetaumelt war, in die Hocke gegangen und hatte mich ganz still verhalten, und noch immer rührte ich mich nicht, und Winnetou tat so, als wäre er weiterhin gefesselt, denn er wartete wohl darauf, dass sein ihm bislang unbekannter Retter auch seinen Vater von den Fesseln befreite.

Nachdem ich ein paar Sekunden hatte verstreichen lassen, machte ich mich ans Werk, und diesmal ging ich noch vorsichtiger, noch behutsamer vor, denn bei Winnetou hatte ich ja die Erfahrung machen müssen, dass die Werwölfe recht zappelige und zudem wehleidige Burschen waren. Außerdem verzichtete ich bei Schuschuschuna darauf, ihm irgendwelche Körperteile abzuschnibbeln.

Als ich den Fußriemen durchtrennte, reagierte Schuschuschuna noch nicht, aber als dann auch seine Handfesseln fielen, regte er sich, trat mit einem großen Schritt vom Baume weg, nahm dabei seine menschliche Gestalt an (was ihn natürlich noch verletzlicher machte) und hob überrascht die Hände, um sie anzustarren. »Was ist denn nu?«

Der Werwolfposten erhob sich mit einem gefährlichen Knurren. Schuschuschuna sah ihn an und sagte: »'tschuldigung, aber… äh, tja, mir sind die Riemen irgendwie kaputt gegangen. Äh … kannst du mich noch mal fesseln? Diesmal aber bitte etwas besser!«

Ich hätte aufbrüllen mögen vor Wut und Unverständnis. Und dieser Schuschuschuna sollte der Häuptling der edlen Wolfs-Apachen sein? Wurde Zeit, dass sein Sohn den Posten übernahm und den Laden schmiss!

Gottlob tat der in seiner unendlichen Weisheit genau das Richtige. Er rührte sich zunächst nicht, ließ den verdutzten Kiowa-Werwolf auf Schuschuschuna zutorkeln, und erst, als der nahe genug heran war, schlug Winnetou zu.

Er sprang blitzartig vor, hieb mit der Krallenpranke zu und zerfetzte dem Kiowa-Wolf mit einem einzigen Schlag die Kehle. Das Blut spritzte aus dem aufgerissenen Hals, der Kiowa-Werwolf wollte ein alarmierendes Brüllen ausstoßen, bekam aber nicht mehr als ein gurgelndes Röcheln oder eher doch nur ein röchelndes Gurgeln zustande. Winnetous nächster Hieb schlug ihm glatt den Kopf ab, der in den nahen Büschen landete, während der enthauptete Wolf zu Boden ging.

»Aber Winnetou!«, beschwerte sich Schuschuschuna. »Der rote Bruder hat uns doch nichts getan!«

Winnetou sagte etwas, das sich anhörte wie »Shnow-Zee!«. Es musste »Still!« oder »Ruhe jetzt!« bedeuten, jedenfalls war es ein Wort aus der Sprache der Werwolf-Apachen, denn es endete wie das »Shay-Zee« mit der Nachsilbe »Zee«, und Schuschuschuna verstummte daraufhin auch sofort.

Winnetou aber schnappte sich seinen Vater, hob sich die dürre Gestalt des Alten auf die Schulter und sprang in die Büsche davon. Und weg war er.

Ich stand hinter dem Baume, an den gerade noch der Apachenhäuptling gefesselt gewesen war, und schaffte es zunächst nicht, mich zu bewegen. Es war, als würden sich der Baum und ich ein gemeinsames Wurzelwerk teilen.

Dann aber warf ich mich herum und lief davon. Verdammt, Blitz und Donnerbalken! Das war nicht so gelaufen, wie ich es mir vorgestellt hatte! Winnetou und Schuschuschuna waren einfach auf und davon, ohne sich um mich zu kümmern. Noch nicht mal einen Blick über die Schulter hatte Winnetou geworfen. Wie sollte er da wissen, wer ihn befreit hatte? Er würde seine Rettung und die seines Vaters irgendjemand anders zuschreiben, aber nicht dem Weißen, gegen den er ja einen gerechten Zorn empfand. Vielleicht glaubte er, irgend so ein indianischer Wald- und Wiesengeist, einer seiner Manitus, hätte ihn befreit.

Hell and damnation! Heavens und all devils! Thunderstorm und goddamn bullshit! All die echten Westmannflüche, die Sam mir in den letzten Tagen beigebracht hatten, gingen mir durch den Sinn. Die Sache war ganz schön in die Hose gegangen!

Ich schlich zurück zu Sam, der noch immer, steif wie ein Brett, dicht über dem Boden zu schweben schien, auf Finger- und Zehenspitzen gestützt. Ich zog ihn hoch und zischte: »Weg hier!«

»Hat alles geklappt?«, fragte er leise.

»Winnetou und Schuschuschuna sind frei«, antwortete ich ihm wahrheitsgetreu.

»Dann hat alles geklappt, ja?«, fragte er erneut.

»Winnetou und Schuschuschuna sind frei!«, wiederholte ich meine Antwort in schärferem Tone.

Durch Nacht und Nebel gelang es uns, zurück in unser Lager zu schleichen, wo Dick und Bill angespannt auf uns warteten.

»Wie ist's gelaufen?«, fragte auch Bill sogleich.

Da schlug mir Sam Howlin auf die Schulter und tönte: »Old Silverhand ist ein echter Westmann! Er hat die Sache ganz allein durchgezogen, und alles hat wunderbar funktioniert!«

Es war das erste Mal, dass er mich lobte. Dabei hatte diesmal gar nichts funktioniert. Doch ich schwieg aus Rücksichtnahme gegenüber Sam und den beiden anderen Westmännern, denen ich die gute Laune nicht verderben wollte.

Tuntua, der grimmige Häuptling der Wolfs-Kiowas, würde sich denken können, dass wir hinter Winnetous und Schuschuschunas Befreiung steckten. Winnetou aber würde dieser Gedanke niemals kommen. Jetzt hatten wir also sowohl die Werwölfe des Apachen- als auch des Kiowa-Stammes gegen uns.

Shay-Zee!

Teil 4
Auf Leben und Tod

Mein erster Zweikampf im Wilden Westen

Die Kiowa-Werwölfe gaben bis zum Morgengrauen keine Ruhe. Das Getrommel hielt weiter an, sie jaulten den Vollmond an, immer wieder kamen auch indianische Stammesgesänge auf, und Sam erklärte mir, dass deren Inhalte mit fortschreitender Stunde immer schmutziger wurden. Offenbar töteten die Kiowas noch weitere gefangene Apachen bei jenem magischen Ritual, das ich beobachtet hatte, und berauschten sich an ihrem Blut und Fleisch. Gleiches galt wohl auch für Ratanescu und seine Vampirbrut, denn auch sie begannen irgendwann zu singen, Sauf- und Gröllieder der untersten Schublade, deren unanständige Texte ich dem sensiblen, wohlerzogenen Leser hier nicht wiedergeben möchte.

Dick kannte offenbar eins dieser Lieder, wie sie betrunkene Westmänner im Saloon zu grölen pflegen, denn er begann auf einmal mitzusingen und verstummte erst, nachdem ihm Sam zuerst einen bösen Blick zu- und dann eine Blechtasse an den Kopf geworfen hatte.

Jedenfalls machten wir in dieser Nacht kein Auge zu; das war bei dem Heidenlärm (und dieser Ausdruck erscheint mir an dieser Stelle mehr als passend) schlicht unmöglich. Ich beneidete Bancrott und den letzten meiner noch lebenden Surveyor-Kollegen, die in ihrem Alkoholrausch munter vor sich hin schnarchten.

Im Morgengrauen aber war es mit dem geselligen Treiben vorbei. Wie ich später erfahren sollte, hatte sich Tuntua zu Schuschuschuna und Winnetou begeben wollen, um sie zum Abschluss der kleinen Teufelsparty noch ein wenig zu verhöhnen. Nun, die beiden Bäume, an denen sie gefesselt waren, waren leer, und der Wachposten hatte den Kopf verloren.

Da war das Geschrei groß. Tuntua tobte und schrie, schnauzte sein blutgieriges Rudel an, erklärte die Feier für beendet und sandte seine Wolfskrieger aus, in der Hoffnung, dass sie Winnetou und seinen alten Herrn doch noch erwischten oder zumindest ihre Fährte fanden. Als sie nicht schnell genug spurten, ließ er sich hinreißen, den ein oder anderen in den behaarten Hintern zu treten, um ihnen anständig Dampf zu machen.

Schließlich erschien Tuntua bei uns im Lager, mehrere seiner Krieger in Wolfsgestalt im Schlepp, denn allein wagte es die feige Memme nicht, von uns Rede und Antwort zu fordern. Auch Ratanescu und sein Stiefellecker Satanescu, Tuntuas neue Bundesgenossen, befanden sich unter der Abordnung.

Der kleine Wolf Tunta aber ließ sich nicht blicken. Er wusste wohl, dass mit seinem Herrn und Meister in diesem Zustand nicht gut Knochen kauen war, und kauerte wahrscheinlich zitternd und mit eingeklemmter Rute unter irgendeinem Busch.

Sam, Dick und ich saßen am Lagerfeuer, während Bancrott und sein letzter verbliebener Saufkumpan noch immer ihren Rausch ausschliefen. Wir erhoben uns, als sich Tuntua drohend vor uns aufbaute und grollte:

»Die beiden Apachenhäuptlinge sein weg! Wurden befreit mit Messer, was haben durchgeschnitten magische Riemen! Tuntua haben in Verdacht verräterische weiße Hunde, die er verachten! Wo waren in der Nacht, als Tuntua und sein Rudel haben gefeiert?«

Während er sprach, grinsten uns Ratanescu und Satanescu hämisch an. Ich hätte ihnen das Grinsen am liebsten mit den Fäusten aus den bleichen Gesichtern geprügelt.

»Die beiden gefangenen Wolfs-Apachen konnten entkommen«, übersetzte Schlauer Wolf inzwischen Tuntuas Rede. »Sie wurden mit einem Messer befreit, mit dem ihre Fesseln durchtrennt wurden. Der große Häuptling Tuntua hat euch in Verdacht, etwas mit der Sache zu tun zu haben. Oder habt ihr ein Alibi für die vergangene Nacht?«

»Die Wolfs-Apachen sind entkommen!«, ergriff der schlaue Sam das Wort und spielte den Empörten. »Alle Wetter, Mesch'schurs! Das ist ja ein Ding!« Er spuckte dem Schlauen Wolf seinen Kautabak direkt vor die Füße. »Wie konnte das passieren? Ich dachte, auf die Wolfs-Kiowas wäre Verlass! Was seid ihr denn für Luschen, dass die euch einfach abhauen konnten!«

»Sam Howlin hüte seine Zunge!«, grollte Tuntua. »Räudige Kojoten schleichen ins Lager der Wolfs-Kiowas, während Wolfs-Kiowas fressen fauliges Fleisch der Apachen. Befreien elenden Schuschuschuna und seinen ebenso elenden Sohn!«

»Sam Howlin möge sich etwas zurückhalten«, begann Schlauer Wolf wieder. »Ein paar üble Burschen schlichen sich …«

Ich unterbrach ihn: »Halt die Schnauze!«

Er glotzte mich fassungslos an. »Wie meinen?«

Sam übersetzte für mich in die Sprache des Westmannes: »Shut up, du Flasche!«

Schlauer Wolf kniff tatsächlich die Rute ein und ließ sich den Mund verbieten, doch nicht so der Häuptling der Wolfs-Kiowas: »Wenn Tuntua bekommen in Klauen wer immer befreien Apachenhäuptlinge, er werden ihn leiden lassen tausend Qualen! Doch noch viele Apachenhunde leben, die Tuntua hat gefangen. Sie werden zu spüren kriegen Tuntuas Zorn.«

»Wie meinst du das?«, fragte ich.

Er lachte voller Bosheit. »Tuntua wollen bereiten große Pein Schuschuschuna und Winnetou. Schuschuschuna und Winnetou nicht mehr da. Also Schuschuschunas Apachenhunde leiden für Schuschuschuna und Winnetou. Wenn Nacht werden, ich sie quälen lassen von Medizinmann und meinen Wölfen. Lasse ihnen Fell ziehen über Ohren und schauen nach, wie darunter aussehen.«

»Der edle Häuptling Tuntua wollte mit Schuschuschuna und Winnetou ein wenig Spaß haben«, begann Schlauer Wolf wieder zu übersetzen, »doch nun, da die beiden …«

»Schnauze!«, fiel ich ihm ins Wort, und Sam sagte: »Shut up!«

Ich wandte mich Tuntua zu. »Lass die Wolfs-Apachen in Ruhe, Tuntua! Sie sind Gefangene und müssen entsprechend behandelt werden. Alles andere widerspricht jeder guten Sitte!«

Er lachte mir gehässig ins Gesicht: »Gute Sitte bei Wolfs-Kiowas ist leiden lassen Apachen und fressen ihr Fleisch!«

»Das werde ich verhindern!«, kündigte ich an.

Sam sagte leise: »O weia!«

Tuntua fixierte mich mit dem Blick seiner stechenden Augen. »Du wollen verhindern? Wie dies anstellen?«

»Jetzt haltet bloß das Maul!«, raunte mir Sam zu, der als echter Westmann natürlich wusste, worauf ich hinauswollte.

Ich hatte viele solcher Situationen schon im Orient erlebt, und jedes Mal hatte ich meinen Widersacher davon überzeugen können, die entsprechende Meinungsverschiedenheit auf die einzige Weise zu klären, in der Männer derartige Meinungsverschiedenheiten zu klären pflegen. Ich war gespannt, ob Tuntua Manns genug war, sich darauf einzulassen.

»Durch einen Zweikampf Mann gegen Mann!«, antwortete ich ihm.

»Nicht doch!«, murmelte Sam verdrießlich.

Tuntua sah mich wie belämmert an, dann aber hellte sich seine Miene auf, ja, er schien sich über das Angebot regelrecht zu freuen, was mich doch sehr erstaunte, denn so mutig hatte ich ihn nicht eingeschätzt.

»Das sein gute Idee!«, sagte er. »Kampf Mann gegen Mann bis in den Tod um Leben von Apachenhunde! Wenn du gewinnen, Apachenhunde werden leben und kommen frei. Wenn du sterben …« Er zuckte mit den Schultern. »Dann du sein tot!«

»O nein, nein, nein«, hörte ich Sam neben mir leise sagen.

»Dann ist die Sache abgemacht?«, hakte ich nach.

»Sein machen ab, jawoll!«, bestätigte Tuntua. »Wenn Mond aufgehen, Old Silverhand kämpfen um Leben, das der Wolfs-Apachen und eigenes. Dann Old Silverhand sterben, und danach wir quälen Apachenhunde bis tot. Howgh, Tuntua haben gesprochen!«

»Das darf doch nicht wahr sein!«, ereiferte sich Sam. »Oh, Silverhand, was tut Ihr nur?«

Tuntua wollte schon gehen, da rief ich: »He, Momentchen mal! Was für Waffen nehmen wir?«

Er grinste mich frech an. »Waffen? Keine Waffen. Einfach Mann gegen Mann, wie du sagen. Oder vielmehr …«, sein Grinsen wurde noch breiter, »… Mann gegen Werwolf. Mit bloßen Fäusten und Pranken!«

Sam riss sich die Perücke vom Schädel und fluchte vor sich hin.

»Bei einem Kampf auf Leben und Tod?«, fragte ich. »Wie soll ich denn einen Werwolf mit bloßen Fäusten töten?«

Tuntua zuckte mit den Schultern, immer noch grinsend, dann lachte er mir ins Gesicht, und es klang wie das Gekläffe eines Straßenköters.

Schließlich gingen er und seine Werwolfkrieger. Nur Ratanescu und Satanescu blieben noch kurz bei uns.

»Ich freue mich darauf, dich sterben zu sehen, Old Silverhand«, sagte der Ratten-Jim, und auf einmal leuchteten seine Augen rot auf in unverhohlener Blutgier.

Und Satanescu ließ erneut seine Vampirzähne blitzen. »Das war's dann wohl, du Lusche!«

Dann wandten sie sich um und schritten davon.

Sam trampelte wieder mal auf seinem Toupet herum und erinnerte mich einmal mehr an Rumpelstilzchen. »Was seid Ihr nur für eine Oberlusche, Silverhand!«, schimpfte er. »Der Kerl wird Euch mit seinen Krallen auseinandernehmen! Wie kann man nur so dämlich sein, sich auf einen Zweikampf mit so einem einzulassen?«

Bill schlug mir auf die Schulter: »War schön mit Euch.«

Und Dick verabschiedete sich mit den Worten: »Wenn's einen Himmel für Westmänner gibt, sehen wir uns dort irgendwann wieder.«

Nein, so wollte ich's nicht enden lassen. Verdammt, mir musste etwas einfallen!

Den Vormittag verbrachten die drei Westmänner und ich damit, uns auszuschlafen nach dem Spektakel, das die Werwölfe in der Nacht veranstaltet hatten. Am Nachmittag aber zog ich los, um meine Arbeit zu verrichten, und setzte die Landvermessungen fort. Natürlich ohne dass mir Tickman (oder war es Trickman oder Trackman?) ~~die Stange hielt~~[14] zur Seite stand, denn der blieb ängstlich in Bancrotts Zelt und verkroch sich dort vor den Indsmen, die auch am Tage noch in Wolfsgestalt durch die Gegend schlichen, auf der verzweifelten Suche nach einer Spur Winnetous oder Schuschuschunas.

Bancrott sprach mich an, als ich losziehen wollte, mein Tagewerk zu verrichten, so wie es ein guter Christenmensch am Wochentag macht. »Ich hörte von Eurem Zweikampf, der heute nach Sonnenuntergang stattfinden soll. Wie könnt Ihr da arbeiten, nun, da Ihr dem Ende so nahe seid und das Eisenbahnprojekt, so fürchte ich, ohnehin gescheitert ist.«

Es war typisch für eine Lusche wie Bancrott, dass er den Kopf in den Sand steckte und seine Unternehmung bereits für missglückt erachtete. Ich aber hielt ihm entgegen: »Ihr kennt des Deutschen Seele schlecht, Herr Bancrott. Bis zum Schluss werde ich meine Pflicht erfüllen, und wenn wir alle sterben und in den Mägen der Werwölfe landen, vorher habe ich die Strecke für Eure Eisenbahn vermessen, ob Ihr später die Schienen verlegen könnt oder nicht.«

»Das kann ich nicht verstehen«, gab er zu. »Wofür ist es denn noch nutze?«

»Weil ein deutscher Manne Euch sein Wort gab, und dieses Wort wird er halten«, entgegnete ich ~~dickköpfig~~[15] mit feierlicher Stimme.

Aber nein, ich konnte nicht von ihm verlangen, dass er das begriff. Ebenso wenig, wie ich das von Sam und seinen zwei Gefährten erwarten konnte, die mich immer wieder aufsuchten und vorschlugen: »Lasst uns doch einfach die

14) vom Lektorat gestrichen und ersetzt
15) im handschriftlichen Originalmanuskript vom Autor gestrichen und abgeändert

Pferde und das Maultier satteln und von hier verschwinden. Was haben wir hier noch zu gewinnen außer einem blutigen Ende?«

»Ich habe hier eine Arbeit zu verrichten«, erklärte ich ihnen, »und heute Abend muss ich einen Kampf bestehen. Nun geht und stört mich nicht mehr!«

So sprach ich, und ~~kopfschüttelnd ob meines deutschen Starrsinns~~[16] tief beeindruckt von meiner Mannhaftigkeit zogen sich die drei Westmänner ins Lager zurück.

Ich gestehe, es war der Trotz, der mein Handeln bestimmte, denn ich wollte dem feigen Tuntua den Sieg nicht überlassen.

Gegen Abend hatte ich mein Tagewerk (das eines guten Christenmenschen) erledigt, und schließlich ritt ich ins Lager der Wolfs-Kiowas ein, wo auch Sam, Dick und Bill schon auf mich warteten. Aber wirklich mit meinem Erscheinen gerechnet hatten die Indsmen und Werwölfe wohl nicht, denn sie empfingen mich mit einem lauten und verblüfften »Uff, uff!«.

Einige von ihnen zeigten sich als Werwölfe, die anderen als nicht weniger blutrünstige Wilde.

Der Mond hatte sich noch nicht ganz erhoben, doch ich war etwas früher gekommen, denn ich wusste ja, dass das Mondlicht den Indianer-Werwölfen zusätzliche Kraft spendete, und diesen Vorteil wollte ich Tuntua nicht gönnen.

Ich stieg vom Gaul, und sie bildeten mir eine Gasse, die vor dem Werwolfhäuptling Tuntua endete. Mit vor der nackten Brust verschränkten Armen stand er da, den kleinen Tunta an seiner Seite, der mich drohend anknurrte. Als ich vor ihn trat, gesellte sich der oberschlaue Schlaue

16) im handschriftlichen Originalmanuskript vom Autor gestrichen und abgeändert

Wolf, ebenfalls in der Gestalt eines Indsman, an die Seite seines Rudelführers.

»Du sein früh«, begrüßte mich Tuntua mürrisch. »Du haben so eilig mit Sterben?«

»Du bist früh dran«, übersetzte Schlauer Wolf, doch bevor er weiterschwafeln konnte, antwortete ich Tuntua:

»Fünf Minuten vor der Zeit ist des Deutschen Pünktlichkeit!«

Eine Weisheit, die den Wilden sicherlich schwer beeindruckte, doch er ließ es sich nicht anmerken, sondern behauptete: »Dass du kommen, zeigen, dass du plemplem, haben Sonnenstich im Kopf oder Büffeldung im Hirn. Aber mir gefallen, denn jetzt lassen spritzen dein Blut, zerreißen dein Fleisch, nagen ab Knochen von dummem Weißen, und anschließend wir martern Apachenhunde.«

»Dass du dich herwagst«, übersetzte Schlauer Wolf, »muss wohl als Beweis gewertet werden, dass in deinem Oberstübchen so einiges nicht richtig ist und …«

»Halt's Maul, du Pinscher!«, stoppte ich seinen Redefluss und wandte mich erneut direkt an Tuntua. »Und du sei dir deiner Sache mal nicht so sicher, Fellhaut!«

Und das meinte ich völlig ernst, denn inzwischen hatte ich mir einen Plan zurechtgelegt, der den Plänen Sam Howlins an Genialität kaum nachstand, und so hatte ich nach getaner Arbeit, bevor ich herkam, einen Abstecher ins eigene Lager gemacht, um mich auf dem Kampf vorzubereiten.

Noch immer knurrte mich Tunta an, und Tuntua befahl dem Kleinen: »Halten Maul und machen Platz!« Als Tunta dem nicht sogleich Folge leistete, erhielt er mal wieder einen heftigen Tritt und flog davon.

Der Schamane der Kiowas erschien wie sein Häuptling in Menschengestalt. Wieder wurden die Trommeln geschlagen, die Kiowas in Menschengestalt stimmten einen heidnischen Gesang an, der allerdings eine recht eintönige Nummer war und dessen Refrain »Yiiijajaaa – yiiijajaaa – yiiijajaaa!« lautete. Die Indsmen, die sich als Wölfe zeigten, heulten dazu, was das Zeug hielt, was das Ganze nicht wohlklingender machte.

Zwischenzeitlich erhob sich der Mond, der noch immer voll und rund war, und wieder zog Nebel vom Fluss her auf. Ich geb's zu, die Atmosphäre und das ganze Drumherum muteten schon unheimlich an, ich, in dieser nebligen Mondnacht, umringt von Werwölfen und Wilden, die alle mein Blut sehen wollten, doch ich zeigte keine Furcht.

Der Gesang schwoll weiter an – »Yiiijajaaa – yiiijajaaa – yiiijajaaa!« –, dann nahm der rote Hexenmeister, wieder über und über mit Blut und heidnischen Symbolen beschmiert, seinen Stock und zog damit einen weiten Kreis, um den sich die Indianer und Wölfe drängten.

»Diesen Kreis kein Kämpfender darf verlassen, sonst des Todes!«, erklärte Tuntua. »Nur kämpfen innerhalb vom Kreis, du verstanden?«

»Du solltest diesen Kreis nicht verlassen«, begann Schlauer Wolf, doch ich brachte ihn mit einem »Halt die Schnauze!« zum Schweigen.

Ich schnallte meinen Revolvergurt ab und legte ihn ebenso wie meinen Hut zu Boden, danach zog ich mir die Jacke aus und auch das Hemd, um zu zeigen, dass ich keine Waffe bei mir trug, und begab mich in den auf dem Boden gezogenen Kreis.

Als die Kiowas meinen muskulösen Oberkörper sahen, stießen sie ein anerkennendes, teils sogar neidisches »Uff, uff!« aus. Leider befand sich kein Weibsvolk unter ihnen.

Ich stand kampfbereit im Kreise und rief: »Jetzt komm, Tuntua! Dann werd ich's dir besorgen, aber anders, als du's dir wünschst!«

Da lachte mich der Feigling aus. »Ich nix sagen, dass ich kämpfen! Du kein Gegner für Tuntua. Tuntua dir mit einem Schlag reißen Rübe ab, dass sprudeln Blut aus aufgerissenem Halsstumpf hervor, und dann ganzer Spaß zu schnell sein vorbei! Nein, Plitzeklao wird kämpfen für Wolf-Kiowas!«

Hatte ich schon erwähnt, dass ich Tuntua für einen Feigling hielt, der das Maul nur aufriss, wenn er sich hinter seinem Rudel verstecken konnte? Wenn ja, schreib ich's eben noch mal, um diese Tatsache ganz fett zu unterstreichen![17]

Er sah wohl die Enttäuschung in meinem Gesicht und höhnte: »Du haben gedacht, Tuntua mit dir kämpfen? Ha, Tuntua ist nicht bescheuert! Tuntua nicht blöd im Kopf wie Häuptling der Apachenhunde!« Und während er sprach, tippte er sich grinsend mit dem Zeigefinger gegen die Stirn.

Statt seiner trat ein anderer Werwolf zu mir in den Kreis, stapfte heran, auf den Hinterläufen aufrecht gehend.

»Das sein Plitzeklao«, stellte mir Tuntua meinen Gegner vor, »was heißen auf Sprache von Weißer Mann Blitzkralle, weil Plitzeklao so blitzschnell schlagen zu mit Kralle, dass Weißer Mann denken, Blitz hat ihn getroffen, wenn hocken hinter Busch und machen Kacka!«

Stirnrunzelnd sah ich zuerst Tuntua an, dann Schlauer Wolf und bat diesen: »Kannst du mir das jetzt doch mal übersetzen?« Als er schon das Maul aufmachte, winkte ich ab: »Ach, halt besser die Schnauze!«

Plitzeklao war mindestens ~~zwei Meter~~ ~~zweieinhalb Meter~~ drei Meter groß und sein Fell braun und struppig, so

17) im handschriftlichen Originalmanuskript ganz fett unterstrichen

ungepflegt wie das aller Kiowa-Werwölfe. Doch darunter zeichneten sich mächtige Muskeln ab, als würde er den halben Tag nichts anderes machen, als mit Felsbrocken zu jonglieren, um in Form zu bleiben. Die Krallen an seinen Pfoten erschienen mir besonders lang. Sie waren schwarz und nach innen hin gebogen, und sicherlich manikürte er sie regelmäßig, damit sie so schön scharf blieben.

Er blickte mich aus blutunterlaufenen Augen an und stieß dann ein kraftvolles Brüllen aus, das mir seinen fauligen Atem ins Gesicht blies. Zudem stank es aus seinem Maul nach dem Blut jener bedauernswerten Opfer, die er als Letztes gerissen hatte.

Er trat zu mir in den Kreis und nahm Aufstellung.

Ich warf Sam, der außerhalb des Kreises neben Bill und Dick stand, einen Blick zu. Allen dreien rutschte das Herz in die Hose, und ich glaubte, dass Sam vor Schreck sogar einen brummen ließ.

»Kampf beginnen, wenn Trommeln verstummen!«, sagte Tuntua. Sodann gab er seinem Medizinmann, dem roten Hexer, ein Zeichen.

Der hob beide Arme, murmelte einen Zauberspruch, senkte dann ruckartig die Hände – und plötzlich stand die Linie, mit der der Kreis am Boden gezeichnet war, in Flammen, die gut einen halben Meter in die Höhe züngelten. Im Dunkel der Nacht, die nur vom Mond und vom Schein der entfernten Lagerfeuer erhellt wurde, loderten die Flammen bläulich.

»Das magisches Feuer!«, radebrechte Tuntua. »Damit weiße Lusche nicht laufen davon. Wenn berühren Feuer, sofort tot!«

Da hatte sich dieser hinterhältige Hund ja eine ganz besonders gemeine Teufelei ausgedacht.

»Dieses Feuer ist magisch …«, begann Schlauer Wolf

erneut, doch Sam, Dick und Bill stoppten ihn mit einem gemeinsam gerufenen »Shut up!«.

Schon griff Blitzkralle an, sprang knurrend auf mich zu und hieb mit der Pranke nach mir.

Erst dann brach das Getrommel ab.

Ich duckte mich unter dem Angriff weg, und während Sam noch schrie: »Unfair!«, verpasste ich dem Werwolf einen schönen Leberhaken.

Blitzkralle grunzte, wankte zwei Schritte zur Seite und glotzte mich ungläubig an. Mit so einem Hieb hatte er nicht gerechnet.

Er konnte nicht wissen, dass ich zwei von Ratanescus Silberkugeln aus der Trommel meines Revolvers genommen hatte und sie in den Fäusten verborgen hielt. Das gab meinen Schlägen eine Zauberkraft, die ihm schwer zu schaffen machen würde.

Das Erstaunen in seinen gelblich leuchtenden Augen verwandelte sich in Zorn, und wieder ging er auf mich los. Diesmal sauste seine Pranke von oben auf mich herab, und ich musste zur Seite springen, was mich dem magischen Feuer gefährlich nahe brachte. Es verströmte keine Hitze, wie ich bemerkte, sondern eine Kälte, die eisiger war als der steif gefrorene Leichnam eines Pinguins im Herzen eines Schneesturms.

Geschickt brachte ich mich aus dem Gefahrenbereich, versetzte dem geifernden Monster noch einen Hieb in die Nieren und gelangte in seinen Rücken. Dort hieb ich ihm eine der Sporen, die ich trug, in die Waden, und ihm knickte das Bein ein.

Er heulte laut und schmerzerfüllt auf, denn es handelte sich bei den Sporen um jede Silberdornen, mit denen ich schon Satansbraten, dem Gaul des Phantomreiters, zu Leibe gerückt war. Den Wolfs-Kiowas, diesen Grottenolmen, war vorhin gar nicht aufgefallen, dass ich sie trug, dabei klimperten sie recht lustig bei jedem Schritt, den ich tat.

Jetzt aber bemerkte es Tuntua natürlich, und empört rief er: »Unfair!«

Sam, der vor Nervosität und Spannung seine Perücke abgenommen hatte und darauf herumkaute, rief ihm zu: »Nix unfair! Das sind ganz normale Silbersporen, wie man sie in jedem Long-Ranger-Fanshop kaufen kann! Die gelten nicht als Waffe!«

Während Tuntua anfing zu toben und nach einem Schiedsrichter verlangte, hieb ich Blitzkralle den anderen Sporn ins zweite Bein, und er fiel mit einem klagenden Jaulen auf die Knie.

Nun hatte ich ihn auf der richtigen Höhe, wich noch einmal einem Prankenhieb aus und verpasste ihm dann eine Reihe kraftvoller Schwinger, mal von links, mal von rechts, mal von links.

Meine durch die magische Kraft der Silberkugeln verstärkten Hammerschläge setzten ihm so sehr zu, dass seine Lichter zunächst flackerten, dann gingen bei ihm die Lampen aus, und er kippte nieder.

Unter den Wolfs-Kiowas brach Tumult aus. Alles schrie und knurrte durcheinander. Ich aber riss im Siegestaumel die Fäuste hoch und ließ mich von Sam, Dick und Bill bejubeln.

»Das sein nicht fair, nicht fair, nicht fair!«, schrie Tuntua und stampfte immer wieder trotzig auf dem Boden auf.

»Stell dich nicht so an!«, hielt Sam dagegen und setzte sich die besabberte Perücke wieder auf. »Old Silverhand hat den Kampf gewonnen, gib's zu!«

Nur allmählich regte sich Tuntua ab, gebot schließlich mit erhobenen Armen Ruhe und rief: »Nun gut, weißer

Mann haben gewonnen! Jetzt wir martern Apachenhunde!«

»He, Moment mal!«, erhob ich Einspruch. »Es war ausgemacht, dass die Apachen freikommen, wenn ich gewinne!«

»Ha, du nicht zuhören!«, entgegnete er und grinste mich frech an. »Sein Kampf gewesen auf Leben und Tod! Blitzkralle aber nicht tot, nur schlagen bewusstlos!«

Ach so. Wieder mal wollte mich dieser rote, bepelzte Spitzbube reinlegen. Natürlich würde es mir mit den Silbersporen allein und den Kugeln aus Edelmetall in meinen Händen nicht gelingen, Blitzkralle, diesen riesigen Werwolfkoloss, zu entleiben. Dabei wusste Tuntua nicht mal von den Silberkugeln, die ich noch immer vor ihm verborgen hielt, und dass ich mit Silbersporen in den Ring treten würde, hatte er, als er seinen teuflischen Plan ausheckte, nicht ahnen können. Es war also von Anfang an ein abgekartetes Spiel gewesen.

Aber ich wäre kein Mann aus dem Lande der Dichter und Denker, wäre mir nicht auch zu diesem Problem eine Lösung eingefallen.

Ich beugte mich nieder, packte den besinnungslosen Blitzkralle an den Schultern, zerrte ihn hoch, so weit es mir möglich war – und warf ihn mit dem Oberkörper in das magische Feuer.

Der Schmerz weckte ihn aus der Ohnmacht, er jaulte, brüllte, kreischte – und verbrannte innerhalb von Sekunden zu Asche. Es war kein schöner Anblick, wie sein zuckender Körper, noch während er mit den Hinterläufen strampelte und mit den Pranken ziellos um sich schlug, in den bläulichen Flammen zerfiel. Na ja, es war sicherlich auch kein schöner Tod.

Blitzkralle jedenfalls hatte ausgeblitzt, und als der magische Kreis erst unterbrochen war, fielen die bläulichen Flammen in sich zusammen und stellten für mich keine Gefahr mehr dar, sodass ich das Rund verlassen konnte.

»Der heult nimmer«, sagte ich zu Tuntua. »Jetzt zufrieden?«

Das war er offenbar nicht, denn er schrie mich an: »Räudiger Hund!«

»Selber einer!«, antwortete ich ihm.

»Elender Kojote!«

»Schau dich doch an!«, entgegnete ich, während ich mich ihm näherte.

»Dafür Tuntuas Wölfe dich werden in Stücke reißen, und Tuntua wird fressen deine Leber!«, drohte er mir, das Gesicht zu einer Fratze des Hasses verzerrt.

»Für diese Tat wird Tuntua seine Wolfskrieger auf dich hetzen«, übersetzte Schlauer Wolf, der den Fehler machte, mir in den Weg zu treten, »damit sie dich in kleine Happen zerteilen und er …«

Diesmal beließ ich es nicht bei einem »Halt's Maul!«, sondern drosch ihm meine Faust ins selbige.

Himmel, ich hatte ja noch die Silberkugeln in den Fäusten, da traf ihn meine Donnerfaust doppelt hart, denn auch, wenn er die Gestalt eines Menschen angenommen hatte, zirkulierte in seinen Adern doch der Keim des Werwolfs.

Als er am Boden lag, kreischte sein Werwolfhäuptling der Kiowas voller Wut: »Du Hund es wagen? Du greifen Wolfs-Kiowa an vor Augen von Wolfs-Kiowa-Häuptling?«

Sogleich war sein kleiner Wolf Tunta wieder da, sprang mich knurrend und zähnefletschend an und wollte mir in die Wade beißen. Diesmal war ich es, der ihm mit einem Tritt einen Abflug verschaffte.

Der arme Kleine!

Tuntua, der selbst ein Meister darin war, den kleinen Racker fliegen zu lassen, starrte mich aus weit aufgerissenen Augen an, die im Mondschein weiß leuchteten, und kreischte: »Dafür du sterben tausend Tode!«

Die Situation war für mich natürlich völlig verfahren, doch ich spürte in diesem Moment keinerlei Angst. Im Gegenteil freute ich mich schon darauf, dem Häuptling der Werwolf-Kiowas ebenfalls eins aufs Maul zu geben.

Doch statt mich anzugreifen, wich der feige Hund nach hinten zurück, packte zwei auf den Hinterläufen aufrecht stehende Werwölfe an den Armen und zog sie vor sich, um sich hinter ihnen zu verkriechen. Es war, als würde sich ein Vorhang aus braunem zotteligem Pelz vor ihm schließen, und dahinter hörte ich ihn etwas in der Sprache seines Stammes rufen. Sam erklärte mir später, es wäre dabei um meine Genitalien gegangen und was seine Werwolfskrieger damit anstellen sollten.

Auf einmal hatte sich um mich herum ein dichter Kreis aus Werwölfen gebildet. Auch die Kiowas, die sich bisher in der menschlichen Gestalt von Wilden gezeigt hatten, verwandelten sich in reißende Bestien.

Sam, Dick und Bill konnte ich nicht mehr sehen. Die riesenhaften Bestien verstellten mir den Blick auf meine Gefährten.

Jedem anderen wäre die Muffe gegangen, aber Tuntuas Heimtücke und Feigheit erregten mich so sehr, dass der gerechte Zorn jedes andere Gefühl in mir verdrängte. Ja, ich war bereit zu sterben, aber vorher würde ich meiner Wut freien Lauf lassen.

Und das tat ich, noch bevor eines der grausamen Wesen mit seinen Klauen nach mir ausholen konnte.

Ich rammte die Rechte vor, pflanzte meine Faust punktgenau auf die Schnauze eines Werwolfs, der daraufhin nach hinten kippte, dabei beide Arme ausstreckend, um Halt zu finden, und auf diese Weise noch links und rechts ein paar seiner Rudelbrüder mit umriss. Da war meine Linke auch schon gegen den Kopf eines anderen Widersachers gekracht, der ebenfalls zwei, drei seiner Spießgesellen mit sich zu Boden riss.

Blitzschnell drehte ich mich um und verfuhr dann ebenso wie vorhin. Und so ging es Schlag auf Schlag, ich wirbelte um die eigene Achse und verteilte krachende Faustschläge, die eine Schreckensgestalt nach der anderen niederstreckten. Um mich herum gingen sie zu Boden, bildeten bald einen hüfthohen Wall, der mich kreisförmig umschloss und den anderen Wolfskreaturen das Vorwärtsdrängen erschwerte.

Aber nicht, lieber Leser, dass du jetzt denkst: Was für ein toller Bursche, hat den ganzen Werwolfsstamm alleine umgehauen. Nein, Letzteres trifft leider nicht zu, dafür war die Übermacht doch zu erdrückend. Hinzu kam, dass selbst meine Bärenkräfte – es wird dich erstaunen – nicht unerschöpflich sind. Irgendwann wären mir sicherlich die Arme lahm geworden, oder ein Prankenhieb hätte mich in einem unbedachten Augenblick getroffen und mir den Leib aufgerissen.

Damals ließ mein Zorn diese Gedanken nicht zu, doch im Grunde war ich unrettbar verloren.

Bis ich auf einmal Hilfe von völlig unerwarteter Seite bekam …

Winnetou beißt zurück

... und wenn du auch die Kapitelüberschriften liest, verehrter Leser, kannst du dir denken, was das für eine Seite war, von der die Hilfe kam!

Auf einmal erhob sich ein markerschütterndes Gebrüll unter den Werwölfen, und die Feinde um mich herum verharrten, als wäre ich ihnen plötzlich nicht mehr wichtig. Ich ärgerte mich über diese despektierliche Abwertung meiner Person, nutzte ihre Erstarrung dann aber, um noch zwei von ihnen niederzuschlagen. Doch als das Gebrüll nicht aufhörte und sich noch weitere tierische Laute hinzugesellten, überkam auch mich eine Mischung aus Misstrauen und Neugier, die mich innehalten ließ.

Auf einmal lösten die Kiowa-Wölfe den Kreis, den sie um mich gebildet hatten, auf und stoben davon, alle in Richtung des Inselzugangs. Ich stand da, breitete in einer Geste des Erstaunens die Arme aus und rief: »Heda, wir sind noch nicht fertig!«

Ich sah Sam, Dick und Bill in einiger Entfernung. Sie erhoben sich gerade vom Boden. Die Werwölfe hatten sie zwar niedergerungen, doch nicht verletzt, sicherlich weil man beabsichtigt hatte, uns alle vier qualvoll am Marterpfahl verenden zu lassen.

Sam winkte mir zu und rief: »Schnappt euch Eure Waffen, Lusche!«

»Was ist denn los?«, begehrte ich zu wissen.

»Die Wolfs-Apachen kommen!«

Das war unmöglich. Und dennoch geschah's. Ich sah's im nächsten Moment mit meinen eigenen Augen.

In Wolfsgestalt drangen sie über den Zugang und auf die Insel, preschten aus dem noch dichter gewordenen Nebel hervor, stürmten den Kiowa-Werwölfen entgegen, prallten mit ihnen zusammen, und schon schlugen Krallenpranken in das Fleisch der gegnerischen Wölfe, dass das Blut spritzte, und kräftig zuschnappende Fänge rissen Fleischbrocken aus pelzigen Leibern. Der Mond am Himmel war noch nahezu voll, und sein silbriges Licht ließ mich selbst aus der Entfernung und in den wabernden Nebelschlieren alles überdeutlich erkennen, so kam's mir jedenfalls vor.

Später sollte ich von Winnetou erfahren, woher die vielen Apachen-Werwölfe auf einmal kamen. Ursprünglich war Schuschuschuna mit einem viel größeren Kriegstrupp zu unserem Lager unterwegs gewesen, um uns zu überfallen und Klage-Peters Tod zu rächen. Dabei waren sie auf die Spuren der Wolfs-Kiowas gestoßen. Dass die sich so weit aus ihrem Gebiet entfernt hatten, und dies mit einem derart großen Rudel, bereitete vor allem Winnetou Sorge. So hatte man sich aufgeteilt, ein viel kleinerer Trupp hatte unser Lager angegriffen, denn man erwartete dort ja nur eine Handvoll Bleichgesichter und noch weniger Weiße, während man das Kiowa-Rudel als wesentlich größere Gefahr einschätzte.

Nicht wissend, dass dieses Rudel auf dem Weg zu uns gewesen war, um uns im Kampf gegen Schuschuschunas Trupp beizustehen, hatte der wesentlich größere Kriegstrupp Wolfs-Apachen die Gegend nach den Kiowas abgesucht. Und auf diesen Kriegstrupp waren Schuschuschuna und Winnetou nach der Flucht aus dem Kiowa-Lager getroffen, um nun erneut anzugreifen.

»Auf wen sollen wir schießen?«, fragte Dick, seine Büchse in den Händen.

»Auf die Kiowa-Braunpelze natürlich!«, rief Sam. »Schuschuschuna und Winnetou sind gekommen, um uns zu retten!«

Oh, der arme Sam. Wie groß würde seine Enttäuschung sein, wenn er die Wahrheit erfuhr. Weder Schuschuschuna noch sein Sohn wussten ja, dass ich es gewesen war, der sie in der Nacht zuvor befreit hatte. Sie kamen also bestimmt nicht, um meine Gefährten und mich zu retten. Im Gegenteil, sie mussten uns noch immer für die Bündnispartner der Kiowas halten.

Auch ein paar der Glorreichen 13 fielen in den Kampf mit ein, bissen die Apachen-Werwölfe, die daraufhin gelähmt zu Boden sanken. Doch auch sie mussten Federn lassen. Ich sah, wie einer der Blutsauger von einem der Apachen-Werwölfe gepackt und sein Leib zerrissen wurde, dass das Blut, das der Vampir in der Nacht zuvor getrunken hatte, als regelrechter Sprühregen in der Gegend niederging. Einem weiteren wurde der Kopf abgebissen, was sein sicheres Ende war.

Auch von den anderen Seiten drangen die Apachen-Werwölfe aus dem Nebel und gegen das Lager vor. Ihre klitschnassen Pelze bewiesen mir, dass sie den Flussarm einfach durchschwommen hatten, denn anders als der Vampir fürchtet der Werwolf kein fließendes Gewässer. Mein Plan, sich auf dieser Halbinsel zu verschanzen, war also, wie sich im Nachhinein herausstellte, nicht der allerbeste gewesen. Doch das war nun egal.

Als ein weiterer Vampir von zwei Werwölfen in Stücke gerissen wurde, begriff Ratanescu, wie schlecht seine Chancen und die der mit ihm verbündeten Kiowas standen. Er wollte an mir vorbeilaufen, verwandelte sich dabei bereits in eine Fledermaus, seine Arme wurden zu ledrigen Schwingen, sein Körper zog sich zusammen. Doch als er auf meiner Höhe war, nutzte ich die schöne Gelegenheit, die sich mir bot, ihm eine zu verpassen, die Silberkugeln noch in den Fäusten. Er lief mir sozusagen direkt in den Hieb.

Ob Vampirzähne nachwachsen? Ich weiß es nicht, doch ist dies nicht der Fall, würde Ratanescu von nun an beim Beißen Probleme haben.

Bewusstlos schlug er zu Boden, nachdem er seine Beißerchen ausgespuckt hatte.

Sam, Dick und Bill schossen ein paar der Kiowa-Werwölfe nieder, doch als sie dann auch von Apachen-Wölfen bedroht wurden, streckten sie die Waffen.

»Heavens!«, rief Sam. »Wir sind eure Freunde! Ich bin's, der alte Howlin' Sam, der mitgeholfen hat, euren Häuptling zu befreien!«

Natürlich wunderten sich die Apachen-Werwölfe, was Sam ihnen da weismachen wollte. Da sie aber, anders als die Kiowa-Wölfe, keine blutrünstigen Bestien waren, sondern gut und edel und die Westmänner ihre Büchsen niederlegten, verzichteten sie darauf, die drei Weißen sogleich zu zerfleischen. Diese offenkundigen Feiglinge, die sich ihnen völlig kampflos ergaben, waren ihres Erachtens nach keine würdigen Gegner, deshalb wollten sie sich die drei Weißen lieber für ihre Marterpfähle aufsparen; einen schnellen Tod hatten solche Drückeberger nicht verdient.

So rangen sie Sam, Dick und Bill also nieder, um sie sodann mit sich und davonzuzerren.

»Blitz und Donnerbalken!«, schimpfte Sam, als ihn zwei Werwölfe in den Nebel verschleppten. »Was soll das denn jetzt? Wir sind doch eure Freunde, eure Kameraden, eure Kumpel, Kumpane, Kampfgenossen, Buddys, Gefährten in der Not!«

Es nützte ihm nichts, sie zerrten den kleinwüchsigen, mit seinen krummen Beinchen strampelnden Sam Howlin in den Nebel, und vor meinem geistigen Auge sah ich uns alle vier schon an den Marterpfählen der Werwolf-Apachen stehen, die blutige Zauberrituale abhielten, während sie uns langsam zu Tode quälten.

Keine schöne Vorstellung!

Ich entschied, mich diesem unerfreulichen Schicksal durch geschickte Flucht zu entziehen!

Natürlich dachte ich dabei weniger an mich selbst als an meine drei Gefährten, die ich dann später würde retten können![18]

Während ich den taktischen Rückzug antrat, rannte der Letzte meiner Surveyor-Kollegen (Tickman, Trickman oder Trackman?) kopflos an mir vorbei. Er kam nicht weit, da traf ihn der Prankenhieb eines Apachen-Werwolfs, und noch weitaus kopfloser stürzte der Surveyor zu Boden.

Nein, hier gab es für mich weder einen Blumentopf noch sonst irgendetwas zu gewinnen. Mit meinen Fäusten bahnte ich mir den Weg zum nächsten Buschwerk. An meine Klamotten und vor allem an meinen Revolvergurt kam ich nicht mehr heran, sie lagen neben dem Kampfplatz, wo es gerade ziemlich blutig zur Sache ging.

Ich brach durch das Gebüsch, und Zweige und Dornen ritzten die Haut meines nackten Oberkörpers. Kaum hatte ich es durchdrungen, sah ich mich jedoch einem grauen Werwolf gegenüber.

Einem grauen, alten und sehr verwirrten Werwolf, wie mir schien, denn er stapfte orientierungslos umher. Natür-

18) Absatz wurde später vom Autor ins Originalmanuskript hinzugefügt

lich erkannte ich in ihm sogleich Schuschuschuna, den senilen Häuptling der Werwolfs-Apachen.

Auch er schien mich zu erkennen, denn in seinen Lichtern flackerte es auf einmal ängstlich. Offenbar blitzte irgendwo in seinem verwirrten Geist die Erinnerung an den Faustschlag auf, mit dem ich ihn niedergestreckt hatte, als er mit seinem kleineren Kriegstrupp das Lager zum ersten Mal angriff.

Bevor er das Erschrecken verdauen konnte und es doch noch zu einem Kampfe kam, bei dem einer von uns verletzt werden konnte, schlug ich ihn erneut zu Boden, und er blieb besinnungslos liegen.

Ich hastete weiter, hörte dann hinter mir ein zorniges, wutentbranntes Brüllen, doch als ich einen ~~ängstlichen~~ hastigen Blick über die Schulter warf, erkannte ich, dass dieses Gebrüll nicht etwa mir galt, sondern dem bewusstlosen Schuschuschuna.

Auch Tuntua hatte Fersengeld gegeben und war auf den besinnungslosen Schuschuschuna gestoßen. Ich erkannte den Werwolf an seiner Gestalt und seiner Art, sich zu bewegen. Außerdem folgte ihm der kleine Tunta wieder wie ein Straßenköter dem Leitwolf.

Trotz seiner erbärmlichen Angst und Feigheit wollte sich Tuntua die Gelegenheit nicht entgehen lassen, den Erzfeind zu töten. Er hob bereits die Pranke, um Schuschuschuna den Kopf zu zerschmettern. Als ich dies aber sah, siegte bei mir der Edelmut über jede ~~Furcht~~ Vernunft, und ich rief: »Lass ihn in Ruhe, du elender Köter!«

Tuntua verharrte, sah mich an, dann machte er eine herrische Geste mit der Pranke und rief Tunta einen Befehl in der Sprache der Werwolf-Kiowas zu.

Knurrend sprang der kleine Wolf auf mich zu, und ich holte bereits mit dem Stiefel aus, um den Racker erneut ins

Gebüsch zu kicken – da verwandelte er sich, während er auf mich zuhechtete.

Innerhalb eines Herzschlags wuchs er ins Riesenhafte, sein Fell schien gleichzeitig Feuer zu fangen, und er wurde zu einem Flammenwolf, einer riesigen Bestie, gut zwei Meter messend.

Knurrend, fauchend und zischend flog das Ungetüm auf mich zu. Das kleine Wölfel war also doch ein magisches Wesen.

Und genau das wurde ihm zum Verhängnis, denn ich reagierte blitzschnell und instinktiv richtig und warf ihm die Silberkugel, die ich noch immer in der Linken gehalten hatte, entgegen.

Die Kugel traf ihn mitten im Flug, und als das Silber seinen Flammenkörper berührte, gab es einen heftigen Knall und einen grellen Lichtblitz. Gerade rechtzeitig hatte ich den Kopf gewandt, um nicht geblendet zu werden, und als ich wieder dorthin schaute, wo die Feuerbestie eben noch gewesen war, erhaschte ich einen Blick auf den kleinen Tunta, der mit verschmortem und rauchendem Fell jaulend ins Gebüsch flüchtete.

Tuntua hatte bereits wieder zum tödlichen Prankenhieb ausgeholt, um Schuschuschuna zu erledigen, doch der grelle Blitz hatte ihn verharren lassen.

Schon war ich bei ihm und rammte ihm die Faust – die rechte, in der ich noch die andere Silberkugel hielt – in das Werwolfsgesicht.

Blut schoss ihm aus der Schnauze und bespritzte den am Boden liegenden Körper Schuschuschunas. Im nächsten Moment lag Tuntua besinnungslos zu meinen Füßen.

Zugleich aber brach ein riesenhafter schwarzer Wolf durchs Gebüsch und sah zuerst mich, dann den blutbesudelten und wie leblos daliegenden Schuschuschuna.

Anhand seines seidigen Fells, seines muskulösen Körpers und der edlen Gestalt – ach, und ihm fehlte ja auch ein Ohr! – erkannte ich in der schwarzen Bestie sogleich Winnetou.

Im Mondlicht musste es für ihn so aussehen, als wäre der Apachenhäuptling umgebracht worden, und tatsächlich knurrte er mich an: »Was 'ast du Winnetous Vater angetan, du räudiger weißer 'und?«

Himmel, auch in seiner Wolfsgestalt sprach er noch immer in diesem grauenvollen Dialekt!

»Es … äh, ist nicht so, wie es aussieht«, brachte ich hervor.

Offenbar hatte Winnetou diese Ausrede schon öfter gehört und ließ sie nicht mehr gelten. Bevor ich michs versah, traf mich sein Prankenhieb.

Er hatte von unten nach oben geschlagen, sodass sein Handrücken – oder eben sein Prankenrücken – mir unters Kinn krachte. Mir wurde der Kopf in den Nacken geschleudert, ich verlor den Bodenkontakt, flog davon und krachte gegen den Stamm eines Baumes.

Für Sekunden war ich völlig orientierungslos. Als ich aufsah, stapfte Winnetou auf mich zu, die mörderischen Zähne gebleckt, die Augen vor Zorn leuchtend und außer sich vor Wut. Ich lehnte mich halb erhoben gegen den Baumstamm, war aber kaum in der Lage, mich zu rühren.

»Du wirst büßen für den feigen Mord an Schuschuschuna!«, knurrte er. »Für disch gibt es kein Pardon! Winnetou reißt disch in Stücke!«

Ich hob beschwichtigend die linke Hand, in der ich ja nichts mehr hielt, grinste schief und sagte: »Jetzt mach dich mal locker, Junge. Deinem Alten ist nichts passiert. Schau doch genau hin. Hätte ich ihm die Lichter ausgeknipst, hätte er sich doch inzwischen in eine wilde, halbnackte Rothaut zurückverwandelt, gelle? Der strunzdoofe Tattergreis ist noch am Leben, also reg dich ab und – husch, husch – zurück ins Körbchen!«

Nein, ich sagte es nicht, ich wollte es sagen, und meine Rede hätte Winnetou bestimmt tief beeindruckt. Dummerweise hatte ich mich, als mich sein Prankenschlag unterm Kinn traf, heftig auf die Zunge gebissen. Ich schmeckte sogar Blut im Mund, und als ich versuchte, Winnetou zu sagen, was ich oben niedergeschrieben habe, kam über meine Lippen nur ein »Schffvvvsch phhfffphhff schvvwwch phhhffph schschwwuvvv chchüchsch …«

Winnetou verharrte trotzdem einen Moment und beglotzte mit schief gelegtem Kopf den Weißen Manne, der auf einmal so seltsame Laute von sich gab. Dann wurde es ihm zu bunt, er holte blitzschnell mit der Pranke aus und schlug zu.

Der Hieb hätte mir den Kopf von den Schultern gerissen, doch ich hatte die wenigen Sekunden genutzt, um mich ein wenig zu erholen. Ich duckte mich, sein Prankenhieb traf den Baumstamm und ließ Rinde und Holzsplitter durch die Gegend fliegen.

Ich musste mich verteidigen, rammte Winnetou die Faust gegen den Leib, und er wankte zurück, aber nur, um sofort wieder nach vorn zu springen und zuzubeißen.

Und diesmal erwischte er mich, vergrub seine Fänge in meiner Schulter. Es war, als würden mir glühende Eisen ins Fleisch geschlagen, und ich schrie gellend auf.

Er ließ von mir ab, ich taumelte und spürte, wie mir die Sinne schwanden.

Aber ich riss mich mannhaft zusammen, denn mein Wille zum Überleben war auch in der höchsten Not ungebrochen.

Alle verbliebene Kraft zusammennehmend, schlug ich

noch einmal zu, traf Winnetou am Kopfe, und mit einem klagenden Seufzer sank er zu Boden.

Ich hätte ihn sicherlich nicht besiegen können, hätte ich die zweite Silberkugel nicht noch immer mit der rechten Faust umklammert gehalten. Hinzu kam, dass er gezögert hatte, ja, geradezu wie gelähmt gewesen war ob seiner eigenen Tat, dass er einen Menschen gebissen und beinahe getötet hatte. Offenbar lief das dem Charakter der tapferen, stolzen Werwolf-Apachen zuwider. Darum hatten seine Werwolfkrieger zuvor Sam, Dick und Bill auch geschont und nur verschleppt, statt sie sogleich zu töten. Ihre edle Gesinnung verbot es ihnen, Menschen wie Vieh zu reißen. Oder wie Bisons. Oder wie Werwölfe eines anderen Stammes. Oder wie Vampire.

Winnetou aber hatte sich in seiner Wut und seiner Erschütterung über den scheinbaren Mord an seinem Vater dazu hinreißen lassen, mich dennoch zu beißen, und er war schier entsetzt über sein eigenes Handeln gewesen. Dies war ich auch, als ich an die möglichen Folgen dachte: Der Werwolfskeim befand sich nun in meinem Blut; würde auch ich mich in einen Wolf verwandeln, vielleicht sogar in eine jener blutrünstigen Bestien, die ich aus meiner Heimat kannte und die in Vollmondnächten ihre Opfer jagten, völlig enthemmt und ohne jede Kontrolle des menschlichen Geistes?

Nun, es sah so aus, als bliebe mir dieses Schicksal erspart, denn das Blut pulste ungehemmt aus meiner tiefen Schulterwunde, und ich war mir sicher, diese Verletzung nicht überleben zu können.

Schon schwanden mir die Sinne, ich fiel auf die Knie und kippte daraufhin um. Und dann war da nichts als tiefe Schwärze, in der ich versank.

Schöne Bescherung

Ich durchlitt schlimme Fieberträume, in denen ich meinen Tod und meine eigene Beerdigung miterlebte. Ja, ich sah mich selbst, aufgebahrt in einem Sarge. Der stand in einer Kirche, doch es war kein Gotteshaus, sondern ein Hort der Satansanbetung, eine Kirche des Teufels. Über dem Altar hing ein Kreuz, allerdings verkehrt herum, auf den Kopf gestellt, um den Herrn zu verhöhnen.

Die Kirche war voll bis auf den letzten Platz. Doch die Kirchenbesucher waren allesamt Werwölfe, und zwar vom Stamme der Kiowas. Sie stimmten ein grauenvolles Geheule an, während der Kiowa-Medizinmann, in menschlicher Gestalt, aber mit zwei Köpfen, an meinen offenen Sarg trat und mit einem Stock, der oben eine Art Federbusch hatte, meinen Leib mit irgendeiner Substanz besprühte. Das Zeug stank nach Pisse.

Dann jaulten die Werwölfe ein »Großer Gott, wir loben dich!«, doch heulten sie es rückwärts, jede Strophe und jedes Wort von hinten nach vorn.

Im nächsten Traum sah ich meine Beerdigung. Der Sarg mit meinem Leibe wurde auf einem Indianerfriedhof in die Erde gelassen. An meinem Grab standen Sam, Dick und Bill, aber auch Winnetou und der Klage-Peter. Letzterer heulte Rotz und Wasser und sank schluchzend auf die Knie, während er jammerte: »So geht es dahin, ein weiteres junges Leben, das ich nicht zu retten vermochte und das daher auf meinem Gewissen lastet. Oh, jeder ist des

Todes, keiner entrinnt dem üblen Schnitter, keiner entkommt der eisigen Klaue des Knochenmannes. Weint, meine Freunde, weint um die verlorene Seele des Mayer Karl, denn für ihn gibt es keine Erlösung. Kein Priester betet an seinem Grabe, keine Engel geleiten ihn zum Himmel, denn mit seinen Taten hat er nur Unglück gebracht über den Roten Mann und die Stämme der Werwölfe.«

Als wäre dies nicht genug der Schmähungen, hielt Sam eine kurze Grabrede: »Wir haben uns hier versammelt, um die dümmste Lusche des Wilden Westens den Maden und Würmern zu übergeben, auf dass sie in ungeweihter Erde verrotte und ihr stinkender Kadaver nicht die Prärie verpeste.« Er hielt meinen Werwolftöter, zerbrach die Büchse über dem Knie, als bestünde sie nur aus morschem Holz, und warf mir die beiden Teile hinterher ins Grab. Dann schüttelte er missmutig den Kopf und brummte: »Was für eine Lusche!«

Winnetou trat an mein Grab, zog hoch und spuckte verächtlich auf meinen Sarg. »'euchlerischer 'urensohn!«

Sodann lupfte er den Lendenschurz, um in mein Grab zu urinieren.

Zwischendurch erwachte ich immer wieder kurz aus meinen Fieberträumen. Bei jedem Erwachen begriff ich mehr und mehr, was sich um mich herum tat. Man hatte mich auf ein Bärenfell gelegt, das von Sams Maultier gezogen wurde. Sam selbst saß im Sattel, die Hände am Sattelknauf festgebunden. Ich sah auch Dick, Bill und Bancrott, die auf ihren Pferden hockten und ebenso an die Sättel gefesselt waren wie Sam.

Neben mir liefen Apachen-Werwölfe und auch Werwölfe des Kiowa-Stammes. Letztere waren mit magischen Riemen gebunden. Es handelte sich eindeutig um Gefangene.

Auch Ratanescu war von den Apachen-Werwölfen gefangen genommen worden. Er durfte nicht reiten wie meine drei Gefährten. Man hatte ihm die Hände vor dem Leib gebunden, und er hatte eine bläulich leuchtende Schlinge um den Hals, von der ein Lasso zu Dicks Pferd führte. So stolperte der Vampir durch die Prärie. Seinen Oberkörper hatte man entblößt, und die grelle Sonne verbrannte ihm die Haut, die teils mit Brandblasen übersät war, teils schon in Fetzen von seinem rohen, dampfenden Fleisch hing. Er jammerte und heulte vor Schmerz und litt unsägliche Qualen, während die erbarmungslose Sonne seinen Körper brutzeln ließ.

Hin und wieder drehte sich Sam auf seinem Maultier um, um nach mir zu schauen. Dann schüttelte er jedes Mal missmutig den Kopf und brummte: »Was für eine Lusche!«

Als ich einmal mehr aus einem schrecklichen Albtraum erwachte, hatte sich meine Umgebung radikal verändert. Ich befand mich nicht mehr im Freien, sondern in einem düsteren Raum, der nur erhellt wurde von zwei blakenden Fackeln, die in Halterungen an massiven Steinwänden aus grob behauenen Steinblöcken steckten. Ihr Feuer schuf ein unruhig flackerndes Licht, das die Schatten in den Ecken nicht zu verdrängen vermochte, sondern ihnen vielmehr unheimliches Leben einzuhauchen schien. Die schaurige Umgebung gemahnte mich an das Verlies eines Spukschlosses, so wie ich sie aus meiner Heimat her kannte.

Ich lag jedoch nicht in einem staubigen alten Himmelbett mit zerkratzten Pfosten und modrig riechender Matratze, sondern auf einem Lager aus Tierfellen, die man übereinandergelegt hatte, sodass ich bequem ruhen konnte.

Dennoch mutete mir meine Umgebung unheimlich an. Zumal als ich die alte Hexe in meiner Nähe gewahrte, eine hässliche Vettel mit verfilztem grauem Haar und Hakennase im runzligen Gesicht, die, in Indianertracht gekleidet, neben meinem Lager hockte. Der flackernde Schein der beiden Fackeln schien die Falten in ihrem zerfurchten Gesicht noch tiefer einzugraben und erweckte den Eindruck, ihre hässliche Fratze würde sich ständig verändern.

Als sie sah, dass ich erwacht war, grinste sie mich aus ihrem nahezu zahnlosen Maul an, in dem nur noch zwei gelbliche Hauer steckten, dann erhob sie sich schwer keuchend und ging hinaus, wobei sich das bucklige Weib mit schleifenden Schritten bewegte.

Doch als die Vettel dann zurückkam, brachte sie den Sonnenschein in das düstere Verlies.

Auch bei ihrer Begleiterin handelte es sich um eine Indianerin, doch war diese jung und bildhübsch. Ihr biegsamer Leib zeigte trotz ihrer Jugend prächtige weibliche Rundungen, die sich durch das weiche Hirschleder ihres ein wenig zu engen Kleides deutlich abzeichneten. Das Kleidchen endete auf Mitte ihrer schlanken Schenkel und zeigte viel von ihren langen Beinen, deren Haut seidig im Licht der Fackeln schimmerte und die unten in Mokassins endeten und oben in wohlgeformten Hüften.

Als sich das reizende Kind neben mir niederließ, spannte das Hirschfell über ihrem hübschen Vorbau, zudem gewährte mir der unverschämt tiefe Ausschnitt einen herrlichen Einblick, der mein Männerherz erwärmte wie ein Lagerfeuer einen Präriejäger in der Winternacht.

»Wie geht es dem weißen Mann?«, fragte sie mich in einem nahezu perfekten Englisch, das allerdings einen kleinen indianischen Akzent aufwies, der bei ihr wirklich sehr, sehr niedlich wirkte.

Daraufhin besah ich mir ihr Gesicht.

Auch hübsch.

»Esch geht mir gerade schon schehr viel bescher«, antwortete ich.

»Oh«, sagte sie und lächelte mich amüsiert an. Mit ihren nächsten Worten schien sie meine letzten Gedanken wiederholen zu wollen, denn sie sagte: »Du hast einen wirklich niedlichen Akzent.«

»Hab mir auf die Schunge gebischen«, erklärte ich ihr.

»Ach, du Ärmster«, bemitleidete sie mich.

Dann legte sie mir die Hand auf die Brust.

Auf die nackte Brust.

Himmel, ich war tatsächlich völlig nackig!

Ich hatte es bisher nicht gemerkt, aber ich trug keinen Faden am Leib, und man hatte mich auch nicht zugedeckt.

Es gibt Situationen, da muss der Westmann einfach durch, ohne dabei rot zu werden. Ich war hier unter Wilden, also musste ich mein von der Zivilisation geprägtes Schamgefühl bezwingen.

»Du armer weißer Mann bist soooo schwer verletzt!«, sagte sie, während ihre Fingerspitzen weiter nach oben wanderten, bis sie meine Schulter berührten und …

»Au!«

»Tut das weh?«, fragte sie.

Die Vettel, die hinter ihr stand, kicherte.

»Ja«, zischte ich.

»Winnetou hat dich schwer verwundet. Fast wärst du verblutet. Ich bin Schuschischi, Winnetous Schwester und die Tochter des großen greisen Häuptlings Schuschuschuna. Winnetou gab dich in meine Obhut, damit Schuschischi dich gesund pflegt.«

»Das ist ja ein Ding«, sagte ich. Wenn dieses rattenscharfe Mädel Winnetous Schwester war, hockte er wahrscheinlich Tag und Nacht vor ihrem Wigwam, schwer bewaffnet und mit kistenweise Munition neben sich, um den Ansturm ihrer gierig sabbelnden Verehrer abzuwehren.

»Winnetou will, dass du, seine Schwester, mich gesund pflegst? Dann weiß er, dass ich sein Freund bin und ein Verbündeter der Wolfs-Apachen«, frohlockte ich. »Er hat die Wahrheit begriffen und will mir in brüderlicher Liebe alle Hilfe zuteilwerden lassen, die ich brauche.«

Die Art und Weise, wie Schuschischi den Blick ihrer feurigen Augen senkte, ließ in dieser Hinsicht allerdings Zweifel in mir aufkommen, und dann erklärte sie mir: »Winnetou will, dass Schuschischi dich gesund pflegt, damit du bei Kräften bist, wenn du den Martertod erleidest. Wärst du schwach und kraftlos, würdest du die unbeschreiblichen Qualen, die man dir zuteilwerden lässt, kaum drei Herzschläge lang überstehen.« Sie sah mich wieder an, und der Feuerschein ließ ihre Augen leuchten.

»Das wäre kein Spaß für uns Wolfs-Apachen«, sagte die Vettel hinter ihr. »Da könnten wir dir ja gleich den Kopf abbeißen.« Sie kicherte erneut, und die grässlichen Laute, die sie dabei hervorstieß, erinnerten an das Krächzen einer bösartigen Krähe.

»Das ist barbarisch!«, hielt ich Schuschischi vor.

»Mal nicht frech werden!«, schnappte die alte Indianer-Hexe und drohte mir mit dem knöchrigen Zeigefinger. »So ein Martertod ist gute Tradition bei den Wolfs-Apachen!«

»Aber ich bin Winnetous Freund!«, hielt ich dagegen.

»Hm«, machte Schuschischi. »Einer deiner weißen Kumpane hat den armen Klage-Peter erschossen.«

»Ich weiß, aber ich …«

»Du hast meinen Vater und Winnetou mehrfach niedergeschlagen«, sprach sie weiter, »du hast sie in eine Falle gelockt und sie ihren Erzfeinden, den Wolfs-Kiowas, ausgeliefert, damit diese sie grausam töten. Verhält sich bei den Weißen Männern so ein Freund?«

»Mitunter schon«, musste ich zugeben. Dann aber brachte ich eine glühende Verteidigungsrede vor: »Das Ganze war ja nicht meine Idee, sondern die von Sam Howlin. Er hat sich das alles ausgedacht, Winnetou und Schuschuschuna eine Falle zu stellen und überhaupt das ganze Bündnis mit den Wolfs-Kiowas und so. Den müsst ihr euch schnappen! Und diesen Ratanescu, den Mörder Klage-Peters, den kennt Sam Howlin auch fiel besser als ich. Überhaupt, Sam Howlin ist an allem schuld, an den müsst ihr euch halten!«

»Sam Howlin und die anderen Weißen werden mit dir sterben«, sagte Schuschischi. »Sie wurden mit dir gefangen genommen, und Winnetou sagt, dass ihr alle schuldig seid.«

»Aber *ich* habe nichts getan!«, beschwor ich sie. »Das alles ist ein richtig dummes Missverständnis!«

Die alte Vettel winkte ab und sagte: »Ja, ja. Die Marterpfähle sind voll von Weißen, die nichts getan haben. Das Volk des Roten Mannes stirbt von ganz allein aus.« Dann lamentierte sie: »Ich kann es nicht mehr hören. Jedes Mal, wenn wir uns einen der Kerle schnappen, das gleiche Rumgejammer.« Und damit schlurfte sie hinaus und war verschwunden.

Nun war ich mit Schuschischi allein, sie saß vor mir in dem düsteren Verlies, und der orangefarbene Schein der Fackeln tanzte über ihre zierliche und doch so ungemein frauliche Gestalt.

Wieder hatte sie den Blick gesenkt. Himmel, wo starrte sie eigentlich hin?

Es war mir nicht möglich, meine Blöße zu bedecken,

also versuchte ich sie davon abzulenken, indem ich sagte: »Du bist also Winnetous Schwester und heißt Schuschischi. Was bedeutet der Name?«

Sie druckste etwas herum, wollte nicht mit der Sprache herausrücken, doch als ich noch einmal nachfragte, antwortete sie mir: »Mein Name bedeutet in der Sprache des Weißen Mannes ›Schönes Geschenkefest‹.«

»Geschenkefest?« Ich starrte sie verdattert an, dann aber ging mir ein Lichtlein auf. Offenbar war die schöne Rothaut in der Sprache der Weißen doch nicht so bewandert, wie mir anfangs erschienen war. »Du meinst Bescherung. Dein Name bedeutet ›Schöne Bescherung‹!«

»Nein«, sagte sie hastig und blitzte mich zornig an. »Geschenkefest! Schönes Geschenkefest, das heißt er.«

Oha. Aus dem Lichtlein wurde ein Kronleuchter. »Muss hart sein, wenn man weiß, dass man ein ungewolltes Kind ist.«

»Halt den Mund, weißer Mann!«, sagte sie hart und kniff die Lippen zusammen.

Wir schwiegen eine Weile.

»Schuschuschuna wollte nur einen Sohn, stimmt's«, fragte ich dann mitfühlend.

»Du sollst den Mund halten!«, blaffte sie mich an.

Wieder Schweigen. Länger diesmal.

»Ich bin sicher, er hat dich dennoch lieb«, versuchte ich sie zu trösten.

»Halt – den – Mund!«, fauchte die süße Kleine, jede Silbe betonend, und in ihrem Zorn wirkte sie sogar noch niedlicher.

Aber ich wollte es nicht übertreiben, und so schwiegen wir, bis sie es war, die schließlich wieder das Wort ergriff.

»Wie soll Schuschischi zu dir sagen?«, fragte sie mich.

»Winnetou sagte mir, man würde dich den Mayer Karl, Mayer mit a y, nennen.«

Aha, hatte er sich also meinen Namen gemerkt, der edle Herr Häuptlingssohn.

»Das ist richtig«, bestätigte ich. »Auch Schuschischi mag mich so nennen.«

»Und was bedeutet dieser Name?«

»Dass mein Vater der Herr Mayer war und seinen Sohn ›Karl‹ rief.«

Sie runzelte die Stirn; offenbar leuchteten ihr die Regeln der deutschen Namensgebung nicht ganz ein.

»Höre, Mayer Karl, Mayer mit a y«, sagte sie, auf einmal sehr traurig. »Schuschischi hat dich die letzten sechs Tage, in denen du im Fieber gelegen hast, gepflegt.« Wegen ihres indianischen Akzents – und wahrscheinlich auch, weil ich meinen Blick einfach nicht für längere Zeit von ihren prächtigen Halbkugeln lösen konnte, die das weiche Hirschleder ihres Kleidchens so aufregend spannten – klangen die beiden Worte »sechs Tage« in meinen Ohren wie nur ein Wort, wie »Sextage«.

Sie fuhr fort: »Schuschischi hat deine Wunden versorgt und deinen kräftigen, männlichen Körper, an dem wohl jede Squaw großen Gefallen fände, auf alle nur erdenklichen Weisen behandelt, damit du ins Leben zurückfindest.« Himmel und Hölle, und ich hatte von Satansmessen und Beerdigungen geträumt! Wahrscheinlich hatte ich die besten Tage meines Lebens verpennt.

»Schuschuschi weiß, dass der Mayer Karl, Mayer mit a y, nach den Gesetzen der Wolfs-Apachen einen grausamen Tod verdient hat, weil er mit dem Mörder Klage-Peters gemeinsame Sache machte«, sprach sie weiter. »Dennoch betrübt es Schuschischi, dass sie diesen wunderschönen Körper nur pflegen und wiederherstellen soll, damit er anschließend Stück für Stück auseinandergenommen wird, bis nichts davon übrig bleibt als eine blutige, wimmernde Masse.«

Das konnte ich durchaus nachvollziehen. Eine wirklich undankbare Aufgabe, die Schuschischi da übertragen worden war.

»Die Gesetze der Wolfs-Apachen sind gerecht, aber ihre Riten sind grausam und blutrünstig«, sagte sie, dann verdrehte sie seufzend die dunklen Kulleraugen. »Ach, ihr Männer habt ja leider nicht viel mehr im Sinn als Töten und Blutvergießen.«

Ich starrte noch immer auf ihre prächtigen, halb in weiches Hirschleder verpackten Halbkugeln und murmelte: »Mir steht der Sinn zuweilen auch nach anderen Dingen.«

»Höre, Mayer Karl, Mayer mit a y. Schuschischi liebt ihr Volk, doch sie verabscheut seine grausamen Riten. Darum wird Schuschischi alles in ihrer Macht Liegende tun, dir zumindest einen Teil der Qualen zu ersparen, die man dir zugedacht hat.«

»Und wie gedenkt Schuschischi mir diese Qualen zu ersparen?«, fragte ich daher.

»Der Biss Winnetous pflanzte den Keim des Wolfs in deinen Leib«, erklärte sie mir. »Dadurch wirst du mehr Schmerzen ertragen, als selbst der stärkste Mensch normalerweise zu erleiden vermag.«

»Ja, ist das denn nicht gut?«, fragte ich.

»Nein, denn die Marterung würde sich tagelang dahinziehen, bevor das Leben gänzlich aus dir weicht. Doch Schuschischi wird den Keim des Wolfs aus deinem Körper vertreiben.« Sie wies auf einen tönernen Topf, den sie mitgebracht hatte. Er war mir zuvor nicht aufgefallen, denn als sie den Raum betreten hatte, war mein Blick auf andere Dinge konzentriert gewesen. »Dies ist eine magische Salbe, die Schuschischi heimlich vom Medizinmann der Wolfs-Apachen hat herstellen lassen«, führte sie aus. »Damit wird Schuschischi den Wolfszauber von dir nehmen, indem sie deinen Leib damit einreibt.«

»Meinen ... äh ...« Ich leckte mir über die aufgesprungenen, spröden Lippen. »Meinen ganzen Leib?«

Schuschischi nickte. »Zweimal am Tag. Sonst wirkt es nicht.«

Ich verschränkte den gesunden Arm unter meinem Kopfe und nahm eine entspannte Haltung ein. »Dann mal los!«

»Der Mayer Karl, Mayer mit a y, ist bereit, sich ganz und gar Schuschischi hinzugeben?«, fragte sie, offenbar erstaunt über meine rasche Bereitschaft, ihr Zauberritual über mich ergehen zu lassen.

»Jo!«, sagte ich entschlossen, und als ich ihren skeptischen Gesichtsausdruck sah, fügte ich erklärend hinzu: »Gibt ja wohl keine andere Möglichkeit, wenn ich dich recht verstanden habe. Also lass uns tun, was der Große Geist von uns verlangt.«

Sie nickte, wirkte auf einmal sehr ernst und sagte: »Die Salbe wird sofort einziehen, nichts davon wird auf deinem Körper zurückbleiben.«

»Dann wird wohl auch die alte Vettel nichts von dem merken, was wir hier treiben, was?« Ich grinste sie schelmisch an.

»Wen meinst du mit ›alte Vettel‹?«, fragte sie verwundert.

»Na, die andere Indianerin.«

»Ach, die.« Sie nickte. »Ihr Name bedeutet in der Sprache des Weißen Mannes ›Die keiner haben wollte‹.«

Jede Nachfrage, warum sie diesen Namen trug, erübrigte sich.

Schuschischi tunkte die Spitzen ihrer Finger in den Topf und begann, irgendein Kauderwelsch in ihrer Stammessprache zu murmeln, wahrscheinlich Zauberformeln der Werwolf-Apachen. Als sich ihre Hand meinem nackten Körper näherte, veränderten sich auf einmal die Flammen der beiden Fackeln. Sie wurden grünlich, und die ohnehin schon unheimliche Atmosphäre des Verlieses wurde mit einem Schlag beklemmend, gruselig, ja, geradezu schaurig.

Noch immer murmelte Schuschischi ihre Zauberformeln, der grünliche Schein ließ ihr vorher so hübsches Gesicht wie das einer Leiche wirken, dann bestrich sie zunächst meine Schulterwunde und …

»Aua!«, beschwerte ich mich. »Das tut weh!«

»Ich werde vorsichtiger sein«, versprach sie und verdrehte erneut die Augen.

Wieder tunkte sie die Fingerspitzen in den Topf, wieder murmelte sie vor sich hin, dann rieb sie vorsichtig meine Schulter ein. Mann, war das Zeug glitschig!

Als sie dann bei meiner Brust anlangte und sie einschmierte, war die Sache schon wesentlich angenehmer, zumal sie sich dafür ein bisschen vorbeugen musste und ich sah, wie ihre frauliche Pracht in ihrem Ausschnitt wackelte wie zwei reife Früchte, die nur darauf warteten, dass ~~Mann~~[19] man sie pflückte.

Ich griff danach und …

»Aua!«, rief ich erneut.

Durfte ich das glauben? Sie hatte mir glatt auf die Hand geschlagen! Das hatte echt wehgetan. Oh, diese heidnischen Wilden!

»Muss ich dir auf die Pfoten klopfen?«, fragte sie und schaute mich böse an.

19) im handschriftlichen Originalmanuskript vom Lektor korrigiert

»Ich wollte auch dir ein wenig Gutes tun«, verteidigte ich mich unschuldig.

»Du sollst dich nicht bewegen«, verlangte sie, »sonst wirkt der Zauber nicht.«

Nun gut, wenn sie es so wollte. Ich hatte nichts dagegen.

Während sie wieder leise ihre Zaubersprüche aufsagte, strichen ihre Finger weiter hinab, auf meine Körpermitte zu, und ich murmelte: »Ich spüre schon, wie es wirkt.«

»Und ich sehe es«, erwiderte sie – und erhob sich auf einmal.

Gleichzeitig veränderten die Flammen der Fackeln erneut ihre Farbe, brannten wieder in einem normalen Orange.

»He, was ist denn jetzt?«, fragte ich empört. »Ich bin noch nicht … äh, wir sind noch nicht fertig!«

»Doch, sind wir«, sagte Schuschischi, offenbar verärgert und mit gestrengem Blick auf meine prächtige Manneszier. Was, zur Hölle, gefiel ihr daran nicht?

»Das … äh … das ist doch nur eine ganz normale körperliche Reaktion!«, verteidigte ich mich.

»Es ist eine ganz normale *männliche* Reaktion«, korrigierte sie mich schnippisch.

»Ja, ich gestehe«, sagte ich, »ich bin ein Mann. So, können wir jetzt weitermachen?«

Sie nahm den Topf und sagte: »Heute Abend!«

»Heute Abend?«, heulte ich. »Du willst mich bis heute Abend hier köcheln lassen?«

»Die-keiner-haben-wollte wird sich bis dahin um dich kümmern!«

Damit ging sie, ihren Zaubertopf unterm Arm, und zischelte noch ein verächtliches »Männer!«. Doch während sie hinaustrat, ließ sie ihre Kehrseite unter dem strammen Hirschlederkleidchen so gekonnt wackeln, dass es nur böse Absicht sein konnte.

Dieses Luder!

Bitte denke jetzt nicht, lieber Leser: Mensch, der Mayer Karl führt sich ja auf wie ein brunftiger Hirsch im deutschen Walde! Aber du musst bedenken, ich hatte die letzten Wochen kein Weibsbild mehr zu Gesicht bekommen, sondern die Nächte unter bärtigen, ungewaschenen, immerzu Bohnen fressenden und furzenden Westmännern verbracht. Und außerdem hatte ich doch in diesen Heftchen gelesen, wie leicht die Weiber der Wilden für einen weißen Mann zu haben wären, dass sie in ihrer Gier selbst über Missionare herfielen und ihnen die Unschuld raubten.

Nun ja, vielleicht sollte man nicht alles glauben, was man liest!

Während ich noch ein »Aber … aber … aber …« stammelte, rief Schuschischi nach Die-keiner-haben-wollte.

Die Vettel erschien, ein listiges Grinsen im runzligen Gesicht, ein gemeines Funkeln in den kleinen, frettchenhaften Augen, und befahl in schroffem Tone: »Auf mit dir, Jungchen! Dreimal am Tag soll ich dich aufs Klo bringen. Und anschließend werd ich dich sauber schrubben. Stinkst ja wie Aas!«

Auch ihr Blick fiel auf meine Leibesmitte, die noch deutlich zeigte, wie sehr mich Schuschischis Anblick im Gegensatz zu dem der Alten erfreut hatte. »Werde Eiswasser nehmen«, kündigte sie glucksend an. »Braucht ein wenig Abkühlung, der weiße Mann!«

Sie lachte krächzend und streckte ihre knöchernen Klauen nach mir aus. In meinem geschwächten Zustand gab es kein Entkommen vor der elenden Hexe.

In den nächsten Tagen wurde das Verlies, in dem ich gefangen gehalten wurde, für mich zur Folterkammer quälender Lust (Schuschischi) und grausamen Schreckens (Die-keiner-haben-wollte).

Immer wieder verlangte ich von Schuschischi, mit Winnetou sprechen zu dürfen, doch stets bekam ich zur Antwort: »Du wirst meinen Bruder erst am Tage deines Todes wiedersehen. Er will nicht mit dir sprechen, dich nicht einmal sehen.« Einmal seufzte sie schwer und zuckte ergeben mit den Schultern: »So sind sie eben, die Männer: starrköpfig und eigensinnig allesamt.«

»Aber ich muss mit ihm reden!«

»Vielleicht wäre es möglich, mit meinem Vater zu sprechen«, schlug sie vor.

Doch da schüttelte ich den Kopf, denn von einer Unterredung mit Schuschuschuna versprach ich mir nichts. Der hätte mir wahrscheinlich verständnisvoll zugehört, dabei freundlich gelächelt und genickt und kein Wort verstanden. Vielleicht hätte er mir sogar versprochen, meine Gefährten und mich freizulassen. Nur hätte er diese Zusage, sobald er mein düsteres Gefängnis verließ, garantiert wieder vergessen.

»Winnetou muss kommen und mir zuhören!«, beschwor ich Schuschischi. »Ich bin sein Freund, sein Bruder!«

»Du bist der Freund des Mörders Klage-Peters!«, hielt sie mir da wieder vor.

Ich redete auf sie ein, flehte sie an, mir zu glauben, dass ich mit Ratanescu und seinen Kumpanen nichts zu schaffen hatte, erzählte ihr, dass ich den Ratten-Jim sogar niedergeschlagen hatte, nachdem er auf den Klage-Peter geschossen hatte. Doch es war mir unmöglich, ihr begreiflich zu machen, warum ich danach ihren Vater und Winnetou an die Kiowas ausgeliefert hatte.

Dennoch sah ich, dass der Zweifel an meiner Schuld, den ich in ihr gesät hatte, von Tag zu Tag mehr aufging. Es kam mir auch so vor, als kämen wir uns jedes Mal, wenn sie mich aufsuchte, näher. Zumindest näherten sich ihre Fingerspitzen bei jedem ihrer Zauberrituale ein Stückchen mehr meinem kleinen Old Silverhand, wenn sie mich mit ihrer magischen Salbe einrieb. Es forderte mir dann jedes Mal alles ab, ihr nicht erneut in aller Deutlichkeit und Pracht zu zeigen, was dies in mir hervorrief. Verbissen versuchte ich dann an Die-keiner-haben-wollte zu denken und an die erniedrigenden Misshandlungen, denen ich durch die alte Hexe ausgesetzt war, sobald Schuschischi mich verlassen hatte, und das wirkte zumeist.

Stets versprach Schuschischi, mein Anliegen, mit Winnetou sprechen zu dürfen, noch einmal ihrem Bruder vorzubringen, doch der Häuptlingssohn ließ sich nicht erweichen.

Ich fragte Schuschischi auch nach meinen Gefährten und erfuhr, dass es ihnen ganz gut gehe. Sie hockten in einem dunklen Verlies, man fütterte sie mit Schlachtabfällen und gab ihnen Wasser zu trinken, in dem die Apachenmütter zuvor ihre Kinderchen gebadet hatten.

»Dieser Sam Howlin«, sagte Schuschischi, »scheint mir recht wirr im Kopf zu sein. Erstens nennt er dich ständig Old Silverhand, und zweitens – stell dir vor – behauptet er, du hättet meinen Vater Schuschuschuna und Winnetou aus der Gefangenschaft der Wolfs-Kiowas befreit.«

»Aber genau so war's!«, erklärte ich, während sie sich ihren Topf mit Zaubersalbe wieder unter den Arm klemmte und mein Gefängnis verlassen wollte. »Ich war es, der sie befreite!«

»So ein Unsinn«, sagte sie da hart. »Ich meine, da wärst du ja ganz schön plemplem, Winnetou und Schuschuschuna erst in eine Falle zu locken und sie danach zu befreien, stimmt's?«

Sie wollte gehen, da fragte ich hastig: »Was ist eigentlich aus Tuntua und den gefangenen Wolfs-Kiowas geworden?«

»Oh, die sind noch immer unsere Gäste«, antwortete mir Schuschischi. »Tuntua will unbedingt dabei sein, wenn man deine Gefährten und dich zu Tode martert.«

Ich konnte es nicht fassen. »Eure Gäste?«

»Nun, Tuntua hat meinem Vater gegenüber sehr überzeugend dargelegt, dass er gar nicht sein Feind ist. Ihr hättet ihn mit falschen Behauptungen und Lügen dazu verleitet, Schuschuschuna und Winnetou gefangen zu nehmen.«

»Das ist doch nicht zu fassen!«, brauste ich auf. »Dieser Lump! Dieser dreiste Lügner! Schuschischi, ich muss ganz, ganz dringend mit deinem Bruder sprechen. Beknie ihn, dass er zu mir kommt!«

Doch auch am nächsten Tage ließ mir der Häuptlingssohn mittels seiner Schwester eine Abfuhr erteilen. »So sind sie, die Männer!«, beschwerte sich Schuschischi bei mir. »Starrköpfig bis zum Erbrechen!«

Dann aber, drei Tage später, als ich schon so weit genesen war, dass ich mich mit Hilfe von Die-keiner-haben-wollte ankleiden und in meinem düsteren Verlies selbstständig ein paar Schritte auf und ab gehen konnte, kam Schuschischi freudestrahlend zu mir, um mir zu eröffnen: »Mayer Karl, höre nur! Ich hab's geschafft! Ich habe Winnetou breitschlagen können, dass er endlich mit dir reden will!«

Doch nun wollte ich nicht mehr. Mit vor der Brust verschränkten Armen hockte ich auf meinem Lager und murrte: »Nein, er hat mich tagelang zurückgewiesen, jetzt kann er betteln und flehen, wie er will.«

Bevor sie ging, hörte ich sie noch laut seufzen: »Männer!«

Ha, was verstehen die Frauen schon vom Stolze des starken Geschlechts!

Der Wolfskeim war inzwischen, so versicherte mir Schuschischi, gänzlich aus meinem Körper gebannt, und so war die Behandlung durch die magische Salbe des Medizinmannes nicht mehr vonnöten. Das war einerseits schade, andererseits wäre ich, hätte Schuschischi so weitergemacht, gezwungen gewesen, irgendwann selbst Hand an mich zu legen, oder ich hätte schier den Verstand verloren.

Es war aber nicht so, dass ich Schuschischi nicht mehr wiedersah. Im Gegenteil kam sie mehrmals am Tage, um mir Essen zu bringen, und während ich speiste, saß sie neben mir, und wir unterhielten uns, tauschten uns aus, sie erzählte mir von dem Leben als Werwölfin, ich ihr von dem als deutscher Mann.

Da ich inzwischen schon wieder recht gesundet war, bewachten nun jeweils zwei Apachen-Werwölfe mein Verlies. In Werwolfsgestalt verharrten sie stundenlang vor dem Durchgang, bis sie abgelöst wurden. Ich versuchte hin und wieder ein Gespräch mit ihnen anzufangen, erhielt aber als Antwort nur zorniges Knurren. Sie hielten mich für einen Komplizen des Mörders Klage-Peters, jenes weißen Vaters, der ihnen in seiner Schwermut als heiliger Mann gegolten hatte, und liebend gern hätten sie mich mit ihren Klauen zerrissen, das spürte ich deutlich.

Eines Nachts (ich nahm an, dass es Nacht war, denn in meinem düsteren Verlies kam mir das Zeitgefühl abhanden, und ich wusste nicht mal mehr, wie lange ich hier schon weilte) erschien Schuschischi in meiner Kammer.

Bevor sie eintrat, schickte sie die beiden Werwölfe vor dem Durchgang weg, mit einer Begründung, die ich nicht verstand, da ich die Sprache der Wolfs-Apachen damals noch nicht beherrschte.

Dann trat sie auf mich zu und ließ sich vor meinem Lager auf die Knie nieder. Ich hatte nichts an und zog ein Bärenfell über meine Blöße.

Schuschischi sprach zunächst nicht, aber sie kam mir in dieser Nacht sehr verändert vor. Sie lächelte nicht, ihr Gesicht blieb ausdruckslos, aber da war ein seltsamer, ganz warmer Glanz in ihren Augen, der nicht nur durch die beiden Fackeln an den Wänden, die regelmäßig durch neue ersetzt wurden, hervorgerufen wurde.

»Was hast du, Schuschischi?«, fragte ich sie.

Auf einmal berührte sie meine nackte Brust, strich mit ihren Fingern darüber. Oh, dieses prickelnde Gefühl, das diese Berührung hervorrief, dieses aufflammende Begehren, dieses nahezu schmerzhafte Pochen in meinen Lenden – das alles hatte ich in den letzten Tagen so häufig gespürt, ohne dass darauf eine Erlösung erfolgt wäre, dass es für mich zur reinen Folter geworden war.

Noch immer sprach sie nicht, ließ ihre Finger tiefer sinken, über meinen Bauch, dann noch weiter hinab, bis ihre Hand unter dem Bärenfell verschwand und …

Selbst der verbissenste Gedanke an Die-keiner-habenwollte half nichts mehr.

»Der Mayer Karl will Schuschischi«, sagte sie auf einmal, während meine Männlichkeit in ihrer Hand anschwoll.

»Wie kommst du denn darauf?«, fragte ich.

»Ich kann es fühlen.«

Oh, dieses empfindsame Wesen!

»Und Schuschischi will den Mayer Karl!«, sagte sie.

Das waren ja ganz neue Töne.

Ich packte ihr Handgelenk und zog ihre Finger von meiner Mannespracht. »Nee, nee, nee!«, sagte ich. »Du hast mich tagelang zurückgewiesen. Jetzt kannst du betteln und flehen, wie du willst.«

Sie schaute mich überrascht an. »Du willst nicht?«

»Nein, ich will nicht!«

Als hätte sie meine Worte nicht gehört, zog sie ihr Hirschlederkleidchen über den Kopf und warf es neben mein Lager.

Meine Herrschaften!

»Doch, ich will!«

Da streckte sie in einer geradezu grazilen Bewegung den Arm aus und richtete die Hand auf die beiden Fackeln an den Wänden, deren Flammen daraufhin kleiner wurden und schließlich gänzlich erloschen.

»Huh?«, rief ich erschrocken. »Was ist denn nu los?«

Die kleine Hexe verfügte tatsächlich über Zauberkräfte!

Dunkelheit umfing mich, und auf einmal glühten gelbliche Augen vor mir in der Finsternis auf. Es waren die Lichter eines Wolfes. Einer Wölfin.

»Äh, Schuschischi«, wagte ich zu sagen. »Was … äh, soll das jetzt werden?«

Vor mir im Dunkeln, dort, wo die Wolfsaugen leuchteten, erklang ein Knurren, in dem sich Worte formten: »Es ist an der Zeit für den berühmten Westmann Mayer Karl, neue Erfahrungen zu sammeln!«

Und damit fiel Schuschischi, dieses gierige Biest, über mich her …

Als sie die Fackeln wieder auf magische Weise in Brand setzte, lag ich derart ermattet auf dem Lager, als hätte ich gegen tausend Teufel gekämpft.

Schuschischi hatte sich in eine Squaw zurückverwandelt, kuschelte sich an meine Brust, dann hob sie den Kopf und sah mich aus vor Glück strahlenden Augen lächelnd an. »Das werden wir jetzt öfter tun.«

Für mich klang es wie eine Drohung.

Glaube aber nicht, lieber Leser, dass ich von da an meine Tage in der Gefangenschaft damit verbrachte, Schuschischi Tag für Tag aufs Neue zu beglücken. Ich war inzwischen gesundet, wollte aber körperlich wieder gänzlich fit werden. Zudem hatte ich einen Plan ersonnen, wie ich die Wolfs-Apachen von meiner Unschuld überzeugen konnte, und der war mal wieder – ich schreib's, ohne mich selbst loben zu wollen – wirklich genial. Doch um ihn durchführen zu können, musste ich meinen Körper stählen und härten.

Deshalb ließ ich mir zur Leibesübung einen Felsblock ins Verlies bringen, der so schwer war, dass ihn vier riesige Werwölfe nur unter größter Mühe und mit hechelnden Zungen herbeischleppen konnten. Indem ich den Felsblock immer wieder in die Höhe stemmte, ertüchtigte ich meinen Körper, bis ich wieder so kraftvoll war wie zuvor.

Eines Tages erschien Schuschischi mit tieftraurigem Blick in meinem Verlies und teilte mir mit: »Mein Bruder Winnetou wird dich heute sehen.«

Ich antwortete störrisch, jedes Wort betonend: »Ich – will – aber – nicht!«

»Du verstehst nicht«, sagte sie, und auf einmal kullerten ihr dicke Tränen über die Wangen. »Winnetou will nicht mit dir reden. Er versprach, dass ihr euch am Tage deines Todes wiedersehen würdet. Dieser Tag ist nun gekommen!«

Sodann trat sie zur Seite, weg von dem schmalen Durchgang, und die zwei Werwölfe, die draußen Wache gestanden hatten, kamen in meine Gefängniszelle.

Ich hatte gerade mit meinen täglichen Leibesertüchtigungen beginnen wollen und trug nur meine Leggings, doch gestattete mir Schuschischi, noch schnell mein Wildlederhemd und meine Stiefel anzuziehen. Man hatte mir nämlich zwischenzeitlich meine im Lager der Wolfs-Kiowas abgelegten Sachen gebracht, mit Ausnahme meiner Waffen, versteht sich. Doch ließ man mir nicht mehr die Zeit, auch meine Wildlederjacke überzustreifen, die mit den schmucken Fransen, und mir den Hut aufzusetzen; ich war gerade in den zweiten Stiefel geschlüpft, da ergriffen mich die Apachen-Werwölfe auch schon an den Armen und führten mich hinaus, dem qualvollen Tod am Marterpfahle entgegen.

Am Marterpfahl der wilden Heiden

Die Werwölfe brachten mich nach draußen, und eine todtraurige Schuschischi folgte uns.

Als ich hinaus in den Abend trat, sah ich zum ersten Mal, dass ich mich tatsächlich im Pueblo-Dorf der Werwolf-Apachen befand. Allerdings war »Dorf« nicht wirklich die treffende Bezeichnung: Die Siedlung wurde dominiert von einem riesigen Bau, in dem ich auch gefangen gehalten worden war. Er war stufenförmig an die Flanke eines Berges errichtet und reichte teilweise tief in ihn hinein, dort, wo man in natürlichen Höhlen Wohn- oder Lagerräume eingerichtet hatte.

Durch die stufenförmige Bauweise gemahnte der Bau an eine Pyramide, denn man hatte Stockwerk auf Stockwerk gesetzt, wobei diese immer weiter zurückwichen und auch schmaler wurden, sodass sich jedes Mal Terrassen ergaben, auf welchen Werwölfe im Schein aufgestellter Fackeln Wache standen. Die einzelnen Stockwerke waren innerhalb des Baus nicht mit Treppen verbunden, wie es bei den Häusern der Weißen üblich ist; man musste von außen her über Leitern nach oben steigen, um von einer Terrasse auf die nächste zu gelangen, und dann jeweils den Eingang des entsprechenden Stockwerks benutzen, das wie ein eigenständiges Gebäude von den anderen Etagen getrennt war.

Dadurch ließ sich diese festungsartige Pyramidenburg prächtig gegen Angriffe von außen verteidigen. Rückte der

Feind an, wich man auf die nächsthöhere Terrasse zurück und zog die jeweilige Leiter empor. Das konnte man notfalls bis zur obersten Etage machen, und der Feind musste dann Stockwerk um Stockwerk erobern, wobei er dem Pfeilhagel der Verteidiger von oben nahezu schutzlos ausgeliefert war.

In einem Halbkreis um dieses gewaltige Bauwerk, das wie der Tempel eines Blutgötzen aus vorantiker Zeit wirkte, gruppierten sich weitere Behausungen, teils Hütten aus Stein, teils aber auch Wigwams. Dies also war die Pueblo-Siedlung der Werwolf-Apachen.

Gut acht oder neun Stockwerke unter mir sah ich mehrere Feuer brennen, an denen sich Apachen und auch Kiowas teils in Werwolfgestalt tummelten. Trommeln wurden geschlagen, ein Medizinmann, in Menschengestalt, sprang herum und veranstaltete irgendwelchen Hokuspokus, und ich sah fünf Marterpfähle, von denen einer noch unbelegt war. Sie standen in der Nähe des Flusses, bei dem es sich, wie ich später erfahren sollte, um den Rio Pecos handelte, der an dieser Stelle zudem recht tief war.

In Westen – ich nahm an, dass es diese Richtung war – hatte sich in den Bergen ein Gewitter festgesetzt. Tiefschwarze, mächtige Wolken türmten sich dort auf, in denen es immer wieder flackerte, und verhaltener Donner drang an mein Ohr.

Ich wurde gezwungen, die Leitern nach unten zu steigen. Es waren keine Leitern, wie wir in der zivilisierten Welt sie kennen, sondern Bäumstämme, die von Zweigen und Rinde befreit worden waren und in die man Kerben gehackt hatte, die als Stufen dienten.

Verdammte Wilde und ihre Leitern! Auf der letzten rutschte ich natürlich ab und setzte mich hart auf den Hosenboden. Die Werwölfe, die mich begleitet hatten, stießen daraufhin ein hämisches, knurrendes Gelächter aus. Schuschischi aber war gleich bei mir und fragte besorgt: »Mayer Karl, hast du dir wehgetan?«

Ob ich mir wehgetan hatte! Ihre zotteligen Rudelbrüder würden mir gleich die Haut vom Fleisch ziehen und noch weitere Nettigkeiten mit mir anstellen; was machte da ein verstauchtes Steißbein?

Ich wurde zu den Marterpfählen gebracht, an die bereits vier Weiße und ein Bleichgesicht gebunden waren. Das Bleichgesicht war der Ratten-Jim, und sicherlich hätte sein jammervoller Anblick mein Mitleid erregt, hätte er dieses auch nur ansatzweise verdient. Die Zähne hatte ich ihm ausgeschlagen, die Sonne hatte seine Haut versengt, dass sie ihm teils in Fetzen vom rohen Fleisch hing, und die schmerzhaften Brandwunden heilten in der Nacht nur nach und nach. Offenbar hatten die Apachen ihn auf diese Weise ein bisschen »vorgeglüht«: Mit entblößtem Oberkörper hatte er seit Tagen am Marterpfahl gestanden, die Sonne hatte ihn bis auf die Knochen verbrannt, dann hatte sich sein Körper in der Nacht regeneriert, damit für ihn die Pein bei Sonnenaufgang erneut losgehen konnte. Magische Fesseln, die im Dunkeln einen bläulichen Schimmer ausstrahlten, hinderten ihn daran, sich in eine Fledermaus zu verwandeln oder gar als Nebel zu entschwinden.

Ich grinste breit, als ich ihn so dastehen sah, das Gesicht noch immer von den Schmerzen gezeichnet, die er in den vergangenen Tagen hatte erleiden müssen. Ja, ich gönnte ihm diese Behandlung, die die Wolfs-Apachen ihm angedeihen ließen.

Auch er keifte sofort los: »Old Silverhand! Am liebsten würde ich dir mit den Fäusten das Grinsen aus dem Gesicht bügeln! Deinetwegen stehe ich hier!«

An die anderen Pfähle hatte man Bancrott gebunden,

Sam Howlin, den Büffel-Bill und Dick Stick, alle mit entblößtem Oberkörper. Bancrott war selbst bleich wie ein Vampir geworden. Der Jammerlappen hing in seinen Fesseln, heulte und wimmerte vor sich hin. Nur die drei Westmänner zeigten im Angesicht der zu erwartenden Qual und Verstümmelung ein wenig Würde.

Doch als Sam hörte, wie Ratanescu meinen Namen rief, zeterte auch er: »Ist er das? Ist das Old Silverhand, der Mayer Karl, den sie da bringen?«

Er selbst konnte mich nicht sehen. Als ihn die Werwölfe an den Pfahl gebunden hatten, war wohl seine Perücke hinabgefallen, und sie hatten sie ihm wieder aufgesetzt, allerdings verkehrt herum, sodass das verfilzte Ding nun seine Augen bedeckte.

»Elende Lusche!«, schrie er mich an. »Pfeife! Hornochse! Armseliger Verlierer! Warum wissen Schuschuschuna und Winnetou nichts davon, dass wir beide sie befreit haben?«

Während die Werwölfe an meinem Hemd zerrten und mir damit bedeuteten, dass ich es ausziehen sollte, sah ich mich bemüßigt, den wütenden Präriejäger zu korrigieren: »Nicht wir haben sie befreit, sondern ich, das möchte ich doch mal klarstellen!«

»Jämmerlicher Taugenichts!«, schrie Sam weiter, während ich mein Hemd auszog und dann neben ihm angebunden wurde. Die Wolfs-Apachen benutzten dafür ebenfalls Riemen, die in der Nacht ein bläuliches Leuchten ausstrahlten; offenbar ging man davon aus, dass sich der Werwolfskeim noch in meinem Blute befand und ich mich jederzeit in eine reißende Bestie verwandeln könnte.

»Du Versager! Du Niete! Du Karikatur eines Westmannes!«, setzte Sam sein Gezetere fort. »Du Lusche hast meinen ganzen schönen Plan versaut mit deiner Unfähigkeit! Die werden uns foltern und quälen und unsere Eingeweide fressen, während wir ihnen dabei zusehen dürfen!«

»Macht Euch locker, Sam«, sagte ich. »Ich bringe uns hier schon raus!«

»Gar nichts wirst du, du grenzdebiler Idiot!«, schrie er. »Schwachmat! Sauerkraut fressender Blödheini! Die werden uns in kleine Häppchen schneiden, und mit unseren Pillemännern fangen sie an!«

»Nein, nur das nicht!«, greinte Bancrott.

Oh, mit was für Weicheiern stand ich da nur am Marterpfahle! Was mussten die Rothäute von uns denken!

Während mich Sam weiterhin beschimpfte und Ratanescu ihn aus Kräften unterstützte, tanzte der Apachen-Schamane vor uns herum. Auch er hatte seinen Oberkörper mit allerlei heidnischen Symbolen bemalt, doch anders als der Hexenmeister der Wolfs-Kiowas hatte er dafür nicht Blut verwendet, sondern zu bunten Farben gegriffen, was die ganze düstere Veranstaltung etwas aufheiterte. Immer wieder schrie er sein »Yiiijajajaaa – yiiijajajaaa – yiiijajajaaa!«, was mir allerdings mächtig ~~auf die Klöten auf den Senkel~~ auf die Nerven ging, bis Winnetou, in seiner menschlichen Gestalt, endlich vortrat.

Er war diesmal nicht im Lendenschurz erschienen wie ein halb nackter Wilder, sondern hatte sich zur Feier des Tages einen schmucken Jagdrock aus hellem, weichem Leder angezogen, der mit indianischen Stickereien verziert war. Zudem trug er eine Kette aus geschnitztem Indianerschmuck und Bärenkrallen vor der Brust und einen Gürtel, in dem Jagdmesser und Tomahawk steckten.

Sein Vater Schuschuschuna, der sich an seiner Seite hielt, war mit einem ebenso hübschen Ledergewand angetan und trug dazu einen prächtigen Kopfschmuck aus

Adlerfedern, der ihn als obersten Häuptling der Wolfs-Apachen kennzeichnete.

Winnetou hob die Arme und gebot Ruhe.

»Mieser, elender Sauhund!«, schrie Ratanescu in die entstandene Stille.

Winnetou starrte ihn empört an.

Ratanescu wies mit dem Kinn in meine Richtung: »Ich meinte den da!«

Auch Tuntua und seine Werwolfskrieger befanden sich, wie schon erwähnt, unter den blutlüsternen Zuschauern, und ich sah auch Schlauer Wolf, dessen Gesicht von meinem Faustschlag erheblich lädiert war. Als er mich zornig anknurrte, sah ich, dass ihm ein Schneidezahn fehlte, und seine Nase war gebrochen; der Zinken hing ihm schief im Gesicht und hatte zwischenzeitlich eine grünliche Färbung angenommen.

Auch der kleine Wolf Tunta war zugegen, das Fell noch immer angeschmort und struppig.

Winnetou hob erneut die Hände und sprach: »'ört misch an, meine mutigen, edlen Rudelbrüder! Wir 'aben uns 'ier versammelt, um uns für den Tod unseres geliebten weißen Bruders Klage-Peter zu revanchieren.« Er wies auf uns Gefangene. »Diese weißen Männer und dieses Bleichgesicht sind seine Mörder. Sie 'aben den armen Klage-Peter, der nie Freude am Leben 'atte, dessen Dasein eine einzige Tristesse war, mit einer feigen Kugel in die Ewigen Jagdgründe befördert, wo er ob seines grausamen, unverdienten Endes auf immer weinend da'ocken wird, o'ne die Aussicht darauf, seine Schwermut jemals zu überwinden und …«

»Moment!«, fuhr ich ihm in die Parade. »Der Klage-Peter wurde von einer Kugel niedergestreckt – von einer einzigen, wohlgemerkt –, und wir alle fünf sollen geschossen haben? Das ist ja wohl schlechterdings unmöglich, oder?«

»Du wagst es?«, knurrte Winnetou, und die anderen Indsmen und Werwölfe stießen ein empörtes »Uff, uff!« aus. Er schaute mich grimmig an. »Du bist der Mann, der sich der Mayer Karl, Mayer mit a y, nennt, rischtig?«

»Sieh an«, sagte ich, »du erinnerst dich also an mich. Dann entsinnst du dich vielleicht ja auch noch, was in jener Nacht geschah, als der Klage-Peter starb.«

Ich war wohl etwas vorlaut, denn erneut riefen die Indsmen und Werwölfe ein empörtes »Uff, uff!«.

»Der Mayer Karl, Mayer mit a y, beschränke seine Antworten auf ein kurzes Oui oder Non!«, forderte Winnetou erbost. »Ansonsten sollte der Mayer Karl, Mayer mit a y, Winnetou nicht mehr ins Wort fallen, sonst wird Winnetou ihm die gespaltene Zunge 'erausschneiden und sie über ihn an den Marterpfahl nageln.«

»Gespaltene Zunge?«, fragte ich verwirrt. Was meinte er denn damit? Da glaubte ich zu begreifen und sagte: »Ich hab aus Versehen in sie reingebissen, ja, aber inzwischen ist die wieder verheilt.«

»Winnetou meinte damit, dass der Mayer Karl, Mayer mit a y, ein Lügner ist.«

»Was sagst du da, du räudiger …?«, platzte es aus mir heraus, dann aber zügelte ich meine Entrüstung, und ich wies mit dem Kinn auf Tuntua. »Und was ist mit dem da, diesem Buschräuber im Lendenschurz? Der lügt doch schon, wenn er's Maul aufmacht, um zu hecheln! Aber ihm glaubst du jedes Wort, was?«

Wieder riefen die Indsmen und Werwölfe, vor allem die des Kiowa-Stammes, laut »Uff, uff!«, und ich sah dem edlen Winnetou an, dass ich ihn aus dem Konzept gebracht hatte.

Doch er erlangte seine Fassung schnell zurück und hielt dagegen: »Tuntua hat uns alles erklärt. Er ist ein Freund der Wolfs-Apachen und ließ sich nur durch die Unwahrheiten, die die weißen Männer über die Wolfs-Apachen verbreitet haben, gegen uns aufwiegeln.«

»Stimmt, jawoll!«, bestätigte Tuntua schnell und verschränkte die Arme vor der Brust.

»Ach, Quatsch mit Soße!«, sagte ich.

»Äh ... pardon?«, fragte Winnetou.

»Quatsch mit Soße!«, wiederholte ich so, dass er's verstand. »Du und dein Alter wart doch dabei, als Ratanescu Klage-Peter erschoss. Ihr habt gesehen, dass Sam, Dick, Bill und ich unsere Waffen stecken ließen.«

»Ich doch auch!«, rief Bancrott hastig. »Ich hab auch nicht geschossen!«

»Nun«, sagte Schuschuschuna sinnierend, »wenn Schuschuschuna sich das Geschehen recht in Erinnerung ruft ...«

»Und was, bitte schön, war mit den Wolfs-Kiowas?«, fragte mich Winnetou und blitzte mich dabei zornig an.

Ich reckte das Gesicht vor, soweit es die Fesseln zuließen, und sah ihn genauso scharf an: »Und wer, bitte schön, hat euch beide aus deren Gefangenschaft befreit, indem er eure Fesseln durchschnitt?«

Winnetou verschränkte die Arme vor der Brust und sagte im Tonfall völliger Überzeugung: »Es war ein Geist unserer A'nen, den uns der große Manitu schickte.«

»Und der hat dir versehentlich zuerst in den Fuß geschnitten und dann in die Hand, richtig?«

»Uff, uff!«, rief nun auch Schuschuschuna erstaunt, und während Winnetou völlig perplex war und die Arme sinken ließ, wiederholte der ganze Apachenstamm: »Uff, uff!«

»Na, wie könnte ich das wohl wissen?«, fragte ich Winnetou provozierend. »Bei dir als Gestaltwandler sind die Schnitte an Hand und Fuß sofort verheilt. Nur das Ohr ist dir nicht nachgewachsen.«

»Du 'ast Winnetou das Ohr abgeschnitten?«, rief Winnetou.

»Ihr habt Winnetou das Ohr abgeschnitten?«, fragte Sam erstaunt.

»Warum?«, riefen beide im Chor.

Ich zuckte verlegen mit den Schultern. »Tja, ein ... ein ... Versehen.«

Tuntua schrie: »Er lügen! Weißer Mann lügen! Er Feind der Wolfs-Apachen! Feind von allen Indianer-Wölfen! Apachen sollen töten weißen Lügner! Bringen zum Schweigen!«

»Tuntua möge sich nicht echauffieren!«, gebot Winnetou, dann richtete er den Blick wieder auf mich und musterte mich sehr lang. Schließlich schien er eine Idee zu haben. »Klage-Peter 'at uns erzählt, in seiner 'eimat würde man den Angeklagten befragen, um die Wahr'eit 'erauszukriegen. Er nannte das ...«

»Ein Gericht«, fiel ich ihm ins Wort. »Einen fairen, rechtsstaatlichen Prozess!«

Winnetou schüttelte den Kopf. »Er nannte es eine 'ochnotpeinliche Befragung.« Er wandte sich seinen Rudelbrüdern zu und befahl: »Holt glühende Eisen und Zangen!«

»Oh, was habt Ihr Lusche wieder angerichtet mit Eurem Geschwätz!«, rief Sam Howlin, der noch immer nichts sehen konnte. »Himmel, Blitz und Donnerbalken, kann mir mal jemand die Perücke richtig aufsetzen?«

Winnetou gab einem seiner Krieger ein Zeichen, und der rückte Sam die filzige Haarpracht auf dem Schädel zurecht.

Nun war es an mir, meinen genialen Plan in die Tat umzusetzen. »Hör zu, Winnetou! Ich habe eine bessere Idee, wie wir die Wahrheit herausfinden können. Und zwar durch einen ...«

»... Zweikampf!«, rief Schuschuschuna begeistert und nahm mir damit das Wort aus dem Munde. »Ja, ja, das machen wir!«

»Non, das machen wir nicht!«, rief Winnetou.

»Doch!«, widersprach Schuschuschuna.

»Non!«

»Schuschuschuna ist der Häuptling!«, erinnerte ihn Schuschuschuna. »Also wird gemacht, wozu Schuschuschuna Lust hat!«

Wieder rief der ganze Apachenstamm und auch die anwesenden Wolfs-Kiowas: »Uff, uff!«

Schuschuschuna setzte noch einen drauf, indem er sagte: »Howgh, Schuschuschuna hat gesprochen!«

Winnetou verdrehte entnervt die Augen, dann gab er sich geschlagen und sagte: »Nun gut, also ein Zweikampf.« Er seufzte und befahl dann: »Der Medizinmann soll einen magischen Kreis auf den Boden zeichnen, dann wird Winnetou Wolfsgestalt annehmen und ...«

»Aber das wäre doch völlig unfair!«, unterbrach ihn Schuschuschuna. »Winnetou ist viel stärker als der Mayer Karl, Mayer mit a y. Und auch schneller. Und auch um einiges klüger, wie mir scheinen mag. Nein, Schuschuschuna ist es, der gegen den Mayer Karl, Mayer mit a y, antreten wird.«

Wieder riefen Wolfs-Apachen und -Kiowas: »Uff, uff!«

Winnetou seufzte erneut: »Aber, Vater ...«

»Nix ›Aber, Vater‹!«, unterbrach ihn Schuschuschuna. »Schuschuschuna ist Häuptling!«

Erneut verdrehte Winnetou die Augen, sagte aber nichts mehr.

»Ein Zweikampf gegen Schuschuschuna?«, rief Sam und sah mich an. Da er mich endlich erkennen konnte, sagte er: »Da seid Ihr ja, Ihr Lusche. Seht aus, als wär's Euch in der Gefangenschaft gut ergangen, wenn ich mich nicht vollkommen irre.«

»Nun ja«, gab ich zu, »bei mir gab's hin und wieder etwas mehr als Wasser und Brot.«

»Gut«, brummte Sam, »dann seid Ihr jetzt hoffentlich gestärkt genug, dass Ihr um unsere Leben kämpfen könnt.«

Winnetou hob wieder die Arme und rief: »'öret, Wölfe des Apachenstammes. Der Weiße Krieger Mayer Karl, Mayer mit a y, wird gegen …«, er schüttelte den Kopf, »… Winnetous Vater Schuschuschuna kämpfen. Gewinnt Mayer Karl, sind er und seine Gefährten frei. Da er aber nicht gewinnen wird …« Er zischte mir zu: »Dafür wird Winnetou sorgen!« Dann fuhr er laut fort: »Da er aber nicht gewinnen wird, ist nach dem Duell endlich Schluss mit der ganzen Debatte, und Mayer Karl, Mayer mit a y, und die anderen weißen 'alunken werden einen noch grausameren Tod sterben, als ihnen ohnehin zugedacht war. Sind Winnetous Rudelbrüder damit einverstanden?«

Wieder rief der ganze Apachenstamm im Chor, diesmal ein begeistertes »Howgh!«.

Sodann trat Winnetou dichter an mich heran: »Kann Mayer Karl, Mayer mit a y, mit den Fäusten kämpfen.«

»Na, das weiß Winnetou doch wohl inzwischen«, sagte ich und erinnerte ihn mit einem Grinsen an die beiden Male, da ich ihn mit der Faust niederstreckte.

»Kann er schießen?«

»Wie kein Zweiter!«

»Kann er rennen?«

»Schnell wie ein Hase!«

»Finger'akeln?«

»Ich hab einen ganzen bayerischen Biergarten besiegt.«

»Schwimmen?«

»Äh …« Nun stockte ich. »Schwimmen?«

»Oh, Ihr elender Prahlhans!«, schimpfte Sam Howlin sogleich. »Warum musstet Ihr so schrecklich aufschneiden!«

Winnetou wiederholte seine Frage: »Kann der Mayer Karl, Mayer mit a y, schwimmen?«

»Äh … nein«, gab ich zu. »Jedenfalls nicht besonders gut.«

Nun war es an Winnetou zu grinsen. »Schuschuschuna ist ein ausgezeichneter Schwimmer. Er schwimmt jeden Morgen, bevor die Sonne sich er'ebt, zu dieser Insel und wieder zurück.« Er wies in Richtung des Rio Pecos, und in einiger Entfernung konnte ich im Mondschein eine kleine Insel ausmachen, auf der sich nichts anderes befand als ein alter, knorriger und blattloser Baum, der sich wie ein versteinerter Riese in die Nacht erhob.

Winnetou drehte sich nach seinen Kriegern um und verkündete, dass es zwischen Schuschuschuna und mir ein Wettschwimmen gäbe. Diesmal hielt sich die Begeisterung der Werwölfe in Grenzen. Die Wolfs-Apachen und mehr noch die Wolfskrieger des Kiowa-Stammes wollten ihren Spaß, und dazu gehörte es für sie, dass anständig Blut floss; das würde natürlich nicht geschehen, wenn die weiße Lusche, für die mich alle hielten, absoff.

»Wenn Mayer Karl, Mayer mit a y, als Erster den Baum auf der Insel im Rio Pecos erreicht, sind er und seine Gefährten frei!«, endete Winnetou. »Wenn nicht, wird Winnetous Stamm in dieser Nacht ein großes Fest mit viel 'allo feiern!«

Die Werwölfe seines Stammes antworteten ihm mit einem verhaltenen »Howgh!«.

Auf seinen Befehl hin nahm man mir die Fesseln ab, und zwei Werwölfe packten mich an den nackten Oberarmen, um mich zum Wasser zu schleifen.

Der gesamte Stamm der Wolfs-Apachen folgte mir, ebenso Tuntua und seine Wolfskrieger und auch das Geschrei Ratanescus und Sam Howlins. »Jetzt werdet Ihr ersaufen wie eine Ratte!«, schrie der eine, und ich wunderte mich, dass dieser Vergleich ausgerechnet von ihm kam. »Versaut es nur nicht wieder, Ihr elende Lusche!«, rief der andere. »Heavens, unser Leben hängt von Euren Schwimmkünsten ab!«

Von was für Schwimmkünsten Sam da nur redete?

Mein zweiter Zweikampf im Wilden Westen

Man brachte mich zum Ufer des Rio Pecos, wo die Apachen, aber auch Tuntuas Krieger Aufstellung nahmen. Inzwischen hatten sich alle in Werwölfe verwandelt, nur Schuschuschuna, Winnetou, seine Schwester Schuschischi und Tuntua nicht. Ja, und auch nicht der bunt bemalte Medizinmann, der sich ans Ufer stellte, die Arme erhoben, und anfing, irgendwelche Zaubersprüche auf Wolfs-Indianisch über das Wasser zu rufen. Was trieb dieser rote Hexer da? Was hatte er vor?

Im nächsten Moment sah ich, wie sich über dem Fluss Nebel bildete, zuerst nur leichte Schlieren, die aber immer dichter wurden, so als würde sich das Wasser in der eisigen Nacht aufheizen. Die Nebel nahmen Gestalt an, formten geisterhafte Indianerkrieger, die streng auf die versammelten Indsmen hinabblickten und sich dann in Werwölfe verwandelten, deren Lichter durch das dichter und dichter werdende Wabern glühten. Leise und verhalten hörte man ihr Jaulen, ihr Knurren, und beides vermengte sich zu einem unheimlichen Chor, der über den Fluss wisperte.

Himmel, schon bei meiner ersten Begegnung mit Schuschuschuna und Winnetou, damals noch an der Seite des Klage-Peters, hatte ich ja vermutet, dass diese Wolfs-Apachen in der Lage waren, durch irgendeinen indianischen Hokuspokus Nebel hervorzurufen. Dem war tatsächlich so!

Schließlich wurde der Nebel so dicht, dass er die Gespensterindianer und Geisterwölfe verschluckte und selbst das Glühen ihrer Wolfsaugen darin verschwand. Nichts war mehr zu sehen außer dem grauen Wabern, das über dem Fluss hing wie dicke Wolken, die sich über einem Gebirge festgesetzt hatten.

Der rote Hexer beendete seine heidnischen Beschwörungen, ließ die Arme sinken, drehte sich zu Winntou um und zwinkerte ihm zufrieden zu.

»He«, beschwerte ich mich. »Was soll denn das? Ich kann die verdammte Insel ja nicht mal mehr sehen? Wie soll ich sie da finden?«

Erneut grinste mich Winnetou an. »Winnetou 'offt doch, Mayer Karl 'at sich die ungefä're Richtung gemerkt. Wie Winnetou schon sagte, Schuschuschuna schwimmt die Strecke jeden Morgen, er würde die Insel auch blind finden.« Dann rief er laut: »Schuschuschuna und der Mayer Karl, Mayer mit a y, mögen nun ins Wasser steigen, sodass der weiße Mann um sein Leben und das seiner Kompagnons schwimme!«

Ich schüttelte entschieden den Kopf. »Das Wasser ist doch bestimmt eisekalt!«

»Da hast du recht, mein Junge«, bestätigte mir Schuschuschuna quietschvergnügt. »Da braucht man schon ein verdammt dickes Fell!«

Und damit verwandelte er sich in seine Werwolfsgestalt und sprang in die Fluten. Während ich nämlich dem Geisterzauber des Schamanen zugesehen und auf die Nebelgestalten gestarrt hatte, hatte sich Schuschuschuna, von mir unbemerkt, seines Kopfputzes und des Jagdrocks entledigt, sodass er schon seit einiger Zeit startbereit war. Nun schwamm er mit kraftvollen Zügen davon.

»He, das ist unfair!«, beschwerte ich mich.

Winnetou nickte. »Ja, ist es.«

Ich hüpfte auf einem Bein herum, um mir die Stiefel auszuziehen, was gar nicht so einfach war. »Er soll auf mich warten!«

»Er wird auf disch warten«, beschied mir Winnetou. »Am Baume auf der Insel.«

Es dauerte, bis ich auch den zweiten Stiefel vom Fuß gezogen hatte. Schuschuschuna war im Nebel nicht mehr zu sehen, und das Plätschern, das seine Schwimmbewegungen verursachten, entfernte sich rasend schnell.

Endlich war ich auch den verflixten zweiten Stiefel los, und ich hielt vorsichtig den rechten Zeh ins Wasser, zuckte aber gleich wieder zurück. »Brrrr, da geh ich nicht rein!«

Wieder mal verdrehte Winnetou entnervt die Augen, während Tuntua dröhnend lachte. »Winnetou 'at dem Mayer Karl, Mayer mit a y, den Keim des Wolfs geschenkt, als er ihn biss, auch wenn dies gewiss nicht in Winnetous Absicht lag«, sagte der Häuptlingssohn zu mir. »Winnetou staunt, dass sich der Mayer Karl, Mayer mit a y, noch nicht in einen Wolf verwandelt 'at, doch die Kraft des Wolfes ist in ihm – also sollte der Mayer Karl, Mayer mit a y, diese Kraft jetzt nutzen, um gegen Schuschuschuna zu bestehen!«

Da hörte ich Schuschischi ganz in meiner Nähe sagen: »Mein Bruder Winnetou irrt – die Kraft des Wolfes steht dem Mayer Karl nicht zur Verfügung.«

Winnetou sah sie an: »Was sagt Winnetous Schwester da?«

»Schuschischi verbannte den Wolfskeim aus seinem Leib«, gestand sie ihm, »damit sich sein Leiden am Marterpfahl nicht unnötig dahinzieht!«

Der ganze umstehende Apachenstamm rief mal wieder: »Uff, uff!«, und Winnetou stieß fassungslos hervor: »Was

’at Schuschischi getan? Sie ’at Winnetous Vertrauen missbraucht und ’ilft den Mördern Klage-Peters?«

»Der Mayer Karl hat niemanden ermordet«, nahm sie mich in Schutz, »und dennoch ist er es, der jetzt um sein Leben kämpfen muss! Das kann nicht rechtens sein!«

Wieder kam ein grollendes »Uff, uff!« aus Dutzenden von Werwolfskehlen.

Und dann sagte Schuschischi mit schüchterner Stimme, aber laut genug, dass die Umstehenden es hören konnten: »Schuschischi hat den Mayer Karl lieb.«

Alle Werwölfe um uns herum bellten: »Uff, uff, uff!«

»Oh, diese Blamage!« Winnetou wirbelte zu mir herum, starrte mich zornig an.

»Hör auf deine Schwester, Winnetou!«, riet ich ihm. »Sie sieht nicht nur verdammt gut aus, sie hat auch anständig was in der Blu… äh, im Köpfchen!«

Ich hatte mich wohl zu spät berichtigt, Winnetou musste meinen Versprecher mitbekommen haben. Seine Augen leuchteten auf einmal gelb. Mehr noch, seine Hände wurden zu gefährlichen Pranken mit spitzen Krallen, und er stürzte sich mit einem wilden Knurren auf mich.

Ich dachte, er wollte mich angreifen und zerfleischen, doch stattdessen schubste er mich – der miese Schuft! – in den Fluss.

Ich schrie auf, landete in den Fluten, und wie mit spitzen Nadeln stach die Kälte in meine Haut. Meine Muskeln verkrampften und wurden zu Stein, mein Herz drohte stehen zu bleiben, und für einen Moment, der mir vorkam wie eine kleine Ewigkeit, wusste ich nicht, wo oben und unten war.

Endlich gelang es mir, die Orientierung zurückzugewinnen, und ich durchstieß mit dem Kopf die Wasseroberfläche. Laut japsend schnappte ich nach Luft und hörte

Sam durch den Nebel brüllen: »Mayer Karl, Ihr verdammte Lusche! Ihr müsst alles geben, hört Ihr? Zeigt, dass aus Euch irgendwann mal – und wenn's in tausend Jahren ist – ein echter Westmann werden könnte!«

Und ich vernahm auch Schuschischis Stimme. Mit zorniger Verzweiflung schrie sie, begleitet vom »Uff, uff!« der Apachen-Werwölfe, Winnetou an: »Aber Schuschischi hat den Mayer Karl lieb, und Schuschischi ist fast volljährig!«

Als ich dies alles vernahm, sowohl die flehenden Worte Schuschischis als auch die beschwörenden Rufe Sam Howlins, der an meine Mannhaftigkeit und Ehre als angehender Westmann appelierte, trat eine radikale Wandlung in meinem Inneren ein. Meine Gefährten brauchten mich, vertrauten – jedenfalls sagte ich mir das – auf meine Stärke und Entschlossenheit. Sie würden sterben, wenn ich diesen Zweikampf nicht gewann, und auch ich würde diese Nacht nicht überleben.

Nun ja, es sei denn, ich nutzte dieses Wettschwimmen zur Flucht. Das war ein durchaus verlockender Gedanke, wie ich zugeben muss, doch dann wäre ich in die Annalen des Wilden Westens eingegangen als größte Lusche aller Zeiten, als Aufschneider und Gernegroß, als ein Zirkusclown wie Buffalo Bill.

Vor allem aber waren es Schuschischis Worte, die mein Herz erwärmten und die beißende Kälte aus meinem Körper vertrieben. Ja, die kleine, scharfe Squaw hatte mich wohl tatsächlich lieb, und ich wollte mich noch viele Nächte lang von ihr mit magischer Salbe einreiben lassen.

Also riss ich mich mannhaft zusammen, schwamm in den Nebel, auf einmal von glühender Energie erfüllt, die mich wärmte, und meine vom Felsenstemmen gestählten Muskeln ließen mich wie einen Aal durchs Wasser gleiten.

Immer schneller wurden meine Bewegungen – doch dann verglühte die Euphorie, die mich eben noch vorangetrieben hatte. Blitz und Donnerbalken, in dem Nebel würde ich die Insel bestimmt nicht finden, und mein Gegner Schuschuschuna kannte nicht nur den Weg dorthin in- und auswendig, sondern hatte bereits einen enormen Vorsprung. Wahrscheinlich wartete er schon am Baum auf mich, um mich zu verhöhnen.

Da hörte ich vor mir ein Plätschern im Nebel. Ich verhielt, lauschte. Tatsächlich, das Plätschern näherte sich.

Was konnte es sein? Ein Hai? Oder gab es in dieser Gegend etwa Alligatoren? Ich war auf alles gefasst und bereitete mich vor, notfalls mit bloßen Fäusten und Zähnen gegen die angreifende Panzerechse zu kämpfen.

Da aber brach die Gestalt eines graupelzigen Werwolfs vor mir aus dem Nebel. Es war Schuschuschuna, der mir entgegengeschwommen kam.

Hatte er die Insel bereits wieder verlassen und befand sich auf dem Rückweg, weil es ihm zu langweilig geworden war, am Baum auf mich zu warten?

Als er auf meiner Höhe war, schenkte er mir ein entschuldigendes Zähnefletschen und knurrte: »Schuschuschuna hat seinen Tomahawk vergessen. Komm gleich zurück!«

O gütiger Himmel! Es war, als würde mir der Große Geist seine Gnade erweisen und mir beistehen. Der strunzsenile Apachenhäuptling wollte nicht ohne sein Kriegsbeil in den Zweikampf ziehen. Dass dies weniger ein echter Kampf denn ein Wettschwimmen war, drang nicht bis in seinen Verstand durch, der offenbar nicht weniger vernebelt war als dieser Fluss.

Jetzt aber hurtig! Wieder durchflammte mich neue Energie, vertrieb Kälte und Verzweiflung. Ich schwamm,

schwamm, schwamm, obwohl meine Hoffnungen, die Insel in dieser grauen Suppe zu finden, gegen null tendierten. Nein, da war keine Chance, auf die Insel zu treffen, ich würde weit an ihr vorbeischwimmen.

Nun gut, dann war ich zumindest den Apachen-Werwölfen und dem Martertod entkommen. Sorry, Sam! Goodbye, Schuschischi!

»Aua!«, entfuhr es mir.

Ich war mit dem Kopf gegen einen Felsen gestoßen, und als ich unwillkürlich die Schwimmbewegungen einstellte, hatte ich plötzlich festen Grund unter den Füßen.

Ich erhob mich, sah mich um – und erkannte, dass ich am Ufer einer kleinen Insel stand.

Und da – im Nebel vor mir erhob sich der alte, knorrige Baum, der seine blattlosen, toten Äste in die Nacht streckte wie ein Gespenst seine geisterhaften Hände. Das Licht des Mondes sickerte so weit durch den Nebel, dass ich den alten Baumriesen darin einigermaßen deutlich ausmachen konnte. Er mutete unheimlich an, wie ein lebendes und doch totes Wesen, das diese Insel beherrschte und darauf wartete, dass sich ein wehrloses Opfer auf dieses einsame Eiland verirrte.

Ansonsten wuchs kein Busch, kein Grashalm; der Boden bestand nur aus felsigem Grund. Alles Leben schien von diesem Fleckchen Erde geflohen zu sein, als wäre es verflucht und als würden hier irgendwelche dämonischen Totengeister ihr Unwesen treiben.

Frierend und schlotternd und am Ende meiner Kraft schleppte ich mich an Land und auf den Baum zu, obwohl er mir so unheimlich erschien. Doch all die Geschichten über grausame Baumgeister, die ich aus meiner deutschen Heimat kannte, über lebende Bäume, die mit ihren Ästen arglose Wanderer erwürgten oder zerrissen, konnten mich in meiner Lage nicht mehr schrecken, dafür setzten mir Kälte und Erschöpfung zu sehr zu.

Als ich meine Handfläche auf die vernarbte Rinde des Baumes schlug, entfuhr mir ein einziges Wort, in dem all die Erleichterung mitschwang, die ich in diesem Augenblicke empfand:

»Erster!«

»Erster!«, rief Schuschuschuna voll siegessicherer Freude, als er aus dem Flusse stieg, in Werwolfsgestalt, mit klitschnassem Fell, aus dem das Wasser lief, und seinen geliebten Tomahawk in der Hand.

»Nix da Erster!«, rief ich ihm entgegen. »Ich warte schon seit einer halben Ewigkeit auf dich und frier mir hier die Klöten ab!«

Tatsächlich hatte ich ganz schön gebibbert, während ich auf den Apachenhäuptling gewartet hatte, mit nichts am Leib als der durchnässten Leggins. Ich hatte mich am Stamme des alten Baumes niedergehockt, die Arme um die angezogenen Knie geschlungen und mit den Zähnen geklappert wie ein Knochenmann um Mitternacht im Spukschloss eines englischen Grafen. Nun aber erhob ich mich, sodass mich der greise Werwolfshäuptling trotz der Nebelschwaden, die auch über das trostlose Eiland krochen, erspähte.

»Mayer Karl, Mayer mit e y!«, drang es erstaunt und ungläubig aus Schuschuschunas Wolfsrachen.

»Mit a y!«, verbesserte ich ihn.

»Was macht der Mayer Karl hier? Sollte er nicht am Marterpfahl enden?«

»Wir hatten einen Wettstreit«, erinnerte ich ihn.

»Einen ...« Er besannt sich. »Ja, einen Zweikampf!«

Dann knurrte er drohend. »Wie hat der Mayer Karl das geschafft? Wie konnte er die Insel im Nebel finden?«

Ich zuckte mit den Schultern. »Glück gehabt!«

»Nein, es war kein Glück«, knurrte Schuschuschuna. »Es war ein böser Geist, der dir geholfen hat!«

Der Werwolfshäuptling war wie ausgewechselt. Im Grunde doch ein liebenswerter Tollpatsch, war er nun aufs Äußerste ergrimmt, dass er den Zweikampf verloren hatte, und das auch noch in einer Disziplin, von der er angenommen hatte, darin unschlagbar zu sein.

In seiner mächtigen Werwolfsgestalt stand er da, Nebelschwaden umwaberten ihn wie die Rachegeister von Verstorbenen, die ihn unterstützen wollten, und seine Lichter glühten zu mir herüber. Dann hob er den Arm, holte aus und schleuderte den Tomahawk.

Erschrocken trat ich zurück, rutschte dabei mit dem nackten Fuß auf einem Steine aus, und dies rettete mir das Leben. Ganz dicht sauste das Kriegsbeil an meinem Gesicht vorbei, schnitt sogar noch ein herausragendes Nasenhaar ab und schlug hinter mir in den Stamm des alten Baums.

Täuschte ich mich, oder hörte ich tatsächlich einen verhaltenen Klagelaut, der aus dem Stamme drang?

Ich hatte keine Zeit, dies zu eruieren, denn schon stürmte der wütende Werwolf knurrend auf mich zu.

Ich ließ ihn kommen, duckte mich unter seinem Prankenhieb hinweg, gab ihm einen Schlag auf die Niere, und als er einen Schritt zurücktaumelte, nahm ich genau Maß und drosch ihm die Faust auf die Schnauze.

Er zuckte zurück, knurrte böse, dann griff er erneut an. Seine Krallen durchschnitten vor mir die kalte, neblige Luft, als ich vor seinen Schlägen zurückwich.

Er verharrte, starrte mich aus seinen glühenden Wolfsaugen an, voller Zorn, voller Wut, erfüllt von dem Willen, mich zu zerfleischen, dann sprang er auf mich zu, biss nach mir, doch ich duckte mich wieder weg und schaffte es, an ihm vorbeizuhuschen und in seinen Rücken zu gelangen, um ihm erneut einen Faustschlag auf die Niere zu setzen.

Er heulte auf, wirbelte herum, um wieder mit den Pranken nach mir zu schlagen. Da versenkte ich meinen rechten Fuß tief in seinen Lendenschurz.

Er jaulte und heulte zugleich, fiel auf die Knie – und zum zweiten Mal nahm ich genau Maß, doch diesmal war der Hieb, mit dem ich ihm die Faust gegen die Schnauze rammte, noch um einiges härter.

Das Glühen in seinen Augen wurde zu einem Flackern und erlosch, und er kippte betäubt zu Boden.

Ich hatte ihn mit bloßen Fäusten gefällt, und das, obwohl ich diesmal keine Silberkugeln in den Händen verbarg. Ich will ehrlich sein und nicht übertreiben: Ich war verdammt stolz auf mich!

So, auch das war erledigt. Und was nun? Würden sich die Apachen an die getroffene Absprache halten, oder hatte sich Winnetou ebenfalls ein Hintertürchen offengehalten, so wie Tuntua bei meinem Zweikampf mit Blitzkralle?

Nein, das glaubte ich nicht. Winnetou war edel und aufrichtig, das hatte ich ihm von Anfang an angesehen. Ein Mensch wie ich, der selbst edel und aufrichtig ist, erkennt es, wenn er seinesgleichen trifft.

Aber wie kam ich von dieser Insel wieder herunter? Es fiel mir nicht ein, mich noch einmal ins eisekalte Wasser zu begeben. Ich wäre bestimmt erfroren oder auf halber Strecke abgesoffen.

Ich hockte mich nieder, bibberte und klapperte erneut mit den Zähnen, in der Hoffnung, dass bald jemand kommen würde, um Schuschuschuna und mich abzuholen.

Tatsächlich musste ich noch einige Zeit warten, bis endlich jemand kam. Und dieser Jemand war kein Geringerer als Winnetou selbst.

Der Nebel, durch den Zauber des roten Hexers hervorgerufen, hatte sich verflüchtigt, und so sah ich den Häuptlingssohn bereits aus einiger Entfernung in einem Kanu auf die Insel zupaddeln. Er sprang auf den letzten Metern ins Wasser und zog das Kanu ans Ufer. Dann erst blickte er sich um, sah mich frierend am Baume hocken und seinen bewusstlosen Vater in einiger Entfernung von mir am Boden liegen.

Ich stand auf und hob beschwichtigend die Hände: »Nicht, dass du schon wieder glaubst, ich hätte deinen Alten kaltgemacht. Ich bin es, der allmählich vor Kälte erstarrt – Schuschuschuna aber lebt!«

»Uff, uff!«, rief Winnetou. »Was für ein Malheur! Der Mayer Karl 'at Winnetous Vater besiegt, den großen Schuschuschuna?«

»Wie du siehst.«

»Und 'at ihn erneut niedergeschlagen?«

»Er griff mich an – mit seinem Tomahawk! Dort steckt er im Baum!« Als ich einen Blick dorthin warf, sah ich, dass etwas aus der Rinde sickerte, dort, wo das Kriegsbeil in den Stamm geschlagen war. Heavens, es sah aus wie Blut!

Winnetou trat auf mich zu. »Der große Geist muss Mayer Karl ge'olfen haben.«

»Der große und nicht der böse Geist?«, fragte ich misstrauisch nach.

»Nein, der große gute Geist!«, beteuerte Winnetou. »Sonst 'ättest du den großen Schuschuschuna, den besten Schwimmer unseres Stammes, nicht besiegen können. Der große Geist verwirrte Schuschuschunas Geist, damit er zurückkomme zum Lager der Apachen und seinen Toma'awk

’ole. Der große Geist wollte, dass der Mayer Karl, Mayer mit a y, den Kampf gewinnt, denn er erkennt in Mayer Karl einen ehrlichen, guten Mann und einen Freund der Wolfs-Apachen!«

»Erkennt Winnetou dies auch in dem Mayer Karl?«

»Ja, Winnetou erkennt es auch«, sagte er. »Winnetou hat es gleich gesehen, als er den Mayer Karl zum ersten Mal erblickte. Da war nur Aufrichtigkeit und Freundschaft in seinen Augen. So wie jetzt.«

»Ja, verdammt noch mal!«, rief ich erbost. »Und warum dann der ganze Scheiß hier?«

Winnetou zuckte mit den Schultern. »Auch Winnetou kann irren.«

»Hmm«, murrte ich.

»Winnetou bittet seinen weißen Freund Mayer Karl um Pardon!«

Ich machte eine wegwerfende Handbewegung. Es hatte keinen Sinn, sich über das aufzuregen, was geschehen war. »Pardon gewährt.«

»Will denn der Mayer Karl Winnetous Freund sein?«, fragte er.

»Ja, das will ich!«

»Sein Wolfsbruder?«

»Von ganzem Herzen!«

»Und ihn lieb ’aben, so wie Winnetou den Mayer Karl lieb ’at?«

»Äh … nun …« Das schien mir eine sehr liebesbedürftige Familie zu sein, und ich fragte mich, ob Winnetou die Umschreibung »lieb haben« ebenso weit fasste wie seine Schwester.

Winnetou nahm mein Gestammel als Bestätigung und umarmte mich, wie ein Bruder einen Bruder umarmt. Dann sagte er:

»So lass uns zum Lager der edlen Wolfs-Apachen zurückkehren und unsere Wolfsbruderschaft beschließen, Mayer Karl!«

Ich hatte keine Ahnung, was genau er damit meinte, doch ich hatte wohl keine Wahl, als seinem Wunsche nachzukommen.

Teil 5
Wolfsbrüder

Das Ende eines Jammerlappens

Winnetou und ich brachten den bewusstlosen Schuschuschuna ins Kanu und machten uns sodann auf den Weg zurück zur Siedlung der Apachen.

Wir waren auf dem Fluss, als Schuschuschuna wieder erwachte und sich in seine Indianergestalt zurückverwandelte. Er war mir nicht mehr gram, dass er den Zweikampf verloren hatte, schien sich nicht einmal mehr daran zu erinnern, sondern blickte sich um und sagte: »Eine Bootsfahrt bei Nacht? Wie schön!«

Winnetou, der das Paddel mal links, mal rechts ins Wasser tauchte, erklärte ihm, dass ich es gewesen war, der ihn und seinen Sohn aus der Gefangenschaft der Wolfs-Kiowas befreit hatte, doch Schuschuschuna schien nicht mal zu begreifen, wovon die Rede war.

Wir gelangten beim Apachenlager an, wo sich die Pyramidenburg der Werwölfe majestätisch und unheimlich im Schein des Mondes erhob. Das Unwetter, das im nahen Gebirge festgehangen hatte, als man mich zum Marterpfahl brachte, hatte sich inzwischen ausgetobt.

Wir stiegen aus dem Kanu, wobei ich Schuschuschuna helfen musste, weil er fast ins Wasser gefallen wäre. Sodann hob Winnetou die Arme und rief: »Der Mayer Karl, Mayer mit a y, 'at das Duell gewonnen! Er und seine Gefährten sind frei!«

»Uff, uff!«, erwiderten die Werwölfe enttäuscht.

Nur eine aus dem Stamm der Wolfs-Apachen empfing

mich mit größter Freude. Es war Schuschischi, die auf mich zustürmte und mich in die Arme schloss. »Der Mayer Karl hat den Kampf gewonnen, aber er hat Schuschuschuna kein Leid zugefügt! Wie stark und edel der Mayer Karl doch ist!«

Ich schenkte ihr ein verwegenes Grinsen. »Hast du denn je an mir gezweifelt, Babe?«

Da küsste sie mich, wollte mir einen Schmatzer auf die Wange geben. Ich aber drehte den Kopf blitzschnell so, dass sie meinen Mund traf, und erwiderte ihren Kuss wie ein echter Westmann, öffnete ihre Lippen mit meiner Zunge, verkrallte meine Hände in ihre Pobacken und drückte das heiße Mädel gegen meine erwachende Männlichkeit.

Während sich Schuschischi ein wenig sträubte – nun, sie sträubte sich sogar sehr, was aber sicherlich nur gespielt war –, stießen der ganze Apachenstamm und auch die umstehenden Wolfs-Kiowas wieder mal ein – diesmal überraschtes – »Uff, uff!« aus.

Winnetou zerrte mich von seiner Schwester weg. »Mein weißer Bruder bezähme sich. Winnetou versteht seinen Freudentaumel, doch es ist Winnetous Schwester, die er begrapscht!«

Wir begaben uns zu den Marterpfählen, Winnetou, Schuschischi – die ihr zerknittertes Lederkleidchen wieder glatt strich – und ich, und die Werwölfe und Indianer folgten uns, unter ihnen ein verdrießlich blickender Tuntua.

Als Winnetou den Gefangenen erklärte, dass er ihr Leben schonen würde, waren das Hallo und die Freude groß. »Habe immer gesagt, dass auf Euch Verlass ist, Old Silverhand, alter Junge!«, behauptete Sam, als man ihm die Stricke abnahm. »Seid ein Prachtbursche von einem Westmann! Ich verehre und liebe Euch!«

»Das hörte sich aber vor einer Stunde noch anders an«, erinnerte ich ihn.

Da schlug er mir auf die nackte Schulter. »Nehmt es einem alten Kauz wie mir nicht übel, wenn er hin und wieder seine Ausfälle hat. Auch ich kann mich ja mal irren, wenn ich mich nicht irre, hihihi!«

Nun ja, ein wenig böse war ich schon noch auf Sam. Aber ich nahm seine Worte als Entschuldigung. Außerdem dürfen zwischen echten Westmännern schon mal die Fetzen fliegen und mitunter auch mal Blei.

Also sagte ich nichts mehr, sondern rückte ihm die Perücke, die ihm wieder verrutscht war, zurecht. Er gab mir dafür einen feuchten Kuss auf die Wange, und da war auch ich mit ihm versöhnt.

Bancrott stiefelte mit mürrischer Miene ohne ein Wort an mir vorbei. Ich rief ihm nach: »Wollt Ihr Euch nicht auch bei mir für Eure Rettung bedanken, Mr. Bancrott?«

Er drehte sich zu mir um und maulte: »Ich zahle Euch Euer Gehalt, ist das nicht Dank genug? Dabei sind wir mit der Bahnvermessung keinen Meter vorangekommen, weil Ihr irgendwo in diesem Apachendorf herumgefaulenzt und Euch von den Weibern der Wilden habt verwöhnen lassen!« Damit ging er weiter und klagte: »Was wird jetzt nur aus meiner schönen Eisenbahn? Ach, ich brauche jetzt 'nen Drink!«

Als Unternehmer war er eine Pfeife, dabei hatte er doch – das musste man ihm lassen – durchaus die richtigen Veranlagungen.

»He, und was ist mit mir?«, rief Ratanescu, noch immer am Marterpfahl stehend, denn keiner der Apachen-Werwölfe brachte es über sich, dem feigen Mörder Klage-Peters die Fesseln abzunehmen. »Silverhand, guter Freund! Bindet mich los, ich bitt Euch drum! Hatten wohl einige Meinungsverschiedenheiten, ich gesteh's. Auch ich hab mich in Euch geirrt, so wie der Howlin' Sam. Doch wenn Ihr diesem übel riechenden Skunk verzeihen könnt, dann doch bestimmt auch dem guten, alten Ratten-Jim.«

»Es macht Winnetous Herz schwer, dass wir auch den Mörder Klage-Peters freilassen müssen«, sagte der Häuptlingssohn verdrießlich. »Darüber kann er partout nicht glücklich sein. Das Bleichgesicht 'ätte den Tod tausendfach verdient.«

Ich aber winkte ab. »Ach was, den schenk ich euch. Macht mit dem Kerl, was ihr wollt!«

Da legte mir Winnetou die Hand auf die Schulter und sagte: »Der Mayer Karl ist ein guter Mann!« Und laut rief er: »Der Mörder Klage-Peters wird in dieser Nacht einen qualvollen, grausamen Martertod sterben! Sind Winnetous Rudelbrüder damit einverstanden?«

»Howgh! Howgh!«, riefen die Apachen begeistert.

»Silverhand, du elender Hund!«, rief Ratanescu, der meine Worte vernommen hatte. »Das werde ich dir nie – niemals! – vergessen!«

»So viel Zeit ist dir auch nicht mehr vergönnt«, murmelte ich grinsend.

Sodann wurde alles für den Martertod Ratanescus vorbereitet. Die Wolfs-Apachen schafften Wurfbeile und Messer herbei. Ich sah die begierige Freude in ihren Lichtern. Alle sehnten das Spektakel herbei.

»Werdet sehen«, sagte Sam zu mir, mit einem breiten Grinsen im Gesicht. »So eine Marterei ist eine tolle Sache, wenn ich mich nicht irre. Da gibt es ein Riesenhallo und viel Gebrüll und Schmerzensgekreische, und anschließend ist der Dirigent tot.« Er meinte Delinquent.

Auch bei ihm sah ich ein erwartungsvolles Glitzern in den Augen, auch er freute sich auf das Schauspiel.

Inzwischen brachte man uns unsere Klamotten, und als ich dann mein Hemd und meine Jacke wieder anzog, ertastete ich in der Brusttasche meines Hemdes etwas. Ich griff hinein und zog ein verschrumpeltes, hässliches Etwas hervor.

Winnetou sah es und rief: »Uff, uff! Es ist Winnetous Ohr!«

»Äh … ja …«, stammelte ich. »Hab's dir ja abgeschnitten, als ich dich und deinen Vater befreit hab.«

Winnetou starrte auf das vertrocknete Ding in meiner Hand. »Aber … warum? Winnetou begreift nicht, warum der Mayer Karl das getan hat!«

Es war Sam Howlin, der mir aus der Patsche half, indem er sagte: »Ach, der gute Old Silverhand hatte dich doch von Anfang an lieb gewonnen. Da wollte er etwas von dir haben, das er ständig bei sich tragen kann. Sozusagen um dich immer dabei zu haben, wenn ich mich nicht irre.«

»Ah«, sagte der Wolfs-Apache da, »Winnetou versteht. Der Mayer Karl ist ein wirklich guter Freund.« Er sah Sam an und dann wieder mich: »Seine Freunde nennen den Mayer Karl, Mayer mit a y, Old Silver'and. Auch Winnetou ist sein Freund und wird ihn fortan ebenso nennen.«

»Nein, nein«, winkte ich ab. »Vergiss den Silverhand-Unsinn. Mayer Karl ist ein schöner Name, den hab ich gern.«

Er aber schien mich nicht gehört zu haben, sondern legte mir die Hand auf die Schulter und sprach: »Old Silver'and und Winnetou wollen Wolfsbrüder werden. In der kommenden Nacht, nachdem wir die Leiche Klage-Peters zu Grabe getragen 'aben, werden wir eine entsprechende Zeremonie ab'alten. Winnetous Vater Schuschuschuna wird nichts dagegen 'aben. Im Gegenteil, er wird sich sehr freuen. Wenn er's denn begreift. Old Silver'and wird dann wie Winnetou sein und Winnetou wie Old Silver'and.« Er nickte entschlossen, dann sagte er: »Doch 'eute Nacht wollen Winnetou und seine Brüder nur ihren Spaß 'aben!«

Damit gab er Zeichen, dass man damit beginnen möge, Ratanescu langsam und qualvoll in die Ewigen Jagdgründe zu befördern.

Schuschischi stand noch neben mir, und ich flüsterte ihr zu: »Ihr habt Klage-Peters Leiche noch immer nicht verbuddelt?«

»Wir wollten ihn erst begraben, nachdem auch sein Mörder den Tod gefunden hat«, erklärte sie mir. »Aber«, sagte ich, »er muss doch nun ganz schön stinken!«

Sie nickte traurig. »Ja, und sein Leichnam bietet auch keinen schönen Anblick mehr.«

Nun, andere Länder, andere Sitten. »Und was meint dein Bruder damit, dass wir Wolfsbrüder werden?«

»Oh, das ist eine große Ehre für dich«, antwortete Schuschischi und strahlte mich an. »Warte es ab.«

Ich warf Sam Howlin einen fragenden Blick zu. Der murrte nur: »Die Sache habt Ihr elende Lusche Euch selbst eingebrockt, wenn ich mich nicht irre.«

Viele Wolfs-Apachen, aber auch einige der Kiowas, die sich die Schau nicht entgehen lassen wollten, hatten sich in einem großen Halbkreis um den Marterpfahl aufgestellt, an den Ratanescu gebunden war und sterben sollte. Sam und ich standen in vorderster Reihe und hatten einen wirklich guten Platz ergattert.

Schuschischi jedoch war gegangen, was ich sehr bedauerte, denn ich hätte während der Marterung gern weiterhin Händchen mit ihr gehalten. Sie aber hatte mir erklärt: »Auch wenn der Mörder Klage-Peters den Tod verdient hat, Schuschischi will sich das grausame Spektakel nicht ansehen, und auch der Mayer Karl sollte dies nicht tun.«

»Warum das denn nicht?«, fragte ich verdutzt. »Ich hab schon bei vielen Hinrichtungen zugeschaut, war aber noch nie bei einer Indianermarterung dabei. Das wird bestimmt sehr interessant.«

»Ja, so eine Marterung ist eine tolle Sache«, bestätigte Sam Howlin. »Wenn die Rothäute den Delinquenten mit Messern, Tomahawks und Pfeilen spicken, krieg ich jedes Mal eine echte Gänsehaut, hihihi!«

Schuschischi aber konnte über unsere – doch völlig normale – Einstellung nur den Kopf schütteln. Sie wandte sich ab und zwängte sich durch die herbeiströmenden Zuschauer davon, und ich glaubte noch zu hören, dass sie abermals verächtlich »Männer!« zischte.

»Was hat die Kleine denn?«, fragte mich Sam verwundert und kratzte sich die verlauste Perücke.

»Offenbar findet sie keinen Gefallen an einer solchen Marterung.« Ich zuckte mit den Schultern. »Wer versteht schon die Frauen!«

»Dennoch ist die Kleine ein heißer Feger«, sagte Sam, »scharf wie das Gras der Prärie, wenn ich mich nicht irre.« Er kicherte. »Habt Ihr bereits …? Na, Ihr wisst schon, den kleinen Wolf versteckt? Den Marterpfahl eingelagert? Die Friedenspfeife gestopft?«

Ich tat empört. »Ich bitte Euch, Sam! Bedenkt ihre Jugend!«

»Ach was!«, sagte er und machte eine wegwerfende Geste mit der Hand. »Bei den Wilden zählt das nicht, da könnt Ihr ganz entspannt sein!«

Tatsächlich beruhigten mich seine Worte ungemein. Ich hatte tatsächlich schon befürchtet, etwas Unanständiges mit ihr getrieben zu haben, doch Sam hatte recht: Wir befanden uns unter Wilden und brauchten uns hier nicht als Christenmenschen aufzuführen.

Alles hatte sich am Marterpfahl versammelt, an den Ratanescu mit magischen Riemen gebunden war. Damit auch wir Nicht-Werwölfe kein Detail des folgenden Spektakels verpassten, hatte man rechts und links Holzstöße errichtet und in Brand gesteckt, sodass für genügend Helligkeit gesorgt war.

Winnetou trat vor, hob die Arme und sprach: »Meine Rudelbrüder vom Stamme der Wolfs-Apachen! Liebe Gäste! Wir 'aben uns 'eute 'ier versammelt, um den Tod Klage-Peters zu rächen, der für uns …«

»Den Quatsch hatten wir doch schon!«, fiel ihm Ratanescu ins Wort. »Mach endlich hinne und spar dir das Geseiere!«

Winnetou warf ihm einen bösen Blick über die Schulter zu, sprach dann aber weiter: »Ja, der Klage-Peter war ein schwermütiger Jammerlappen, und vielleicht ging sein ewiges Gegreine dem ein oder anderen ge'örig auf den Geist. Doch aus ihm sprach der Große Manitu, um uns zu sagen, wie schlecht und düster die Welt doch ist, dass der Rote Mann ausgerottet werden wird und ohne'in alles umsonst ist. Er lehrte uns, dass es besser ist, den Kopf in den Sand zu stecken, statt sich erfolglos gegen das Schicksal auflehnen zu wollen und …«

»Oh, ich kann es nicht mehr ertragen!«, unterbrach ihn Ratanescu erneut. »Ist das schon die Marter? Fasel mal weiter, dann fang ich gleich an zu schreien! Das Gelaber ist ja unerträglich!«

»Er lehrte uns«, fuhr Winnetou fort, »dass alles Streben auf dieser Welt umsonst ist und keinen Bestand 'at. Es gibt keine 'offnung für unser Volk, dem Untergang noch zu entkommen, keine 'offnung auf…«

»Bla – bla – bla – bla!«, rief Ratanescu. »Sülz, schwafel, laber!«

Winnetou war so erzürnt, dass er es nun kurz machte: »Darum 'at dieser Schweine'und den tausendfachen Tod verdient. Winnetous Rudelbrüder mögen mit der Marter beginnen! 'owgh!« Sein »Howgh!« hörte sich an wie ein »Au!«.

»Howgh!«, rief der ganze Stamm, während sich Winnetou zu Sam, Dick, Bill und mir gesellte.

»Kann's jetzt losgehen?«, stöhnte Ratanescu.

Es ging los. Einige Krieger, die wieder Menschengestalt angenommen hatten, nahmen Aufstellung vor dem Marterpfahle. Sie hielten blitzende Messer in den Händen und warfen sie nach Ratanescu. Dicht neben seinen Armen schlugen sie ins Holz und blieben im Marterpfahl stecken.

Ratanescu aber zuckte nicht einmal zusammen, stattdessen sah ich im tanzenden Schein der brennenden Holzstöße sein freches Grinsen. Dann schaute er auf die Messer links und rechts seines Leibes, machte große Augen, tat erstaunt und rief: »Was ist denn mit euch los, ihr Flaschen? Ich dachte, ihr seid echte Indianer! Könnt ihr nicht mal mit euren Messerchen treffen? Ist die Entfernung zu groß? Dann kommt mal näher, ihr Blindschleichen!«

»Uff, uff!«, riefen die Wolfs-Apachen empört, und Winnetou gab ein böses Knurren von sich. Auf sein Zeichen hin flirrten erneut scharfe Klingen durch die vom Feuerschein erhellte Nacht.

Mit einem »Tack-tack-tack-tack!« schlugen sie links und rechts von Ratanescus Händen in den Marterpfahl, so dicht, dass sie dem Ratten-Jim um ein Haar die kleinen Finger und die Daumen abgesäbelt hätten. Der Vampir aber gab sich völlig unbeeindruckt, lachte und rief: »Fast getroffen ist auch daneben, ihr verlausten Hunde. Ihr seid wirklich nur nachgemachte Indianer und so blind wie Grottenolme!«

Ein weiterer Apachenkrieger warf sein Messer. Obwohl die Beine des Ratten-Jims dicht zusammengebunden waren, bohrte sich die Klinge zwischen seine Oberschenkel, ohne den Stoff seiner Leggings auch nur zu ritzen, so weit oben, dass es ihn fast die Männlichkeit gekostet hätte.

Zitternd blieb das Messer zwischen seinen Beinen im Marterpfahl stecken. Ratanescu senkte den Blick und höhnte dann: »Seht nur, jetzt hab ich vor Aufregung 'nen Ständer bekommen! Hehehe, das ist mir seit Jahrhunderten nicht mehr passiert!«

Winnetou gab einen wütenden Befehl, der an das Bellen eines wilden Hundes erinnerte, und erneut warfen seine Krieger im Feuerschein blitzende Messer nach Ratanescu. Diesmal zielten sie auf seinen Leib und nicht mehr daneben.

Die scharfen Klingen hagelten in seine Beine, doch der Ratten-Jim lachte erneut. »Jetzt habt ihr ja endlich mal getroffen! Gratuliere! War das auch Absicht, he? Und was nun? Wollt ihr mich zu Tode kitzeln, oder was? Jetzt legt mal 'nen Zahn zu, sonst sterb ich noch vor Langeweile!«

Daraufhin zielten die Krieger auf seine Arme, allerdings mit dem gleichen Erfolg. »Oh«, höhnte Ratanescu. »Das tat jetzt aber weh! Aua, aua!« Und wieder lachte er. »Habt ihr Luschen denn nicht mehr drauf? Ist das etwa alles, was ihr Flachpfeifen zu bieten habt?«

Nun wurde er mit Tomahawks beworfen, deren Schneiden im Licht der Feuer orangefarben aufblitzten und sich tief in sein bleiches Fleisch gruben und ihm die Unterarmknochen und Rippen zertrümmerten.

»Oh, was seid ihr doch für Weicheier!«, rief Ratanescu. »Ich habe noch die Heilige Inquisition erlebt, das waren wahre Meister der Folter. Ihr aber seid Nieten, Versager, armselige Amateure!«

Daraufhin wurde der Ratten-Jim richtiggehend mit Waffen gespickt, mit Messern, Tomahawks und Pfeilen. Die einzige Reaktion des Gemarterten war jedoch weiterhin höhnisches Gelächter und Spott. »Ihr wollt Indianer sein? Dass ich nicht lache! Ihr erbärmlichen Flaschen! Ist schon ein Wunder, dass ihr überhaupt auf zwei Beinen gehen könnt!«

Winnetou an meiner Seite wurde immer wütender. Er gab zweien seiner Krieger ein Zeichen, die in Werwolfsgestalt auf Ratanescu zutraten und ihm die Pfeile, Kriegsbeile und Messer aus dem Leib rissen, wobei sie diese noch in den Wunden drehten und an einigen heftig ruckelten, um sie aus den Knochen zu lösen.

Sodann bearbeiteten sie Ratanescu mit ihren Wolfspranken, fetzten ihm die bleiche Haut vom Leib, fügten ihm so tiefe Wunden zu, dass ihre Krallen dabei mit hässlichem Kratzen über seine Knochen schabten.

Als sie jedoch von ihm wegtraten, um ihren Rudelbrüdern ihr Werk zu präsentieren, sah ich im flackernden Feuerschein, wie sich Ratanescus Wunden in Sekundenschnelle schlossen und verheilten, ohne dass auch nur eine Narbe zurückblieb.

Natürlich, er war ja längst kein Mensch mehr – wenn man seinen Worten bezüglich der Inquisition und seiner letzten Erektion glauben durfte, schon seit Jahrhunderten nicht mehr –, sondern ein Vampir, dem derartige Verletzungen nichts ausmachten.

Vorhin hatten die beiden Werwölfe den Blick auf ihn verstellt. Als nun wieder sein Gesicht zum Vorschein kam, erkannte jeder, dass die Laute, die er ausstieß, als man ihn mit Werwolfskrallen bearbeitet hatte, nicht etwa Äußerungen des Schmerzes gewesen waren, sondern gurgelndes Gelächter.

»Ihr wollt mich also tatsächlich zu Tode kitzeln!«, rief er. »Oh, was seid ihr doch für ein erbärmlicher Haufen elender Kläffer! In meiner Heimat halten wir Pinscher wie euch als Hofhunde, um unsere Burgen zu bewachen! Dafür gibt's dann hin und wieder einen Knochen. Zu mehr seid ihr nicht nutze, und mehr seid ihr auch nicht wert, ihr Luschen!«

Da wurde es Winnetou zu viel. Er rief einen Befehl im Dialekt der Wolfs-Apachen, woraufhin man den Ratten-Jim vom Marterpfahle schnitt. »Was ist denn nu?«, höhnte der. »Ist der Spaß schon vorbei?«

Doch als die Werwölfe ihn dann zum Fluss zerrten, begriff Ratanescu, was Winnetou beabsichtigte, und plötzlich war es vorbei mit Spott und Hohn; auf einmal packte ihn die nackte Angst. »Nein, nicht der Fluss!«, rief er. »He, wartet mal! Nein, nein! Ich flehe euch an, nicht der Fluss!«

Winnetou, Sam, ich und der Apachen-Stamm sowie die anwesenden Wolfs-Kiowas folgten Ratanescu und seinen Häschern, wobei einige der Werwolfs-Apachen brennende Fackeln mit sich führten, deren flackernder Schein über das Ufer huschte.

Ratanescu geriet richtiggehend in Panik, strampelte zuerst mit den Beinen, stemmte dann verzweifelt die Hacken in den Boden und versuchte sich aus dem Griff der beiden Werwölfe zu befreien, doch die hielten ihn fest umklammert.

»Alles, nur das nicht!«, schrie er mit kreischender

Stimme und versuchte nach seinen Häschern zu beißen, was ihm allerdings nicht gelang, da ich ihm ja die Zähne ausgeschlagen hatte.

»Ich bereue!«, schrie er in höchster Not. »Ich bereue! Tut mir alles ganz, ganz, ganz schrecklich leid! Ich schwör's bei meiner unverdorbenen, reinen Seele!«

Um irgendetwas zu bereuen, war es längst zu spät. Die beiden Werwölfe gelangten mit ihm am Ufer an, fassten ihn an Armen und Beinen, holten aus, nahmen ein paarmal Schwung, während er schrie: »Nein, nicht ins Wasser! Nicht ins Wasser!«, und warfen ihn dann wie einen Sack in den Rio Pecos.

Da sah ich mit eigenen Augen, welch verheerende Wirkung fließendes Wasser auf einen Blutsauger hat.

Es brodelte und zischte dort, wo der Ratten-Jim untergegangen war. Als sein Kopf wieder zum Vorschein kam, war sein Gesicht wie verätzt; da sich der magische Nebel längst verzogen hatte, konnte ich es im Licht des Mondes und im Schein der Fackeln, die einige der Apachen-Werwölfe bei sich trugen, deutlich sehen.

Ratanescu schrie und kreischte vor Pein, während sich zuerst die Haut von seinem Gesicht löste und dann das Fleisch vom Schädel.

Die Haare fielen ihm büschelweise aus, die Kopfhaut platzte weg, und darunter kam der blanke Knochen zum Vorschein. Er hob eine Hand aus dem Wasser; sie war schon weitestgehend skelettiert.

Das schmerzerfüllte Kreischen und Jammern des Blutsaugers hielt an, während ihn der Fluss von uns wegtrug. Da sprach Winnetou zu mir: »Er schreit und winselt wie das Weib des Weißen Mannes, wenn der das 'aus'altsgeld versäuft. Will mein Bruder Old Silver'and diesem unwürdigen Spektakel ein Ende machen?«

Mit diesen Worten reichte er mir eine der Rifles aus Ratanescus eigenen Beständen, ein Gewehr, das mit einer Silberkugel geladen war. Ich nahm sie mit einem stummen Nicken entgegen, legte an und zielte genau. Der Ratten-Jim war von der Strömung schon gut hundert Meter weggetragen worden, nur sein inzwischen blanker Schädel blitzte aus dem brodelnden Wasser hervor und schien inmitten der schwarzen Fluten fahl im Mondlicht zu leuchten. Doch trotz der zunehmenden Entfernung traf mein Schuss genau.

Knochensplitter und blutleeres Gehirn flogen umher, dann war Schluss mit dem Ratten-Jim und seinem unwürdigen Gekreische.

Winnetou nickte anerkennend, als ich die Rifle sinken ließ. »Old Silver'and ist ein guter Schütze.«

Das war es, das gar unrühmliche Ende des Ratten-Jim, und mehr ist darüber nicht zu berichten, da es so gänzlich glanzlos war. Richtige Freude war unter den Wolfs-Apachen dabei jedenfalls nicht aufgekommen.

Damals konnte ich nicht erahnen, dass die Sache noch ein sehr unerquickliches, ja, geradezu trauriges Nachspiel haben würde. Dummerweise hatte ich mir nämlich keinerlei Gedanken darüber gemacht, warum sich der Ratten-Jim und seine Glorreichen 13 Bancrott angeschlossen hatten und in Wirklichkeit ins Gebiet der Wolfs-Apachen gekommen waren. Erst später würde ich – oder vielmehr Winnetou – draufkommen, dass dies einen ganz bestimmten Grund gehabt hatte.

Nun war – so dachte ich damals – nur noch einer übrig, der bei mir eine Rechnung offen hatte, und auch die wollte ich beglichen haben.

Tuntua, der schurkische Häuptling des Kiowa-Rudels!

Ich sah ihn mit einem Haufen seiner Krieger am Flusse

stehen. Mit steinerner Miene hatte er dem schmählichen Ende seines Bundesgenossen Ratanescu beigewohnt.

Ich wollte zu ihm, doch Sam versuchte mich aufzuhalten, denn er ahnte wohl, was ich vorhatte. »Tut dies nicht!«, warnte er. »Dieser listige Schweinehund kann Euer Verderben sein!«

Doch ich ließ mich nicht beirren, schüttelte Sams Hand ab, mit der er meinen Arm ergriffen hatte, und schritt auf Tuntua zu, um von ihm die Rechnung einzufordern.

Mein (bereits schon) dritter Zweikampf im Wilden Westen

Tuntua stand am nächtlichen Flusse, umgeben von einer Handvoll seiner Krieger, die meisten von ihnen noch immer in Werwolfsgestalt, und hatte mit angesehen, wie es seinem Kumpan Ratanescu ergangen war.

Als ich mich ihm nun im Schein des Mondes näherte, Winnetou, den wirren Schuschuschuna, Sam und ein Rudel Apachen-Werwölfe im Schlepp, von denen einige noch immer brennende Fackeln in ihren Pranken hielten, knurrten mich die Kiowa-Wölfe drohend an. Tuntua aber, der sich als Wilder im Lendenschurz zeigte, zog den Kopf zwischen die Schultern und versuchte angestrengt, in eine andere Richtung zu starren, während sich sein kleiner Wolf Tunta wieder hinter seinen Beinen verkroch und ängstlich winselte.

»Wagt es Tuntua nicht mehr, mir in die Augen zu sehen?«, fragte ich den Werwolfshäuptling, als ich vor ihm Aufstellung nahm.

Er sah mich noch immer nicht an, sondern murrte: »Tuntua fertig hier im Apachen-Dorf. Tuntua und seine Wölfe gehen.«

»Nicht so hastig, Freundchen«, gebot ich mit Strenge in der Stimme. »Du hast meine Gefährten und mich verleumdet, dreiste Lügen über uns verbreitet und uns an den Marterpfahl gebracht. Jetzt verlange ich Genugtuung, einen …« Ich überlegte nur kurz und sagte dann: »… einen Zweikampf!«

Ja, ich war bereit, mich ein drittes Mal einem Zweikampf zu stellen. Warum auch nicht? Verdammt, ich hatte den riesigen Blitzkralle besiegt, ich hatte sogar Schuschuschuna beim Wettschwimmen geschlagen, da würde ich doch mit diesem feigen Lumpen fertig werden!

Bei dem Wort »Zweikampf« riefen die Apachen-Werwölfe hinter mir begeistert: »Uff, uff!« Tuntua aber zuckte heftig zusammen, und dann zuckte er noch einmal, als ich schnell hinzufügte, damit es keine Missverständnisse gab: »Diesmal aber ist es der Häuptling der Wolfs-Kiowas selbst, der kämpfen wird, keiner seiner verlausten Krieger! Tuntua gegen Old Silverhand!«

Wieder riefen die Apachen-Wölfe: »Uff, uff!«

Sam Howlin, der mir ebenso wie Winnetou gefolgt war, stöhnte auf und fiel wieder in die alte Litanei zurück: »Seit Ihr irre? Noch ein Zweikampf? Ihr strapaziert Euer Glück allmählich über, wenn ich mich nicht irre! Kommt doch endlich zur Vernunft, Ihr elende Lu…«

Ein scharfer Blick von mir ließ den kleinen Mann verstummen. Er hob beide Hände in einer beschwichtigenden Geste und grummelte: »Will ja nichts sagen. Müsst wissen, was Ihr tut!«

Ich sah wieder Tuntua an. »Was ist?«

»Ich …«, knurrte der, zu Boden starrend, sodass sein Gesicht trotz Mondlicht und Fackeln im Schatten lag.

»Der große, mutige Häuptling Tuntua wird nicht mit dir kämpfen«, übersetzte Schlauer Wolf hastig, der, mit krummer Nase und so wie Tuntua in Menschengestalt, in zweiter Reihe stand.

Ich drohte ihm über die Schultern der vor ihm stehenden Kiowa-Wölfe hinweg mit der Faust und knurrte: »Schnauze!«

Daraufhin zog er sich ganz zurück und verschwand aus

dem Lichtkreis der knisternden Fackeln ins Dunkel der Nacht.

Ich fixierte wieder Tuntua. »Du willst dich mi also nicht zum Kampfe stellen, ja? Wieso nicht? Hast du Angst, du Memme?«

Natürlich hatte er Angst. Ich hatte zwei Zweikämpfe gewonnen, und er befürchtete, dass auch er meinen Bärenkräften, meiner Schläue und Gewitztheit unterliegen würde. Und das nicht zu unrecht, wie man wohl zugeben muss.

»Ich … ich nix Angst«, behauptete er dennoch. »So ein Zweikampf sein lächerlich. Kinderkram. Nix für Erwachsene. Nix würdig für großen Häuptling von Wolfs-Kiowas.«

»Ach, ist das so?«, fragte ich herausfordernd. Seine Werwolf-Krieger knurrten mich zwar drohend an, und ihre gelben Augen leuchteten unheilvoll, ~~aber mit Winnetous ganzem Stamm im Rücken fühlte ich mich natürlich stark~~[20] aber mannhaft brachte ich sie mit gestrengem Blick zum Schweigen. »Ich glaube schon, dass du Angst hast, Tuntua. Ja, du lügst, so wie du die ganze Zeit über gelogen hast!«

»Uff, uff!«, kam es wieder von den Apachen-Werwölfen, die tief beeindruckt waren ob meines entschlossenen Auftretens.

»Dein Name Tuntua ist doch Programm!«, spie ich ihm ins Gesicht. »Ich meine, der sagt doch alles. Du und dein warmer roter Bruder Klewerwoff, ihr kuschelt bei Morgengrauen im Wigwam, richtig?«

Er glotzte mich verwirrt an. »Was Old Silverhand meinen?«

20) im handschriftlichen Originalmanuskript gestrichen und abgeändert

»Na, dein Name«, sagte ich. »Ich weiß doch, dass eure bescheuerten Kiowa-Namen alle irgendeine Bedeutung haben. Tuntua – dass ich nicht lache! Kuschelt der kleine Tunta dann jedes Mal mit euch im Wigwam?«

Entweder war Tuntua ein guter Schauspieler, oder er war so begriffsstutzig, dass er wirklich nicht schnallte, worauf ich hinauswollte. »Old Silverhand sprechen wirr.«

Sam berührte mich am Arm und nuschelte: »Tuntua ist ein sehr geläufiger Name bei den Kiowas; er wird besonders tapferen Kriegern verliehen und bedeutet Silberpfeil. Klingt in den Ohren eines Werwolfs natürlich recht furchterregend, wenn ich mich nicht irre.«

Verdammt, das war peinlich!

Auch Winnetou sah es so. »Was für ein Fauxpas!«, murmelte er neben mir. »Blamabel!«

Denk jetzt nicht, lieber Leser: Der Mayer Karl ist doch ein Holzkopf voller Vorurteile! Wie ich schon schrieb, ich war damals noch nicht sehr bewandert in der Sprache der Wolfs-Kiowas, und meine Erfahrungen mit dem harten, entbehrungsreichen Leben im Wilden Westen hielten sich in Grenzen. Ich gebe zu, in den folgenden Jahren habe auch ich der Versuchung nicht widerstehen können und in kalten Prärienächten mit Winnetou am Lagerfeuer gekuschelt.[21]

Gottlob war Tuntua alles andere als ein Blitzmerker und begriff immer noch nicht, was ich ihm hatte sagen wollen, sonst hätte er vielleicht darauf herumgeritten. »Tuntua egal, was weißer Hund von ihm denken«, behauptete er stattdessen. »Tuntua und seine Wölfe jetzt gehen!«

Er wollte sich tatsächlich abwenden und in die Nacht

21) Handschriftliche Notiz des Lektors am Manuskriptrand: *Nein!?!*
Handschriftliche Notiz des Mayer Karl am Manuskriptrand: *Doch!!!*

entschwinden, da mischte sich Winnetou ein. »Old Silver'and nannte Tuntua einen Lügner.« Nett von ihm, dass er meinen »Fauxpas«, wie er es genannt hatte, einfach überging. »Tuntua muss sich dafür revanchieren und sich dem Duell stellen, sonst verliert er sein Gesicht und gilt für seinen Stamm als Feigling und Drückeberger.«

»Tuntua nicht kämpfen gegen weißen Mann!«, grollte der Häuptling der Wolfs-Kiowas und fletschte die Zähne. »Tuntua zu stolz, kämpfen gegen blöden weißen Schwätzer!«

»Memme!«, sagte ich ihm auf den Kopf zu.

»Uff, uff!«, riefen diesmal sowohl die Werwölfe vom Stamme der Apachen als auch die des Kiowa-Rudels, die einen abermals beeindruckt, die anderen empört.

Da endlich sah mich Tuntua an, und im Widerschein der Fackeln sah ich es wütend in seinen Augen blitzen. Nun hatte ich endlich seinen Zorn erregt.

»Feiger, dreckiger, verlauster Köter!«, sagte ich.

»Uff, uff!«, riefen die Werwölfe beider Stämme erneut.

Tuntua knurrte vor Wut, seine Zähne begannen zu wachsen, wurden zu den mächtigen Fängen eines Wolfes.

»Du Witzfigur von einem Indianer! Du Schande für alle Werwölfe!«

»Uff, uff!«

Tuntuas Augen glühten rot vor Zorn, seine Hände wurden zu Pranken mit spitzen Krallen, über die das orangefarbene Licht der Fackeln tanzte und sie gefährlich blitzen ließ.

»Du elender Kläffer! Wenn du dein Spiegelbild siehst, überlegst du, wer das sein könnte, so blöd bist du!«

»Nein!«, rief Tuntua da, und seine Pranken verwandelten sich schlagartig in Hände zurück. »Ich mich nicht lassen provozieren von weißem Mann!«

»Ach, tust du nicht?«, fragte ich gehässig. »Du Sohn einer käuflichen Hündin!«

»Uff, uff!«, riefen die Werwölfe wieder.

Sam Howlin neben mir fluchte leise vor sich hin. Es war ja auch tatsächlich ein gewagtes Spiel, das ich hier trieb: In einer mondbeschienenen Nacht stand ich da, umringt von grimmigen Wilden und zähnefletschenden Werwölfen, und forderte den übelsten Halunken unter ihnen heraus. Fürwahr, nur wenige Männer hätten dies gewagt, und ich konnte durchaus verstehen, dass Sam die Muffe ging.

»Ich – mich – nicht – lassen – provozieren!«, stieß Tuntua knurrend hervor, jedes Wort betonend.

»Ach nein?«, rief ich triumphierend. »Pinscher! Dackelkopf! Lusche!«

Eins von den drei letztgenannten Worten traf offenbar seinen Nerv, denn ein lautes Brüllen brach aus ihm heraus, seine Augen glühten, seine Hände wurden wieder zu Pranken, und er wäre mit Zähnen und Klauen auf mich losgegangen, wäre ihm Winnetou nicht in den Weg getreten.

»Sei er commode!«, rief der edelste der Wolfs-Apachen. »Wenn Tuntua die Beleidigungen Old Silver'ands nicht auf sich sitzen lassen will, muss er Revanche fordern und sich ihm zum Duell stellen!«

Trotz Winnetous Eingreifen aber mussten drei Kiowa-Werwölfe ihren Häuptling zurückhalten, sonst wäre er mir doch noch an die Kehle gegangen. Da ich nun kein Gefangener der Apachen mehr war, sondern ihr Gast, und sich die Wolfs-Apachen in ihrer Siedlung zudem haushoch in der Überzahl befanden, hätte es für die Kiowas ein böses Ende genommen, hätte mich Tuntua zu diesem Zeitpunkt einfach angegriffen.

»Du bekommen Zweikampf!«, keifte er wutentbrannt, halb Wilder, halb Werwolf, denn er hatte sich in seinem

Zorn in eine grauenvolle Mischgestalt verwandelt, der schäumender Geifer aus dem Maul spritzte. »Ich dich reißen in kleine, blutige Stücke, essen deine Leber und nagel deinen Pipimann an Totempfahl von Kiowa-Dorf!«

»Na also«, sagte ich zufrieden. »Ein bisschen Mann bist du ja doch.«

Tuntua gelang es mit Mühe, sich zu bezähmen. Dann ging auf einmal eine Veränderung mit ihm vor; nicht nur, dass er sich wieder ganz in einen Menschen zurückverwandelte, ich glaubte auch, einen listigen Ausdruck in seinen Augen zu erkennen. »Du mich herausfordern!«, knurrte er. »Darum ich Wahl von Waffe.«

»Meinetwegen«, gab ich locker zurück, obwohl ich doch alarmiert war. Tuntua hatte irgendetwas vor. Ich konnte mir nicht vorstellen, dass er fair kämpfen wollte. Immerhin hatte sich nicht einmal der edle Schuschuschuna einen fairen Wettkampf mit mir geliefert, also würde es dieser räudige Köter ganz bestimmt nicht tun.

»Tuntua wählt Gewehr!«, sagte er mit zähnefletschendem Grinsen. »Werden aufeinander schießen, aus Entfernung von fünf mal fünfzig Schritten, also zweihundert Schritt Entfernung, und wer als Erster getroffen, sein tot und haben verloren!«

Das erstaunte mich doch über alle Maßen. Nicht, dass diese Kanaille nicht rechnen konnte, denn damit hatte wiederum ich gerechnet. Oder besser gesagt: Ich hatte nicht damit gerechnet, dass er rechnen konnte. Ja, genau. Jedenfalls wunderte mich das nicht, sondern vielmehr, dass er sich mit mir im Schießen messen wollte. War der Kerl tatsächlich so doof, wie er aussah?

Ich schüttelte fassungslos den Kopf. »Hast du Büffeldung auf den Augen? Hast du denn nicht gerade gesehen, welch ausgezeichneter Schütze ich bin?«

»Wir nacheinander schießen!«, sagte er da. »Du mich beleidigen, also Tuntua schießen zuerst!«

Ah, so lief der rosa Hase! Tuntua glaubte, mich mit dem ersten Schuss erledigen zu können, sodass ich gar nicht mehr dazu kam, eine Kugel auf ihn abzufeuern!

Die Sache wurde auf einmal unangenehm für mich. Ich konnte nicht ermessen, wie gut Tuntua mit dem Gewehr war. Bestimmt war er ein besserer Schütze, als Ratanescu dies gewesen war, doch dazu gehörte nicht viel. Er schien sich seiner Sache auf jeden Fall sehr, sehr sicher zu sein, und das warnte mich.

»Nee, nee, nee«, sagte ich deshalb. »Old Silverhand schießt zuerst. Schließlich bin ich der Schönere.«

»Aber ich sein der Ältere«, gab er zurück.

»Aber Alter gilt nicht!«

Da fixierte er mich aus flammenden Augen. »Old Silverhand etwa sein Feigling? Sein Memme? Eine ... Lusche?«

Er starrte mich an. Winnetou starrte mich an. Die Kiowa-Werwölfe starrten mich an. Der ganze Apachenstamm starrte mich an.

Nur Schuschuschuna schien das Ganze nichts anzugehen, denn er starrte in der Gegend herum.

Verdammt!

»Nun gut«, murrte ich. »Tuntua, der feige Häuptling der Wolfs-Kiowas, hat den ersten Schuss! Also fangen wir an. Man bringe mir meinen ...« Fast hätte ich »Werwolftöter« gesagt, was sicherlich auch bei den mich umstehenden Apachen-Werwölfen für einigen Unmut gesorgt hätte. Ich besann mich rechtzeitig und sagte: »... Schießprügel!«

»Nein!«, rief Tuntua.

»Nein?«, fragte ich überrascht, und wieder meinte ich

ein listiges Funkeln in seinen Augen zu sehen. »Hast du's dir jetzt doch wieder anders überlegt?«

»Nein, wir nicht schießen sofort. Nacht sein dunkel. Silverhand danebenschießen und versehentlich töten unbeteiligten Wolfs-Kiowa oder Apachenhund. Wir bei Tageslicht schießen, wenn Silverhand können besser sehen.«

Ich wurde misstrauisch. Bei Tageslicht war er mir doch vollkommen unterlegen. Aber er plante etwas, da war ich mir jetzt ganz, ganz sicher.

Doch ich wollte mir keine Blöße geben, und welche Schweinerei Tuntua auch immer vorhatte, ich hatte keine Angst vor ihm.

»Nun gut«, sagte ich, »dann sehen wir uns zur Mittagsstunde wieder!«

»So wir machen. Dann aufeinander schießen, und Tuntua blasen Old Silverhand hässliche weiße Rübe weg. Howgh, Tuntua haben gesprochen!«

Damit drehte er sich um und zog mit seinen Wölfen in die mondbeschienene Nacht davon.

»Da habt Ihr Euch ja mal wieder was eingebrockt, Ihr Lusche!«, schimpfte Sam Howlin sogleich los. »Oh, Ihr hirnloses Rindvieh! Ihr Hornochse! Wollt Ihr Euch von diesem Wilden …« Er stockte, sah sich um, bemerkte die grimmigen Blicke der ihn umstehenden Apachen, räusperte sich und sprach dann weiter: »… von diesem Widerling, wollt ich sagen – wollt Ihr Euch von diesem Widerling die Rübe wegschießen lassen?«

»Nein«, berichtigte ich ihn, »sondern im Gegenteil ihm selbst selbige wegschießen!«

»Eiderdaus!« Sam griff sich an die Perücke, knetete sie, quetschte sie, zerknüllte sie, und allerlei Getier, das darin nistete, ergriff protestierend surrend und schabend die

Flucht. »Wie kommt Ihr nur darauf, Euch mit ihm schießen zu wollen?«

»Nun, ich bin der bessere Schütze«, sagte ich voller Überzeugung. »Hab mal einem arabischen Pferdedieb aus dreihundert Metern Entfernung den Schädel weggeballert …« Ich musste bei der Erinnerung schmunzeln. »Mann, ich sag Euch: Da blieb nicht mehr übrig als Knochensplitter, blutiger Glibber und …«

Sam unterbrach mich: »Der Lump hatte es gewagt, Euch das Pferd zu klauen?«

»Äh … nein, nicht mir, aber …«

»Einem Freund von Euch?«

»Äh … nein, das nicht, aber … aber er war ein Pferdedieb!«, beharrte ich.

Ich hörte, wie die Apachen um mich herum zu murren begannen, und Winnetou erklärte mir mit finsterem Blick: »Apachenkinder klauen sehr 'äufig weißen Siedlern die Pferde. Das gilt bei ihnen als Mutprobe, als Spaß. Würdest du einem wehrlosen Apachenkind den Schädel wegballern, sodass nur noch Knochensplitter und blutiger Glibber bleiben?«

»Ob ich einem Apachenkind …?« Mir blieb fast die Luft weg, und ich sah mich um, so wie zuvor Sam, und gewahrte das zornige Funkeln in den Augen der Apachen. »Äh … äh … Wenn ich's mir recht überlege, war er gar kein Pferdedieb, sondern … äh …«

»Ja?«, fragten Winnetou und Sam wie aus einem Munde und starrten mich lauernd an.

»Äh … Araber«, antwortete ich. »Ja, ein Araber. Hab ich doch gesagt! Araber hab ich gesagt, nicht wahr?«

»Da seid Ihr sicher?«, bohrte Sam weiter.

»Natürlich hab ich das gesagt!«

»Dass Ihr sicher seid, dass er Araber war, meine ich.«

Was sollte denn diese dämliche Fragerei? »Wollt Ihr etwa andeuten, ich würde so mir nichts, dir nichts einem Christenmenschen den Kopf wegschießen?«, brauste ich auf.

Abwehrend hob er die Hände. »Nein, nicht doch«, grummelte er. »Gar nichts wollt ich andeuten, wenn ich mich nicht irre. Nur, dass Tuntua, dieser rote Spitzbube …« Das Knurren der ihn umstehenden Apachen ließ ihn sich erneut verbessern: »… der Häuptling der Wolfs-Kiowas, meinte ich, dass er Euch morgen erschießen wird. Denn so treffsicher Ihr auch sein mögt, der elende Heide … äh, ehrenhafte Häuptling hat den ersten Schuss, und da er diesen tödlichen Schießwettbewerb vorgeschlagen hat, wird auch er einiges Können mit dem Schießprügel vorzuweisen haben.«

»Ach«, sagte ich und winkte lässig ab, »ich mach einfach einen Schritt zur Seite.«

Doch da hob Winnetou mahnend den Zeigefinger und ließ ihn wie ein Metronom hin und her pendeln. »Das ist nicht erlaubt. Old Silver'and darf sich nicht bewegen, wenn Tuntua auf ihn schießt. Dann kann Tuntua ja gar nicht treffen.«

Ich starrte ihn an. »Das ist doch der Sinn und Zweck!«

»Ist aber gegen die Regeln«, gebot er.

Was waren denn das für hirnverbrannte Regeln? Und wer hatte sie sich ausgedacht? Auf einmal kam es mir vor, als hätten sich alle – auch Winnetou und Sam – gegen mich verschworen!

Ach, es wäre aber auch wirklich zu schön gewesen, hätte ich's mit Tuntua gleich hier und jetzt, in dieser Nacht, austragen können. Es wäre zudem ein gelungenes Happy End für dieses Büchlein gewesen, ein großer Endkampf zwischen Gut und Böse mit mir als Sieger, der umringt von den Leichen seiner Feinde dasteht, Ratanescu tot, Tuntua tot, Winnetou als Freund gewonnen, Schuschischi in meinem starken Männerarm, deren schmachtender Blick mir ein paar heiße Stunden als Belohnung für meine Heldentaten versprach, und Schuschuschuna, dem man das Ende der Geschichte noch einmal hätte erklären müssen.

Aber ich muss ja bei der Wahrheit bleiben. Also erzähle ich die Geschichte so, wie sie sich tatsächlich zugetragen hat …

Was aber der feige Werwolfshäuptling Tuntua in dieser Nacht noch trieb, muss ich mir zusammenreimen, denn ich war nicht zugegen und kann es nicht bezeugen.

Sicherlich aber spielte sich Folgendes ab:

Tuntua und seine Krieger verließen uns und gingen zu ihrem Lager, das sie unweit der Pyramidenburg der Wolfs-Apachen errichtet hatten. Dort begab sich der feige, vor Angst schlotternde Tuntua sofort zu seinem Medizinmann, der den Kriegstrupp ja begleitete.

»Oh, Medizinmann«, sagte Tuntua mit zitternder Stimme. »Tuntua so voller Angst!«

»Was haben Tuntua, der feige Häuptling der Wolfs-Kiowas?«, fragte der rote Hexenmeister, der in dem Zelte hockte, das man für ihn errichtet hatte. Ein Mobile aus kleinen Tierknochen klapperte vom Zeltdach, ringsum standen tönerne Töpfe und Schalen, in denen sich magische Substanzen befanden, welche teils einen bestialischen Gestank abgaben, und auch Einmachgläser, die man weißen Siedlern stibitzt hatte und in denen die auf magische Weise am Leben gehaltenen Embryonen seltsamer Tiere schwammen, sechsbeiniger Schlangen oder geflügelter Eidechsen. Ein schauriges Wispern und Raunen lag in der Luft.

»Oh, es ganz, ganz schlimm«, greinte der feige Tuntua. »Der große, promillente und für seinen unerschütterlichen Heldenmut bekannte Old Silverhand haben mich herausgefordert zum Zweikampf!«

»Oh, du Unglücklicher!«, jammerte da der Schamane. »Old Silverhand, der berühmte Westmann, sein unschlagbar. Ganz, ganz großer Krieger, sogar hoch geachtet von seinen Feinden und vergöttert von Frauen! Du nix haben Chance!«

»Nix Chance in fairem Kampf«, sagte da der vor Angst bibbernde Tuntua. »Du mir müssen helfen, verzaubern Kugel, sodass sie treffen auf jeden Fall den elenden, doofköpfigen, blöden Weißen!« Und damit reichte er dem Schamanen eine Gewehrkugel.

»Ah, ich verstehen«, sagte der rote Hexer, der das Geschoss entgegennahm. »Verzaubern Kugel so, dass wenn feiger Tuntua abschießen egal in welche Richtung, Kugel auf jeden Fall treffen den elenden, doofköpfigen, blöden Weißen!«

»Ja, ja«, bestätigte der feige Tuntua hastig. »Du zaubern. Tuntua sonst zu feige, treten an gegen großen, promillenten und überall hoch geschätzten Silverhand, dem Frauen liegen zu Füßen.«

»Du beruhigt sein, feiger Häuptling der Wolfs-Kiowas«, sagte der Schamane, »ich machen großen Zauber, sodass Kugel trifft den elenden, doofköpfigen, blöden Weißen!«

Und als Tuntua das Zelt mit immer noch zittrigen Knien und klappernden Zähnen verließ, griff der rote Hexenmeister nach dem wochenalten Kadaver eines zweischwänzigen Eichhörnchens, quetschte mit beiden Händen das faulige Blut heraus, ließ es in eine Schale mit magischem Pulver tropfen, das er aus den ausgerissenen und dann geraspelten Zehennägeln der zur Mitternacht geschändeten Leiche einer weißen Siedlerin gewonnen hatte, und begann mit seinem »Yiiijajajaaa – yiiijajajaaa – yiiijajajaaa ...«.

Doch obwohl der feige Werwolfhäuptling Tuntua zu solch einem hundsgemeinen, absolut unfairen Trick griff, hielt ihn die Angst umklammert. Bis zum Morgengrauen und darüber hinaus haderte er mit seinem Schicksal, so groß war seine Furcht, dem heldenhaften, unüberwindlichen Mayer Karl, im ganzen Westen bekannt als Old Silverhand, gegenüberzutreten.

Ja, so muss es sich abgespielt haben, genau so, denn sonst wäre nicht zu erklären, was sich am folgenden Tag um die Mittagsstunde ereignete.

Die Sonne stand hoch am Himmel. Jedenfalls ging ich davon aus, denn nach Winnetous Meinung war die Mittagszeit erreicht. Sehen konnte man die Sonne nicht, denn es war ein grauer, kalter Tag, schwere Wolken bedeckten den Himmel und ließen alles trist und düster erscheinen.

Winnetou und ich stiegen die Leiter der Pueblofestung hinab und gesellten uns zu den Wolfs-Apachen, die bereits Aufstellung genommen hatten, sodass sie eine breite Gasse von der Pyramidenburg bis zum Ende des Lagers bildeten. Auch Sam und die beiden anderen Westmänner waren bereits zugegen und natürlich auch Schuschuschuna. So warteten wir auf die Ankunft von Tuntua und seinen Werwolfkriegern.

Ach ja, Schuschischi und John Bancrott befanden sich auch unter den Wartenden, und ich bemerkte den angespannten Blick, mit dem mich Schuschischi bedachte. Wahrscheinlich machte sie sich große Sorgen um mich. Auch Winnetou bemerkte, dass ihre Augen auf mich gerichtet waren, interpretierte es aber offenbar falsch, denn er sah mit dem gestrengen Blick des wachsamen Bruders zu ihr hinüber und stieß mir jedes Mal den Ellbogen in die Rippen, wenn ich es wagte, in Schuschischis Richtung zu schauen.

In den vergangenen Stunden hatte ich mit Schuschischi kein Wort wechseln können. Ich hätte sie gern gefragt, was es mit der »Wolfsbrüderschaft« auf sich hatte, die Winnetou mit mir schließen wollte, doch offenbar wachte Winnetou wie ein Schlosshund über die – längst verlorene – Unschuld seiner Schwester, seit ihm Schuschischi ihre Gefühle für mich offenbart hatte. Wahrscheinlich hatte er in den letzten Stunden vor ihrer Kammer gehockt und jeden, der sich genähert hatte, zähnefletschend angeknurrt.

Bancrott stand ganz in meiner Nähe, zusammen mit Sam, Dick und Will, und redete auf sie ein. Mal jammerte er, mal schnauzte er sie an, und ich konnte den drei Westmännern ansehen, dass sie kurz davor standen, ihm eins aufs Maul zu geben.

Schließlich gesellte er sich zu Winnetou und mir und zeterte: »Den Bau der Eisenbahn können wir wohl vergessen, und das ist Eure Schuld, Mayer! Die Kiowa-Werwölfe waren mit der Eisenbahn einverstanden, doch die habt Ihr uns zu Feinden gemacht! Stattdessen paktiert Ihr mit den Wolfs-Apachen, die sich jedem Fortschritt entgegenstemmen!« Er holte tief Luft, das Gesicht vor Zorn (und zu viel Alkohol) errötet, und fuhr fort: »Euren Lohn könnt Ihr vergessen! Keinen Cent kriegt Ihr von mir! Stattdessen werde ich von Euch Regress einfordern! Ihr werdet für den finanziellen Schaden aufkommen, den ich erlitten habe, das verspreche ich Euch!« Bevor er dann wütend davonstapfte, murrte er noch: »Eigentlich wünschte ich, dass

Tuntua Euch abknallt, aber ich will, dass Ihr am Leben bleibt, damit ich Euch verklagen kann!«

Als er weg war, sagte Schuschuschuna zu mir: »Wir könnten den Burschen an den Marterpfahl binden. Überleg es dir, mein weißer Bruder.«

Das Angebot war recht verlockend, doch bevor ich es mit Begeisterung annehmen konnte, erschienen die Wolfs-Kiowas.

Als Werwölfe hechelten sie auf allen vieren ins Lager der Apachen. Auch sie nahmen Aufstellung, bildeten mit den Apachen eine breite Gasse und nahmen ihre menschliche Gestalt an.

Am einen Ende der Gasse aber blieb Tuntua stehen, eine mordsmäßige Büchse in der Hand, deren Lauf gut eineinhalb Meter lang war, und rief: »Tuntua kommen, um kämpfen für seine Ehre und töten elenden, doofköpfigen, blöden Weißen. Ist elender, doofköpfiger, blöder Weißer bereit zu sterben?«

»Wenn du hier einen elenden, doofköpfigen, blöden Weißen siehst, kannst du ihn gern abknallen!«, rief ich zurück. »Ansonsten wirst du es sein, der diesen Tag nicht überlebt.«

Tuntua stieß ein Knurren aus, das sich anhörte wie der Laut eines Tiers. Wütend stand er da und wartete begierig darauf, den ersten Schuss abfeuern zu dürfen.

Winnetou gebot mir, mich ans andere Ende der Gasse zu stellen, sodass sich eine Distanz von gut zweihundert Metern zwischen Tuntua und mir erstreckte. Dann begab er sich in die Mitte der Gasse und erklärte noch einmal die Regeln:

»Tuntua, der feige … äh, der ’äuptling der Werwolfs-Kiowas ist gekommen, um seine E’re wieder ’erzustellen, denn unser weißer Bruder Old Silver’and ’at ihm ein paar

Wahr'eiten an den Kopf geworfen, die Tuntua nicht 'ören wollte. Old Silver'and und Tuntua werden abwechselnd aufeinander schießen, und wer als Erster tödlich getroffen zu Boden fällt, 'at verloren und darf nicht mehr weiterschießen.«

Sam Howlin rief dazwischen: »Da habt Ihr Euch mal wieder ganz schön was eingebrockt, wenn ich mich nicht irre! Verdammte Lusche!« Natürlich meinte er mich damit.

Erneut traf mich Schuschischis Blick, und da Winnetou so weit entfernt stand, dass er mir den Ellbogen nicht mehr in die Seite stoßen konnte, erwiderte ich ihn sehr lange und mit all den Emotionen, die ich empfand. Da schlug sie traurig die Augen nieder.

Ich aber wandte mich an meinen Gegner und rief: »Tuntua, als guter Christenmensch werde ich dein Leben schonen! Ich werde dir nur ins rechte Auge schießen, um dir eine Lehre zu erteilen!«

Da lachte Tuntua auf. »Ihr haben gehört! Weißer Mann wollen voraussagen, wo seine Kugel treffen Tuntua! Und das bei Entfernung von zweihundert Schritt! Weißer Mann meschugge, völlig plemplem! Rote Wölfe lachen aus Weißen Mann!«

Es lachte niemand.

Ich aber rief: »Na gut, Tuntua! Vergessen wir das mit der Nächstenliebe. Ich werde dich einfach abknallen!«

Da stieß er wieder ein böses, tierhaftes Knurren aus.

Winnetou verließ seinen Platz und gesellte sich zu seinen Kriegern. Dann rief er: »Tuntua möge nun schießen!«

Der Wolfs-Kiowa hob seine Büchse, doch er zielte nicht etwa auf mich, sondern in den grauen, wolkenverhangenen Himmel und rief: »Um zu erschießen elenden, doofköpfigen, blöden Weißen, Tuntua nicht mal muss zielen. Seine Kugel trifft elenden, doofköpfigen, blöden Weißen auch so, weil Tuntua so ein guter, vortrefflicher Schütze!«

Ja, war die Fellhaut denn völlig ballaballa, oder hatte er am Morgen irgendein Kraut geraucht, das ihm nicht bekommen war? Ich ahnte ja nichts von der verzauberten Kugel und konnte mir die Sache mit dem Kiowa-Hexenmeister erst anschließend zusammenreimen.

Die Wolfs-Apachen riefen ihr erstauntes »Uff, uff!«, und noch während sie überlegten, ob Tuntua einen an der Klatsche hatte, drückte dieser ab.

Es krachte, die Kugel flog aus dem Lauf, hinein in den grauen Himmel, kehrte wieder um, fiel zurück und schwirrte dann umher. Man hörte, wie sie durch die Luft pfiff, und sowohl Wolfs-Kiowas als auch -Apachen duckten sich erschrocken oder warfen sich zu Boden, während das Geschoss über sie hinwegjagte, sein Opfer suchte – und auch fand!

»Was ist denn das wieder für ein heidnischer Hokuspo…«, beschwerte sich Bancrott. Weiter kam er nicht, denn sein Kopf zerplatzte in einem Regenschauer aus Blut, Gehirn, Knochenfragmenten und sicherlich jeder Menge Alkohol.

Er stand noch eine Weile da, kopflos wie meistens, während ein Gemisch aus Blut und Brandy aus seinem Halsstumpf pulste. Dann kippte er um.

»Beim Bisonschädel, der einst das Kreuz unseres Erlösers schmückte«, hörte ich Sam Howlin stöhnen.

Tuntua riss entsetzt die Augen auf, dann richtete sich sein Blick auf seinen Medizinmann, der entschuldigend mit den Schultern zuckte.

Wenn alles so geschehen ist, wie ich's mir denke, hatte der gute Hexenmeister Tuntuas Befehl etwas zu wörtlich ausgeführt, und so hatte die verzauberte Kugel tatsächlich den »elenden, doofköpfigen, blöden Weißen« getroffen.

Wieder einer weniger, dachte ich mir, hakte Bancrott ab und rief: »All right, Tuntua! Jetzt bin ich dran!«

Der Häuptling der Wolfs-Kiowas stand vor Entsetzen starr. In seiner Feigheit wäre er wohl liebend gern davongerannt, aber Angst und Fassungslosigkeit lähmten ihn.

Ich legte mit dem Werwolftöter an, zielte genau – alle Indsmen und auch die drei Westmänner warfen sich vorsorglich wieder in Deckung – und schoss.

Die Kugel stieß aus dem Lauf, raste durch die Gasse auf den feigen Häuptling der Wolfs-Kiowas zu – und traf punktgenau!

Sie durchschlug sein linkes Knie, kam hinten wieder heraus, flog weiter, schlug gegen einen Felsen am Rande der Apachen-Siedlung, prallte ab, sauste als Querschläger zurück und bohrte sich von hinten in Tuntuas rechtes Knie.

Zweimal schrie Tuntua auf, dann hüpfte er von einem zerschossenen Bein aufs andere, als würde er einen Tanz aufführen, und schließlich fiel er um.

Die Apachen erhoben sich und jubelten. Die Kiowas erhoben sich und jaulten klagend in den wolkenverhangenen Himmel. Tuntua lag am Boden und jaulte vor Schmerz.

Schuschischi lief auf mich zu, sprang mir mit einem Seufzer der Erleichterung in die Arme, und ich ließ den Werwolftöter fallen und griff mit beiden Händen zu. Erst als ich mir Schuschuschunas Nähe bewusst wurde, ließ ich von ihr ab, und sie strich sich das Lederkleidchen über dem Busen glatt, Verärgerung im Blick. Was war denn nu? War ich ihr auf einmal zu forsch?

Winnetou begab sich zu Tuntua, der heulend und zeternd am Boden lag. Sein kleiner Wolf Tunta war herbeigewieselt, schnüffelte an Tuntuas zerschossenen Knien herum, die, da ich den magischen Werwolftöter benutzt hatte, nie wieder verheilen würden, und jaulte dann herzerweichend.

Tuntua wollte wie üblich nach dem kleinen Wolf treten, konnte es aber nicht, und so schlug er ihn aufs Maul, sodass der kleine Kerl winselnd davonhuschte.

»Tuntua 'at das Duell mit Old Silver'and verloren«, sagte Winnetou.

»Was du nicht sagst!«, presste Tuntua zwischen zusammengebissenen Zähnen hervor.

»Tuntua wird das Gebiet der Apachen verlassen. Jetzt sofort!«

»Wie Tuntua soll laufen mit zerschossenen Beinen?«, keifte der Wolfs-Kiowa. Nicht können gehen!«

»Seine Wolfkrieger werden Tuntua tragen«, entschied Winnetou. »Tuntua 'at die Wolfs-Apachen belogen und betrogen und mit den Feinden der Wolfs-Apachen paktiert. Tuntua ist kein Gast mehr im Dorf der Wolfs-Apachen. Wenn Tuntua bleibt, werden die Apachen ihn und seine Wolfskrieger grausam töten! 'owgh, Winnetou 'at gesprochen!«

Damit war alles gesagt, und Winnetou kehrte an meine Seite zurück.

»Old Silver'and ist ein exzellenter Schütze«, sagte er. »Kein anderer Mann – Winnetou einmal ausgenommen – hätte diesen formidablen Schuss zustande gebracht!«

»Ja, aber wolltet Ihr ihn denn nicht ins Auge treffen?«, fragte mich Dick Stick.

Ach, dieser blöde Schlaumeier! »Ich hatte mich doch anders entschieden, weil er die dumme Schnauze nicht halten wollte!«, erinnerte ich ihn.

»Ja«, bestätigte der Büffel-Bill, »aber da habt Ihr angekündigt, ihn zu töten, nur lebt der Kerl noch!«

»Und wenn schon!«, rief ich erbost über diese üble Besserwisserei. »Wer einmal seine Meinung ändert, darf das ja wohl auch noch ein zweites Mal tun, oder?«

Diese dämlichen Westmänner! Jede Freude mussten sie einem verderben!

Am übelsten aber trieb es mal wieder Sam Howlin. »Ihr seid eine Lusche!«, schnauzte er mich an. »Eine ganz üble Lusche! Eine Pfeife! Ihr gottverdammter Hohlkopf!«

Ich raufte mir die Haare. »Ja, Himmel! Was habt Ihr denn jetzt schon wieder? Ich habe Tuntua doch besiegt, oder?«

»Ja, Tuntua habt Ihr besiegt!«, keifte Sam. »Und John Bancrott ist tot!« Anklagend wies er auf den kopflosen Leichnam, aus dessen Halsstumpf noch immer Blut sickerte, sodass sich eine Pfütze gebildet hatte. Der kleine Tunta, von seinem Herrchen mal wieder verstoßen, hockte daneben und leckte den roten Lebenssaft auf. Ich war gespannt, ob der kleine Racker gleich besoffen herumtorkeln würde.

»Wo sollen wir jetzt unsere Kohle herkriegen, könnt Ihr mir das mal verraten?«, schrie mich Sam an. »Und wie soll ich Bruder Heinrich je wieder unter die Augen treten, he? Unser Auftrag lautete, die Eisenbahnbauer zu beschützen. Doch seit Ihr hier seid, sterben die Leute wie die Fliegen! Um den Ratten-Jim ist's ja nicht schade, den lass ich mal außen vor. Aber Tickman tot, Trickman tot, Trackman tot – und jetzt ist auch noch Bancrott die Birne weggeschossen worden! Oh, hell and damnation! Thunderstorm und Büffelscheiße! Wie soll ich das Bruder Heinrich erklären? Das alles ist Eure Schuld, verdammte Lusche!«

Und derart zeternd und schimpfend stapfte der kleine Kerl davon, nicht ohne vorher dem armen Tunta einen heftigen Tritt verpasst zu haben.

»Ihr habt doch an allem was auszusetzen!«, rief ich ihm hinterher. »Nie – aber auch wirklich nie – kann man's Euch recht machen! Lasst Euch lieber Haare wachsen, damit Ihr als Mensch durchgeht! Aber dafür wärt Ihr dann immer noch zu klein mit Euren kurzen, krummen Beinchen! Bescheuerter Waldschrat! Arbeitsscheues Heinzelmännchen! Wo ich herkomme, würdet Ihr's nicht mal zum Gartenzwerg bringen!«

Schuschuschuna wies in Richtung von Sam Howlin, der wütend und noch immer vor sich hin maulend davonging, und fragte mich: »Marterpfahl?«

»Darüber denke ich noch nach«, knurrte ich.

Grabgesang und Werwolfsbiss

Ich entschied mich, Sam Howlin zunächst nicht an den Marterpfahl binden zu lassen. Wir gingen uns den Rest des Tages aus dem Weg, und als wir uns am Abend bei der Beerdigung des Klage-Peters wiedersahen, lieferten uns die Wilden einen Grund, uns wieder zu verbrüdern.

Für den Klage-Peter war ein eindrucksvolles Grabmal aus Steinen errichtet worden, eine Art Gruft, auch wenn jedes christliche Symbol fehlte. Düster erhob sich das Gemäuer in der Nähe der Pyramidenburg, und davor stand, in einer Entfernung von gut fünfzehn Schritten, ein Sarg, bestehend aus einem dicken Holzstamm, den man mit Feuer ausgehöhlt hatte und in dem die Leiche Klage-Peters lag.

»Der sieht wirklich nicht mehr hübsch aus«, sagte ich zu Schuschischi, als ich mit ihr an Klage-Peters Sarg trat.

»Ach, hübsch war er ja noch nie«, meinte sie lapidar.

»Das vielleicht nicht«, meinte ich, »aber jetzt …«

Die Wolfs-Apachen hatten den Leichnam ihres großen weißen Freundes und Beraters im untersten Stockwerk ihrer Puebloburg bis zur Bestattung aufbewahrt, wo es auch an warmen Tagen einigermaßen kühl war. Dennoch war die lange Zeit nicht schadlos an dem Körper vorübergegangen. Die Haut hatte sich gelblich verfärbt und zeigte schon dicke bräunliche Verwesungsflecken. Über einem Wangenknochen war sie bereits aufgerissen. Fliegen hatten ihre Eier in den Augenwinkeln abgelegt; die Augen selbst konnte man nicht sehen, weil die Lider darüber geschlossen waren, dennoch war zu erkennen, dass sie inzwischen verschrumpelt sein mussten.

Als ich mich über den Sarg beugte, schlug mir übelster Verwesungsgeruch entgegen, und ich trat schnell zurück. Es wäre peinlich gewesen, sich hier und jetzt zu übergeben.

Einige Apachen hatten sich in Werwölfe verwandelt und bildeten in zwei Reihen ein Spalier zum offen stehenden Grab. Vor ihnen standen Wolfs-Apachen in Menschengestalt, die brennende Fackeln in den Händen hielten.

Der Sarg stand am einen Ende des Spaliers, das vor dem Grabmal endete. Der Rest des Stammes hatte sich um den Sarg versammelt, in einem weiten Halbkreis, damit möglichst viele einen guten Blick auf die folgende Zeremonie hatten.

Das Wetter hatte sich in den letzten Stunden nicht gebessert. Noch immer bedeckten dicke Wolken den nächtlichen Himmel, und Wind war aufgekommen, der die Flammen von den brennenden Fackeln zu reißen drohte.

An meiner Seite befand sich nicht nur Schuschischi, auch Dick, Bill und Sam, der mich weiterhin nur mit grimmigen Blicken bedachte, waren da. Winnetou stand mit Schuschuschuna etwas abseits.

Erneut kam es Winnetou zu, den Zeremonienmeister zu spielen. Seinem Vater traute dies offenbar keiner zu, der hätte mit seiner Rede eher für eine »Blamage« oder einen »Fauxpas« gesorgt, um es mal mit den Worten Winnetous zu sagen.

Winnetou ergriff also das Wort, lobte die Verdienste Klage-Peters, der den Wolfs-Apachen gelehrt hatte, dass es keinen Sinn machte, sich gegen den Weißen Mann zu wehren, der ihnen dargelegt hatte, dass sowohl der Rote

Mann als auch der Werwolf unweigerlich aussterben mussten, und dies wohl eher heute als morgen, und dass man sich am besten gleich den Strick nahm, was aber einem Wolfs-Apachen der Stolz verbot.

Er hatte den edlen Werwölfen vom Stamme der Wolfs-Apachen beigebracht, die Welt mit anderen Augen zu sehen, dass jeder Kampf im Grunde verloren, jede Mühe und jedes Hoffen vergebens und jedes Trachten nach Glück Selbsttäuschung war, dass es keine Erfüllung im Leben und selbst nach dem Tode keine Erlösung von all dem Leid gab, weil da leider nur ein einziger Gott war – Winnetou nannte ihn »den großen Manitu« –, der jede noch so kleine Sünde mit der ewigen Verdammnis und dem Fegefeuer strafte. Nun ja, offenbar war das Gottesbild des Klage-Peters dem vom Bruder Heinrich sehr nahe gekommen.

Ich will Winnetous ausschweifende Rede über den Toten nicht Wort für Wort wiedergeben. Zum einen wäre es mir gar nicht möglich, denn sie war sehr detailliert und lang, und nach zwei Minuten schaltete ich einfach ab, zumal ich auch seinem grauenvollen Akzent nicht mehr lauschen wollte; zum anderen könnte es sein, dass der eine oder andere Leser ein Röllchen Schlaftabletten oder eine geladene Wumme in greifbarer Nähe hat, und ich möchte unter meiner Leserschaft kein Massensterben verursachen, sondern weiterhin Bücher verkaufen.[22]

Als Winnetou mit seiner Rede endete – Schuschischi stieß mich an, und ich war sogleich wieder wach –, hatte mal wieder der Medizinmann seinen großen Auftritt. Er sprang um den Sarg des Klage-Peters herum, sang sein scheußliches »Yiiijajajaaa – yiiijajajaaa – yiiijajajaaa!« und machte allerlei Verrenkungen.

22) Handschriftliche Anmerkung des Herausgebers am Manuskriptrand: *Sehr löblich!*

Gleichzeitig wurden Trommeln geschlagen, und viele Krieger des Apachenstammes, die bisher noch in menschlicher Gestalt dagestanden hatten, verwandelten sich in Werwölfe und jaulten in die von flackerndem Fackelschein spärlich erhellte Nacht.

Ich sah, wie Sam, Dick und Bill die Gesichter verzogen, und mir erging es nicht anders. Ich beugte mich zu Sam und sprach die ersten Worte seit unserem kleinen Streit am Mittag zu ihm.

»Das darf doch nicht wahr sein!«, rief ich ihm ins Ohr, um das »Yiiijajajaaa – yiiijajajaaa – yiiijajajaaa!«, das Getrommel und Geheule zu übertönen. »Der Klage-Peter mag ein Jammerlappen und eine Heulsuse ohnegleichen gewesen sein, doch er war ein Weißer, einer von uns, da hat er ein christliches Begräbnis verdient und nicht diesen heidnischen Mummenschanz!«

»Habt recht!«, stimmte mir Sam Howlin bei. »Müssen etwas unternehmen. Das hier ist eines Christenmenschen unwürdig!«

Auch Dick und Bill sahen es so, und so sprachen wir mit lauter Stimme das Vaterunser; nein, wir sprachen es nicht, wir schrien uns die Seelen aus den Leibern, um den Radau der heidnischen Wilden zu übertönen.

Daraufhin trieben die es nur noch doller. Aber wir Weißen gaben nicht auf, sangen inbrünstig und aus vollen Kehlen zuerst ein »Maria, breit den Mantel aus«, dann »Ein Schiff, das sich Gemeinde nennt« und zum Schluss »O du fröhliche«.

Die Apachen-Werwölfe trommelten, jaulten und yiiijajaten dagegen an, jede Gruppe versuchte die andere zu übertönen. Wir hatten zwar den Allmächtigen auf unserer Seite, die Heiden aber waren in der Überzahl, und so errang keine Partei den Sieg.

Bevor meine deutsche Frömmigkeit in Nationalstolz umgeschlagen wäre und ich noch das Deutschlandlied geschmettert hätte – es hätte zu befürchten gestanden, dass Winnetou und seine Wolfs-Apachen sodann mit der Marseillaise dagegengehalten hätten –, machte der Häuptlingssohn dem Lärmen ein Ende, indem er die Arme emporriss und für Ruhe sorgte. »'immel und 'ölle!«, rief er. »'altet ein!«

Alles verstummte, nur von Sam kam noch ein »Ich bin klein, mein Herz ist rein, ich will auch immer …«

»Ru'e!«, rief Winnetou noch einmal. Dann gab er ein paar Werwölfen, die nahe dem Sarg standen, einen Wink. »Schafft ihn ins Grab. Der weise, schwermütige Klage-Peter hat so ein Spektakel nicht verdient. Lasst ihn uns leise und in Würde beisetzen.«

Je zwei Werwölfe stellten sich ans Fuß- und ans Kopfende des Sarges, verkrallten ihre Pranken ins Holz und hoben den Sarg an. Dann trugen sie ihn in die Gruft, wo sie ihn abstellten, und verließen diese sodann. Andere Werwölfe schafften Felsbrocken und große Steine herbei und verschlossen damit die letzte Ruhestätte Klage-Peters.

Schuschuschuna, der neben Winnetou stand, hatte ein seliges Lächeln auf den Lippen und sagte: »Eine wirklich schöne Bestattung!«

Als der letzte Stein vor dem Grab abgelegt worden war, meinte ich, noch ein letztes wehklagendes Seufzen zu vernehmen, das wie ein Abschiedsgruß an die triste, ungerechte Welt und ein dem Untergang geweihtes Volk klang. Dann zuckte ein Blitz durch die Wolkendecke, die sich über uns spannte, es krachte, und im nächsten Moment begann es zu schütten wie aus Eimern.

Natürlich. Es war ja auch Klage-Peters Beerdigung.

Alle liefen davon und ins Trockene.

Noch eine Zeremonie war für diese Nacht angekündigt: Winnetou wollte mich zu seinem Wolfsbruder machen, was immer darunter zu verstehen war. Noch immer wollte sich Sam dazu nicht äußern, und ich fragte ihn auch nicht mehr, denn auch wenn wir gerade so prächtig gemeinsam gesungen hatten, um dem Klage-Peter den Weg ins Himmelreich zu öffnen, war unser Verhältnis in dieser Nacht noch immer leicht verstimmt.

Ich ließ es einfach auf mich zukommen, denn was konnte mir schon passieren, außer dass die Wilden wieder irgendein heidnisches Ritual abhielten, in dessen Mittelpunkt diesmal ich stand. Da ich einen festen Charakter hatte und ebenso fest im Glauben war, würde es meine Christenseele schon nicht verderben.

Ach, so dachte ich Tor.

Da es draußen unablässig schüttete und sich ein gewaltiges Unwetter austobte, fand die Zeremonie in einem großen Saale im unteren Stockwerke der Pyramidenburg statt. Nahezu der halbe Stamm der Wolfs-Apachen fand dort Platz, und alle, bis auf den Häuptling und den Häuptlingssohn – und mal wieder den Medizinmann –, kamen sie in Werwolfsgestalt. Die Decke des Saales wurde getragen von steinernen Säulen, Fackeln steckten in Halterungen an den Wänden, die aus groben Felsen bestanden, und in der Mitte hatte man eine Feuerstelle in Brand gesetzt.

Draußen wütete der Sturm, und man hörte das Grollen des Donners selbst durch die dicken Steinwände. Der Wind fauchte um die Pyramidenburg der Werwölfe, verfing sich in Spalten, pfiff durch Ritzen und erzeugte ein unheimliches Fauchen und Jaulen. Die klitschnassen Werwölfe, die sich nicht rechzeitig vor dem Regen hatten in Sicherheit bringen können, verbreiteten einen scharfen Gestank nach nassem Hund.

Ich wurde von Winnetou in die Mitte des Saales geführt, wo die brennende Feuerstelle war. Ich sah in Sam Howlins Augen ein listiges Funkeln, und es hätte mich warnen sollen, doch ich war neugierig geworden, denn ich hatte die Hoffnung, hier neuen Stoff für meine aufwühlenden und mitreißenden Reiseberichte zu erlangen.

Winnetou gebot mir, mich gänzlich zu entblößen, und da bei der Zeremonie kein Weibsvolk zugelassen war, tat ich's. Sam stieß Dick in die Seite und sagte laut, dass es jeder hören konnte: »Schau dir den Prachtburschen an. Da verblasst dein Kriegername zu reinem Hohn. Ab heute bist du für mich nur noch der Little Dick!« Und Dick Stick wurde tatsächlich ganz bleich vor Neid.

So war's, ich schwör's bei meiner Seele!

Wieder sprang der Medizinmann um mich herum, nackt bis auf den Lendenschurz und bunt angemalt, mit allerlei Ketten behangen, an denen sich Federn befanden und die Knochen kleiner Tiere. Diesmal trug er eine schaurige Dämonenmaske, welche die Fratze irgendeines Indianergötzen zeigte. Und wieder mal wurde ich mit irgendwelchem Zeug bespritzt, das stank und klebte, als wäre es ein Gemisch aus Stierurin und Bullensperma und weiteren ekelhaften Substanzen, aus denen man in der zivilisierten Welt Duftstoffe herstellt.

Bislang fand ich die Sache noch ganz amüsant, dann aber reichte mir Winnetou eine tönerne Schale, in der sich irgendeine Flüssigkeit befand. Die sollte ich trinken.

Ich tat es, und – o Himmel – das hätte ich besser bleiben lassen. Das Zeug war mit Sicherheit Stierurin, bis heute bin ich davon fest überzeugt, zumal Winnetou in all den Jahren meine diesbezüglichen Nachfragen nur mit einem hämischen Grinsen beantwortet hat.

Ich würgte, röchelte, während Winnetou sprach: »Nun

werden Old Silver'and und Winnetou Wolfsbrüder werden. Old Silver'and wird sein wie Winnetou, und Winnetou wird sein wie Old Silver'and. Er wird denken und fühlen wie Winnetou, und Winnetou wird denken und fühlen wie er. Die Kraft des Mondes wird uns vereinen, in seinem Glanze wird Old Silver'and neu geboren werden als einer von uns!«

Ich hustete und würgte noch immer, und gegen meine Not ankämpfend, bekam ich nur mit einem Auge mit, wie sich Winnetous Gestalt veränderte, wie Fell aus seiner Haut spross und sich seine Knochen mit grässlichem Schaben und Knacken verschoben. Er wurde zum Werwolf, mit schwarzem seidigem Fell, glühenden Lichtern und einem vollständigen Ohr.

Er trat auf mich zu, ich hörte das Jaulen des Windes und das der Werwölfe um uns herum, hörte den roten Hexenmeister mit schriller, sich überschlagender Stimme irgendwelche Zauberformeln kreischen – und dann spürte ich einen so heftigen Schmerz in der Schulter, dass es mir, dem mannhaftesten Abenteurer weit und breit, fast die Sinne raubte.

Ich weiß nicht, ob ich schrie, aber ich weiß, dass ich zurücktaumelte, die linke Hand auf meine rechte Schulter presste und dort etwas Warmes, Klebriges spürte.

Ich starrte Winnetou an und sah, dass Blut von seinen Lefzen tropfte. Mein Blut!

»Du … du hast mich gebissen!«, stammelte ich entsetzt. »Du … du … du hast mich schon wieder gebissen!« Dann schrie ich, in der vergeblichen Hoffnung, die Häuptlingstochter möge mein verzweifeltes Flehen in einem der oberen Stockwerke vernehmen: »Schuschischi, schnell! Hol deine Zaubersalbe!«

Schon begann sich alles um mich zu drehen. Wie in

einem Kreisel kam ich mir vor. Die Werwölfe, vor allem der schwarzfellige Winnetou, schienen mich im wilden Reigen zu umtanzen, der rote Hexenmeister mit seiner Dämonenmaske sprang um mich herum, und da waren auch andere Wesen, geisterhafte, durchscheinende Gestalten, von denen einige aussahen wie die indianischen Geisterkrieger, die ich schon im Nebel über dem Rio Pecos erspäht hatte, bevor ich mir mit Schuschuschuna das Wettschwimmen lieferte, andere wie Kreaturen der Hölle, mit tierhaften Fratzen, mit Hörnern und glühenden Augen.

Ich spürte, dass ich zu Boden ging, und hörte Schuschuschuna sagen: »Nun ist er Winnetous Bruder. Er ist Blut von Winnetous Blut, so wie Winnetous Blut nun Blut von seinem ist. Denn die Kraft liegt im Blut. Die Wandlung vollzieht sich!«

Da war ein einziges Wort, das mir in diesem Moment durch den Kopf ging:

Shay-Zee!

Ich spürte, dass ich mich verwandelte, dass sich Haare durch die Poren meiner Haut schoben, dass sich meine Knochen verbogen, dass meine Muskeln anwuchsen und meine Sehnen härter wurden.

Ich hockte auf allen vieren im Kreis der Werwölfe und bekam alles mit überdeutlicher Klarheit mit. Hatte ich zuvor schon den Blick eines Falken gehabt, so hatte ich nun den Superblick eines Superfalken.

Mein Körper schien vor Kraft und Energie zu bersten, und beides musste raus, entlud sich in einem gewaltigen Sprung, der mich über die Köpfe der anderen Werwölfe hinwegkatapultierte, dicht unter der Decke entlang und auf den Eingang des Saales zu. Sodann rannte ich durch die düsteren Korridore der Pyramidenburg, und obwohl es dort stockfinster war, fand ich ohne jede Anstrengung den Ausgang und hechtete hinaus in das tobende Unwetter.

Ich begrüßte die Nacht, den Mond, den ich hinter der dichten Wolkendecke spüren konnte, begrüßte den nahen Wald, den Sturm, den Wind, den Blitz und den Donner. Ich war eins mit der Natur, eins mit der Wildnis, mit der ich mich verbunden fühlte.

Der peitschende Regen war meine Taufe, der Wald eine neue Heimat, die mich willkommen hieß, die knorrigen Bäume mit ihrem Geäst wollten mich liebevoll umarmen, als ich in ihn eindrang, und die Tieres des Waldes waren meine Geschwister, meine Untertanen und meine Beute zugleich.

Der Jagdtrieb erfüllte mich, aber es war nicht die Gier zu töten, die mich beherrschte, so wie ich es von einer Bestie erwartet hätte, als ich noch ein Mensch gewesen war. Es war auch nicht die Freude am Blutvergießen, wie weiße Männer sie empfinden, wenn sie sinnlos die Büffelherden niederschießen. Es war reine Energie, die mich durchflutete, als ich meine erste Beute jagte und sie riss. Ich trank das Blut eines Rehs, das ich aus dem Schlaf geweckt und dann durch den Wald verfolgt hatte, verschlang sein Fleisch und spürte seine Kraft, wie sie auf mich überging.

Dann rannte ich weiter, hetzte durch den Wald, der mir vorkam wie ein verzauberter Hort. Noch immer zuckten Blitze über den Himmel, rissen die mächtigen Stämme der Bäume aus der mich umgebenden Finsternis, die für mich jedoch nicht dunkel war, sondern hell wie ein Sommertag. Ich sah Dinge, die ich mit meinen menschlichen Augen niemals erkannt hatte. Ich schnappte Gerüche auf, die meine Nase niemals zuvor gerochen hatte. Ich hörte trotz des Sturmes den Wald wispern, mir zuflüstern, spürte die Geister all jener, die diesen Wald schon betreten hatten, die Auren von Schuschuschunas und Winnetous Ahnen, die hier vor undenklichen Zeiten gelebt und gejagt hatten, als dieser Stamm der Apachen noch kein Werwolfsrudel gewesen war, und sah die durchscheinenden Körper jener unsichtbaren Wesen zwischen den Bäumen umherhuschen, die die Indianer Manitus nennen.

Schließlich gelangte ich auf die Prärie und bemerkte einen schwarzen Wolf, der neben mir lief. Es war der edle Winnetou, mein Freund, mein Bruder, mit dem ich über das Blut verbunden war, das ich ihm gegeben hatte, und über den Keim des Wolfes, den er mir geschenkt hatte, nun schon zum zweiten Mal; doch diesmal hatte ich das Geschenk annehmen dürfen, es war mir nicht wieder entrissen worden und hatte sich durch den Zauber des Medizinmannes gänzlich in meinem Leib und meiner Seele ausbreiten können.

Wir jagten eine Herde Bisons, und zu zweit rissen wir eines der mächtigen Tiere. Es war krank, es lahmte, und so sonderten wir es aus der Herde aus und brachten es zu Fall, um es mit schnellen Bissen zu töten.

Wir fraßen, während der Regen auf uns herniederprasselte, unsere Wolfskörper dampfen ließ und uns der Sturm ein Lied von der Freiheit sang. Ich schlang das blutige Fleisch hinunter und spürte erneut die Lebenskraft, die noch in dem toten Tier steckte und in mich überging. Was Winnetou und ich hier taten, war kein sinnloses Abschlachten wie das, was die weißen Männer taten. Es war einerseits ein ganz natürlicher, andererseits ein metaphysischer, ja, ein sakraler Akt: Das Tier hätte nicht mehr lange zu leben gehabt und wäre in wenigen Wochen verendet; nun aber nahmen wir seine Energie in uns auf, sodass sie nicht verloren ging, sondern in uns weiterlebte, so als wären unsere Körper Gefäße seiner Kraft.

Als wir gesättigt waren, spurteten wir Seite an Seite einen Hügel hinauf, ließen uns dort nieder und heulten in die Nacht. Zuvor hatte uns der Sturm sein Lied gesungen, nun sangen wir dem Land und der Nacht unser Lied; das Lied des Wolfes.

Winnetou und ich waren eins, die Nacht gehörte uns, und das Land, das sich vor uns im flackernden Widerschein der Blitze erstreckte, war unser Jagdgrund, unser Revier, das uns niemand streitig machen durfte, unser Königreich, in dem wir die Herrscher waren, die ihre Untertanen ehrten und liebten.

Als sich dann die Sonne erhob und die vom Regen nasse Erde in ihren warmen Strahlen zu dampfen begann, verwandelte ich mich zurück und streckte mich im feuchten Gras aus. Winnetou tat es mir gleich, und so lagen wir nebeneinander.

Irgendwann aber gewannen bei mir die Zweifel des Weißen Mannes, der in der Zivilisation und zum Christentum erzogen worden war, wieder die Oberhand, und ich sprach: »Was hat Winnetou, mein roter Bruder, mir angetan?«

»Er schenkte dir die größte liberté, die ein Mensch erleben darf.«

Ich konnte dem nicht widersprechen, denn ich hatte diese Freiheit soeben erlebt. Dennoch fragte ich: »Und was wird nun aus mir? Verwandle ich mich jeden Abend in ein Tier, in eine Bestie?«

»Mais non«, antwortete mir der edle Häuptlingssohn. »So wie die Krieger und Weiber meines Stammes kann auch Old Silver'and die Verwandlung bestimmen und entscheiden, wann er zum Wolf wird und wann nicht. Wenn Old Silver'and zurückkehrt in die Städte der Weißen, bleibt er ein Mensch, wenn er es wünscht. Ist Old Silver'and aber bei mir, bei deinem Wolfsbruder Winnetou, so lass uns gemeinsam jagen und die Nacht genießen.«

»Aber was ist mit meinem Seelenheil?«, stellte ich die Frage, zu der mich mein Glaube zwang. »Bin ich nicht zu einer Kreatur der Finsternis geworden, zu einem dämonischen Wesen? Muss meine Seele nicht der ewigen Verdammnis anheimfallen?«

»'ält mein Bruder Old Silver'and Winnetou für eine Kreatür der Finsternis?«, fragte er mich da.

»Nein«, antwortete ich ihm ehrlich. »Ich halte dich für den besten, treuherzigsten Menschen der ganzen, weiten Welt.«

»'ält mein Bruder Old Silver'and Winnetou für ein dämonisches Wesen?«, fragte er mich weiter.

Auch dies musste ich verneinen. »Von Winnetou geht nichts Böses aus. Er ist sanftmütig und gut zu den Menschen, die er liebt, lässt Gnade walten, wo man Gnade gewähren kann, und martert die Schweinehunde zu Tode, die es verdienen, und dies wiederum stellt Winnetous untrüglichen Sinn für Gerechtigkeit unter Beweis.«

»Dann glaubt mein Bruder Old Silver'and nicht, dass Winnetous Seele der ewigen Verdammnis an'eimfällt?«

Ich richtete mich auf und sah ihn an. »Bist du getauft?«

»Non.«

»Mmh«, murrte ich, »dann haben wir bei diesem letzten Punkt ein Problem.«

Teil 6
Werwolfs-Silber

Wem die Hochzeitsglocken läuten

Winnetou und ich kehrten zur Pyramidenburg der Apachen-Werwölfe zurück. In dem Raum, den man mir zugewiesen und wo nun mein Lager war, fand ich einen neuen Jagdrock vor, nicht nur versehen mit den im Westen modischen Fransen, sondern auch mit herrlichen indianischen Stickereien. Er passte mir wie angegossen, und das war auch nicht verwunderlich, denn wie ich später erfuhr, hatte ihn die schöne Schuschischi für mich geschneidert, und die kannte meinen Körper ja wie kaum eine andere.

Sam, Bill und Dick traf ich in ihrer Kammer, wo sie gerade frühstückten. Sie luden mich zum Essen ein, aber der Maisbrei, den sie aus Holzschalen löffelten, konnte mich nach dem üppigen Mahl in der vergangenen Nacht nicht locken.

Sam grinste mich verschmitzt an. »Wie war Eure Nacht, Lusche?«, fragte er mich herausfordernd.

»Es war ein herrliches Erlebnis«, gestand ich, mich zwischen meinen drei Gefährten niederlassend. »Ich war eins mit dem Land, eins mit der Natur, eins mit allen Tieren des Landes. Und vor allem war ich eins mit Winnetou.«

Dick Stick – seit der vergangenen Nacht ja eigentlich Little Stick – räusperte sich und feixte anzüglich, doch bevor ich ihm einen Tritt verpassen konnte, fragte mich Sam: »Dann seid Ihr nicht mehr der Meinung Bruder Heinrichs, dass nur ein toter Werwolf ein guter Werwolf ist.«

»Nein«, antwortete ich. »Auch unter den magischen Kreaturen gibt es solche und solche, böse wie gute. Und die Apachen-Werwölfe sind durch und durch gut. Aber«, sprach ich, »gestern noch regtet Ihr Euch auf, dass wir den Auftrag Bruder Heinrichs so schlecht ausgeführt haben. Nun bin ich zusätzlich noch selbst zu einer Wolfskreatur geworden. Wie verträgt sich dies mit Eurer Rede von gestern Mittag?«

Er verzog verdrießlich das Gesicht, dann brummte er: »Ah, zum Teufel mit Bruder Heinrich, diesem religiösen Eiferer, der nur von Verdammnis und vom Teufel schwafelt und von der Nächstenliebe nichts versteht. Erkennt Ihr nicht, dass ich Euch liebe, Mayer Karl? In den letzten Wochen seid Ihr auch für mich zum Bruder geworden, wenn Ihr auch eher wie ein kleiner Bruder für mich seid, einer, den man an die Hand nehmen und auf den man aufpassen muss, damit er nicht unter die Kutschenräder kommt. Ich weiß, was gut für Euch ist. Und dass Ihr jetzt ein Bruder Winnetous seid, sein Wolfsbruder, ja, das ist sehr gut für Euch. Ihr seid ein Mann der Wildnis, ein Mann der Freiheit, edel und von Energie erfüllt, die sich entladen muss, damit sie Euch nicht innerlich verbrennt. Ihr braucht das Abenteuer und die Wildnis, sonst verkümmert Ihr. Zudem sah ich sogleich das starke Band, das sich zwischen Euch und Winnetou spannte, als ihr euch das erste Mal begegnetet. Schon da wart ihr Brüder im Herzen und in der Seele, nun seid ihr auch Brüder im Leibe und in der Art, wie ihr die Welt seht und erlebt.«

Eine so lange Rede hatte der kauzige kleine Mann bisher noch nie gehalten, aber es sprach Klugheit aus seinen Worten, eine Weisheit, die man diesem schmutzigen Waldschrat eigentlich nicht zugetraut hätte.

Dick und Bill nickten zustimmend, ich aber schlug Sam

auf die Schulter und sprach: »Ihr seid ein treuer Freund, Sam Howlin, und Ihr kennt mich besser als ich mich selbst.«

»Hab ich doch gesagt, Ihr Lusche«, sagte er, stopfte sich mit schmutzigen Fingern eine Ladung Brei in den Mund und lachte kichernd, sodass er einen Großteil davon in seinen verfilzten Bart sabberte.

Die folgenden Tage und vor allem die Nächte verbrachte ich sehr viel Zeit mit Winnetou. Ich hatte dem sterbenden Klage-Peter versprochen, mich Winnetous anzunehmen und ihm ein Lehrer zu sein. Zugleich aber war mir auch Winnetou ein Lehrer, der mir die Geheimnisse der Natur offenbarte, der mir zeigte, wie ich meine neuen Kräfte einzusetzen hatte und mit ihnen umzugehen war.

Nachts jagten wir, tagsüber sprachen wir sehr viel, und ich erzählte Winnetou von den Gebräuchen der Weißen, von ihrer Art zu leben und von ihrem Glauben. Es war mir sehr wichtig, dass der edle Winnetou, obwohl er ein Werwolf war, meinen Glauben begriff und vielleicht sogar annahm. Wäre doch schön, wenn so ein aufrichtiger, freundlicher, gutherziger Mann wie er eines Tages ins Himmelreich einkehren durfte und ich dort nicht nur versoffene, hinterhältige Schufte wie Bancrott antraf, nur weil die regelmäßig zur Kirche gegangen waren und gebeichtet hatten.

Ich erzählte ihm, wie alles seinen Anfang genommen hatte, mit Adam und Eva und dem Sündenfall. Da sah er mich aus großen Augen an und fragte: »Old Silver'ands Gott 'at die Menschen aus dem Paradiese vertrieben, obwohl er sie liebt? Er lässt sie in Kriegen sterben, sieht zu, wie sie in den Kerkern seiner Feinde verrotten, wie sie Folter und Pein erleiden müssen, lässt sie unter 'ungersnöten und unter Armut und Naturkatastrophen leiden – und das alles nur wegen eines ... *Apfels*?«

»Natürlich«, sagte ich. »Schließlich haben Adam und Eva damit eine sehr große Sünde begangen.«

»Aber das waren die Urururgroßeltern der 'eutigen Menschen«, hielt Winnetou dagegen. »Warum müssen die noch immer dafür leiden?«

»Na ja«, sagte ich schulterzuckend. »Es war eine sehr große Sünde.«

»Es war nur ein Apfel!« Winnetou schüttelte den Kopf. »Dein Gott scheint mir ein wahrer Kleingeist zu sein.«

So kam ich nicht weiter, also erzählte ich ihm von unserem Heiland, vom Erlöser. Doch als ich zum Ende der Geschichte kam, unterbrach mich Winnetou mit der Frage: »Dein Gott 'at seinen Sohn woran nageln lassen?«

»An ein Kreuz. Das ist eine Art Marterpfahl.«

»Und er 'at zugesehen und nichts unternommen?«

»Natürlich nicht. Jesus hat die Schuld der Menschen damit auf sich genommen.«

»Die Sache mit dem Apfel?«

»Ja.«

Winnetou seufzte. »Wenn jemand Winnetou an den Marterpfahl binden würde, weil sein Ururur-A'ne einen Apfel geklaut 'at, würde Schuschuschuna seinen Sohn selbstverständlich befreien und demjenigen, der aus derart kleinlichen Gründen 'and an ihn legte, eigen'ändig die 'aut abzie'en.«

»Aber es geschah doch, um uns alle zu retten«, sagte ich verzweifelnd. »Seither ist das Kreuz für uns das Zeichen für das Leid, das wir als Christen zu tragen bereit sind, um Buße zu tun. Schau her«, ich griff in meine Rocktasche und holte ein kleines hölzernes Kreuz hervor, »ich trage stets eins bei mir.«

»Mein Bruder Old Silver'and läuft mit einem Marterpfahl herum?«

»Doch nur mit einem kleinen.«

Ach, ich gab's auf. Dieser bescheuerte Wilde begriff die Sache mit Gott und seiner Gnade nie und nimmer. Mochte er so gut und edel sein, wie er wollte, seine Seele war in meinen Augen unrettbar verloren.

Schade!

Doch in all den folgenden Jahren, die ich mit Winnetou verbrachte, gelang es mir schließlich doch, aus ihm einen halbwegs zivilisierten Menschen – oder zumindest Werwolf – zu machen. Ich brachte ihm das Wort unseres Herrn Schritt für Schritt näher und auch die hohe Kunst der Differenzialrechnung.

Am nächsten Tag wollte ich mich zu Schuschischi begeben. Fast hatte ich ihre Kammer erreicht, da hörte ich Winnetou sprechen, der bei seiner Schwester war.

»Kann Schuschischi, meine liebliche Schwester, sich das vorstellen?«, fragte er. »Old Silver'and trägt stets einen kleinen Marterpfahl mit sich herum!«

»Oh«, antwortete ihm Schuschischi und kicherte, »ich versichere dir, so klein ist der nicht.«

Diese unbedacht geäußerten Worte Schuschischis waren es wohl, die dem Häuptlingssohn die Augen endgültig öffneten, ja, ihn geradezu die bleischweren Lider aufrissen und ihn und Schuschuschuna auf eine folgenschwere und – meiner Ansicht nach – saudämliche Idee brachten.

Schuschuschuna, seine beiden Kinder und wir vier Weißen saßen an der Feuerstelle des großen Saals im unteren Stockwerk der Pyramidenburg. Schuschuschuna, der große greise Häuptling der Apachen-Werwölfe, hatte uns nach

Sonnenuntergang zu sich gebeten, denn es gäbe etwas zu besprechen, ein »Palaver«, wie die Indianer es nannten.

Ich war gespannt, was er uns verkünden wollte. Hätte ich es geahnt, ich hätte mir meinen Werwolftöter geschnappt und wäre davongerannt!

»Schuschuschuna, der große greise Häuptling der Wolfs-Apachen«, begann Schuschuschuna, der große greise Häuptling der Wolfs-Apachen, schließlich, »hat euch kommen lassen, weil ihn sein Sohn, der edle Winnetou, über Umstände in Kenntnis setzte, die meinen altersschwachen Augen verborgen blieben. Und zwar geht es um den weißen Manne, Dick Stick, der seine gierigen Pfoten nicht von den Squaws des Stammes …«

»Non!«, unterbrach ihn sein Sohn Winnetou, während Dick schlagartig bleich geworden war und ganz den Eindruck machte, als wolle er die Flucht ergreifen. »Es geht nicht um den weißen Mann Dick Stick, sondern um unseren weißen Wolfsbruder Old Silver'and!«

»Ach ja, richtig«, sagte Schuschuschuna. »Es geht um Old Silverhand, der seine gierigen Pfoten nicht von den Squaws des …«

»Non!«, unterbrach ihn Winnetou abermals. »Nicht alle Squaws. Es geht um Schuschuschunas Tochter Schuschischi, Winnetous Schwester!«

Daraufhin starrte Schuschuschuna erst Winnetou, dann mich an, dann seine Tochter, die sicherlich errötet wäre, wäre sie von Natur her nicht schon rot gewesen. »Schuschischi?«, brachte Schuschuschuna hervor. »Schuschischi und Old Silverhand?«

»Aber, Vater!« Winnetou seufzte. »Wir 'aben das doch besprochen!«

»Er wagte es, meine süße, unschuldige Schuschischi mit seinen gierigen Pfoten zu begrapschen?«

»Wohl mehr als nur das«, murmelte Winnetou leise, sagte dann aber laut: »'ör zu, Vater. Es geht darum: Schuschuschuna, dem großen greisen 'äuptling der Wolfs-Apachen blieb nicht verborgen, dass seine süße, unschuldige Tochter Schuschischi …« Er warf ihr einen mürrischen Blick zu und zischte: »Geile 'ündin, elende 'urä!« Dann sprach er weiter: »… ihr liebliches Auge auf unseren weißen Wolfsbruder Old Silver'and geworfen 'at. Darum kam Schuschuschuna, der große greise 'äuptling der Wolfs-Apachen, zu dem greisen … äh, weisen Entschluss, dass Old Silver'and die Tochter Schuschuschunas zur Squaw nehmen wird.«

»Aber …«, wollte ich Widerspruch einlegen.

»… zur Squaw nehmen muss!«, präzisierte es Winnetou.

»Aber …«

Shay-Zee! Musste es immer so enden? Konnte man nicht einmal – ein einziges Mal! – nett und galant zu einem Frauenzimmer sein, ohne dass es *darauf*[23] hinauslief?

Shay-Zee! Shay-Zee!

Sam neben mir kicherte dämlich.

»Genau«, sagte Schuschuschuna. »Heiraten sollen sie, das haben wir ja besprochen. Wann wollte Schuschuschuna noch mal die Zeremonie abhalten?«

»Aber das geht nicht!«, rief ich.

»Warum?«, fragte Winnetou.

»Ich bin ein Weißer!«

»Oui, Winnetou weiß das.«

»Und sie ist eine Rote!«

Winnetou sah seine Schwester an, musterte sie und nickte dann. »Oui, auch da stimme ich meinem weißen Wolfsbruder zu.«

23) im handschriftlichen Originalmanuskript zweimal unterstrichen

»Weiße und Rote können nicht heiraten, weil ...«

Als ich zögerte, fragte er: »Weil?«

»Na, weil sie eine Rote ist, eine ... eine Wilde, ohne Bildung, unzivilisiert, eine Heidin, die kein Benimm und keinen Anstand hat und sich die Nase am Ärmel schnäuzt!«

»Mmh, so denkt mein weißer Bruder Old Silver'and über Winnetous Schwester?«

»Äh ...« Oh, jetzt wurde es gefährlich. »Ich doch nicht«, gelobte ich. »Aber die anderen Weißen!«

»Sam 'owlin, Dick Stick und der Büffel-Bill?«, fragte Winnetou.

Alle drei winkten schnell ab, und Sam sagte hastig: »Niemals! Die kleine Schuschischi ist echt 'ne gute Partie! Ein echt schmuckes Mädel, wenn ich mich nicht irre. Der Mayer Karl soll nur zugreifen!« Und dann raunte er mir zu: »... bevor uns die unzivilisierten, schmutzigen Heiden alle qualvoll zu Tode martern!«

Winnetou sah mich streng an: »Winnetou sagt, dass Old Silver'and Schuschischi zur Frau nimmt!«

»Und wenn Silver'and nicht will?«, äffte ich ihn trotzig nach.

»Dann müsste Winnetou annehmen, dass Old Silver'and Winnetous Freundschaft nur ausgenutzt 'at, um 'inter seinem Rücken Winnetous Schwester Schuschischi zu entehren, und es wäre ganz schnell vorbei mit der Wolfsbrüderei!« Er sah seinen Vater Schuschuschuna an, der mit den Achseln zuckte und sagte: »Marterpfahl!«

Da schlug mir Sam Howlin auf die Schulter und rief: »Na, dann – Glückwunsch, alte Lusche!«

»Aaaber ...«, setzte Schuschuschuna an, und Winnetou verdrehte die Augen und seufzte: »Lieber großer Manitu, bitte nicht!«

»Aaaber«, sagte Schuschuschuna erneut, »Schuschuschuna, der große greise Häuptling der Wolfs-Apachen, versteht Old Silverhands Einwände!«

Winnetou starrte ihn an: »Quoi?«

Schuschuschuna richtete den Blick seiner getrübten Adleraugen auf seine Tochter: »Schuschischi ist fürwahr eine Wilde, ohne Bildung, unzivilisiert, eine Heidin, die kein Benimm und keinen Anstand hat und sich die Nase am Ärmel schnäuzt.«

»Aber, Vater!«, rief sie empört.

Er brachte sie mit erhobener Hand zum Schweigen. »Darum hat Schuschuschuna, der große greise Häuptling der Wolfs-Apachen, beschlossen, dass Old Silverhand sie in die Städte der Weißen bringt, wo sie lernen soll, sich wie eine weiße Nutte zu benehmen.«

»Es 'eißt ›weiße Lady‹, Vater«, berichtigte ihn Winnetou.

Schuschuschuna machte eine wegwerfende Handbewegung. »Weiß bleibt weiß. Jedenfalls soll Old Silverhand sie mitnehmen.«

Winnetou sah seine Schwester an, als wollte er sagen: Das 'ast du nun davon!

Ich protestierte: »Aber das ist doch völlig unmöglich! Ich meine, ich kann mich doch nicht mit ihr in der zivilisierten Welt blicken lassen!«

»O doch, das kann Old Silverhand!«, widersprach Schuschischi da heftig. »Und Schuschischi wird lernen, sich wie eine weiße Nu... äh, Lady zu benehmen!« Und sie fing an zu schwärmen: »Oh, ich werde jeden Tag mit meinen Freundinnen shoppen gehen. Ach quatsch, dreimal am Tag gehen wir shoppen ...«

»Aber Vater«, sagte Winnetou, »Schuschuschuna kann doch Winnetous Schwester nicht zu den weißen 'alunken und 'alsabschneidern schicken!«

»Schuschuschuna tut's aber«, beharrte Schuschuschuna.

Und seine Tochter schwärmte weiter: »Am Abend gehen wir dann ins teuerste Restaurant der Stadt. Und anschließend werden wir in einer teuren Edelbar noch den einen oder anderen Hahnenschwanz lutschen …«

»… Cocktail schlürfen«, korrigierte ich sie.

»… ich werde teure Kleider tragen, noch teureren Schmuck.«

»Der große 'äuptling möge das noch einmal überdenken«, beschwor Winnetou seinen Vater. »Schuschischi ge'ört nicht in die Städte des Weißen Mannes. Sie sind eine Löwengrube und werden sie verderben!«

»Schuschuschuna will es aber so«, blieb Schuschuschuna störrisch. »Ich bin der Häuptling! Ich bestimme!«

»Und vor meinem … äh, unserem großen, großen Haus mit all den vielen Dienstboten«, jauchzte Schuschischi, »wird eine teure Kutsche stehen, ganz in Weiß und mit edlen, sehr teuren Hengsten!«

»Schuschischi ge'ört zu ihrem Volk«, war Winnetou überzeugt. »Wir geben ihr 'alt und Sicher'eit. Sie wird untergehen bei den Weißen!«

»Schuschuschuna will es aber so!«, rief Schuschuschuna erneut, allmählich ziemlich angesäuert. »Howgh, Schuschuschuna hat gesprochen! Howgh, howgh, howgh!«

»Ich werde große Empfänge geben«, sagte Schuschischi verzückt, übers ganze Gesicht strahlend, »und mich überall beliebt machen, indem ich viel Geld an Waisenhäuser und Armenküchen spende und …«

»Aber, Vater …«

»Winnetous Vater ist der Häuptling! Howgh, howgh, howgh!«

»Halt, halt, halt!« Mir war richtiggehend schwindlig

geworden. Hätte ich einen Revolver dabeigehabt, ich hätte mir den Lauf an die Stirn gesetzt und abgedrückt.

Ich versuchte Schuschischi umzustimmen, indem ich ein Thema zur Sprache brachte, das jede Frau vor einem Manne zurückschrecken ließ. »Schuschischi, mein Herzl, du musst wissen, ich bin völlig blank. Pleite. Abgebrannt. Der blöde Tuntua hat ja leider den noch viel blöderen Mr. Bancrott erschossen, und deshalb bezahlt mir niemand die ganze Arbeit, die ich in den letzten Wochen hier geleistet habe.«

»Kein Problem!«, mischte sich der Apachen-Häuptling ein, bevor Schuschischis Träumereien wie eine Seifenblase zerplatzen konnten. »Die Wolfs-Apachen sind reich. Zu ihrem Gebiet gehört der Silver-tsil, der Silberberg, wo sich so viel des wertvollen Edelmetalls findet, dass es jeden Weißen schier um den Verstand bringen würde, ahnte er auch nur davon. Schuschuschuna wird seinem weißen Wolfsbruder Old Silverhand und seiner Tochter so viel davon mitgeben, dass sie in den Städten der Weißen ein Leben in Saus und Braus führen können. Und brauchen sie noch mehr, müssen sie nur kommen und sich neues Silber holen. Sie werden in Reichtum und unbeschreiblichem Luxus leben!«

Während Schuschuschuna gesprochen hatte, war Sams Mund weit aufgeklappt, so als wollte er eine Melone mit einem Happen verschlingen. Nun stieß er mir den Ellbogen wild in die Seite und raunte mir zu: »Der legendäre Silver-tsil! Da gibt es Silber ohne Ende. Greift zu, Ihr Lusche! Greift zu!«

Winnetou aber rief: »Vater, du kannst Old Silver'and doch nicht so viel von unserem Silber mitgeben! Es ist das Silber der Wolfs-Apachen!«

Immer noch rammte mir Sam den Ellbogen gegen die Rippen: »Greift zu, Lusche! Greift zu!«

»Schuschuschuna will es aber so!«, bestand Schuschuschuna einmal mehr. »Und was der Häuptling will, wird gemacht!«

»Aber es ist Winnetous Erbe!«, rief sein Sohnemann. »Das ganze Silber sollte einmal ihm ge'ören – ihm, Winnetou!«

»Greift zu!«, drängte mich Sam. »Greift zu, greift zu!«

»Da ist genug Silber, da kann Winnetou seinem Wolfsbruder Old Silverhand und seiner Schwester ruhig was abgeben«, sagte Schuschuschuna zu seinem Sohn.

»Es ge'ört aber alles mir – mir – mir!«, erregte sich der Häuptlingssohn.

»Der legendäre Silberberg!«, hörte ich Sam neben mir stammeln, während ich Blutergüsse in der Seite bekam. »Nehmt den Zaster und verkauft anschließend die Squaw!«

»Schuschuschuna ist der Häuptling und hat das Sagen!«, empörte sich Schuschuschuna über das Verhalten seines Sohnes. »Winnetou hält jetzt den Mund, oder er kriegt gar nichts ab! Dann macht Schuschuschuna den Howlin' Sam zu seinem Nachfolger!«

»Alright!«, rief ich da mit lauter Stimme, um den Familienzwist zu beenden, bevor er sich noch zu einer Familienfehde auswuchs und vielleicht gar in einer Familientragödie endete. »Ich nehme den Zaster ... äh, die Braut. Ich werde Schuschischi mit mir nehmen in die Städte der Weißen und sie zu meiner Squaw machen!«

Meine Worte schlugen ein wie eine Yankee-Kanonenkugel in die Reihen der Konföderierten. Danach herrschte mehrere Herzschläge lang Ruhe, alles war wie erstarrt, selbst die Flammen in der Feuerstelle schienen sich nicht mehr zu rühren.

Dann geschahen mehrere Dinge gleichzeitig:

Schuschuschuna bedachte seinen Sohn Winnetou mit

einem triumphierenden Grinsen. Winnetou stieß ein »Shay-Zee!« hervor. Schuschischi sprang auf mich zu, um mir freudig um den Hals zu fallen. Sam war schneller, sagte: »Aus Euch wird doch noch mal ein Westmann!«, und begann an meiner Schulter zu weinen vor Glück.

Und ich? Ich war mir noch nicht sicher, worauf ich mich da eingelassen hatte. Diese elenden Werwolf-Apachen stellten mein ganzes bisheriges Leben auf den Kopf.

Sam Howlins düstere Weissagung

Ich sollte also die scharfe Schuschischi zu meiner Squaw machen und mit ihr in die Städte der Weißen reiten. Letzteres traf sich gut, denn ich wollte zurück nach St. Louis, um Bruder Heinrich zu beichten, was sich im Indianer-Territory alles ereignet hatte. Nun, erbaut würde er über das Geschehen sicherlich nicht sein, auch nicht mein ehemaliger Gastgeber, dessen Freund John Bancrott ja im Verlauf der Geschichte das Zeitliche gesegnet hatte. Dass ich inzwischen selbst zum Werwolf geworden und die Squaw, die mich begleitete, eine Gestaltwandlerin war, würde ich Bruder Heinrich jedoch sicherheitshalber verschweigen, sonst hetzte er uns noch den »Kämpfenden Orden des Schwertes Christi« auf den Pelz oder probierte seinen Heinrich-Stutzen an uns aus.

Schuschuschuna beschloss, dass wir gleich am folgenden Morgen aufbrechen sollten. Er und sein Sohn Winnetou würden uns eine Strecke des Weges begleiten, denn der Silver-tsil lag auf unserer Route; Winnetou, Schuschuschuna und auch Schuschischi würden sich kurzzeitig von uns trennen und zum Silberberg ziehen und dann mit haufenweise Silber zurückkehren, mit dem Schuschischi und ich uns ein schönes Leben in St. Louis machen würden. Es sei denn, Bruder Heinrich kam mir und meinem Geheimnis doch noch auf die Schliche. Andererseits – eine dicke Spende an den »Kämpfenden Orden des Schwertes Christi«, ein schöner neuer Altar für die Klosterkapelle oder eine vergoldete Madonnenstatue – vielleicht auch eine Einzahlung auf das eine oder andere private Bankkonto – würde die Gemüter der gottesfürchtigen Männer ganz sicher beruhigen. Schon so mancher Tyrann hatte sich auf diese Weise sein Seelenheil erkauft.

Bevor wir aber am Morgen aufbrachen, musste sich in der Nacht noch etwas Folgenschweres ereignet haben. Wieder war ich nicht dabei, denn während Winnetou allein auf die Jagd ging, »um Dampf abzulassen«, wie er sich ausdrückte – wahrscheinlich haderte er noch immer mit Schuschuschunas Entscheidung, dass er sein schönes Erbe mit seinem Wolfsbruder teilen musste –, nutzten Schuschischi und ich seine Abwesenheit, um in meinem Gästezimmer in der Pyramidenburg unsere Verlobung zu besiegeln.

Folgendes muss sich jedoch in dieser Nacht zugetragen haben:

Der greise und senile Schuschuschuna freute sich sehr, dass er seine wilde, unbezähmbare Tochter an einen so berühmten und stattlichen Westmann losgeworden war wie mich, den Mayer Karl, im ganzen Westen bekannt als Old Silverhand. Der – also ich – war wirklich eine gute Partie und wohl der einzige Mann, der Schuschischi, dieses wilde Biest, in den Griff bekommen konnte.

Zufrieden mit sich selbst – und verärgert über seinen Sohn Winnetou, der seinem überaus edlen Werwolfsbruder nicht einmal die ihm zustehende Mitgift gönnte –, machte sich auch Schuschuschuna auf in die Wildnis, um in Wolfsgestalt zu jagen.

Seine Jagd blieb erfolglos, denn das Wild lief ihm davon; er war weder schnell genug, es einzuholen, noch waren seine Sinne so scharf, dass er der Fährte der entflohenen Beute folgen konnte. Als er es dennoch versuchte, verfranzte er sich im Wald.

»Hu, wo ist Schuschuschuna denn nu?«, murmelte er vor sich her. »Dieser Baum – der kommt Schuschuschuna bekannt vor. Ja, Schuschuschuna kennt ihn. Aber ... stand er nicht letzte Nacht ganz woanders?«

Auf einmal raschelte es in den Baumkronen über ihm, und dann sanken vier Gestalten herab, die halb Mensch, halb Fledermaus waren. Ihre nachtschwarzen Lederschwingen hatten sie weit ausgebreitet, doch als ihre Krallen den Boden berührten, verwandelten sich die Kreaturen und nahmen gänzlich menschliche Gestalt an.

Es waren Satanescu und drei weitere Überlebende der Glorreichen 13. Selbst der weitsichtige, schlaue, mit allen Wassern gewaschene Old Silverhand hatte nicht mehr damit gerechnet, dass sie ~~noch einmal in dieser Geschichte auftauchten~~ sich noch in der Nähe herumtrieben. Sie hatten eigentlich ihren Anführer, den Ratten-Jim, befreien wollen, doch bot sich ihnen nicht die Gelegenheit; sie hätten es wohl mit dem ganzen Werwolf-Stamme aufgenommen, nicht aber mit dem berühmten, unbezwingbaren Old Silverhand. Als sie sahen, dass er den Zweikampf gegen Schuschuschuna gewonnen und seine Freiheit damit zurückerlangt hatte, blieben sie, angstschlotternd vor dessen hammerharten Fäusten und dessen männlicher Entschlossenheit, in ihrem Versteck und beobachteten das Ende des Ratten-Jim, an dem wiederum der allseits beliebte und geachtete Old Silverhand mit seinem Meisterschuss den entscheidenden Anteil hatte.

Dennoch blieben sie in der Gegend und hielten die Pyramidenburg der Werwölfe unter Beobachtung, denn sie waren aus einem ganz bestimmten Grund ins Gebiet der Wolfs-Apachen gekommen. Ratanescu hatte nämlich von dem legendären Silver-tsil gehört, dem Silberberg der Werwolf-Apachen, und dessen Schatz hatten sich die Vampire von Anfang an aneignen wollen.

Natürlich gieren Vampire in erster Linie nach Blut, aber mit genügend Kleingeld können auch sie sich ein bequemes, wenn auch untotes Leben leisten: eine düstere, abgelegene Burg, die man einem bankrotten Adligen abkauft; teure Särge aus deutscher Eiche und mit vergoldeten Handgriffen; Capes aus feinem Zwirn, außen schwarzer Satin und innen blutrote Seide; hübsche junge Callgirls mit einer schmackhaften Blutgruppe, die man sich ins düstere Gemäuer bestellt und die dann auf Nimmerwiedersehen verschwinden …

Von solch einem untoten Dasein hatte Ratanescu geträumt, davon hatte er seinen Vampir-Komplizen vorgeschwärmt, und Satanescu war davon inzwischen so besessen wie eine ans Bett gefesselte und mit Weihwasser besprenkelte Zwölfjährige vom Teufel. So hatte er trotz aller Rückschläge den Plan, sich in den Besitz des Werwolfs-Silbers zu bringen, noch immer nicht aufgegeben, und seit Ratanescus ruhmlosem Ende hatte er beim kläglichen Rest der Glorreichen 13 das Sagen.

Nun war ihnen der arme Schuschuschuna in die Falle gegangen, den sie umringten, die Vampirzähne fletschend und die Augen vor Mordgier rot glühend. Da sie aber menschliche Gestalt angenommen hatten, tat dies auch Schuschuschuna, weil er höflich sein wollte zu den Unbekannten, und grüßte sie: »Oh, Besuch im Gebiet der Wolfs-Apachen. Das ist schön. Wollen sich die Herrschaften die wunderbare Gegend anschauen? Im Mondschein ist sie ganz besonders herrlich.«

Satanescu starrte den Häuptling verwirrt an. »Ja, äh … erkennst du uns denn nicht? Weißt du nicht, wer wir sind?«

Er warf auch seinen drei Blutsauger-Komplizen einen zweifelnden Blick zu, die jedoch nur mit den Schultern zuckten.

»Nun, Schuschuschuna denkt, dass ihr Freunde von Old Silverhand seid«, antwortete derweil Schuschuschuna.

»Silverhand!«, knurrte Satanescu voller Zorn, denn so nannte sich der Erzfeind aller schwarzmagischen Halunken. »Der Mayer Karrrrl ...«

»Ah, du kennst ihn also«, sagte Schuschuschuna mit erfreutem Lächeln. »Bist ein Freund von ihm und gekommen, ihm zu gratulieren, weil er meine scharfe ... äh, schöne Tochter Schuschischi zur Squaw nehmen wird, richtig?«

»Ach, wird er das?«, grollte Satanescu böse. »Ja, dazu würde ich ihm gern gratulieren, ihm und deiner Tochter.« Seine Blutzähne blitzten im Mondlicht, während er sein totenbleiches Gesicht zur Fratze verzog.

»Da müssen du und deine Kumpels sich aber sputen«, quasselte der völlig arglose Schuschuschuna weiter, »denn morgen brechen die beiden auf, und Schuschuschuna und sein Sohn werden sie ein Stück des Weges nach St. Louis begleiten und sie für ihr zukünftiges Leben ausreichend mit Silber versorgen.«

Da wurde der Vampir hellhörig. »Silber?«

»Ja, sie bekommen viel, viel Silber«, bestätigte Schuschuschuna, »sodass sie ein völlig sorgloses Leben führen können. Der Weg führt in die Nähe des Silver-tsils, dort werden es Schuschuschunas Sohn Winnetou, seine liederliche ... äh, liebliche Tochter Schuschischi und Schuschuschuna selbst abholen.«

Die Blutsauger starrten sich an, und Satanescu witterte die Chance, sich den Silberschatz der Apachen-Werwölfe endlich unter den Nagel reißen zu können. Zugleich bot sich ihm auch noch die Gelegenheit, blutige Rache zu nehmen an jenen, die für den Tod seines Herrn und Meisters Ratanescu verantwortlich waren.

Vor allem galt sein Hass zwar dem berühmten, überall geschätzten und von aller Welt verehrten Westmann Old Silverhand, doch an den traute sich der Vampir nicht so richtig heran. Dennoch, Silverhand würde bestimmt bittere Tränen vergießen, wenn man nicht nur seinen neuen Freund Winnetou, sondern – und das war schon fast klassisch – auch seine hübsche Braut, diese Schuschischu-wie-auch-immer umbrachte.

Satanescu rieb sich die knochigen Totenhände. »Das hört sich ja fantastisch an«, murmelte er, dann leuchteten seine Augen plötzlich wieder auf und bannten den Blick Schuschuschunas.

»Sieh mich an!«, befahl der Vampir.

»Tut Schuschuschuna doch«, erwiderte Schuschuschuna.

»Du wirst vergessen, dass du uns in dieser Nacht begegnet bist«, sagte Satanescu. »Du wirst vergessen, dass du in dieser Nacht überhaupt mit jemandem gesprochen hast.«

»Das wird Schuschuschuna ohnehin«, sagte Schuschuschuna und seufzte ergeben.

Satanescu vollführte eine Bewegung mit der Klauenhand, fuhr damit kurz vor Schuschuschunas Gesicht herum und entriss ihm das nicht vorhandene Gedächtnis.

Er hätte auch Schuschuschunas Blut trinken und ihn töten können, aber wenn der Alte auf einmal nicht mehr auftauchte, hätte dies vielleicht Winnetous oder – viel mehr noch, weil der einfach cleverer war – Old Silverhands Misstrauen geweckt und sie gewarnt. Vor allem dieser Silverhand, der Mayer Karl – also ich –, war ein ganz besonders ausgeschlafenes Kerlchen, ein ungemein gerissener und gewitzter Bursche, klug und äußerst intelligent. Bei dem musste man wirklich auf der Hut sein und mit allem rechnen.

Stocksteif stand Schuschuschuna da und bekam nicht mehr mit, was um ihn herum geschah.

»Wenn wir uns das Silber krallen und uns mit Old Silverhand und Winnetou anlegen wollen, brauchen wir Unterstützung«, sagte Satanescu zu seinen bluttrinkenden Spießgesellen. »Die werden ja kaum so dämlich sein und allein losziehen, sondern einen Trupp mit mindestens vierzig Werwolfskriegern mitnehmen. Gegen die können wir vier kaum etwas ausrichten.« Er wies mit dem knöchrigen Zeigefinger auf einen der anderen Vampire. »Du, Flatternescu! Du fliegst in das Dorf der Wolfs-Kiowas und richtest Tuntua aus, dass der Tag der Rache gekommen ist. Wir brauchen mindestens ebenso viele Krieger, wie Schuschuschuna mitnehmen wird, also wenigstens vierzig Werwölfe. Dann können wir nicht nur Schuschuschuna töten, sondern gleich seine ganze Brut mit ausrotten! Sag ihm das!«

»Wie Ihr befehlt, Herr und Meister!«

Satanescu wies auf den stocksteif dastehenden Schuschuschuna. »Aber sag ihm nicht, dass wir die Labertasche heute Nacht getroffen und am Leben gelassen haben. Tuntua ist nicht der Hellste, er würde meine Beweggründe nicht schnallen und mal wieder ausrasten!«

»Wie Ihr befehlt, Herr und Meister«, wiederholte sein Vampirlakai und verwandelte sich in eine riesige Fledermaus, die sich sodann mit mächtigen Schlägen ihrer ledrigen Schwingen in den nächtlichen Himmel schwang.

Auch die drei verbliebenen Vampire wurden wieder zu Fledermäusen und flatterten davon. Zurück blieb nur

Schuschuschuna, von dem der Bann abfiel, als sich Satanescu und die anderen Blutsauger weit genug entfernt hatten.

»Hmm ... ja, wo ist Schuschuschuna denn hier?«, fragte sich der verwirrte greise Häuptling. »Ist hier jemand?«, rief er. »Hallo, ist da wer in der Nähe?« Dann murmelte er wieder: »Hmm ... nein. Na dann, muss Schuschuschuna wohl allein den Weg nach Hause finden!«

Und damit verwandelte er sich wieder in einen Wolf und lief tiefer hinein in den nächtlichen Wald – natürlich in die völlig falsche Richtung.

So muss es sich abgespielt haben. Ich war nicht dabei, aber es ist klar, dass es nur so gewesen sein kann. Ich habe diese Ereignisse extra so ausführlich geschildert, weil es ein paar Werwolf-Apachen gibt, die noch immer steif und fest behaupten, es wäre der gute Sam Howlin gewesen, der sich irgendwo verquatscht hätte. Blödsinn! Oder wie Sam sagen würde: Pshaw! Nonsens!

Auch wenn er ein nerviger alter Waldschrat ist, er ist dennoch mein Freund, darum hab ich ihm letztes Weihnachten ein Stück Seife geschenkt und schrieb zu seiner Ehrenrettung die Ereignisse jener Nacht so nieder, wie sie sich – davon bin ich ganz, ganz fest überzeugt – wirklich zugetragen haben, jawoll!

Am nächsten Morgen wollten wir aufbrechen. Wir, das waren der edle Häuptling der Werwolf-Apachen Schuschuschuna, seine beiden Kinder Winnetou und Schuschischi, Sam Howlin, Dick und Bill, die ebenfalls zurück nach St. Louis wollten, und ich, der berühmte Westmann Mayer Karl, bekannt als Old Silverhand.

Doch unsere Abreise verzögerte sich bis zur Mittagsstunde, weil Schuschuschuna unauffindbar war. Er hatte sich nachts allein auf die Jagd begeben, hatte sich natürlich im tiefen Wald verlaufen und fand erst am späten Vormittag zur Pyramidenburg der Werwölfe zurück. Was sich meiner festen Überzeugung nach in jener Nacht ereignet hatte, habe ich vorhin ja ausführlich geschildert.

Wir würden zu Pferd reisen, obwohl die Indsmen und ich in Wolfsgestalt viel schneller gewesen wären. Doch erstens mussten wir Rücksicht auf die uns begleitenden Präriejäger nehmen, vor allem auf Sam, der ja nur ein Maultier hatte, zweitens führten wir auch Packpferde für den Proviant und das viele Silber mit uns, das die Indianer für Schuschischi und mich holen würden, und drittens wollten wir nicht auffallen, wenn wir unterwegs irgendwelchen Reisenden begegneten, denn wahrscheinlich hätten Bruder Heinrich und sein »Kämpfender Orden des Schwertes Christi« Schuschischi und mich mit vorgehaltenen Waffen am Stadtrand erwartet, wenn man ihnen berichtete, dass Werwölfe auf dem Weg nach St. Louis waren.

Aus zuletzt genanntem Grunde – also um nicht aufzufallen – verzichteten wir auch darauf, einen Kriegstrupp Wolfs-Apachen zu unserem Schutz mitzunehmen. Ich machte zwar einen entsprechenden Vorschlag, weil ich es für wesentlich sicherer gehalten hätte, hätten uns mindestens vierzig Werwolfskrieger begleitet, doch Winnetou – der Schlauberger – widersprach dem, da er der Ansicht war: »Eine derart große *groupe*, die man zudem in der weiten Steppe selbst aus größter Entfernung ausmachen könnte, würde *attention* erregen. Die Wolfs-Kiowas – oder noch viel schlimmer: die Weißen – würden auf uns aufmerksam und neugierig werden. Dann würden sie womöglich 'eimlich unserer Fährte folgen und das Ge'eimnis des Silver-tsil ergründen. Dies gilt es auf jeden Fall zu vermeiden.«

Natürlich war ich mal wieder im Recht, wie sich später herausstellen würde, aber bevor ich weitere Argumente vorbringen konnte, stimmte Sam Howlin dem Häuptlingssohn zu, indem er zu mir sagte: »Da seht Ihr mal wieder, was Ihr für eine Lusche seid. Heavens, der gewitzte Winnetou kennt sich aus, während Ihr wie eine ganze Büffelherde durch die Prärie gestampft wäret und alle möglichen Aasgeier angelockt hättet.«

Es drängte mich, ihm einmal mehr die Meinung zu geigen, doch ich schluckte meinen Zorn hinunter, da er ja nur die Ansicht Winnetous unterstützte.

»Mein Wolfsbruder Old Silver'and sei unbesorgt«, versuchte mich Winnetou zu beruhigen. »Falls wir unterwegs auf Kiowa-Wölfe treffen, 'aben seine drei weißen Gefährten in ihren Satteltaschen genug von der Silbermunition, welche die Bleichgesichter des Ratten-Jim mit sich führten und die wir in eurem Lager fanden und 'ier'er brachten. Und Winnetou selbst 'at diese prächtige Zauberwaffe, um sich und die Seinen zu beschützen!« Mit diesen Worten griff er zum Sattelschuh seines edlen Pferdes und zog ein Gewehr hervor.

»Was ist das für eine Waffe?«, fragte ich erstaunt.

»Wir Wolfs-Apachen nennen sie die Silberbüchse, denn es ist, als würde man damit Silberkugeln verschießen«, erklärte er. »Jeder Schuss aus diesem Gewehr ist für eine Kreatür des bösen Geistes tödlich, sei sie nun ein Bleichgesicht, ein lebender Toter oder ein übler Wolfsgänger.« So nannten sich die Werwolfs-Indianer selbst, da ihnen der Begriff Werwolf unbekannt war. »Darum nennen wir diese Waffe Silberbüchse, denn es ist, als würde sie silberne Kugeln verschießen. Es ist das Gewehr des 'äuptlingssohns der Wolfs-Apachen, ein Geschenk seines großen Vaters Schuschuschuna.« Und leiser fügte er hinzu: »Der kann damit nicht umge'en und würde sich mit der Zauberwaffe e'er selbst erschießen.«

»Darf Old Silverhand die Silberbüchse einmal nehmen?«

»Non!«

»Woher haben die Wolfs-Apachen das Zaubergewehr?«, wollte ich wissen.

»Wir 'aben es dereinst einem irren Fanatiker abgenommen, der sich Bruder 'einrich nannte und einem rachedurstigen Götzen diente. Wir jagten ihn aus unserem Land und be'ielten die Silberbüchse, damit er damit auch andernorts kein Un'eil mehr anrichten kann.«

Ich staunte zunächst nicht schlecht darüber, dass auch Winnetou und seine Wolfs-Apachen Bruder Heinrich kannten, dann sagte ich mir, dass dies zu jener Zeit geschehen sein musste, als der frömmelnde Gotteskrieger in dieser Gegend zum ersten Mal dem Howlin' Sam begegnet war und den Werwolfskeim in ihm gebannt hatte.

»Dieser Bruder 'einrich ist ein Feind aller Wolfsgänger, ob gut oder böse«, fuhr Winnetou fort. »Als wir ihn davonjagten, drohte er uns, andere Weiße zu schicken, die auf uns Jagd machen würden. Seit'er warten wir auf sie. Auch sie sind unsere Todfeinde, und sollten wir i'rer 'ab'aft werden, binden wir sie zur Abschreckung an die Marterpfähle, wo sie qualvoll sterben werden.«

Der gute Bruder Heinrich hatte offenbar großes Talent darin, sich in seinem religiösen Eifer die ganze Welt zum Feind zu machen. Ich verschwieg vor meinem Wolfsbruder besser, dass ich diesen Mann ebenfalls kannte und dass er es gewesen war, der mich ins Indianer-Territory geschickt hatte.

So erfuhr ich also von Winnetous legendärem Gewehr, der berühmten Silberbüchse. Später kam mir mehrmals das Gerücht zu Ohren, man hätte die Waffe Silberbüchse genannt, weil ihr Kolben mit Silberbeschlägen verziert gewesen wäre. Das ist natürlich Quatsch, denn Winnetou als Werwolf hätte sich ja dann daran die Pfoten verbrannt. Nein, der Name leitete sich allein von ihrer Wirkung auf magische und vor allem schwarzmagische Kreaturen ab.

Doch Silberbüchse hin oder her, ich hätte bezüglich des Schutztrupps besser auf meinen Standpunkt bestehen sollen, dann wäre das Drama, das sich anbahnte, vielleicht noch zu verhindern gewesen.

Endlich erschien auch Schuschuschuna. Wie seine Tochter und auch sein Sohn trug er wieder einen schmucken Jagdrock mit indianischen Stickereien und zusätzlich seinen Kopfschmuck mit den vielen Adlerfedern.

Wir waren also vollzählig und reisefertig, doch noch einmal verzögerte sich unser Aufbruch, denn die Wilden wollten nicht losziehen, bevor sie ihren Medizinmann befragt hatten, wie die Reise verlaufen würde und ob die Omen und Zeichen dafür günstig ständen.

Während wir alle aufbruchbereit auf den Pferden saßen, trat das dürre Männlein auf uns zu. Der rote Hexenmeister hatte seinen halb nackten Körper mit frischen Symbolen in lustig bunten Farben bemalt und trug wieder seine Dämonenmaske. Er begann vor uns herumzutanzen, sang sein »Yiiijajajaaa – yiiijajajaaa – yiiijajajaaa«, rief dann irgendetwas im Dialekt der Wolfs-Apachen und tat so, als würde er den Geistern lauschen. Der ganze Mummenschanz dauerte gut und gern zwanzig Minuten, und es war wohl purer Zufall, dass sich in dieser Zeit dunkle Gewitterwolken über der Pyramidenburg zusammenballten. Auf einmal krachte ein Donnerschlag, und ein Blitz zuckte durch die düsteren Wolken. Sodann beendete der Hexer sein heidnisches Treiben und rief mit lauter Stimme:

»Gefahr lauert auf eurem Weg. Nur der edle Häuptling Schuschuschuna und seine Tochter werden diese Reise überleben, Winnetou aber, sein Blutsbruder Old Silverhand und dessen drei Gefährten werden sterben!«

»Uff, uff!«, riefen die Wolfs-Apachen im Chor.

Der dürre Hexenmeister aber war noch nicht fertig, sondern setzte noch eins drauf: »Es ist Old Silverhand, der Unheil über die Reisenden bringt. Wer sich in seiner Nähe aufhält, ist des Todes!«

Das erschreckte die angeblich so tapferen Wolfs-Apachen zutiefst. Zu meiner Verwunderung bemerkte ich, dass nicht nur Schuschuschuna, sondern auch mein Wolfsbruder Winnetou sein Pferd von mir abrücken ließ.

Es war der gewitzte Sam Howlin, der die Situation rettete. Er hatte sein Maultier neben mein Pferd gelenkt und raunte mir zu: »Das sagt er nur, weil er sauer auf Euch ist. Als Schuschuschuna erfuhr, dass er die magische Salbe hergestellt hat, mit der Schuschischi den Wolfskeim aus Eurem Leib vertrieb, hat er ihm einen argen Rüffel erteilt, und daran gibt er Euch die Schuld.« Er kicherte. »Kann mir denken, wie Eure treue Braut den elenden Hexer dazu überredet hat, ihr die Salbe zu überlassen.«

Sodann sprang Sam von seinem Maultier und rief dem roten Geisterbeschwörer zu: »Pshaw! So einen Nonsens habe ich noch nie gehört! Du willst ein Zauberer sein und in die Zukunft blicken können? Sam Howlin kann das um einiges besser. Schau hin, ich zeig dir, wie's geht!«

Und sodann begann er selbst herumzutanzen wie ein Indianer, rief: »Yiijajajaaa – yiiijajajaaa – yiiijajajaaa«, und machte die merkwürdigsten Verrenkungen. Jetzt fehlte wirklich nur noch, dass jemand seinen Namen rief und er sich daraufhin selbst in zwei Hälften zerriss.

Mir wollte Sams Veranstaltung schon peinlich werden, da aber gewahrte ich, dass sich die Wilden davon tief beeindruckt zeigten.

Endlich beendete Sam seinen irren Tanz, wies wie ein Richter beim Urteilsspruch auf den verdutzten Medizinmann und rief: »Haha, hört zu, Mesch'schurs und rote Brüder! Auch zu mir haben die Geister gesprochen und mir einen Blick in die Zukunft gewährt. Und es ist in Wirklichkeit genau umgekehrt: Old Silverhand bringt nicht das Unheil über uns, sondern die Rettung für seine Gefährten, und es sind Schuschuschuna und Schuschischi, die …«

»Hold it, Sam!«, gebot ich da mit Strenge in der Stimme. »Sprich nicht weiter! Dies geht zu weit!«

Der Medizinmann aber stapfte wütend mit dem Fuße auf und kreischte unter seiner Dämonenmaske hervor: »Was nimmt sich der weiße Mann da heraus? Der Howlin' Sam ist ein dreister Lügner, der …«

Weiter kam er nicht, denn erneut tauchte ein flackernder Blitz die Umgebung vor der Pyramidenburg in grellen Lichtschein, fuhr hernieder – und traf den Indianerhexer!

Nur noch Asche und seine verkohlte Dämonenmaske blieben von ihm übrig.

»Uff, uff, uff!«, riefen die Wilden um uns herum, während sich Schuschuschuna auf seinem Pferd zu Winnetou beugte: »Äh, wo ist denn der Medizinmann auf einmal abgeblieben?«

Sam Howlin war so verwundert wie wir alle. Er kratzte sich die Perücke, trat auf den schwelenden Aschehaufen zu, stieß die Dämonenmaske mit der Stiefelspitze an, und als er den Schamanen darunter nicht mehr finden konnte, murrte er: »Das hätt ich jetzt nicht erwartet, wenn ich mich nicht irre.«

Ich hatte das Geschehen mit eigenen Augen beobachtet, doch glauben konnte ich es zunächst nicht. Hatten tatsächlich irgendwelche Geister zu Sam Howlin gesprochen und ihn die Zukunft weissagen lassen? Und hatten sie den Indianerzauberer mit einem Blitz erschlagen, weil dieser Sam einen Lügner nannte und damit ihre Voraussage infrage stellte?

Aber das hätte bedeutet, dass Schuschuschuna und Schuschischi die Reise nicht überlebten!

Nein, an so einen Unfug wollte ich nicht glauben. Dass der Blitz ausgerechnet nach Sams wilder Aufführung herabgezuckt und den indianischen Hexenmeister getroffen hatte, musste Zufall sein.

Ich sah Winnetou an und erkannte tiefe Sorge in seinen Augen …

Wir waren den ganzen Tag über unterwegs, und ich zwang mich während dieser vielen Stunden, nicht ständig über Sam Howlins bedrohliche Weissagung und den Tod des Medizinmannes nachzusinnen.

Dies gelang mir auch zunehmend besser, denn etwas anderes fiel mir auf und erregte meine Aufmerksamkeit und auch meinen Unmut. Erneut hatte es mit Sam Howlin zu tun, denn während er neben mir ritt, bemerkte ich, wie er sich immer wieder nach Schuschischi umdrehte und ihr mehr als freundliche Blicke zuwarf, meist begleitet von einem schiefen Grinsen, und das eine ums andere Mal zwinkerte er ihr sogar zu.

Himmel, durfte das wahr sein? Der schmutzige Kerl wollte mir doch wohl nicht die Braut ausspannen?

Doch, wurde mir klar, genau das wollte er. Und im nächsten Moment begriff ich auch, warum er ihr auf einmal schöne Augen machte. Er wollte sie mir abluchsen und sie selbst zur Squaw nehmen, nicht etwa, um sich auch von ihr mit Salbe einreiben zu lassen, sondern um auf diese Weise an all das Silber zu gelangen, das Schuschuschuna seiner Tochter als Mitgift geben wollte!

Und tatsächlich schien sein blödes Grimassenschneiden bei Schuschischi anzukommen. Sie erwiderte seine Blicke jedenfalls immer häufiger mit gekonntem Augenaufschlag und ließ dabei die langen Wimpern klimpern.

Dieses Luder! Was fand sie nur auf einmal an diesem schmutzigen kleinen Kerl?

Als Schuschischi dann irgendwann neben uns ritt, wurde deutlich, dass meine Eifersucht völlig unbegründet war und sie nur freundlich zu Sam sein wollte, weil er mein Freund war. Er begann ihr nämlich schlüpfrige Witze zu erzählen, und zwar von solcher Art, dass selbst eine Saloondirne errötet wäre.

Schuschischis Gesichtsfarbe war bereits rot, verdunkelte sich aber zusehends, ohne dass es Sam aufgefallen wäre. Er dachte wohl, mit seinen Unanständigkeiten bei ihr landen zu können, und anfangs schmunzelte sie auch noch höflich über seine anstößigen Zoten. Doch je derber und obszöner seine Witze wurden, desto schwerer fiel es ihr, irgendeine Heiterkeit vorzutäuschen, und zum Schluss verkniff sie ihren hübschen Mund mit den vollen Lippen, dass er nur noch einen schmalen Strich bildete.

Ich musste dem ein Ende setzen!

Und ich tat es, indem ich, als Sam gerade über seinen letzten dreckigen Witz geierte, zu ihm sagte: »Sam, da hängt Euch Rotz aus der Nase!«

Sein krächzendes Lachen brach ab, und er fluchte: »Oh, hell and damnation!« Dann nahm er die verfilzte Perücke vom Haupt und schnäuzte laut und anhaltend hinein, dass so einiges an Getier aus dem zotteligen Pelzlappen geblasen wurde.

Als Schuschischi das hässliche Narbengeflecht auf Sams kahlem Schädel sah, schrie sie erschrocken auf. Sam, die Perücke noch in der Hand, fragte verwirrt: »Was hast du, schönes Kind?«

Sie aber starrte ihn zunächst nur entsetzt an, dann zügelte sie ihr Pferd, ließ sich wieder zurückfallen und hielt von nun an Abstand zu Sam Howlin.

Der betrachtete die Perücke, die er noch hielt, und auf einmal ging ihm ein Licht auf. »Das habt Ihr mit Absicht getan!«, schnauzte mich der kleine Kerl an.

Ich lachte. »Ich wage nicht, dies abzustreiten!«

»Wisst Ihr verdammte Lusche denn nicht, dass es Indianerstämme gibt, die ihre Gefangenen zuerst skalpieren und sie anschließend entmannen?«, wetterte er verdrießlich. »Nun muss die Kleine doch befürchten, bei mir nicht mehr bekommen zu können, was eine Squaw bei einem Manne sucht!«

»Seid Ihr sicher, dass sie bei Euch suchte, was Ihr Euch vorstellt, Sam?«, fragte ich amüsiert.

»Ihr nicht?«

»Kann's mir schlecht vorstellen«, gestand ich ihm lachend. »Und wenn, hätt ich nicht vorgehabt, sie mit Euch zu teilen.«

»Wär doch nichts dabei«, behauptete er. »Wir beide

sind Freunde, und sie ist eine Wilde, wenn ich mich nicht irre.«

»Oh, ich fürchte schon, dass Ihr Euch in dieser Hinsicht irrt«, hielt ich ihm vor. »Sie scheint mir in ihren Umgangsformen jedenfalls zivilisierter als Ihr, mein lieber Sam Howlin.«

»Ihr seid nicht nur eine Lusche, sondern auch ein übler Halunke, wenn ich mich nicht irre«, beschwerte er sich. »Und so etwas will mein Freund sein!«

»Spannt denn ein Freund dem anderen die Braut aus?«, hielt ich dagegen.

Da musste er grinsen und sagte: »Ertappt. Seid vielleicht doch keine so große Lusche, wie der Sohn meiner Mutter immer behauptet.« Er setzte die Perücke wieder auf, die nun, da er hineingeschnäuzt hatte, sicherlich auch besser hielt. »Aber bei so einer heißen Squaw kann auch ein harter Brocken wie der gute, alte Howlin' Sam mal weich werden und in Versuchung geraten.«

»Ist's nicht eher das Silber, das Euch in Versuchung führt?«, fragte ich ihn, nachdem ich mich mit einem schnellen Blick vergewissert hatte, dass Winnetou und Schuschuschuna weit genug vor uns ritten, um meine Frage nicht mitzukriegen.

»All devils!«, schimpfte er da wieder los. »Ich habe vor den Heiden den Wahrsager markiert. Jetzt tut Ihr nicht so, als könntet Ihr Gedanken lesen!«

So wie er redete, glaubte er also selbst nicht an seine prophetische Gabe. Warum hatte er dann aber anklingen lassen, Schuschuschuna und Schuschischi würden die Reise nicht überleben?

Ich bin kein abergläubischer Mensch, doch in diesem Falle wäre es besser, ich wäre es gewesen, wie sich später herausstellte. Denn so, wie ich Sams Gedanken in Bezug auf das Werwolfs-Silber durchaus richtig erraten hatte, sollte auch seine düstere Weissagung zutreffen.

Als wir in der Nacht lagerten, sorgte Sam erneut für Aufregung. Wir mussten ein Lager aufschlagen, denn weder unsere Pferde noch die drei Westmänner in unserer Begleitung konnten in der Dunkelheit sehen, und so war die Gefahr zu groß, dass die Gäule in einen Kaninchenbau traten und sich die Fesseln brachen oder Sam Howlin gegen einen Baum ritt, der sich einsam und traurig in der Prärie erhob.

Wir Weißen saßen bereits am Feuer, und als sich auch die Wolfs-Indianer niederlassen wollten, nachdem sie noch einmal die nähere Umgebung erkundet hatten, machte ich Schuschischi an meiner Seite Platz. Doch sie setzte sich stattdessen dicht neben ihren Bruder, der mit gestrengem Blick mal wieder den Sittenwächter spielte. Ach, ich hätte zu gern mit der schönen Squaw ein bisschen Händchen gehalten und das romantische Lagerfeuer genossen. Und vielleicht auch in der Nacht ein wenig mit ihr gekuschelt. Aber das war nicht möglich, solange Winnetou in unserer Nähe war.

In all den folgenden Jahren ist mir der rote Bursche ja ans Herz gewachsen, aber an diesem Abend freute ich mich darauf, seine Person endlich gegen den Silberschatz einzutauschen und den Rest der Reise mit Schuschischi zu verbringen.

Doch es wäre ohnehin kein romantisches Beisammensein am Lagerfeuer geworden, denn Sam faselte die ganze Zeit von nichts anderem als dem Silberschatz der Wolfs-Apachen, während wir Weißen Bohnen fraßen und die Rothäute getrocknete Fleischbrocken, die sie in ihren Proviantsäcken mit sich führen und roh verspeisten.

»Ihr roten Heiden«, sagte Sam zu Schuschuschuna, und halb zerkaute Bohnen schlabberten ihm dabei in den Bart, »ihr könnt doch mit dem ganzen Zaster gar nichts anfangen, wenn ich mich nicht irre. Ich meine, hier in der Wildnis lässt sich damit schlecht Handel treiben, und das bisschen, was ihr von weißen Tradern ersteht, tauscht ihr gegen Bisonfelle oder billigen Indianerramsch.«

»Das ist wahr«, bestätigte der greise Werwolfshäuptling. »Weder für den Roten Mann noch für den Wolfs-Indianer hat das glitzernde Metall irgendeinen Wert.«

»Ja, warum … warum … warum …« Sam suchte zunächst verzweifelt nach den richtigen Worten und stammelte herum, dann aber brach es aus ihm hervor: »Warum verschenkt ihr das Silber dann nicht einfach? Zum Beispiel an euren guten weißen Freund Sam Howlin? Der weiß schon, was er damit tun würde!«

»Der Silberschatz der Wolfs-Apachen muss geheim bleiben«, erklärte Schuschuschuna streng. »Das Edelmetall ist tödlich für jeden Wolfs-Indianer, darum darf es nicht in die Hände des Weißen Mannes fallen, der daraus Silberdolche oder Silberkugeln herstellen könnte wie jene Geschosse, mit denen eure Waffen geladen sind.«

»Außerdem«, fügte sein Sohn hinzu, »sollte der ganze Schatz einmal Winnetou ge'ören, und der weiß mit solch einem Reichtum sehr wohl etwas anzufangen.« Und bei diesen Worten warf er mir einen mürrischen Blick zu.

Ich ignorierte es und fragte den greisen Häuptling der Wolfs-Apachen: »Und trotz der Gefahr, dass man für euch tödliche Waffen und Kugeln daraus herstellen könnte, will der große Schuschuschuna Old Silverhand einen Teil des Schatzes schenken?«

Dieser nickte. »Schuschuschuna liebt seine Tochter Schuschischi über alles. Er will ihr ein gutes Leben in den

Städten der Weißen ermöglichen, und Schuschuschuna weiß, dass Old Silverhand nicht alles Silber auf einmal zu Geld machen wird, sondern immer nur so viel, wie er und seine Squaw für ein angenehmes Dasein benötigen.«

»Ich würde genauso gut haushalten«, mischte sich Sam wieder ein, und das gierige Funkeln in seinen Augen war unübersehbar. »Wenn Schuschuschuna dem Howlin' Sam auch etwas von dem Silber mitgeben würde, um damit zu zeigen, welch ein guter Freund er ist ... Ich meine, nur eine geringe Menge, so im Wert von tausend oder zehntausend oder einer Million Dollar ... Ich meine, der Howlin' Sam hat viel für den Stamm der Wolfs-Apachen getan, wenn ich mich nicht irre ... Ich meine, das wäre ja nur fair, wo Schuschuschuna doch dem Mayer Karl, der eine große Lusche ist, so viel davon schenken will ... Ich meine, wenn ich mich nicht irre, würde auch ich Schuschuschunas Tochter als Dreingabe nehmen, wenn das die Bedingung dafür wäre ...«

Schuschuschuna war das wirre Gefasel des Westmannes leid, und er unterbrach Sam mit den Worten: »Mein weißer Bruder Howlin' Sam sollte sich keinen falschen Hoffnungen hingeben. Das Silber ist für Schuschuschunas Tochter bestimmt und für Old Silverhand. Der Howlin' Sam wird keine Unze davon erhalten. Howgh, Schuschuschuna hat gesprochen. Also jetzt ein anderes Thema, wenn's denn recht ist!«

Da sprang Sam auf, so hastig, dass mir sein Blechteller mit den restlichen Bohnen um die Ohren flog, riss seine Büchse in den Anschlag, zielte damit auf Schuschuschuna und schrie: »Ha, Thunderstorm – du elender Mistkerl!«

Auch Winnetou und ich sprangen in die Höhe, doch Winnetou brachte zunächst nur ein erschrockenes »Uff, uff!« zustande, und ich fiel wieder hin, weil ich das lange

Herumhocken in Indianerhaltung nicht gewohnt war und mir dabei die überkreuzten Beine eingeschlafen waren. Mein eigener Teller mit den Bohnen fiel mir dabei verkehrt herum in den Schoß.

Bill schrie noch: »Hold it, Sam!«, und Dick: »Fuck you, Sam!«, da drückte Sam Howlin auch schon ab!

Der Schuss krachte, doch die Silberkugel aus Sams Gewehr fegte dicht am Kopfe Schuschuschunas vorbei in das Gebüsch hinter dem Werwolfshäuptling.

»Was war das?«, fragte dieser, plötzlich wieder völlig verwirrt. »Ich hörte einen Knall!«

Winnetou riss Sam die Büchse aus den Händen und rief: »Mon Dieu! Ist mein weißer, gieriger Bruder 'owlin' Sam von Sinnen?«

»Ja, habt Ihr denn Büffeldung unterm Toupet?«, schrie ich Sam an und fiel erneut auf den Allerwertesten; meine Beine begannen wie verrückt zu kribbeln.

Sam aber verteidigte sich. »Da waren auf einmal rot glühende Augen im Gebüsch«, behauptete er. »Direkt hinter Schuschuschuna! Ich hab sie deutlich gesehen!«

Winnetou starrte ihn an, dann warf er mir einen Blick zu, der zu fragen schien: Glaubst du ihm?

Ich erwiderte mit meinem Blick: Kein Wort!

Doch Winnetou antwortete mir stumm: Trotzdem besser, wenn ich mal nachsehe!

Und sogleich verwandelte sich der Häuptlingssohn in einen Werwolf und sprang ins Gebüsch. Man hörte das Rascheln von Blättern, das Knacken von Zweigen, das laute Schnüffeln Winnetous und dann – weil er sich offenbar an einer Dorne gepikt hatte – ein knurrendes »Merde!«.

Mehr geschah nicht, mal abgesehen davon, dass Winnetou eine Fledermaus aufschreckte, die offenbar im Buschwerk nach Insekten gesucht hatte und nun fiepend davonflatterte.

Schließlich kam Winnetou wieder aus dem Busch hervor und verwandelte sich zurück. »Sam 'owlin mag sich geirrt haben«, brummte er und sah Sam dabei scharf an. »Ich will dies einfach mal annehmen, denn er ist Old Silver'ands Freund!« Dann bemerkte er, dass die Nähte seines schönen Jagdrocks aufgeplatzt waren, als er sich in den riesigen schwarzen Wolf verwandelt hatte, der seine zweite Natur war, und fluchte erneut: »Merde!«

»Ja, warum ist denn hier so eine Aufregung?«, fragte Schuschuschuna, den der Schrecken über den Schuss wieder in einen Zustand geistiger Verwirrung gestürzt hatte; dabei hatte er zuvor noch so überraschend klar gewirkt.

Schuschischi hatte sich zu ihm gesetzt und tätschelte ihm beruhigend die Hand. »Alles in Ordnung, großer Häuptling«, sagte sie. »Howlin' Sam hat nur … äh, einen fahren lassen.«

Wie sich später herausstellte, war es gut möglich, dass Sam diese rot glühenden Augen tatsächlich hinter Schuschuschuna im Gebüsch gesehen hatte. Aber ich bin mir bis heute nicht ganz sicher, ob er in seiner Gier nach dem Silber nicht doch auf Schuschuschuna hatte schießen sollen.

Er hatte zu dem Medizinmann der Wolfs-Apachen gesagt, die Zukunft würde sich ganz anders ereignen, als dieser es prophezeit hatte. Also waren es nicht er selbst, seine beiden Freunde und Winnetou und ich, die diese Reise seiner Meinung nach nicht überleben würden, sondern der Werwolfshäuptling und seine Tochter.

Hatte Sam etwa vor, sich der beiden zu entledigen, um sich den Silberschatz der Werwölfe krallen zu können? Wollte er nur Winnetou am Leben lassen, um von diesem die Lage des legendären Silver-tsil zu erfahren?

Jedenfalls hielt ihn das manische Verlangen nach dem legendären Schatz der Werwölfe weiterhin im Griff, wie die nächste Nacht erweisen würde – doch wurden wir auch beobachtet, und zwar von Kreaturen, die sogar in der Lage waren, sich in Nebelschwaden aufzulösen oder in Fledermäuse zu verwandeln …

Die Falle in der Werwolfs-Schlucht

Als wir früh am Morgen aufbrachen, machte Schuschuschuna wieder einen überraschend klaren Eindruck. Allerdings schien er nicht zu wissen, was in der vergangenen Nacht vorgefallen war. Jedenfalls benahm er sich Sam Howlin gegenüber zuvorkommend und freundlich, so wie es seine Art war.

»Da hast du Glück, dass der Alte nicht allzu richtig tickt«, hörte ich Dick Stick an Sam gewandt flüstern. »Jede andere Rothaut hätte dich noch einmal skalpiert.«

»Bei mir ist nichts mehr zu skalpieren, wenn ich mich nicht irre«, murrte Sam, während er sein Maultier sattelte.

Er wagte den ganzen Tag über nicht mehr von dem Silberschatz der Werwölfe zu reden, und das war meiner Ansicht nach auch ganz gut so. Leider änderte sich dies, als wir bei Sonnenuntergang erneut unser Lager aufschlugen.

Als das Feuer brannte und Büffel-Bill einen Topf mit Bohnen darüber erwärmte, erhob sich Schuschuschuna, der große greise Häuptling der Werwolf-Apachen, und ergriff das Wort:

»Der Silver-tsil ist nicht mehr fern«, sprach er. »Schuschuschuna und seine beiden Kinder werden sich nun in Wölfe verwandeln und sich zum Silberberg der Wolfs-Apachen begeben, um für ihren weißen Bruder Old Silverhand und seine Squaw das Silber zu holen.«

Sam sprang sofort auf, und da war es wieder, das wahnhafte Glitzern in seinen Augen. »Sollen wir nicht besser mitkommen, damit euch unterwegs nichts zustößt?«, fragte er allzu deutlich erregt.

Als er in die Höhe gesprungen war, hatte Winnetou ganz instinktiv zu seiner Silberbüchse gegriffen, doch Sam hatte seine Liddy nicht in der Hand, und da entspannte sich mein Wolfsbruder wieder.

»Nein«, gebot Schuschuschuna mit Entschiedenheit im Tonfall. »Die Lage des Wolfs-Silbers ist geheim und soll es bleiben.«

»Aber«, widersprach Sam, »gute Freunde wie wir sollten keine Geheimnisse voreinander haben, wenn ich mich nicht irre. Es … es wäre einfach sicherer, wenn wir mitkommen!«

»Nur der Häuptling der Wolfs-Apachen weiß, wo genau der Silver-tsil liegt und die Silbermine zu finden ist«, mahnte Schuschuschuna, »und er vererbt dieses Wissen einzig seinem Sohn.«

Da wies Sam auf Schuschischi. »Aber die nimmst du doch auch mit!«

»Äh … seinem Sohn und seiner Tochter«, berichtigte sich Schuschuschuna schnell. »Also … ich meine, an seine Familie.«

»Nun ja«, sagte Sam, »wir gehören doch, wenn man's genau nimmt, auch zur Familie. Old Silverhand ist bald dein Schwiegersohn, wenn ich mich nicht irre, und ich war immer wie ein treu sorgender Vater zu der Lusche. Jedenfalls seit wir uns kennen, und das sind ja schon ein paar Wochen.«

Ich sah, wie Winnetou seine Büchse schussbereit machte, indem er die beiden Hähne spannte. Sam bekam in seinem Wahn nicht mit, wie sehr er die Wolfs-Apachen verärgerte.

»Schluss damit!«, gebot der Werwolfshäuptling. »Schuschuschuna und die Seinen würden jeden töten, der es wagte, ihnen zu folgen!«

Sam verzog verdrießlich das Gesicht. »Auch uns würdet ihr töten!«

Schuschuschuna nickte bestimmt. »Ja, denn würdet ihr uns folgen, wäret ihr nicht unsere Freunde, sondern üble, gierige Halunken, die den Tod verdienten!«

Daraufhin grummelte Sam irgendetwas in seinen Bart, drehte sich um und stapfte missmutig davon.

»Es scheint mir, als 'abe die Gier nach dem Silber Old Silver'ands weißen Freund in ihrem mörderischen Griff«, sagte Winnetou zu mir.

»Na ja, Freund ist etwas zu hoch gegriffen«, entgegnete ich schulterzuckend.

Schließlich entkleideten sich die drei Indsmen, denn Schuschuschuna und Schuschischi wollten ihre schmucken Jagdröcke bei der Verwandlung in einen Wolf nicht ebenso ruinieren wie Winnetou den seinen am Abend zuvor.

Obwohl Schuschischi uns Weißen dabei den Rücken zukehrte, überlief es mich doch heiß und kalt, als ich sah, wie sie aus dem weichen Leder ihres Kleidchens schlüpfte. Der flackernde Schein des Lagerfeuers streichelte über ihre samtweiche rote Haut und umschmeichelte ihre grazile Gestalt. Ihre schmalen Schultern gingen über in einen biegsamen Rücken, der knappe Lendenschurz, den sie noch trug, bedeckte nur das Allernötigste ihrer wundervoll runden Kehrseite.

Büffel-Bill zerrte sich das Halstuch von der Kehle, während sein Adamsapfel hektisch auf- und niederhüpfte, und wischte sich den Schweiß von der Stirn, verzweifelt darum bemüht, in eine andere Richtung zu blicken, und Dick Stick, der noch immer am Feuer saß, legte sich schleunigst den Präriehut in den Schoß, damit niemand sah, dass sein Namensgeber seine Leggins zu sprengen drohte.

Ach, die armen Jungs hatten die letzten Monate oder gar Jahre nur unter schmutzigen Kerls, Büffeln und Bisondung verbracht. Was musste dieser herrliche Anblick bei ihnen auslösen, da er auch mich schon halb um den Verstand brachte.

Winnetou trat auf mich zu, drückte mir die Hand und umfasste mit der Linken freundschaftlich meinen Unterarm. »Am Morgen werden wir zurück sein zum Rendezvous mit Old Silver'and und den Seinen. Ab dann ist Old Silver'and ein reicher Mann!« Ich kann nicht behaupten, dass ich ob seiner Worte nicht ergriffen gewesen wäre.

Auch Schuschischi verabschiedete sich von mir. Völlig ungezwungen trat sie in ihrer Nacktheit auf mich zu – ach, diese Wilden! – und schmiegte ihren wohligen, weichen Leib an meine starke Männerbrust. »Schuschischi freut sich, wenn der Mayer Karl und Schuschischi in St. Louis sind«, hauchte sie mir zu. »Dann werden wir viele Stunden ungestört verbringen, nur der Mayer Karl und Schuschischi, vereint in aufrichtiger, wahrer, hemmungsloser Liebe.«

»He-he-hemmungslo-loser …«, wiederholte ich mit heiserer Stimme, und als ich bemerkte, dass ich stammelte, schwieg ich und hielt sie einfach nur fest.

Unser Abschied dauerte Winnetou wohl etwas zu lang, denn er räusperte sich vernehmlich, und dieses Räuspern wurde noch lauter, als sich meine Hände der Kontrolle meines zivilisierten Geistes entzogen und begannen, Schuschischis stramme Kehrseite zu tätscheln.

Als Winnetous Räuspern mehr und mehr zu einem asthmatischen Röcheln wurde, löste sie sich verärgert von mir und raunzte ihren Bruder an: »Hör mal, wir sind so gut wie verheiratet!«

Er zog missbilligend die Mundwinkel nach unten und brummte: »Können wir jetzt endlich aufbrechen?«

»Ist ja schon gut!«, schimpfte sie und begann sich zu verwandeln. Sie sank herab auf alle viere, während sich ihre Knochen knackend und schabend verschoben und Fell aus ihren Poren spross, bis schließlich eine riesige, schwarzfellige Wolfskreatur vor mir hockte.

Es war noch immer ein erschreckendes Schauspiel für mich, wenn eine der Rothäute zur Bestie wurde, mehr Tier als Mensch. Bei der schönen Schuschischi ließ mich dieser Anblick noch mehr erschaudern, denn so anmutig sie auch in Wolfsgestalt wirkte, war es für mich kaum fassbar, dass sie noch kurz zuvor diese begehrenswerte wunderschöne Squaw gewesen war.

Sie wandte den Kopf, sah mich aus leidenschaftlich glühenden Lichtern an, und ihre Schnauze schien einen Kussmund zu formen.

Schuschuschuna und Winnetou taten es ihr gleich – nicht das mit dem Kussmund, sondern dass sie sich in Werwölfe verwandelten –, dann schulterte Winnetou in Wolfsgestalt seine Silberbüchse und einen Lederbeutel mit Munition. Sein Vater und seine Schwester verzichteten auf eine derartige Bewaffnung; Schuschuschuna nahm nicht mal seinen geliebten Tomahawk mit. Mir war schon aufgefallen, dass sich die Wolfs-Indianer beider Stämme lieber auf ihre Werwolfskräfte denn auf irgendwelche Waffen verließen.

Schon waren sie reisefertig und hechteten davon, hinaus in die Prärie und auf die nahen Berge zu, hinter denen die Sonne als blutroter Feuerball versank.

Ich sah ihnen nach, wie sie in der Dämmerung entschwanden. Hätte ich gewusst, was in der Nacht geschehen würde, ich hätte Schuschischi nicht gehen lassen. Oder sie zumindest noch einmal anständig geknuddelt.

Während wir auf die Rückkehr der Indsmen warteten, vertrat ich mir etwas die Beine. Die Nacht war längst hereingebrochen, aber seit in mir der Keim des Werwolfs aufgegangen war, nahm ich meine Umgebung auch in Menschengestalt mit weit schärferen Sinnen wahr und konnte selbst in sternloser Nacht sehen, als wäre es Tag.

Als ich so dahinschritt und meine Wolfssinne mich eins werden ließen mit der Natur und dem Land, überlegte ich, ob es richtig war, was ich tat. Wollte ich wirklich zurück nach St. Louis und das Leben eines reichen Mannes führen? Ich war nicht mehr der Mayer Karl, als welcher ich in den Westen gezogen war. Ich war nicht einmal mehr ein richtiger Mensch, sondern zur Hälfte Werwolf. Ich fühlte mich verbunden mit diesem Land, mit der Wildnis um mich herum. Und auch mit Winnetou und seinem Wolfsstamm, die für mich zu Brüdern geworden waren.

Und Schuschischi? Würde sie nicht vergehen in der biederen Welt der Weißen mit ihren aufgesetzten strengen Ansichten von Moral und Sitte? In dieser Hinsicht waren die Weißen noch schlimmer als Winnetou. Ich dachte auch an Bruder Heinrich, und ich konnte mir nicht vorstellen, dass Schuschischi unter solchen Menschen glücklich werden konnte.

Oder es gelang ihr tatsächlich, sich einzugliedern, sich dem weißen Lebensstil und den zivilisierten Vorstellungen von Anstand und Sitte unterzuordnen, sie vielleicht sogar zu übernehmen und sich in die Welt der Weißen einzufügen. Sie, die Werwolfs-Squaw, würde zu einer weißen

Lady werden, und wenn ich dann nachts zu ihr ins Zimmer kam, mir die Klamotten vom Leibe riss und sagte: »Los, Süße, lass uns wie die Tiere übereinander herfallen«, würde sie mit einem leidvollen Seufzen den Handrücken an ihre Stirn legen und klagen: »Oh, Mayer Karl. Heute Abend nicht. Diese Migräne, du kannst es dir nicht vorstellen.«

Wäre es nicht besser, mit ihr bei ihren – unseren! – Rudelbrüdern zu bleiben und ein ungezwungenes Leben voller Leidenschaft und Liebe zu führen? Wäre es nicht besser, auf den Silberschatz zu verzichten und mit ihr glücklich zu werden?

Seltsam, welche Gedanken einem kommen, wenn man so ganz allein durch die Nacht streift, was? Es war besser, wenn ich mich wieder zu meinen Gefährten begab und mit Sam über Silber, Reichtum und ein Leben im Luxus sprach, dann würde ich wieder klarer sehen.

Doch als ich in unser Lager zurückkehrte, saßen Dick Stick und Büffel-Bill allein am Lagerfeuer, tranken schwarzen Kaffee, löffelten Bohnen aus Blechtellern und furzten gemütlich in die Nacht.

»Wo ist Sam?«, fragte ich und schaute mich um. Selbst mit meinen Wolfssinnen konnte ich ihn nirgends entdecken.

»Er hat sich in die Büsche geschlagen, wollte einen Haufen setzen«, antwortete Bill.

Sofort kam Misstrauen in mir hoch. »Wann war das?«

Bill zuckte mit den Schultern. »Vor etwa zwei Stunden.«

»So lange ist er schon weg?«, fragte ich. »Und das wundert euch nicht?«

Dick lachte. »Oh, Ihr kennt ja Sams Verdauung nicht!«

Dennoch ließ sich das Misstrauen in mir nicht vertreiben. Noch einmal schaute ich mich um und stellte dann fest: »Sams Maultier fehlt!«

»Heavens!«, rief da Dick Stick. »Ist mir gar nicht aufgefallen!«

»Inzwischen nennt er das Vieh ›Mary‹«, erklärte Bill. »Bei der scharfen Häuptlingstochter ist er ja abgeblitzt. Da wird er sich doch jetzt wohl nicht an dem armen Tier vergehen?«

Nun, dass er das tat, war eine Möglichkeit, ich aber zog noch etwas ganz anderes in Betracht.

»Ihr bleibt hier und wartet«, gebot ich, während ich mich entkleidete.

»Wollt Ihr da etwa mitmachen?«, fragte Bill empört, als ich meine Kleidung ablegte.

»Pshwa!«, antwortete ich wie ein echter Westmann. »Hab ich nicht nötig; mich lässt die scharfe Häuptlingstochter ja ran!«

Sodann verwandelte ich mich in die Gestalt eines mächtigen Werwolfs. Es wäre dem schönen Jagdrock, den Schuschischi für mich geschneidert hatte, nicht bekommen, hätte ich ihn anbehalten, denn als ich meine Gestalt veränderte, wuchsen meine Muskeln, und aufrecht stehend war ich nun an die zwei Meter groß.

Ich schnappte mir meinen Werwolftöter und eine Tasche mit Munition, schulterte beides und hängte mir auch das Pulverhorn um den Hals (verflixt, fast hätte ich's vergessen), dann lief ich hinaus in die Nacht, und zwar in jene Richtung, in der vor Stunden der Häuptling der Wolfs-Apachen mit seinen Kindern aufgebrochen war.

Ich hegte die schlimmsten Befürchtungen, und die hatten nichts damit zu tun, dass sich Sam mit seinem Maultier vergnügen könnte.

Es war eine sehr düstere Nacht. Schwere Wolken verschluckten das Licht von Mond und Sternen. Doch ich brauchte nichts zu sehen, um Sams Spur zu finden. Ich folgte seiner Witterung.

Und er wiederum war den Spuren von Schuschuschuna, Winnetou und Schuschischi gefolgt.

Ich hetzte auf allen vieren dahin, holte alles aus meinem Wolfskörper heraus, um Sam einzuholen, bevor dieser den Silver-tsil erreichte. Dennoch schaffte ich es nicht, der Vorsprung des kleinen Mannes war zu groß.

Als ich ihn endlich fand, versuchte er verzweifelt, die Flanke eines Berges zu erklimmen, bei dem es sich um den legendären Silver-tsil handeln musste. Er rutschte die ersten zwei Meter aber immer wieder hinab und versuchte es dann jedes Mal erneut. Sein Maultier, seine Mary, hatte er in der Nähe an einen Strauch angebunden. Es glotzte in seine Richtung und wunderte sich darüber, was der kleine Mann dort trieb.

Ich verwandelte mich zurück in einen Menschen, lief auf Sam zu, packte ihn von hinten bei den Schultern, schrie ihn an: »Sam Howlin, seid Ihr von Sinnen?«

Ja, das war er, denn er riss sich los, ohne Antwort zu geben, und versuchte erneut, den Felsen zu erklimmen. Dabei murmelte er unentwegt: »Das ist der Silver-tsil! Der legendäre Silberberg! Das ganze Silber! Reichtum, Reichtum!«

Wieder rutschte er ab, und ich bemühte mich, mit meinen Worten zu ihm vorzudringen: »Alle Wetter, wenn die Werwölfe Euch hier erwischen, reißen sie Euch in Stücke, ist Euch das nicht klar, Mann?«

Er nahm überhaupt keine Notiz von mir, wunderte sich nicht mal darüber, wie ich hierherkam, machte auch keine anzügliche Bemerkung über meine Nacktheit, was mir bewies, dass er völlig weggetreten war.

Wieder wollte er den Felsen hinaufkrabbeln, wieder rutschte er ab. »Das ganze Silber! Reichtum in Hülle und Fülle! Silber, Silber …«

Ich musste ihn zur Besinnung bringen, verpasste ihm eine schallende Ohrfeige. Er reagierte nicht.

»Silber, Silber, all das Silber …«

Ich rammte ihm die Faust in den Leib. Er krümmte sich, dann wollte er wieder losklettern, doch ich hielt ihn fest.

»All das Silber, all das schöne glitzernde Silber …«

Ich drosch ihm meine Faust ins Gesicht, in der verzweifelten Hoffnung, das würde ihn wieder zu Verstand bringen. Er spuckte Blut und einen Zahn aus und brabbelte: »All das Silber, all das Silber …«

Da setzte ich ihm die Faust ans Kinn, und besinnungslos ging er zu Boden. Betäubt lag er da, doch noch immer kam es leise über seine Lippen: »Silber, all das Silber …«

Der Fluch des Edelmetalls hatte ihn in seinen Bann geschlagen und ihm den Verstand geraubt. Ich hoffte nur, dass dieser Zustand nicht auf ewig anhalten würde, sondern sich sein Geist irgendwann erholte.

Da hörte ich einen Schuss. Laut hallte das Echo von den Felswänden wider, und noch bevor es verklungen war, gellte der Todesschrei der Apachen.

Verdammt, Winnetou und die Seinen steckten in der Patsche!

Der Schrei war der Schuschuschunas gewesen, da war ich mir sicher. Winnetou und Schuschischi lebten also wahrscheinlich noch und brauchten – auch recht wahrscheinlich – meine Hilfe.

Wieder hörte ich Schüsse, deren Krachen als Echo zwischen den Felsen hin- und weggeschleudert wurde.

Sam Howlin war durch meinen Schlag außer Gefecht gesetzt und konnte keinen Unsinn mehr anrichten. Er lag besinnungslos am Boden und stammelte vor sich hin: »Das viele Silber, das viele Silber …« Also konnte ich mich um meinen roten Wolfsbruder und meine Squaw kümmern.

Wieder verwandelte ich mich, nahm Wolfsgestalt an, sprang an dem Felsen hoch, der für Sam ein so unüberwindliches Hindernis dargestellt hatte, und schlug meine Krallen ins Gestein. Als Werwolf war meine Kraft erheblich potenziert. So erklomm ich die Flanke des Berges in gewaltigen Sprüngen, mich immer wieder mit allen vier Pranken an den Felsen krallend, sodass ich wie ein Käfer daran hochzukrabbeln schien.

Dann – erneut ein gellender Schrei. Ich erkannte die Stimme sofort, aber diesmal handelte es sich nicht um einen Schrei der Lust.

Ich verstärkte meine Anstrengungen noch einmal, doch als ich dann oben war, bannte mich der Schreck, denn was ich sah, ließ mir das Blut in den Adern gefrieren.

Ich hatte vor einigen Tagen noch zu Tuntua, dem feigen Häuptling der Werwolf-Kiowas gesagt: Fünf Minuten vor der Zeit ist des Deutschen Pünktlichkeit!

Diesmal kam ich zu spät. Was aber einzig und allein Sam Howlins Schuld war und nicht daran lag, dass ich meine deutschen Tugenden abgelegt hätte, wie ich an dieser Stelle unterstreichen möchte![24]

Unter mir erstreckte sich eine Schlucht, und trotz der tiefen Dunkelheit der Nacht konnte ich mit meinen überscharfen Wolfssinnen an der gegenüberliegenden Felswand einen schmalen Sims erkennen, der dort verlief. Er diente als Weg zum Eingang einer Höhle, die wie ein

24) Absatz im handschriftlichen Originalmanuskript unterstrichen

Schlund in der steinernen Wand klaffte. Tatsächlich hatte man das Gestein ringsum bearbeitet, sodass es einen riesigen Wolfskopf formte, dessen weit aufgerissener Rachen der Höhleneingang war.

Der Einstieg war von zwei Werwölfen bewacht worden, von denen einer tot am Boden lag, der andere war in die Schlucht gestürzt. Der Tote hatte sich nicht in seine menschliche Gestalt zurückverwandelt, doch dies fiel mir in diesem grauenhaften Moment gar nicht auf. Wie ich später von Winnetou erfuhr, waren diese Werwölfe die Wächter des Silver-tsils; es handelte sich um Werwolfkrieger, die ihrem Stamm durch Feigheit Schande bereitet hatten; darum war ihnen von dem Medizinmann die Fähigkeit genommen worden, wieder menschliche Gestalt anzunehmen. Als Wolfskreaturen mussten sie den Schatz ihres Stammes bewachen, bis erneut einer der Werwolfkrieger seine Ehre und sein Ansehen verlor und einen von ihnen ablösen musste.

Nun waren beide tot.

Und nicht nur sie. Ich konnte Schuschuschuna nirgends erblicken, aber ich war ganz sicher, seinen Todesschrei vernommen zu haben. Eine Silberkugel hatte ihn niedergestreckt, und er war in die Schlucht gestürzt, wo sein Körper zerschmettert worden war. Dort unten war es so finster, dass ich ihn trotz meiner wölfischen Sinne nicht ausmachen konnte.

Dafür sah ich trotz der dunklen Nacht Schuschischi in menschlicher Gestalt in der Nähe des Höhleneingangs liegen, und eine Blutlache hatte sich um sie herum gebildet; das Blut wiederum sah ich nicht, konnte es aber selbst über die große Entfernung hinweg deutlich wittern. Wie weh mir war, als ich das Herzl so daliegen sah. Es schien kein Funken Leben mehr in ihr zu stecken.

Winnetou hockte hinter einer Felsnadel, die gut einen Meter hoch war und den unteren Reißzahn des riesigen Wolfsmauls darstellte. Er hatte sich in einen Menschen verwandelt, hielt sein Zaubergewehr, die Silberbüchse, in beiden Händen, während Silberkugeln gegen den Felsen prallten und als Querschläger davonjaulten.

Sie wurden abgeschossen von vier gänzlich in Schwarz gekleideten Gestalten, die in den schroffen Felsen über dem Eingang umhersprangen. Sie waren wie Cowboys gekleidet, hatten bleiche Gesichter, die im Dunkel der Nacht weiß zu leuchten schienen, und hielten Gewehre in ihren knochigen Totenklauen.

Ich erkannte sie sofort. Es handelte sich um Satanescu und drei seiner Spießgesellen. Sie hatten offenbar den Angriff der Apachen-Werwölfe auf unser Lager überlebt und sich schnell genug aus dem Staub machen können.

Mit diesen blutsaugenden Halunken, die nun in Deckung gingen, um ihre Rifles nachzuladen, hatte ich nicht mehr gerechnet.

Und auch nicht mit den Kiowa-Werwölfen, die überall an den Felswänden zu kleben schienen, wo sie sich, wie zuvor ich, festgekrallt hatten und sich Winnetou immer weiter näherten.

Später konnte ich mir so einiges zurechtreimen: Satanescu und seine blutgierigen Kumpane hatten die Pyramidenburg der Apachen-Werwölfe beobachtet, hatten dabei in Erfahrung gebracht, dass Schuschuschuna und seine beiden Kinder zum Silver-tsil reiten würden – meine Theorie, wie ihnen das zu Ohren gekommen war, habe ich ausführlich dargelegt –, und waren uns heimlich gefolgt, mal in Nebelgestalt, mal als Fledermäuse. Zuvor hatten sie mit den Erzfeinden der Wolfs-Apachen, den Werwolf-Kiowas, Kontakt hergestellt und ihr teuflisches Bündnis erneuert.

Durch ihre Fähigkeit der Gedankenübertragung war es ihnen nicht schwergefallen, die Kiowa-Wölfe, die Tuntua ihnen zur Unterstützung schickte und die von Schlauer Wolf angeführt wurden, hierher, zum Silberberg, zu führen. Sie, die Blutsauger, wollten den Silberschatz der Apachen-Werwölfe, Tuntua und seine feige Brut den Tod Schuschuschunas und Winnetous.

Die Vampire änderten immer wieder ihren Standort, um sich in bessere Schussposition zu bringen oder in der Deckung eines Felsens ihre Gewehre nachzuladen. Für diese Stellungswechsel glitten sie mit nachtschwarzen Schwingen durch die Lüfte, wofür sie sich jedes Mal blitzschnell in Kreaturen halb Mensch, halb Fledermaus verwandelten. Ihrer Kleidung mussten sie sich dafür nicht entledigen, so wie ich es getan hatte; mittels ihrer Magie verwandelte sich diese nämlich mit, wurde zu einem Teil ihres behaarten Körpers. Frage mich nicht, wie das möglich ist, lieber Leser; selbst ich kenne nicht alle dunklen Geheimnisse meiner höllischen Widersacher. Jedenfalls flatterten sie umher, sprangen von Fels zu Fels.

Da kam Winnetou urplötzlich hinter seiner Deckung hervor, nahm einen der Blutsauger aufs Korn, ließ die Silberbüchse krachen und traf mit meisterlichem Können. Dort, wo das Geschoss in den Vampirleib eindrang, schlugen Flammen aus dem untoten Körper. Kreischend schrie die Fledermauskreatur auf, während sich das Feuer rasend schnell ausbreitete, sie schließlich gänzlich umhüllte und verbrannte und der Schein der Flammen einen Teil der Schlucht erhellte. Von dem blutgierigen Geschöpf blieben nur noch Asche und verkohlte Knochen, die in die Schlucht klapperten.

Das alles war innerhalb weniger Herzschläge geschehen!

Sofort legte Winnetou wieder an und pustete – mit einem

ebenso meisterlichen Schuss wie dem ersten – Vampir Nummer zwei vom Nachthimmel, und erneut fielen verkohlte und noch rauchende Knochen in die Schlucht, begleitet von einem Ascheregen.

Nur noch Satanescu und ein anderer von Ratanescus blutsaufender Brut waren übrig.

Allerdings hatte Winnetou zwangsläufig die Werwolf-Kiowas außer Acht lassen müssen, um sich auf die wegen ihrer Gewehre und Revolver viel gefährlicheren Vampire zu konzentrieren. Zwei von ihnen waren bedrohlich nahe an ihn herangekommen, befanden sich seitlich neben dem steinernen Wolfsmaul und wollten sich auf ihn stürzen, während Winnetou bemüht war, die beiden Läufe seiner Silberbüchse so schnell wie möglich nachzuladen.

Ich erwischte den ersten Werwolf mitten im Sprung. Das Geschoss aus der von Bruder Heinrich und seinem Abt gesegneten Waffe traf ihn und zerfetzte seinen Leib, ließ ihn auseinanderplatzen wie einen Kinderballon, den der Wind in eine Kaktee geblasen hat. Blut, Fleisch und Fellbüschel bildeten für weniger denn eine Sekunde eine schaurige Wolke über der Schlucht.

Um den Werwolftöter richtig halten und damit zielen zu können, hatte ich mich in einen Menschen zurückverwandelt. Dies fiel mir immer leichter und ging auch jedes Mal schneller vonstatten. Der Rückstoß der Büchse war gewaltig, doch diesmal war ich darauf vorbereitet und hielt die Waffe mit meinen Bärenkräften.

Ein zweites Mal ließ ich den Werwolftöter krachen und holte den zweiten Werwolf von der Felswand. Doch meine Freude über diesen kleinen Sieg war nicht von langer Dauer, denn es gab noch immer gut drei Dutzend Kiowa-Werwölfe, die ebenso wie Satanescu und sein blutsaufender Kumpan auf mich aufmerksam geworden waren.

Ich hatte beide Läufe des Werwolftöters abgeschossen, also ging auch ich, um nachzuladen, hinter einem Felsen in Deckung, während die beiden Flattermänner das Feuer auf mich eröffneten. Heißes Silber flog mir um die Ohren oder prallte von dem Felsen ab, während ich meine Büchse eiligst nachlud mit der Munition aus jener Tasche, die ich noch immer umhängen hatte.

Als ich wieder hinter meiner Deckung hervortauchte, um zu schießen, gewahrte ich mit meinen wölfischen Sinnen trotz der dunklen Nacht, wie einige der Werwölfe mit gewaltigen Sprüngen über die Schlucht setzten und sich im Gestein der Felswand festkrallten, auf der ich hockte. Die Vampire waren irgendwo zwischen den Felsen niedergegangen, denn natürlich mussten auch sie ihre Schießprügel nachladen.

Winnetou war damit bereits fertig und schoss die Silberbüchse erneut ab. Einer der Werwölfe, der auf meine Seite der Schlucht übergewechselt war, jaulte auf, während es in seinem Leib aufflammte und Feuer aus der Wunde züngelte. Er konnte sich nicht mehr halten und stürzte verendend in die finstere Tiefe.

Doch die verbliebenen beiden Blutsauger waren noch immer die gefährlicheren Feinde. Sie hatten ihre Gewehre zwischenzeitlich irgendwo in der Felswand abgelegt und hielten nun jeder zwei Revolver in den Klauenhänden. Mit den Rifles hatten sie zielsicherer schießen können, die Revolver mit jeweils sechs Silberkugeln in den Trommeln gaben ihnen aber eine größere Feuerkraft, denn die mussten sie nicht nach jedem Schuss neu laden so wie Winnetou und ich unsere Büchsen.

Der eine schoss, verfehlte mich jedoch, weil ich rechtzeitig in Deckung ging, und bevor ich wieder hinter dem Felsen hervorkam, hörte ich erneut Winnetous Silberbüchse krachen. Der Körper des Blutsaugers verbrannte, wie ich mich mit einem schnellen Blick überzeugte, wurde zu Asche, und noch während dieser Vorgang andauerte, stürzte der Vampir schreiend von der Felswand und verschwand als brennendes Fanal in der Tiefe der Schlucht.

Satanescu ging, als ich wieder zum Vorschein kam, sofort in Deckung, denn er wusste nicht, dass meine Zauberwaffe nur für Werwölfe – und offenbar auch für Bisonbüffel – tödlich war. Also nahm ich wieder einen der Werwölfe aufs Korn. Die, die bereits auf meiner Seite der Schlucht angelangt waren, konnte ich nicht anvisieren, denn sie befanden sich in ungünstigem Winkel unter mir. Also schoss ich auf einen an der gegenüberliegenden Felswand, dessen Leib regelrecht explodierte.

Die auf meiner Seite nahm sich Winnetou vor, pflückte sie regelrecht mit seiner Silberbüchse vom Felsen. Nachdem er zwei weitere Werwölfe erledigt hatte, ging er wieder in Deckung, um nachzuladen, und auch ich tat dies. Dann handelten wir wie ein Mann – oder wie ein Wolf, wie immer man es sehen mag; nun, wie Wolfsbrüder eben – und nahmen die Werwölfe zu beiden Seiten der Schlucht abwechselnd unter Beschuss.

Wir fegten sie von den Felswänden, und während der eine schoss, lud der andere nach.

Trotz der enormen Übermacht des Feindes schaffte es schließlich nur eine der Wolfsbestien, die Felswand bis zu mir hinauf zu erklimmen.

Ich wollte gerade den Werwolftöter nachladen, als das Ungetüm brüllend und fauchend über jenen Felsen sprang, hinter dem ich Deckung genommen hatte. Es schlug mit der Pranke nach mir, doch blitzschnell riss ich den Werwolftöter quer über meinen Kopf und fing damit den mörderischen Hieb ab. Die Büchse wurde mir dabei jedoch aus den Händen gerissen und wirbelte davon, fiel aber glücklicherweise nicht in die Schlucht.

Ich sprang zurück und verwandelte mich innerhalb von zwei, drei Herzschlägen selbst in einen Werwolf. Der Kiowa stürzte sich auf mich, als meine Verwandlung noch nicht ganz vollzogen war, versuchte mich zu beißen, doch indem ich mich nach hinten fallen ließ, gelang es mir, ihn über mich hinwegzuschleudern.

Dann vergrub ich meine Fänge seitlich in seinen Hals, schlug ihm die Krallen in den Bauch und riss ihm die Gedärme aus dem Leib. Als ich sodann meinen Kopf zurückzog, spritzte mir das warme Blut aus seiner Halsschlagader entgegen. Es dampfte in der Kälte der Nacht.

Noch ein Prankenhieb, und sein abgetrennter Kopf flog davon. Sich bereits in eine menschliche – und recht entstellte – Leiche verwandelnd, sackte mein Gegner blutüberströmt zu Boden.

Sofort suchte ich mit meinen Blicken den Werwolftöter, um weitere Angreifer abzuwehren. Doch da erkannte ich, dass die Kiowa-Wölfe die Flucht ergriffen. An den Felswänden klebend, krabbelten sie davon.

»Bleibt, ihr feigen Hunde!«, hörte ich Satanescu kreischend. Er flatterte als Fledermauskreatur über der Schlucht am Nachthimmel. »Bleibt und tötet Old Silverhand und Winnetou! Die beiden dürfen nicht überleben! Ich will das Silber! Das Silber!«

Winnetou hatte noch einen Schuss in der Silberbüchse, und den verschwendete er nicht an einen der Kiowa-Werwölfe, die ohnehin den Schwanz eingezogen hatten, sondern schoss auf Satanescu.

Die Kugel durchschlug einen der Fledermausschwingen, und Satanescu trudelte aufkreischend davon. Mit heftigen Schlägen schaffte er es gerade noch, sich in der Luft zu halten und zu entkommen; als Winnetou nachgeladen hatte, war er weg.

Einer der Werwölfe war bei dem überhasteten Rückzug der Kiowas von der Felswand gestürzt, weil das Gestein, an dem er sich hatte festkrallen wollen, nachgegeben hatte und unter seinem Prankengriff zersplittert war. Er war jedoch nicht in die Tiefe gestürzt, sondern auf dem schmalen Sims gelandet. Dort hatte er sich die Vorderläufe gebrochen.

Das wäre nicht weiter schlimm gewesen, denn er war ein magisches Wesen, und so begannen die gebrochenen Knochen sofort, sich zu richten und wieder zusammenzuwachsen. Doch das ging nicht schnell genug, um Winnetou zu entkommen, der seiner Wut in diesem Moment freien Lauf ließ.

Er ließ die Silberbüchse fallen, lief über den schmalen Sims auf den Werwolf zu, und während er rannte, verwandelte er sich und nahm Wolfsgestalt an. Als er dann mit Zähnen und Klauen über den am Boden liegenden anderen Werwolf herfiel, hörte ich dessen erbärmliches Brüllen, in dem sich Schmerz und Entsetzen die Waage hielten. Es brach sich an den Felswänden und hielt an, während ich meinen Werwolftöter suchte, ihn mir über die Schulter schwang und dann mit einem gewaltigen Sprung über die Schlucht zur anderen Seite übersetzte. Der Kiowa-Wolf brüllte und heulte auch noch, als ich dort an der Felswand hinabkletterte bis zum steinernen Sims und dann zu Winnetou lief.

Erst als ich den schwarzen Werwolf erreichte, verstummte das schmerzerfüllte Gebrüll des anderen Wolfes. Winnetou hatte ihn in seiner Wut buchstäblich auseinandergenommen. Abgerissene Glieder und blutige Fleischbrocken lagen ringsum auf dem Sims verstreut. Der

Werwolf zuckte ein letztes Mal, dann war er tot und nahm wieder menschliche Gestalt an.

Obwohl Winnetou ihn so entsetzlich zugerichtet hatte, erkannte ich ihn – oder vielmehr das, was von ihm übrig war – sofort. Es war der Schlaue Wolf, der den Mordtrupp der Kiowa-Werwölfe angeführt hatte. Dafür hatte er grausam bezahlen müssen.

Ich blickte Winnetou an und sah, wie Wut und Zorn in seinen Lichtern zu Trauer wurden, während ihm das Blut des anderen Werwolfs noch von den Lefzen tropfte. Beide verwandelten wir uns zurück, nahmen menschliche Gestalt an, doch bevor ich ein Wort zu ihm sagen konnte, bevor ich in der Lage war, ihm gegenüber mein Mitleid und meine eigene Trauer zum Ausdruck zu bringen, wirbelte er herum und lief mit weit ausholenden Schritten über den kaum meterbreiten Sims zurück zum steinernen Wolfsrachen.

Dort angekommen, fiel er vor seiner Schwester auf die Knie, hob vorsichtig Schuschischis Haupt und bettete es in seinen Schoß.

Ich trat zu ihnen und erkannte mit Erstaunen, dass noch Leben in ihr war, obwohl eine Silberkugel nahe dem Herzen in ihrem schönen Körper steckte; Blut und ätzende Dämpfe quollen aus der Wunde hervor, und das Fleisch drum herum hatte sich schwarz verfärbt.

Sie hatte die dunklen Rehaugen aufgeschlagen und sagte mit leiser Stimme: »Winnetou, mein Bruder. Räche … räche mich!«

»Schuschischi, chérie«, sagte er traurig. »Du darfst nicht von Winnetou ge'en!«

»Räche mich …«, wiederholte sie schwach. »Räche mich, mein Bruder!«

»Schuschischi muss leben«, sagte Winnetou und verkniff sich eine Träne. »Winnetou will nicht auch noch seine Schwester verlieren!«

Sie schien ihn gar nicht gehört zu haben, sondern wiederholte: »Winnetou muss mich rächen … Schwöre es, Winnetou! Schwöre, dass du Schuschischi rächen wirst!«

Daraufhin hob er den Kopf und sah mich verzweifelt an. »Nun tu's schon!«, sagte ich.

Da sprach er: »Winnetou schwört, er wird Schuschischi …«

Weiter kam er nicht, denn als sie meine Stimme vernahm, sagte sie: »Mayer Karl, Mayer mit a y. Du bist es?«

Auch ich ließ mich neben ihr auf dem kalten Stein nieder, ergriff ihre Hand und drückte sie. »Ja, mein Herzl. Ich bin's.« Und als ich dann die grässliche Wunde in ihrem Leibe sah, entfuhr es mir: »Schöne Bescherung!«

»Geschenkefest!«, korrigierte sie mich mit schwacher Stimme.

»Äh … nein, das meinte ich nicht«, entgegnete ich. »Wollte sagen: schöne Scheiße. Äh … ich meine, nicht du, sondern die Wunde. Äh … ich meine, natürlich nicht schön, meine ich. Nein, überhaupt nicht schön. Äh … ich meine, du schon, aber nicht die Wunde. Äh …«

»Schuschischi geht nun ein in die Ewigen Jagdgründe«, fiel sie mir ins Wort, und ich war ihr dankbar dafür, denn ich hatte mich ganz schön – ich meine natürlich: ganz übel verhaspelt, und ich wollte nicht, dass wir uns eines Missverständnisses wegen die letzten Minuten ihres Lebens stritten.

»Doch bevor Schuschischi die Welt der Lebenden verlässt, muss sie dem Mayer Karl ein Geheimnis anvertrauen«, fuhr sie fort. »Ein Geheimnis, das so wichtig ist, von so enormer Bedeutung für alle Menschen, die im Wilden Westen leben, dass es nicht verloren gehen darf.

Schuschischi ist eine Squaw, und als solcher schenkte ihr der Große Geist statt Muskelkraft Einsicht und Verstand. So erlangte Schuschischi Wissen und Erkenntnisse, mit denen sie an der Seite des Mayer Karl ewigen Frieden stiften wollte zwischen dem Roten und dem Weißen Mann. Höre mir zu, Mayer Karl. Mit diesem Wissen kannst du das Töten für immer beenden und das rote und das weiße Volk für alle Zeiten miteinander versöhnen. Dann wird der Rote Mann nicht untergehen, er wird in Eintracht und Harmonie mit den weißen Siedlern leben, die fortan seine Freunde sein werden, seine Brüder, die ihm auf immer in Liebe verbunden sein werden. Es ist nämlich so, dass …«

Ihr Blick brach, ihr Kopf fiel zur Seite.

»Tot«, sagte Winnetou.

»Shay-Zee«, sagte ich.

Auf der Fährte der Mörderwölfe

Noch lange saßen Winnetou und ich fassungslos vor der Leiche Schuschischis. Es sah aus, als würde sie nur schlafen – wäre da nicht diese hässliche Wunde gewesen, dieses grässliche, schwarz umrandete Loch in ihrer Brust, aus dem noch immer ekliges, dickflüssiges Blut sickerte und eine Pfütze um sie herum bildete. Oder der starre Blick ihrer glanzlosen Augen, die wie leblose Glasmurmeln wirkten. Oder die unansehnlichen Falten, die der schreckliche Tod in ihr Antlitz gemeißelt hatte. Oder die vor Schmerz zu Klauen verkrampften Hände …

Um ehrlich zu sein, bei näherer Betrachtung sah sie gar nicht aus wie eine Schlafende, sondern … nun ja, wie eine Leiche eben.

Es war das erste Mal, dass ich Winnetou weinen sah, etwas, das ich in den folgenden Jahren nur ganz, ganz selten erleben würde, etwa, wenn er die Fährte einer sicher geglaubten Beute verlor oder in Wolfsgestalt mit der Pfote in eine Glasscherbe trat.

Ich nahm ihn in die Arme, und er heulte sich an meiner nackten Männerbrust aus. Sein schlanker Körper zuckte immer wieder, er schluchzte und schniefte, und ich spürte, wie mir sein Rotz über den Leib rann. Ich hätte ihm ein Taschentuch gegeben, aber ich trug nicht einmal einen Lendenschurz, den ich ihm hätte geben können, um sich zu schnäuzen.

Endlich – nach Stunden, wie mir scheinen wollte – beruhigte er sich, schniefte noch einmal und wischte sich den Rotz am nackten Unterarm ab. Dann erhob er sich und sprach:

»Schuschischi, die schönste Blume unseres Stammes, und Schuschuschuna, der größte, edelste und greiseste 'äuptling der Wolfs-Apachen, sind von uns gegangen. Nun ist nur noch Winnetou da ...«

»Und ich«, erinnerte ich ihn.

»... Winnetou, der neue 'äuptling aller Wolfs-Apachen«, fuhr er fort. »Und Winnetou schwört: Er wird Revanche einfordern für Schuschuschunas und Schuschischis Tod. Er wird ihre Mörder jagen und vernischten, und wenn es ...«

»Es ist nur noch einer übrig«, erinnerte ich ihn.

»Und die Wolf-Kiowas«, hielt Winnetou dagegen.

»Aber die haben nicht geschossen.«

»'mm«, brummte Winnetou, dann nickte er: »Nun gut, nur noch einer, und Winnetou schwört, ihn zu töten. Er wird diesen ... äh, wie heißt das Bleichgesicht?«

»Satanescu!«

»Er wird Saranencu jagen und ihn ...«

»Satanescu!«, wiederholte ich.

»Jedenfalls wird er ihn jagen und ihn zur Rechenschaft ziehen!«, brachte Winnetou seinen grimmigen Racheschwur zu Ende. Dann sah er mich an und fragte mit feierlicher Stimme: »Wird sein Wolfsbruder Old Silver'and mit Winnetou kommen und ihm dabei zur Seite stehen?«

Ich nickte mit mannhafter Entschlossenheit. »Immer doch!«

»Dann lass uns sofort aufbrechen!« Schon drehte er sich um und wollte gehen.

»Äh ... Moment mal!«, sagte ich.

Er hielt an, drehte sich wieder um und fragte: »Was 'at Old Silver'and?«

Ich zeigte auf Schuschischis Leiche: »Was ist mit ihr? Willst du die hier liegen lassen? Und was ist mit deinem Alten … äh, Vater?«

»Er ist in die Schlucht gestürzt. Winnetous Krieger werden seinen Körper bergen …« Als er mein Stirnrunzeln sah, geriet er ins Stocken. »Äh, isch meine, nicht Winnetous Körper, sondern den seines Vatärs. Also, äh … Noch mal: Winnetous Krieger werden Schuschuschunas Körper bergen und alles für eine Bestattung vorbereiten, die eines so großen greisen 'äuptlings und seiner Tochter würdig ist. Winnetou und sein Wolfsbruder werden zu Old Silver'ands weißen Freunden reiten und Sam 'owlin und seine Gefährten zur Pyramidenburg aussenden, damit sie Winnetous Stamm über das traurige Ereignis informieren.«

»Nicht nötig«, erklärte ich ihm. »Sam wartet unten, am Fuße des Berges.«

»Sam 'owlin?« Vielleicht hätte ich meine Worte zuvor besser überdenken sollen, denn auf einmal verengte Winnetou die Augen zu schmalen Schlitzen und sah mich misstrauisch an. »Wie kommen Old Silver'and und sein weißer Freund Sam 'owlin 'ier'er? Was machen sie 'ier?«

Oha, die Frage meines roten Bruders brachte mich echt in Verlegenheit. »Wir … äh … wir … wir waren auf der Jagd und kamen zufällig vorbei«, stammelte ich.

»Auf der Jagd?«, fragte Winnetou, und sein Blick kitzelte mich bis ins Mark, und dies auf sehr unangenehme Weise.

»Äh … ja, auf der Jagd nach … nach Bisons!«

»Warum jagt Sam 'owlin mitten in der Nacht Bisons?«

»Er … na ja, du weißt ja, wie das bei alten Leuten ist. Er konnte nicht schlafen, und da … Senile Bettflucht nennt man das bei uns Weißen. Oder … äh, senile Lagerflucht, wenn man … äh, in der Prärie ist. Wie auch immer … äh, jedenfalls waren wir ganz in der Nähe, da hörten wir die Schüsse, und da sagte Sam 'owlin ... äh, ich meine Sam Howlin: ›Mensch, Mayer Karl, da schießt ja jemand. Nicht, dass Winnetou und sein Alter in irgendwelchen Schwulitäten stecken.‹ – ›Heiliges Kanonenrohr, Himmel, Blitz und Donnerbalken!‹, antwortete ich ihm. ›Wir werden doch nicht ganz, ganz zufällig und völlig unbeabsichtigt so nahe an den Silberberg herangekommen sein? Nicht, dass Winnetou nachher noch glaubt, wir wären ihm nachgeschlichen oder seiner Spur gefolgt.‹ – ›I wo‹, entgegnete mir der Howlin' Sam und winkte ab. ›Winnetou ist doch nicht blöd im Kopf oder mit der Muffe gepufft, und an Verfolgungswahn leidet er auch nicht. Nein, nein, so einen ausgemachten Quatsch würde der niemals denken, der clevere rote Bursche. Der weiß doch, dass sein Blutsbruder Old Silverhand die Ehrlichkeit in Person ist und ihn nie – niemals! – betuppen würde.‹ – ›Da habt Ihr völlig recht‹, sagte ich daraufhin zu Sam. ›So dämlich, so völlig meschugge ist Winnetou nie und nimmer, dass er mir irgendetwas derart Unglaubliches unterstellen würde. Da müsste er ja ganz schön bescheuert sein, so einen Schwachsinn auch nur in Erwägung zu ziehen. Lass uns schnell hinreiten, Sam. Winnetou ist in Gefahr, und ich werde nicht zögern, Leib und Leben zu riskieren, um meinem Wolfsbruder in der Not beizustehen, und wenn es das Letzte ist, was ich tue.‹ – ›Oh‹, sagte da Sam Howlin. ›Ihr müsst diesen Winnetou wirklich sehr, sehr lieb haben, dass Ihr bereit seid, für ihn Kopf und Kragen zu riskieren. Hoffentlich weiß er das zu schätzen und denkt nicht etwa doch, dass Ihr ihm nachgeschlichen seid. Aber Ihr habt recht, so völlig verblödet und undankbar kann ja kein Mensch sein, nicht mal, wenn er ein wilder, unzivilisierter, heidnischer Werwolf-Apache ist!‹

Ach ja«, sagte ich noch, um das Ganze glaubhafter zu machen, »nach jedem Satz, den er sprach, fügte Sam noch ein ›... wenn ich mich nicht irre‹ an.«

Ich hatte eine lange Rede gehalten und hoffte, dass ich, während ich diese Geschichte zum Besten gab, nicht selbst so rot wie ein Indianer geworden war. Nicht, dass ich Winnetou hätte belügen wollen. Nein, meinem Wolfsbruder gegenüber bin ich immer relativ ehrlich gewesen und habe ihn auch in den folgenden Jahren nur ganz, ganz selten beschwindelt. Aber erstens wollte ich Sam Howlin schützen, der in seinem Zustand absoluter Gier gar nicht zurechnungsfähig war, und zweitens hätte mir Winnetou die Wahrheit wohl kaum geglaubt, sondern angenommen, ich hätte mit meinem Freund Sam gemeinsame Sache gemacht. In diesem Fall aber hätte er in dieser Nacht nicht nur seinen senilen Vater und seine geliebte Schwester verloren, sondern auch seinen getreuen Wolfsbruder Old Silverhand, und das wäre dann schon verdammt traurig gewesen. Ich in meiner selbstlosen Art erzählte diese Geschichte also eigentlich nur, um ihn vor noch größerem Unbill zu bewahren.

Als ich geendet hatte, trat er auf mich zu, umarmte mich, drückte mich, küsste mich auf beide Wangen – igitt, an seinem Mund klebte immer noch das Blut von diesem verlausten Schlauen Wolf – und sagte ergriffen: »Sam 'owlin 'at rescht: Winnetou ist weder stupide noch undankbar. Er weiß Old Silver'ands Mut und unverbrüchliche amitié zu schätzen. Old Silver'and ist Winnetous Freund, sein Wolfsbruder und der Einzige, der ihm geblieben ist. Sie werden zu zweit Sarabescu jagen ...«

»Satanescu«, berichtigte ich ihn.

»... den Mörder Schuschischis und Schuschuschunas, und Winnetous Racheschwur, den er seiner Schwester gab, einlösen.« Er legte mir beide Hände auf die nackten Schultern. »Sana... äh, der feige Mörder wird zusammen mit den Wolfs-Kiowas zu deren Lager geflo'en sein. Da es ihm gelang, den großen greisen 'äuptling der Wolfs-Apachen zu töten, wird Tuntua ihm Unterschlupf gewähren. Doch werden Winnetou und sein Wolfsbruder ihn dort aufstöbern und zur Rechenschaft zie'en.«

»Äh ...«, kam es über meine Lippen, und ich glaubte zunächst, mich verhört zu haben, »wir beide gegen alle Wolfs-Kiowas?«

»Oui«, bestätigte Winnetou. »Wahrscheinlich wird man Winnetou und Old Silver'and töten, denn die Übermacht ist viel zu groß. Aber dann sterben sie in E're, vielleicht sogar einen unglaublich qualvollen Tod am Marterpfahl, was ihren Ruhm noch steigern wird. Man wird sich über Generationen 'inweg – mindestens zwei, drei – an den Lagerfeuern der Wolfs-Apachen Geschichten über den mutigen Old Silver'and, den großen Grandseigneur, der in den Westen kam, um ein blutiges Ende zu finden, und seinen noch mutigeren Wolfsbruder Winnetou erzä'len, die beide se'enden Auges dem grausamen Martertod entgegengingen, um den Mord an dem großen greisen 'äuptling Schuschuschuna zu rächen.«

»Durchaus erstrebenswert«, murmelte ich wenig begeistert. »Warum warten wir nicht auf deine Krieger und fallen dann im ganzen Rudel über die Wolfs-Kiowas her?«

»Die Wolfs-Apachen müssen zunächst Frieden 'alten. Sie müssen warten, bis Schuschuschuna, ihr großer greiser 'äuptling, in einer würdigen Zeremonie beigesetzt wurde. Bis dahin und die folgenden fünf Tage, die sie um den großen 'äuptling trauern, wird das Kriegsbeil ru'en. So schreiben es die ungeschriebenen Gesetze der Wolfs-Apachen vor. Zudem kann sich die Bestattung 'inzie'en, denn die

Wolfs-Apachen müssen für die Zeremonie erst noch einen neuen Medizinmann finden.«

»Und was ist mit dir?«, fragte ich, und ein klein wenig Hoffnung keimte in mir auf. »Ich meine, dann darfst du doch auch nicht in den Krieg ziehen, oder?«

»Die Tradition verbietet es«, sagte er. »Aber Winnetou pfeift auf die Tradition. Wie er Tuntua kennt, 'at sich der räudige 'und in spätestens zwei Tagen mit Saran… mit dem Mörder Schuschuschunas zerstritten, denn Tuntua ist ein unleidlicher 'alunke. Dann wird er Schuschuschunas Mörder aus seinem Lager jagen, und er könnte entkommen.«

Ich zuckte mit den Schultern. »Dann schnappen wir ihn uns eben später«, meinte ich. »Sooo groß ist der Wilde Westen ja nun auch nicht.« Ich muss zu meiner Entschuldigung noch einmal darauf hinweisen, dass ich damals neu in diesem Land war und bisher nur einen kleinen Teil davon kennengelernt hatte.

»Das könnten Winnetou und sein Wolfsbruder nicht riskieren«, sagte Winnetou. »'öre, Old Silver'and: Was glaubst du, warum der Ratten-Jim und seine Bleichgesichter den Eisenbauer Bancrott begleiteten? Was lockte sie wirklich in das Terrain der Wolfs-Apachen?«

Ich zuckte mit den Schultern. »So wie die sich vor der Sonne verkrochen haben, kann's das gute Wetter nicht gewesen sein.«

»Es war der Silberschatz«, erklärte Winnetou. »Sie waren von Anfang an 'inter dem Silber der Wolfs-Apachen her. Nur darum ging es ihnen.«

Zugegeben, diese Theorie hatte was.

»Und?«, fragte ich.

»Wenn Sabbalescu entkommt, wird er irgendwann mit neuen Bleichgesichtern zurückke'ren, um sich den Silberschatz doch noch unter den Nagel zu reißen.«

»Und das heißt?«, fragte ich.

»Winnetou und sein Wolfsbruder brechen sofort auf und stellen ihn im Dorf der Wolfs-Kiowas!«

»Aber die Tradition«, wagte ich noch einen Versuch, ihn umzustimmen, und legte so viel Empörung in meine Stimme, wie mir mein schauspielerisches Talent ermöglichte. »Du kannst doch nicht einfach mit allen Traditionen deines Stammes brechen. Das wäre ja ein … ein … ein Bruch mit allen Traditionen!«

»Winnetou ist jetzt der 'äuptling der Wolfs-Apachen«, sprach Winnetou da. »Er bestimmt!«

Na toll, da hatte er sich ja schon prächtig in seine neue Rolle hineingefunden!

Da war noch eine Sache, die ich geklärt haben wollte und die schon in meinem Hinterkopf an die Pforte zu meinem Bewusstsein trommelte, seit ich Schuschischi, von einer Silberkugel niedergestreckt, auf dem Felssims liegend gesehen hatte. »Was ist nun mit dem Silber? Krieg ich den Zaster, bevor wir uns Satanescu und die Kiowa-Werwölfe vornehmen?«

Nicht, dass du glaubst, lieber Leser, ich hätte vorgehabt, mir das Silber zu krallen und dann zu verschwinden, damit Winnetou seine Familienangelegenheiten bitteschön allein regelte. Nein, dieser Gedanke war mir wirklich nur ganz, ganz kurz gekommen.

»Winnetous geliebte Schwester Schuschischi ist von uns gegangen«, entgegnete der neue Häuptling der Wolfs-Apachen mit trauriger Stimme. »Winnetous Wolfsbruder Old Silver'and braucht das Silber nicht me'r.«

»Was für ein Quatsch!«, entfuhr es mir, und diesmal war meine Empörung echt. »Natürlich brauch ich das Silber! Silber kann man immer brauchen!«

»Nein, der Silberschatz ge'ört Winnetou!«

»Aber Schuschuschuna hat versprochen …«

»Winnetou ist jetzt der ’äuptling der Wolfs-Apachen«, unterbrach mich Winnetou und tippte sich mit dem Daumen gegen die nackte Indianerbrust. »Er bestimmt! ’owgh, Winnetou ’at gesprochen!«

Und mit diesen Worten drehte er sich um, um sich seine Silberbüchse zu holen.

Für einen Moment überlegte ich, ob ich ihm mit dem Werwolftöter eine Kugel in den Rücken verpassen sollte, doch ich ließ es bleiben. Warum, lieber Leser? Ich weiß es selbst nicht mehr. Wahrscheinlich stand ich einfach zu sehr unter Schock.

Der Traum vom Leben in Luxus und Reichtum war für mich ausgeträumt, und Satanescu war schuld daran. Nun hatte auch ich einen guten Grund, mich an ihm zu rächen und den Wolfs-Kiowas das Fell über die Ohren zu ziehen.

Als Winnetou und ich zum Fuße des Silberbergs hinabkletterten, um dort Sam Howlin mit einer Botschaft zur Pyramidenburg der Wolfs-Apachen zurückzuschicken, erwartete mich die nächste böse Überraschung.

Sam war spurlos verschwunden.

Das heißt, Spuren gab es schon. Und nicht nur von ihm. Doch das einzige Lebewesen, das wir noch antrafen, war sein Maultier, das dämlich zu uns herüberglotzte, während ich mit meinen Blicken den Boden absuchte.

»Die Abdrücke von Werwolfstatzen«, sagte ich. »Und hier ist die Erde aufgewühlt.« Ich wies auf eine andere Stelle: »Und sieh nur, wie das Gras dort flach gedrückt wurde. Und an diesem Busch dort ist ein Zweig geknickt.« Ich kratzte mich am Kinn, während ich die von mir trotz der sternlosen Nacht entdeckten Spuren zu interpretieren versuchte. »Folgendes hat sich abgespielt: Die Kiowa-Wölfe haben Sam entdeckt, ihn sich geschnappt und ihn als Geisel mitgenommen. Sie haben ihn entführt.«

»Ist Winnetous weißer Wolfsbruder sicher?«, fragte Winnetou.

»Das Gras, der Buschzweig«, sagte ich. »Was sollte sonst passiert sein.«

Da verwandelte sich Winnetou wieder in einen Wolf, ließ sich auf alle viere nieder und begann mit der Schnauze dicht über dem Boden herumzuschnüffeln. Das dauerte wohl fünf Minuten, dann erhob er sich, verwandelte sich zurück, sah mich an und sagte: »Es 'at sich folgendermaßen abgespielt: Die Kiowa-Wölfe 'aben Sam entdeckt, ihn sich geschnappt und ihn als Geisel mitgenommen. Sie 'aben ihn entführt!«

Oh, Winnetou, dieser Blitzmerker!

»Seltsam, er 'at nicht bemerkt, wie sich ihm die Kiowa-Wölfe nä'erten«, sprach Winnetou dann aber weiter. »Denn er lag 'ier am Boden, 'at offenbar geschlafen, sich aber dabei unru'ig um'ergewälzt.«

»Nun, die … äh, die Bisonjagd bei Nacht war für ihn sehr anstrengend«, erklärte ich. »Da hat er sich wohl ausruhen wollen, hat sich hingelegt und vor lauter Sorge um uns schlecht geträumt.«

»'mm«, brummte Winnetou, »doch bevor er sich schlafen legte, wurde ihm ein Zahn ausgeschlagen. Und davor boxte man ihn in den Magen. Und davor wurde er geo'rfeigt. Und zuvor versuchte er mehrere Male, an diesem Fels 'ochzuklettern, rutschte aber jedes Mal wieder 'inab und …«

»Schluss jetzt mit der Spurenleserei!«, gebot ich, bevor Winnetou noch falsche – oder noch schlimmer: die richtigen – Schlüsse zog. »Sam Howlin wurde entführt. Was machen wir jetzt?«

»Winnetou und sein Wolfsbruder werden zu ihrem Lager zurückke'ren und Sams weiße Gefährten, den Dick Stick und den Büffel-Bill, zur Pyramidenburg der Wolfs-Apachen schicken«, entschied Winnetou. »Sie werden Winnetous Krieger über das Drama, das sich 'ier ereignete, unterrichten, und sie werden 'erkommen und alles für die Bestattung des großen greisen 'äuptlings und seiner Tochter vorbereiten.«

»Während wir deren Mördern und den Kiowas hinterherjagen«, vermutete ich.

»Oui«, bestätigte er. »Winnetou und Old Silver'and werden Revanche üben und Sam 'owling befreien. 'owgh, Winnetou 'at gesprochen!«

Und da er so gesprochen hatte, wurde es so gemacht.

Dick und Bill waren fassungslos, als wir sie bei Morgengrauen erreichten und sie über den Tod von Schuschuschuna und Schuschischi unterrichteten. Als sie dann noch von Sam Howlins Entführung erfuhren, murmelte Bill: »Um es mit den Worten Klage-Peters zu sagen: Es musste ja so kommen!«

Wir unterrichteten sie von unserem Plan, Sam zu befreien und Rache an Satanescu zu üben, und Dick Stick antwortete offen und ehrlich: »Mal offen und ehrlich: Dieser Plan ist so bescheuert wie … wie …«

Ihm wollte nichts Vergleichbares einfallen.

»… wie die Forderung nach dem Frauenwahlrecht«, half ich ihm aus.

Er nickte. Der Büffel-Bill aber erinnerte: »Na ja, bei den Mohikanern waren die Frauen gleichberechtigt.«

»Die Mohikaner sind ausgestorben«, brummte Dick. Dann wandte er sich wieder mir zu und sagte: »Wir werden mit einem Kriegstrupp der Wolfs-Apachen zurückkehren. Sie werden Euch und Winnetou rächen!«

Ein wahrlich tröstlicher Gedanke …

Du wirst jetzt sicher denken: Mensch, dem Mayer Karl ging bestimmt ganz schön die Muffe. Er und Winnetou allein gegen einen ganzen Werwolfs-Stamm.

Ich will ehrlich sein: Wohl war mir nicht bei dem Gedanken. Aber erstens hatte Satanescu Schuschischi getötet, und ich hatte, wie ich immer stärker spürte, tatsächlich etwas für sie empfunden, sodass ihr Verlust einen durchaus gerechten Zorn in mir hervorrief. Zweitens war mir dadurch der Silberschatz der Apachen-Werwölfe durch die Lappen gegangen, was diesen gerechten Zorn noch erheblich verstärkte. Drittens hatten sich die feigen Werwolfskrieger des noch feigeren Tuntua an meinem Kumpel Sam Howlin vergriffen und waren wohl gerade dabei, ihn am Marterpfahl auseinanderzunehmen, und das war wie Öl ins Feuer meines gerechten Zorns. Viertens war Winnetou mein Wolfsbruder, und den ließ ich nicht allein ins Verderben ziehen. Und … Bin ich jetzt bei fünftens oder sechstens? Egal, ich denke, mehr braucht es nicht, mein Handeln zu begründen.

Winnetou und ich folgten der Fährte der Wolfs-Kiowas in Werwolfsgestalt. Auch ich trug nun wie er einen Lendenschurz, um meine Blöße, wenn ich wieder menschliche Gestalt annahm, zumindest ein wenig zu bedecken. Schließlich wollte ich mir nicht den Neid des gesamten Wilden Westens zuziehen. Außerdem hatte ich meinen Werwolftöter geschultert, so wie Winnetou seine Silberbüchse, und jeder von uns trug eine Tasche mit genügend Munition bei sich, um – falls es uns der Große Geist doch irgendwie ermöglichte – das gesamte Kiowa-Rudel auszurotten.

Wir hielten immer wieder an und schnüffelten über den Boden, um dann jedes Mal erneut Witterung aufzunehmen. Als die Sonne bereits hoch am Himmel stand, verharrte Winnetou erneut und sagte: »Die räudigen 'unde waren 'ier und 'aben kurz 'alt gemacht.«

»Woher weiß mein roter Wolfsbruder das?«, fragte ich.

»Einer von ihnen setzte seinen 'aufen in die Prärie.«

Ich stand in meiner Werwolfsgestalt aufrecht da und sah mich um, konnte aber nichts entdecken.

Als Winnetou meinen suchenden Blick bemerkte, erklärte er mir: »Er ist reingetreten!«

»Dummkopf«, beschied ich ihm grinsend.

»Nein, *er* ist reingetreten. Er, mein Wolfsbruder!«

Ich sah nach unten. »Shay-Zee!«

»Exactement.«Auf einmal schlugen meine Wolfssinne an, und ich sagte: »Da kommt ein Reiter!«

Sofort gingen Winnetou und ich hinter einem Busch in Deckung. Tatsächlich näherte sich uns ein Pferd in gestrecktem Galopp. Ein Weißer, gekleidet wie ein Zirkus-Cowboy, saß in seinem Sattel, mit hellen Leggings, hellem Baumwollhemd und heller Weste und mit einem riesigen weißen Stetson auf dem Kopf. Das Pferd war ein Pony, so wie es ansonsten die Indsmen ritten.

»Was treibt ein Weißer allein im Indianer-Terrain?«, fragte Winnetou misstrauisch.

»Werden's herausfinden«, murmelte ich und nahm wieder menschliche Gestalt an. Mein roter Wolfsbruder tat es mir gleich.

Kurz bevor er an uns vorbeigeritten wäre, traten wir aus dem Busch und ihm in den Weg.

Der Weiße zügelte den Gaul, der die Hufe in die aufspritzende Erde stemmte und zum Stehen kam. Der Bursche in seinem Sattel hatte ein glatt rasiertes Milchbubi-Gesicht. Er betrachtete uns und rief: »Oha, zwei nackte Wilde!« Er warf mir einen zweiten Blick zu und ergänzte: »Sogar ein weißer nackter Wilder!«

Himmel, dass ich kaum was am Leib trug, hatte ich nicht bedacht. Ich musste auf den Bubi wirken wie ein Weißer, der aufgrund widriger Umstände im Dschungel aufgewachsen und von Affen großgezogen worden war.

»'owgh!«, grüßte Winnetou den Reiter auf Indianer-Art, bevor ich etwas sagen konnte, und machte ein grimmiges Gesicht. »Was macht weißer Mann allein im Indianergebiet?«

»Nun, was machen ein weißer und ein roter Mann nackt im Gebüsch?«, gab der Kerl frech zurück und grinste anzüglich.

Als er dann aber bemerkte, dass Winnetou kurz davor stand, ihn aus dem Sattel zu zerren und mit bloßen Händen zu skalpieren, setzte er schnell hinzu: »Pony-Express! Bin auf der Suche nach dem Lager des Eisenbahnbauers Mr. John Bancrott. Soll dort ein Paket abliefern!«

Er wies mit dem Daumen über die Schulter. Tatsächlich hatte er die Satteltaschen voll, und darüber war ein länglicher Gegenstand festgezurrt, der mit braunem Packpapier umwickelt war.

»Ihr habt eine Sendung für Mr. Bancrott?«, fragte ich.

»Kennt Ihr den Gentleman?«, staunte er, doch sogleich gab er mir Antwort auf meine Frage. »No, Sir, die Sendung ist für einen ...« Er zog einen Zettel aus der Brusttasche seiner schmucken Lederweste und las in breitestem Yankee-Englisch vor: »... Kal Mäjä!«

»Karl Mayer!«, sagte ich. »Das bin ich!«

Er betrachtete mich misstrauisch. »Mit a y?«

»Jawoll!«

»Oh, das ist schön!«, freute er sich. »Kann ich mir den restlichen Weg sparen. Ihr … Ihr könnt Euch doch sicherlich ausweisen, oder?«

Ich sah ihn an, hob dann die Schultern und schaute an mir hinab. »Womit denn?«

»Nun, Sir«, sagte der Bursche. »Ich brauche schon einen Ausweis und Eure Unterschrift.«

Verdammte Lusche! Ich hatte weder Zeit noch Lust, mich weiterhin mit dem Burschen zu befassen. Also löste ich das Problem in Westmann-Manier, zerrte ihn aus dem Sattel und pflanzte ihm meine Faust ins Gesicht mit den Worten: »Hier hast du meine Unterschrift!«

Während er besinnungslos am Boden lag, löste ich den länglichen Gegenstand, der quer über die Satteltaschen gezurrt war. Es stand tatsächlich mein Name drauf mit der Adresse:

Mr. Karl Mayer
Eisenbahnbaulager der American Raillines
von Mr. John Bancrott
Irgendwo im Indianer-Territory, USA

Ein Brief befand sich dabei, der Absender lautete:

Bruder Heinrich
Kloster des Kämpfenden Ordens des Schwertes Christi
St. Louis, USA

Ich öffnete das Kuvert und las:

Geliebter Herr Mayer,
herzenstreuer Freund,
Bruder im Glauben und im Kampfe für Moral und Sitte!

Seit langer Zeit habe ich keine Nachricht von Euch erhalten, und ich hoffe, meine Befürchtungen, Euch als Christenmenschen könnte unter den gottlosen Wilden etwas zugestoßen sein, bewahrheiten sich nicht. Jede Nacht bete ich für Eure leibliche Unversehrtheit und Euer Seelenheil, dass Euch die elenden Heiden nicht verderben mögen mit ihren frevlerischen Sitten und Gebräuchen und … blablabla … damit Ihr standhaft im Glauben seid und im Kampfe gegen diese den Satan verehrenden Monstren, denen nichts heilig ist und deren Treiben allem Trachten eines guten, gottesfürchtigen Christen zuwiderläuft

Da konnte etwas nicht stimmen. Ich runzelte die Stirn, dann begriff ich und drehte den Brief herum.

Geliebter Herr Mayer,
herzenstreuer Freund,
Bruder im Glauben und im Kampfe für Moral und Sitte!

Seit langer Zeit habe ich keine Nachricht von Euch erhalten, und ich hoffe, meine Befürchtungen, Euch als Christenmenschen könnte unter den gottlosen Wilden etwas zugestoßen sein, bewahrheiten sich nicht. Jede Nacht bete ich für Eure leibliche Unversehrtheit und Euer Seelenheil, dass Euch die elenden Heiden nicht verderben mögen mit ihren frevlerischen Sitten und … blablabla … damit Ihr standhaft im Glauben seid und im Kampfe gegen diese den Satan verehrenden Monstren, denen nichts heilig ist und deren Treiben allem Trachten eines guten, gottesfürchtigen Christen zuwiderläuft und die … blablabla … Anstand und Moral … Götzenopfer … Fesseln … Peitschen …

Darum sende ich Euch diese Waffe, die Euch im Kampf gegen die gottlosen Heiden und ihre frevlerischen Machenschaften unterstützen soll. Ihr habt schon bewiesen, dass Ihr ein Meister im Umgang mit ihr seid, dass Euch der Herr in seiner unermesslichen Weisheit und Gnade das Talent schenkte, mit ihr gegen die Ungeheuer der Schwefelklüfte und Diener Luzifers mannhaft bestehen zu können und … blablabla … darum ich sicher bin, dass Ihr die elenden roten Teufel mit dieser heiligen Waffe, die von meinem Abt und mir ihre Weihe empfing, mit Stumpf und Stiel ausrotten und ewig vom Antlitz der Schöpfung tilgen werdet!

Weiterhin gelten Euch meine fürsorglichsten Gebete! Möge Euch der Herr die Kraft schenken, die Ihr für Euren heroischen Kampf gegen die Mächte der Hölle … blablabla … und lasst Euch nicht in Versuchung bringen durch eine dieser wollüstigen Apachen-Squaws, die jeden guten, wackeren Mann in einen brunftigen Elch verwandeln, indem sie dessen Leib mit einer teuflischen Zaubersalbe einreiben, die ihn empfänglich macht für Unsitte und Unkeuschheit. Doch wie ich Euch und Eure unerschütterliche Charakterstärke kenne, seid Ihr gefeit vor derartigen Anfechtungen seitens einer solchen geilen roten Hexe mit ihrer Zaubertinktur und … blablabla … Unzucht … Wollust … viehisches Treiben …

Ich küsse und segne Euch! Auf ewig verbunden im wahren Glauben und im Kampfe gegen die Hölle und ihre Diener

Bruder Heinrich

PS: Sollte Euch dies Schreiben und das entsprechende Paket nicht mehr in der diesseitigen Welt erreichen, habe ich dem Pony-Express-Reiter Anweisung gegeben, es mir zurückzubringen. Sodann werde ich Euch als Märtyrer ausrufen lassen und Eure Seligsprechung beantragen!

Zaubersalbe? Die empfänglich macht für Unsitte und Unkeuschheit? Schuschischi, dieses kleine Luder! Hätte sie noch gelebt, ich hätte ein ernstes Wörtchen mit ihr gewechselt!

Ich zerknüllte den Brief des sittenstrengen Bruder Heinrichs und ließ ihn in den Kiowa-Haufen fallen, aus dem ich inzwischen hinausgetreten war. Dann wickelte ich den länglichen Gegenstand, an dem der Brief befestigt gewesen war, aus dem Packpapier.

Es handelte sich tatsächlich um den Heinrich-Stutzen!

Mir ging es gleich wesentlich besser.

»Was ist das?«, fragte mich Winnetou.

»Das«, antwortete ich ihm mit schiefem Grinsen, »ist genau das, was wir brauchen!«

Blutgemetzel am Blood River

Wir erreichten das Lager der Kiowa-Werwölfe lange nach Sonnenuntergang. Anders als die Siedlung der Apachen bestand es gänzlich aus Tippis, die auf einer Halbinsel aufgestellt waren. Diese wiederum befand sich inmitten des Blood Rivers.

Der Zugang zur Insel wurde von mehreren Werwölfen bewacht, also nahmen Winnetou und ich den Weg durchs Wasser. Es war so kalt, dass selbst unsere dichten Werwolfspelze uns kaum vor dieser Eisekälte schützten. Die Waffen und unsere Munitionstaschen hatten wir in ein Kanu gelegt, das wir am anderen Ufer an einem Steg entdeckt hatten und das wir vor uns herschoben.

Wieder stand der Vollmond bleich am Himmel und überschüttete alles mit seinem Silberlicht. Dafür gab es mal ausnahmsweise keinen Nebel; wie gesagt, das Wasser war eisekalt, und diesmal wirkte auch kein roter Hexenmeister irgendeinen Zauber.

Wir erreichten die Insel, stiegen aus dem Wasser, verwandelten uns zurück in Menschengestalt und schnappten uns unsere Gewehre und Taschen. Dann schlichen wir auf das Lager der Kiowas zu.

Ich wollte es so machen, wie es mir Sam Howlin gezeigt hatte, als wir Winnetou und Schuschuschuna hatten befreien wollen, indem ich nämlich steif wie ein Brett auf Zehen- und Fingerspitzen dahinkrabbelte.

»Was soll der Unsinn?«, fragte mich Winnetou.

»So schleicht ein Westmann«, erklärte ich ihm.

»Mein Wolfsbruder Old Silver'and schleiche wie ein Indianer«, gebot er mir. »Das ist weniger mühsam!«

Na gut, wenn er es denn wollte!

Wir erreichten den Rand des Werwolfs-Lagers. Die Wilden machten ein Heidenspektakel. Man kann auch sagen: Die Heiden machten ein wildes Spektakel, ganz wie es beliebt; das machte keinen Unterscheid.

Viele hatten sich in Werwölfe verwandelt und tanzten im flackernden Schein mehrerer großer Feuer, wobei mehrere Trommeln geschlagen wurden und einige der Wölfe ein schier unerträgliches Geheul ausstießen. In der Mitte eines Platzes hatte man einen Marterpfahl errichtet, und an diesen Pfahl gebunden stand eine nackte Gestalt.

Sam Howlin.

Hatten die Kiowa-Wölfe schon mit der Marterung begonnen? Nein, noch nicht, wie ich erleichtert feststellte. Noch tanzte ein Medizinmann, dessen Menschenkörper mit Blut bemalt war und der eine Dämonenmaske trug, vor Sam auf und ab, um die bösen Geister anzurufen, denen zu Ehren man den Gefangenen zu Tode quälen sollte.

Um den Marterpfahl hatten sich einige Schaulustige eingefunden, und in der vordersten Reihe sah ich – beide in menschlicher Gestalt und mit breitem Grinsen in den Gesichtern – Tuntua, den Häuptling der Wolfs-Kiowas, und den Vampir Satanescu, das einzige noch verbliebene Mitglied der Glorreichen 13, beide gezeichnet von Winnetous und meinen Kugeln.

Satanescu trug den linken Arm in einer Schlinge, denn Winnetou hatte ihm ja eine Kugel aus der Silberbüchse in die Fledermausschwinge gepflanzt, und die Verwundung war ob der Magie dieser Zauberwaffe noch nicht verheilt. Tuntua hockte in einem Rollstuhl, den die Wilden aus

Holzstücken und Stricken zusammengezimmert hatten und der ziemlich unbequem aussah. Dennoch schienen sich beide prächtig zu amüsieren. Sie grinsten breit, und Blutgier leuchtete in ihren Augen.

Auch der kleine Wolf Tunta durfte natürlich nicht fehlen. Mit drohendem Knurren und die Zähne gefletscht sprang auch er um den Marterpfahl herum, schnappte immer wieder nach Sam Howlin, traute sich aber nicht wirklich, zuzubeißen, und geriet dem Medizinmann dabei immer wieder mal in die Quere. Als der rote Hexenmeister mit der Dämonenmaske dann aber über ihn stolperte und fast gestürzt wäre, verpasste er dem Kleinen einen wütenden Tritt, und abermals machte Tunta den Abflug und überschlug sich ein paar Meter weiter. Daraufhin trollte er sich.

Auf einmal wurde das Jaulen der Wölfe und das Getrommel von einem schaurigen Heulen übertönt, und am Marterpfahl bildeten sich plötzlich grünlich leuchtende Schlieren in der Luft, die wild umherkreisten und sich schließlich zu dämonenhaften Geistwesen formten. Sie jagten um den Marterpfahl und den schreckensbleichen Sam Howlin herum, schienen einen teuflischen Reigen zu tanzen, ohne dabei jedoch den Boden zu berühren, und immer wieder schlugen sie mit nebelhaften Klauenhänden nach dem Gefangenen, der daraufhin jedes Mal gepeinigt aufschrie. Es wirkte, als würden sie ihm irgendetwas entreißen, vielleicht seine Lebensenergie, vielleicht die dem Westmanne innewohnende Kraft, die es ihm ermöglicht hätte, den zu erwartenden Qualen mannhaft zu widerstehen.

Tunta, der kleine Wolf, war sichtlich erschrocken, als die geisterhaften Dämonen auf einmal erschienen waren, und hatte sich unter den Rollstuhl seines Herrn und Meisters verkrochen, wo er mit eingeklemmter Rute und die

Vorderpfoten vor den Augen ängstlich vor sich hin winselte.

Immer wilder wurde das höllische Treiben der Geisterdämonen, immer lauter ihr Heulen, immer gepeinigter die Schreie Sam Howlins. Ich wollte eingreifen, doch Winnetou berührte meinen Arm und flüsterte mir etwas zu, dass ich bei dem lauten Geheule jedoch nicht verstehen konnte.

»Hä?«, machte ich.

Wieder flüsterte er etwas.

»Wie war das?«

»Merde!«, rief er mir ins Ohr. »Nä'er 'eran!«

Wir robbten also weiter auf das Lager zu, während ich beobachtete, wie die geisterhaften Höllenschergen Sam weiterhin traktierten. Als wir dann hinter einem Wigwam Deckung gefunden hatten, endete der Spuk. Mit sadistischem Kichern strebten die Dämonengeister davon, entschwanden in der Vollmondnacht und lösten sich auf.

Dafür machte sich nun Tuntua bemerkbar, der mit lauter Stimme rief: »Wir dich jetzt foltern langsam zu Tode, weißer Mann, zu Ehren unserer bösen Ahnen. Stunde um Stunde deine Leiden werden größer werden, bis du verfluchen deine Mutter, dass sie dich geboren!« Und dann lachte er glucksend.

Doch Sam wäre nicht Sam Howlin gewesen, wäre ihm nicht trotz allen Ungemachs eine passende Entgegnung eingefallen. »Verfluch lieber deine eigene Mutter«, rief er Tuntua entgegen, »dass sie deinen impotenten Vater mit einem Rindvieh betrogen hat!«

Tuntua schaute Satanescu verwirrt an. »Was … was er meinen? Mein Vater impo… was? Wieso Rindvieh?«

»Dein Vater war ein *important man*«, übersetzte der Vampir, »ein sehr wichtiger Mann. Und Rindviecher gelten bei manchen Völkern als heilig.«

»Aha«, sagte Tuntua und strahlte über das vermeintliche Lob seines Feindes. Dann aber gebot er: »Genug der Höflichkeiten. Fangen an!«

Zwei Werwölfe traten auf Sam Howlin zu. Der eine schlug mit seiner Pranke nach ihm und riss ihm vier tiefe, blutige Kratzer in die Brust. Der zweite trieb es noch ärger: Er nahm Sam das Toupet ab, warf es zu Boden und trampelte darauf herum.

»Jetzt müssen wir einschreiten«, zischte ich und machte den Werwolftöter schussbereit.

»'alt!«, sagte Winnetou. »Sieh doch 'in!«

Ich richtete meinen Blick wieder auf Sam – und konnte kaum fassen, was ich sah: Die vier blutigen tiefen Wunden schlossen sich, verheilten innerhalb weniger Herzschläge, und nicht einmal Narben blieben zurück.

Und noch etwas geschah: Sam veränderte sich. Die Knochen unter seiner Haut begannen sich zu verschieben, seine Gestalt wurde breiter, sein Brustkorb wölbte sich, und auch sein Gesicht verwandelte sich: Seine Mundpartie streckte sich, stülpte sich vor, wurde länger und mehr und mehr zu einer Schnauze, in deren Maul fingerlange Zähne steckten.

Fell spross ihm aus allen Poren.

Er verwandelte sich in einen Werwolf!

»Diese Narren«, sagte ich, doch ich sprach es voller Freude. »Mit ihrem heidnischen Hokuspokus haben sie den Bann Bruder Heinrichs ausgelöscht, und jetzt kommt im Howlin' Sam der Werwolf wieder zutage!«

»Old Silver'and kennt Bruder 'einrich?«, fragte Winnetou verwundert.

»Später, Winnetou, später«, sagte ich.

Inzwischen hatte sich Sam ganz und gar in einen mächtigen Werwolf verwandelt, dessen Muskelberge vor Kraft zu bersten drohten. Die Kiowas hatten ihn nicht mit magischen Riemen gebunden, eine Nachlässigkeit, die ihnen nun zum Verhängnis wurde. Wie Sam mir gegenüber geäußert hatte, konnten sie den Wolfskeim in ihm wittern, dennoch hatten sie offenbar nicht damit gerechnet, dass er sich verwandeln würde, denn er hatte ihnen ja erzählt, ein gemeiner weißer Hexer hätte ihm diese Fähigkeit mit einem Zauberfluch genommen.

Nun, sie wären besser auf Nummer sicher gegangen, denn sie selbst hatten diesen Zauberfluch soeben mit ihrer eigenen Magie außer Kraft gesetzt, und so verwandelte sich Sam erstmals in einen Werwolf, der seine Fesseln sprengte, als wären diese nur Papiergirlanden.

Die Kiowas schreckten zurück, da schnappte sich der Sam-Werwolf bereits denjenigen, der auf seiner Perücke herumgetrampelt war, und übte für dieses ungebührliche Verhalten grausame Rache: Er packte den Indianer-Werwolf mit beiden Händen am Schopfe und riss ihm mit ungeheurer Kraft das Fell vom Kopf, dass darunter die blutverschmierte Schädelplatte zum Vorschein kam.

Doch der Ärmste hatte nicht lange zu leiden, denn mit einer blitzschnellen Bewegung drehte ihm Sam das Gesicht auf den Rücken, sodass das Rückgrat mit lautem Knacken barst.

Dann schnappte er sich den nächsten Gegner, schlitzte ihn mit den rasiermesserscharfen Krallen seiner Pranken der Länge nach auf, und während die dampfenden Eingeweide noch zu Boden fielen, zerfetzte Sam einem weiteren Werwolf die Kehle.

Endlich hatte sich Tuntua von seinem Schrecken erholt und gab seinen Kriegern den Befehl zum Angriff. Jaulend und fauchend stürzte sich die blutgierige Meute auf Sam, der zwar einen nach dem anderen mit mächtigen Prankenhieben niederstreckte, dieser Übermacht aber nicht lange würde standhalten können.

»Das ist unser Part!«, rief da Winnetou, legte die Silberbüchse an und drückte ab.

Sein erster Schuss pustete einem der Kiowa-Werwölfe die Rübe von den Schultern. Noch kurz stand er da, während das Blut aus seinem Halsstumpf pulsierte, dann kippte der Wolf um und verwandelte sich in einen enthaupteten Indsman zurück.

Alle drehten sich verwundert nach uns um, und Sam nutzte die Ablenkung, um zwei weitere Feinde mit seinen messerscharfen Krallen zu zerfleischen, dass das Blut nur so spritzte.

Einer der Werwölfe glotzte mich aus glühenden Augen an. Ich hob den Werwolftöter und sagte: »Grüß mir die Ewigen Jagdgründe, elender Kläffer!«

Und drückte ab. Der Körper des Wolfes zerplatzte in einem Regen aus Blut und Knochen, als hätte er eine Stange Dynamit mit brennender Lunte verschluckt.

Den Nächsten nahm sich wieder Winnetou vor, und während er dann nachlud, machte ich aus zwei weiteren Werwölfen Hundefutter.

Wir machten es wie beim Silberberg, wechselten einander beim Schießen und Nachladen ab und hielten blutige Ernte unter unseren Gegnern. Das liest sich natürlich einfacher, als es in Wirklichkeit war, denn ich musste blitzschnell nachladen, was bei so einem Vorderlader doch eine umständliche Prozedur ist, und den Werwolftöter schussbereit haben, sobald Winnetou die beiden Läufe seiner Silberbüchse abgefeuert hatte. Ich stocherte mir mit dem Ladestock regelrecht den Wolf, dann zwei gezielte Schüsse, von denen keiner fehlen durfte, danach wieder aus dem Pulverhorn die Treibladung in die Läufe, Kugel hinterher und wieder stochern, wobei ich den Ladestock, der für gewöhnlich unter den beiden Läufen der Büchse festgeklemmt wurde, wenn er nicht in Gebrauch war, zwischen den Zähnen hielt wie ein Pirat sein Entermesser.

Zum Glück wichen die Werwölfe jedes Mal ängstlich zurück, sobald wir die Büchsen auf sie richteten, denn keiner von ihnen wollte die tödliche Sendung in Empfang nehmen und mit seinem Leben quittieren. Das verschaffte dem jeweils anderen zusätzliche Zeit zum Nachladen, während wir drohend mal hierhin, mal dorthin zielten, bevor wir es krachen ließen. Zudem war da auch noch Sam Howlin, der die Kiowa-Werwölfe erheblich beschäftigte, indem er wütend und tobend wie ein Berserker durch ihre Reihen pflügte; seine Pranken wirbelten wie Dreschflegel und ließen Fellbüschel, Fleischbrocken und herausgerissene Eingeweide durch die Gegend fliegen.

Auf einmal ertönte ein tiefes Knurren, das alle anderen Geräusche übertönte, und inmitten der Kiowa-Werwölfe züngelten rote Flammen empor. Die Wölfe wichen davor ehrfürchtig zurück, und sodann sah ich die Feuerbestie, in die sich Tunta, der kleine Wolf, erneut verwandelt hatte; er war wieder zu jenem riesigen Wolf geworden, dessen Leib ganz und gar aus lodernden Flammen zu bestehen schien, und hechtete mit weiten Sprüngen auf Sam Howlin zu, dabei eine brennende Spur Pfotenabdrücke hinterlassend.

Alle anderen Werwölfe machten ihm Platz oder brachten sich in Sicherheit, nur Sam stand da wie erstarrt und blickte der Feuerbestie fassungslos entgegen. Gegen dieses Monster, gegen diese Ausgeburt der Hölle, konnte auch er sich nicht verteidigen.

Im nächsten Moment würde ihn der Feuerwolf erreichen und ihn …

Ich schoss meinen Werwolftöter ab und sah die Kugel

in Tuntas Flammenleib einschlagen, denn dort züngelte es grell auf, wie wenn man eine Prise Schwarzpulver ins Feuer wirft. Die Höllenbestie wurde um die eigene Achse gerissen und zu Boden geworfen, wo ihre Flammen erloschen, als hätte man eine Decke darübergebreitet. Dann konnte ich Tunta nicht mehr sehen, denn die Kiowa-Werwölfe, die ein erstauntes »Uff, uff!« ausstießen, versperrten mir die Sicht; sie traten zusammen, um sich anzusehen, was aus der Feuerbestie geworden war.

Winnetou und mir war dadurch eine kleine Verschnaufpause vergönnt, und die nutzten wir, um unser Augenmerk auf unsere beiden Erzfeinde zu richten, auf Tuntua und den Vampir Satanescu.

Der feige Häuptling der räudigen Wolfs-Kiowas hockte fassungslos in seinem hölzernen Rollstuhl und starrte zu Winnetou und mir herüber, und Satanescu stand stocksteif da, als würde ihn der Anblick eines geweihten Kruzifixes auf der Stelle bannen.

Winnetou richtete den Blick seiner Adleraugen auf den Mörder seines Vaters und seiner Schwester und rief zornentbrannt: »Sarabescu!«

Er würde es nie lernen.

Trotzdem begriff der Vampir, dass er gemeint war – wahrscheinlich war er es ebenso gewohnt wie ich, dass ihn die Wilden mit fantasievoll klingenden Namen bedachten –, und setzte sich mit ruckartigen Schritten in Bewegung, ging langsam rückwärts, darauf bedacht, dass Tuntua nicht mitbekam, wie er sich davonstahl.

Dann wirbelte er herum und lief auf den gegenüberliegenden Rand des Werwolfslagers zu. Dabei löste er seinen linken Arm aus der Schlinge, in der dieser gesteckt hatte, und verwandelte sich in eine Kreatur halb Fledermaus, halb Mensch, um sich in den Nachthimmel zu schwingen.

Er wollte die Flucht ergreifen, doch seine linke Schwinge lahmte noch immer, und so kam er nicht schnell genug weg.

Seine Flucht scheiterte endgültig, als ihm Winnetou auch die rechte Schwinge zerschoss. Kreischend stürzte er vom Himmel und ging irgendwo jenseits des Lagers im nahen Wald nieder.

»Guter Schuss«, lobte ich meinen Wolfsbruder. Dann aber rief ich: »He, was ist denn jetzt?«

Winnetou hatte die Silberbüchse einfach fallen lassen. »Winnetou schnappt sich den Mörder Schuschuschunas und Schuschischis. Er wird Winnetous Rache nicht entkommen!« Und dann rief er mir noch zu: »Au revoir!«

Und mit diesen Worten verwandelte er sich in einen schwarzen Wolf und hetzte auf allen vieren quer durch das feindliche Lager, in jene Richtung, in der Satanescu in den Wald gestürzt war.

»Verdammt, bleib hier!«, rief ich Winnetou hinterher. »Wir sind auf einer Flussinsel und vom fließenden Wasser umgeben! Er kann doch gar nicht abhauen!« Aber wie viele Wilde war er der Logik des Weißen Mannes nicht zugänglich und rannte weiter, dabei den Prankenhieben seiner Feinde geschickt ausweichend. »Komm zurück!«, schrie ich. »Du kannst mich doch hier und jetzt nicht zurücklassen!«

Doch, er konnte. Und weg war er.

Dämliche Rothaut!

Winnetou und der noch immer durch die Reihen unserer Feinde tobende Sam Howlin lenkten die Kiowa-Wölfe lange genug ab, dass ich den Werwolftöter nachladen konnte, doch als ich damit fertig war, hatte sich mir ein Haufen mordgieriger Bestien schon bis auf wenige Schritte genähert. Ich ließ beide Läufe kurz hintereinander krachen, und mit den zwei Schüssen dieses mächtigen Schießprügels verwandelte ich gleich vier der Unholde in einen Regen aus Fleisch und Blut.

Dann ließ ich den Werwolftöter fallen wie zuvor Winnetou die Silberbüchse, jedoch nicht wie er, um eigenen Interessen nachzugehen, sondern um mir den Heinrich-Stutzen von der Schulter zu nehmen. Das von Bruder Heinrich entworfene »Kugelschloss« war voll. Mit dieser Waffe brauchte ich nicht ständig nachzuladen, was nun, da Winnetou sich einfach abgesetzt hatte, auch nicht mehr möglich gewesen wäre. Und mein Pulverhörnchen war ohnehin so gut wie leer.

Breitbeinig dastehend, schoss ich auf die Angreifer, und jede der fünfundzwanzig Kugeln saß. Als dann das Heinrich'sche Kugelschloss leer geschossen war, erkannte ich, dass ich – natürlich mit der Unterstützung Winnetous und Sam Howlins – Tuntuas Rudel erheblich dezimiert hatte.

Dennoch griffen sie weiter an, und da ich keine Gelegenheit mehr zum Nachladen fand, ließ ich auch den Heinrich-Stutzen fallen und schnappte mir Winnetous Silberbüchse, die vor mir am Boden lag und in der noch eine Kugel stecken musste. Ich zielte, drückte ab, es krachte gewaltig, und ich hatte einen weiteren Gegner weniger.

Als wir bei der Pyramidenburg der Wolfs-Apachen aufgebrochen waren, hatte ich Winnetous Schießprügel nicht mal anfassen dürfen. Jetzt hatte ich sogar damit geschossen und grinste mir innerlich eins, denn ich hatte meinen Willen mal wieder durchgesetzt.

Ein weiterer Werwolf sprang auf mich zu, und nun stand mir keine Kugel mehr zur Verfügung. Blitzschnell drehte ich die Büchse in meiner Hand, packte sie an den Läufen und schlug der Bestie den Kolben gegen die Zähne, dass es nur so krachte. Jaulend ging der Werwolf zu Boden. Ich hoffte nur, dass ich Winnetous schönes Gewehr nicht beschädigt hatte, und warf die leer geschossene Waffe von mir.

Nun blieb mir keine Wahl mehr, und ich griff zum letzten Mittel, um mich gegen die anstürmenden Bestien zur Wehr zu setzten: Ich verwandelte mich selbst in einen Wolf!

Als sie auf mich einstürmten, sprangen sie mir regelrecht in die Pranken. Meine Krallen durchschnitten Fell und Muskeln, meine Hiebe durchschlugen Knochen, ich riss Arme aus und versenkte meine Fänge in die Kehlen meiner Gegner. Auf diese Weise bahnte ich mir einen blutigen Weg bis in die Mitte des Lagers, wo ich gegen einen anderen mächtigen Werwolf stieß.

Schon wollten wir aufeinander los, da erkannten wir uns. Es war Sam Howlin, da war ich mir sicher, denn es gab keinen anderen Werwolf ringsum mit einem kahlen Schädel. Er behauptete zwar später, mich daran erkannt zu haben, weil ich der einzige Werwolf war, der wie eine Lusche durch die Reihen der Feinde tänzelte, doch ich bin sicher, dass es meine Witterung war, die ihn innehalten ließ.

»Seid Ihr bereit, noch ein paar dieser heidnischen Seelen in die Hölle zu schicken?«, fragte ich ihn.

Er starrte mich aus gelben Lichtern an und fletschte in einem verwegenen Grinsen die mächtigen Reißzähne. »Thunderstorm, Sir, das bin ich«, knurrte er wie ein Werwolf, der im Westen aufgewachsen ist. »Die Schwefelklüfte erhalten in dieser teuflischen Nacht eine Menge Nachschub, wenn ich mich nicht irre.«

Sodann kämpften wir Rücken an Rücken, streckten die gegnerischen Unholde mit gewaltigen Prankenhieben nieder und bissen wild um uns. Sie kreisten uns ein, schlugen nach uns, schnappten nach uns, doch wir gaben uns gegenseitig Deckung und teilten dabei kräftig aus.

»Kämpft nicht schlecht für eine Lusche!«, knurrte mir der Werwolf-Sam in einer kurzen Atempause zu. »Oder müsste ich statt Lusche jetzt Welpe zu Euch sagen?«

Mich auf den nächsten Angriff vorbereitend, antwortete ich ihm: »Hab schon als Werwolf gejagt und mir von Winnetou so einiges beibringen lassen. Ihr seid es, der gänzlich neu auf diesem Terrain ist.«

»Terrain sagt er«, erwiderte Sam spöttisch. »Seid schon so lange mit der Rothaut zusammen, dass Ihr seine Art zu reden übernehmt!«

Längst war mein Fell über und über mit Blut besudelt, doch kein einziger Tropfen war das meinige; es war das Blut meiner Feinde, die zu spüren bekamen, was ein Werwolf aus deutschem Lande in seinem gerechten Zorn zu tun in der Lage war, wenn der Vollmond schien.

Irgendwann verharrten unsere Gegner, blieben auf Abstand, bildeten aber noch immer einen geschlossenen Kreis um uns. Sie warteten ab, machten sich bereit für einen gemeinsamen Angriff, der uns dann mit aller Wut treffen, und wie eine Flutwelle unter sich begraben und vernichten würde.

»Seid Ihr bereit zu sterben, Lusche?«, hörte ich Sam neben mir knurren.

»Seid Ihr bereit, endlich einzugestehen, dass ich ein prächtiger Westmann bin?«, hielt ich dagegen.

»Kein prächtiger Westmann«, erwiderte er, »aber ein gar fürchterlicher Werwolf, wenn ich mich nicht irre.«

Und er kicherte. Es war das irrsinnige Kichern eines Mannes – oder Werwolfs –, der mit dem Leben abgeschlossen hatte und nur noch sein Fell so teuer wie möglich verkaufen wollte.

Auf einmal öffnete sich der Kreis der pelzigen Leiber um uns herum, und Tuntua fuhr mit seinem quietschenden und knarrenden Rollstuhl auf uns zu, das Gesicht eine Fratze des Hasses. Neben seinem Rollstuhl, dessen schlecht geschmierte Räder ein unangenehmes »Üühiih – üühiih – üühiih« von sich gaben, schritt ein junger Indianer, kaum dem Knabenalter entwachsen.

Das »Üühiih – üühiih – üühiih« brach ab, und auch der junge Indianer blieb stehen.

»Old Silverhand und der Howlin' Sam töten viele meines Stammes!«, presste Tuntua zwischen zornig gefletschten Zähnen hervor. »Dafür, Tuntua schwören, werden sterben grausamen Tod am Marterpfahl!« Allmählich kamen mir diese Werwölfe vor wie europäische Politiker: Jeder von ihnen versprach wieder und wieder das Gleiche, ohne es jemals einzuhalten. »Geben auf, sonst wir euch reißen in Stücke!«

»Was ist denn das für ein saudämliches Angebot?«, fragte Sam mit knurrender Stimme. »Wir sollen aufgeben, damit ihr uns an die Marterpfähle binden könnt? Fällt uns ja im Traum nicht ein!«

»Dann wir euch sofort zerreißen!«, drohte Tuntua.

Sam lachte ihn aus, und sein Lachen klang aus seinem Wolfsrachen nicht mehr wie das dämliche Kichern eines Waldschrats, sondern dumpf und grollend. »Dann zerreißt uns doch. Ist uns lieber, als zu Tode gemartert zu werden, auch wenn du so weit offenbar nicht denken kannst, du hirnloser Präriefurz. Nur werden dann noch mehr von deinen Kriegern draufgehen, wenn ich mich nicht irre!«

Bei Sams Worten erkannte ich an den Bewegungen von Tuntuas Augäpfeln, wie er sich umsah, und ich tat es ihm nach. Dutzendweise lagen zerfetzte Indianerleichen um uns herum, zerrissene Kiowa-Werwölfe, die nach ihrem Tod wieder menschliche Gestalt angenommen hatten. Sam und ich hatten – zu Anfang mit Winnetous Unterstützung –

den halben Werwolfsstamm ausgelöscht. Wir beide standen da, inmitten einer Hügellandschaft aus blutüberströmten Leichen, herausgerissenen Gedärmen und abgetrennten Gliedmaßen, und über dieser grausigen Landschaft lag ein leichter Nebel, weil das zerrissene Fleisch und all das vergossene Blut noch warm waren und in der Kälte dampften. Ich erschrak nahezu über das, was ich getan hatte.

Nun gut – oder: well, wie der Westmann zu sagen pflegt –, es waren Werwölfe, und diese hier waren im Gegensatz zu den edlen Apachen-Werwölfen eine Gefahr für jeden normalen Menschen, reißende Bestien, die sich vom Fleisch wehrloser Opfer ernährten. Aber hatten wir das Recht, sie alle umzubringen? Längst war ich nicht mehr der Meinung des irren Bruder Heinrich, dass nur ein toter Werwolf ein guter Werwolf sei. Auch ich gehörte nun zu diesen Gestaltwandlern, und vielleicht fühlte ich mich daher selbst mit den Wolfs-Kiowas auf die eine oder andere Weise verbunden.

Jedenfalls wollte ich diesem Massaker ein Ende machen, deshalb trug ich extra dick auf, als ich sprach: »Tuntua möge bedenken, dass der Howlin' Sam und ich noch eine ganze Weile so weitermachen können. Wir könnten sein gesamtes Rudel bis auf wenige Wolfskrieger auslöschen, bevor es Tuntuas Kriegern gelänge, uns zu bezwingen. Hat Tuntua noch nicht erkannt, dass Old Silverhand unbezwingbar ist, weil er mit mächtigen Geistern im Bunde steht? Wenn nicht, frage er seine Beine, wie es Old Silverhand gelang, sie beide mit einem einzigen Schusse zu lähmen!«

Meine Worte hatten getroffen – leider riefen sie genau die gegenteilige Reaktion als die hervor, die ich beabsichtigt hatte. Tuntua zuckte zusammen, starrte auf seine durchschossenen Knie, dann auf mich, und seine Augen flammten auf wie die Lichter eines Wolfes.

»Du sein elender Bastard von räudiger Schakalin!«, spie er mir entgegen. »Du heute Nacht sterben! Meine Wölfe dich reißen in Stücke und ...« Den Rest spare ich mir, lieber Leser. Du hast die Drohungen Tuntuas in diesem Büchlein häufig genug gelesen, und seine Kunst der Variation hielt sich in den engen Grenzen seines Intellekts.

»So werden wir deinen ganzen Stamm auslöschen!«, fiel ich ihm irgendwann ins Wort.

»Ha, du ruhig tun!«, rief er mit kreischender Stimme. Dann wies er auf den Jüngling neben ihm. »Das sein Brunftiger Hirsch, sein Tuntuas Sohn!« Oho, dachte ich, offenbar bedeutete Tuntua in der Sprache des Weißen Mannes tatsächlich nicht mehr als Silberner Pfeil. »Brunftiger Hirsch ganzer Stolz von Tuntua. Er machen neuen Stamm von Wolfs-Kiowas. Besseren Stamm. Zeugen viele Wolfskrieger mit Squaws, wo sind versteckt in Wigwams. Noch bessere Wolfskrieger. Stärker, wilder, blutrünstiger – unbezwingbar!«

Mit stolzgeschwellter Brust trat der junge Indianer vor und baute sich vor uns auf, die Fäuste selbstbewusst in die schmalen Hüften gestemmt, das Haupt geradezu hochmütig erhoben, während sein Vater schwärmerisch fortfuhr:

»Brunftiger Hirsch wird werden neuer großer Häuptling von Wolfs-Kiowas, führen Tuntuas Stamm nach ganz oben, an Spitze von Nahrungskette. Name von Brunftiger Hirsch wird gefürchtet in ganzem Westen, räudige Apachenhunde heulen vor Angst, wenn hören Namen von Brunftiger Hirsch, Weiße Männer sich machen in Hose und ...«

Dann war Schluss mit den schönen, blutigen Zukunftsaussichten. Brunftiger Hirsch hatte sich zu nahe an uns herangewagt, und ich opferte lieber einen, als dass ich einen ganzen Werwolfsstamm auslöschte.

Noch während Tuntua träumerisch daherfaselte, sprang ich vor, rammte meine Krallenpranke in Brunftiger Hirschens Brust, wühlte mich durch Muskeln, durchschlug Rippenbögen, bekam sein Herz zu fassen – und riss es ihm mit einem Ruck aus dem Leib.

Das Ganze hatte nicht länger als einen Lidschlag gedauert. Brunftiger Hirsch starrte mich fassungslos an. Er öffnete den Mund, brachte noch ein »Shay-Zee« zustande, dann kippte er um.

Ich warf Tuntua das Herz seines Sohnes vor die lahmen Füße. »Ausgebrunftet!«

Die Kiowa-Werwölfe traten alle einen entsetzten Schritt zurück, stießen ein erschüttertes »Uff, uff!« aus.

Sam Howlin deutete auf den toten Indianer und sagte zu mir: »Heute keine Lust auf Zweikampf, wenn ich mich nicht irre, was?«

Tuntua starrte auf das Herz seines Sohnes, dann auf den jungen Krieger, der mit offenem Brustkorb dalag, den gebrochenen Blick zum Vollmond erhoben. Danach senkte Tuntua den Kopf, drehte seinen Rollstuhl herum und fuhr mit quietschenden Rädern davon – üühiih, üühiih, üühiih –, ohne noch ein Wort zu sagen.

Auf einmal war Tunta wieder da, und seltsamerweise freute ich mich, dass mein Werwolftöter dem kleinen Racker nicht endgültig die Lichter ausgeblasen hatte. Er lief winselnd auf seinen Herrn zu und wollte ihn trösten.

Tuntua holte mit der Faust weit aus und drosch sie dem kleinen Wolf derart hart gegen die Schnauze, dass dieser sich einmal mehr am Boden überschlug. Dann setzte Tuntua seinen Weg schweigend fort, bis er ins Häuptlingszelt rollte und darin verschwand.

Ich habe schon häufig Männer erlebt, die nicht nur geschlagen, sondern auch gebrochen waren. Und Tuntua war gebrochen. Er würde sich nie wieder erheben, und das lag nicht an seinen lahmen Läufen.

Mit ihm hatte ich den gesamten Werwolfsstamm der Kiowas gebrochen. Nicht in ihrem Stolz – den hatte ich ihnen nicht nehmen wollen –, aber in ihrer Verblendung, etwas Besseres sein zu wollen als all die anderen Stämme, die den Westen bewohnten, in ihrem grausamen Willen, das ganze Land durch Schrecken und Furcht beherrschen zu wollen.

Sie alle senkten die Häupter, drehten sich um und schlurften zu ihren Wigwams, um sich darin zu verkriechen. Den toten Brunftigen Hirschen nahmen sie mit sich. Sam und mich ließen sie einfach stehen.

Wir nahmen wieder menschliche Gestalt an und wollten die Insel verlassen. »Eiderdaus!«, schimpfte Sam auf einmal. »Ich bin ja splitterfasernackt! Wo ist denn nur meine Perücke?«

Da tauchte auf einmal der kleine Wolf Tunta wieder auf. Er trug Sams Toupet in seiner Schnauze, lief auf den nackten Westmann zu und hockte sich brav neben ihm hin.

Sam sank aufs Knie, tätschelte dem jungen Wolf das Haupt, lobte den Kleinen sogar und nahm die Perücke entgegen. Er erhob sich, und nachdem er das verfilzte Ding mit ein paar kräftigen Schlägen entstaubt hatte, hielt er es sich vor den Pillemann und entschied: »Wir können gehen.«

»Einen Moment noch«, bat ich. »Muss noch unsere Donnerstäbe einsammeln.« Damit meinte ich den Werwolftöter, den Heinrich-Stutzen und auch Winnetous Silberbüchse, die die verrückte Rothaut bestimmt wiederhaben wollte. Die Gewehre lagen noch an dem Platze, von dem aus wir die Kiowa-Wölfe unter Beschuss genommen hatten.

Als ich, mit den drei Gewehren unter den Armen, zu Sam Howlin zurückkehrte, feixte dieser: »Seht aus, als wolltet Ihr schon wieder in den Krieg ziehen.« Dann wies er auf Winnetous Silberbüchse. »Darf ich die tragen?«

»Sorry, Sam. Will nicht, dass sie schmutzig wird.«

Dann verließen wir das mit Leichen übersäte Dorf der Wolfs-Kiowas, und der kleine Tunta wich nicht von Sams Seite. Offenbar hatte er von dem Herumgetretenwerden die Schnauze endgültig voll und glaubte, in Sam einen neuen Leitwolf gefunden zu haben. Und das krummbeinige Männchen schien nichts dagegen zu haben, dass Tunta forthin sein Begleiter war.

Ein schmaler hölzerner Steg führte von der Insel über den Blood River zum Ufer, und als wir ihn erreichten, gesellte sich ein schwarzer Wolf an unsere Seite, der sich sodann in Winnetou verwandelte.

Seine ersten Worte waren: »'at jemand meine Silberbüchse gesehen?«

Ich hob sie an. »Hab sie dir mitgebracht. Du hast sie einfach im Lager des Feindes liegen lassen.«

»Isch vertraute darauf, dass mein Wolfsbruder Old Silver'and ein Auge darauf 'at.«

»Klar doch«, gab ich mürrisch zurück. »Hatte ja sonst nichts zu tun.«

Ich gab ihm seine Silberbüchse zurück, er nahm sie entgegen, betrachtete sie, runzelte die Stirn und fragte mich misstrauisch: »Old Silver'and hat nicht damit geschossen, oder?«

»Wo denkst du hin?«, entgegnete ich empört. »Würd ich nicht wagen, ist ja dein Schießprügel. Hab meinen eigenen.«

Er besah sich die Waffe noch einmal. »Da ist ein Kratzer am Kolben.«

Ach, diese elende, pingelige Rothaut!

»Dann hättest du sie nicht einfach fallen lassen sollen«, sagte ich gereizt.

Daraufhin ließ er seinen blöden Schießprügel endlich sinken und stellte fest: »Meine beiden weißen Wolfsbrüder 'aben Tuntua und seinen Stamm bezwungen.«

»Ja, und zwar ganz allein«, bestätigte ich bissig. »Du bist ja abgehauen!«

»Sam 'owlin steht Old Silver'and nä'er als Winnetou, also musste sich Old Silver'and um Sam 'owlin kümmern, wä'rend Winnetou seinen Vater und seine Schwester rächte«, gab er unbekümmert zurück.

Verrückte Rothaut!

»Er hätte nicht entkommen können«, hielt ich dagegen. »Dies hier ist eine Insel, und die ist von fließendem ...«

»Winnetou 'at die Worte seines Wolfsbruders Old Silver'and durchaus ge'ört«, unterbrach mich Winnetou. »Doch als er Sasaschescon stellte, 'ockte der bereits in einem Kanu und wollte den Blood River damit überqueren. Wäre Winnetou nicht rechtzeitig gekommen, wäre der Mörder Schuschuschunas und Schuschischis abermals entwischt.«

Oha, so war das! Konnte ich ihm ja nicht mal wirklich böse sein, dass er mich im Stich gelassen hatte. »Und was geschah dann?«, fragte ich.

Der Wolfs-Apache feixte. »Winnetou sprang ins Wasser und stieß das Kanu um.« Er zuckte mit den Schultern. »Fließendes Wasser ist nicht gut für einen Vampir. Sababenco nahm das gleiche Ende wie Rattenbliscu, der Mörder Klage-Peters.«

Mann, das mit den Namen würde er nie hinbekommen! Gut, dass die beiden Flattermänner endgültig tot waren!

Da legte mir Winnetou auf einmal die Hand auf die Schulter und sagte: »Winnetou ist froh, dass du sein Wolfsbruder bist. Winnetou 'at dich lieb, Scharlih!«

»Hä?«, rief ich. »Wie war das?«

»Ich sagte: Winnetou 'at dich lieb, Scharlih!«, wiederholte er.

»Er meint ›Charlie‹, wenn ich mich nicht irre«, übersetzte Sam, als wäre er der von den Toten wiederauferstandene Schlaue Wolf.

»Ich weiß, was er meint!«, schnauzte ich ihn an, dann wandte ich mich wieder an Winnetou: »Ich bitte dich, wenn ›Mayer Karl‹ mit deinem nervigen französischen Akzent so schwer auszusprechen ist, dann sag weiterhin ›Old Silver'änd‹. Aber – bitte, bitte, bitte – nicht Scharlih!«

Er grinste mich an und wiederholte: »Scharlih!«

»Ich hab mal ein Buch gelesen«, mischte sich Sam Howlin ein, während sich der kleine Tunta zutraulich an sein rechtes Bein schmiegte. »Na ja, eigentlich hab ich's mir vorlesen lassen; wir echten Westmänner lesen ja lieber Fährten statt Bücher. Aber dieses Buch handelte von einem wahren Hornochsen von einer Lusche, der wurde Kara Ben Nimdich genannt!«

Ich seufzte und gab es auf …

Werwolfs-Gräber

Als Winnetou, Sam und ich – und der kleine Wolf Tunta, der tatsächlich nicht mehr von Sams Seite wich – den Silver-tsil erreichten, war dort der halbe Stamm der Wolfs-Apachen versammelt und alles für die Bestattung Schuschuschunas und Schuschischis vorbereitet. Davon, dass die Lage des legendären Silberbergs und der Schatz der Werwolf-Apachen noch weiterhin geheim war, konnte nun weiß Gott keine Rede mehr sein. Aber der große greise Häuptling und seine Tochter sollten in der Nähe des Ortes, wo sie gestorben waren, beigesetzt werden, und der Silver-tsil galt den Wolfs-Apachen als heilige Stätte, sodass diese Grabstelle sich besonders eignete.

Da nun auch Winnetou beim Silver-tsil erschienen war, konnte die Zeremonie durchgeführt werden. Man wartete, bis die Nacht hereinbrach, dann verwandelten sich alle Apachen in Werwölfe, die klagend den Mond anheulten, während die Trommeln geschlagen wurden. Durch ein langes Spalier, das die jaulenden Werwölfe bildeten, wurden sodann die Leichen Schuschischis und Schuschuschunas auf hölzernen und mit Büffelleder bespannten Bahren zur Kuppe eines Hügels in der Nähe des Silver-tsil hinaufgetragen. Dort sollte die letzte Ruhestätte der beiden edlen Wolfs-Apachen sein.

Nicht nur das Silberlicht des Mondes beleuchtete die Szenerie vor der prächtigen Kulisse des Silver-tsils, jeder fünfte Werwolf zu beiden Seiten des Spaliers hielt zudem eine brennende Fackel in der rechten Pranke, sodass sich meinen Augen ein erhabenes Schauspiel bot.

Auf der Hügelkuppe erhob sich einsam ein verwachsener Baum, der Stamm vom stetigen Wind schief und krumm gedrückt. Um ihn herum waren im Halbkreis tönerne Schalen abgestellt worden, in denen mir unbekannte Kräuter mit bläulichen Flammen verbrannten. Man lehnte die beiden Leichen an den Stamm des einsamen Baumes, so als würden sie dort nur sitzen und wären nur kurz eingenickt. Sodann bildeten eine Anzahl Werwölfe eine lange Kette, und Felsbrocken wurden mit mächtigen Pranken den Hügel hinaufgereicht, wo man sie um den Baum und die beiden Toten zu einer festen, innen hohlen Pyramide aufschichtete.

Während dies geschah, stimmten die übrigen Werwölfe wieder ein klagendes Heulen an, und der neue Medizinmann – man hatte ihn sich von den benachbarten Komantschen ausgeliehen – sprang herum, eine Wolfsmaske vor dem Gesicht, kreischte das übliche »Yiijajajaa – yiijajajaa – yiijajajaa«, beschwor dann irgendwelche Geister und vertraute schließlich den Ahnen die Seelen der beiden Verstorbenen an.

Winnetou hatte anfangs einige Vorbehalte gehabt, ihn die Zeremonie durchführen zu lassen, denn immerhin war der Schamane kein Mitglied des Stammes der Wolfs-Apachen; er war nicht mal ein Wolfsgänger, wie sich die Werwölfe in diesem Teil der Welt nannten. Doch er machte den Job offensichtlich recht gut, denn obwohl die Nacht völlig windstill war, vernahm ich auf einmal ein leises Brausen und Wispern in der Luft, und als ich Winnetou ansah, der neben mir stand und sich als einziger Wolfs-Apache in Menschengestalt zeigte, flatterte sein rabenschwarzes langes Haar in einem nicht zu spürenden Luftstrom.

Winnetou, Sam und ich standen etwas abseits, aber so, dass wir einen guten Blick auf das Geschehen hatten. Dick und Bill hatten am Fuße des Grabhügels zurückbleiben müssen, denn sie waren die Einzigen, die keine Werwölfe waren, und gehörten deshalb irgendwie nicht dazu. Ich nehme aber an, dass dieser Grund nur vorgeschoben war. Wahrscheinlich befürchtete Winnetou, dass wir Weißen die heidnische Zeremonie abermals dadurch stören könnten, indem wir christliche Lieder schmetterten. Diese Besorgnis war jedoch unbegründet, denn da weder Schuschuschuna noch Schuschischi getauft waren, würden sie so oder so vergeblich an der Himmelspforte kratzen.

Doch ob heidnisch oder nicht, ich fühlte mich sehr ergriffen, während die Steinpyramide mehr und mehr emporwuchs, und ich sagte mit leiser, ehrfürchtiger Stimme: »Ich bin voller Trauer, wenn ich an das schöne Herzl denke.«

»Ja«, sagte Sam und zerdrückte eine Träne. »War ein heißer Käfer, die kleine Schuschischi.«

»Diese Bestattung ist ihrer und auch des großen Schuschuschunas würdig«, befand Winnetou.

»Ja, eine wirklich schöne Zeremonie«, meinte Schuschuschuna.

Sam Howlin nickte. »Der greise Schuschuschuna wäre bestimmt sehr angetan, könnte er dabei sein und … All devils, mich trifft der Schlag!«

Aus dem Stand heraus sprang er auf seinen krummen Beinen drei Schritte nach hinten, denn auf einmal hatte sich Schuschuschuna direkt neben ihm befunden, als grünlich leuchtende, durchscheinende Geistergestalt.

»Vater!«, rief Winnetou erschrocken.

Schuschuschuna sah Sam irritiert an. »Winnetou, was hat der weiße Mann?«

Winnetou verdrehte die Augen und murrte: »Merde! Dieser elende Komantschen-Schamane 'at's doch verbockt!«

Als die Apachen-Werwölfe ringsum den Geist Schuschuschunas gewahrten, riefen sie ein erstauntes »Uff, uff, uff!«, während der Komantschen-Hexer bei seinem Geisterbeschwörungstanz vor Schreck über die eigenen Füße stolperte und ihm die Wolfsmaske aus dem Gesicht fiel.

»Er … er … er … er ist doch …«, stammelte Sam, und er klang dabei – man erlaube mir das Wortspiel – völlig entgeistert.

»Er ist doch tot!«, vollendete Winnetou den Satz für ihn und starrte seinen Vater anklagend an.

»Wer?«, fragte Schuschuschuna.

»Er! Du, verdammt!«

»Ach, i wo!«, sagte Schuschuschuna und musste lachen. »Winnetou sieht doch, dass es Schuschuschuna prächtig geht. Allen Ernstes, Winnetou: Manchmal kommt er mir mitunter etwas verwirrt vor.«

Verwirrt war natürlich wieder mal Schuschuschuna selbst, und zwar so sehr, dass er offenbar gar nicht begriff, dass er gestorben und inzwischen sogar so gut wie beerdigt war.

»Aber … Was macht mein Vater denn 'ier?«, fragte Winnetou.

»Schuschuschuna schaut sich diese wunderschöne Bestattungszeremonie an«, antwortete Schuschuschuna mit freundlichem Lächeln. Dann runzelte er die Stirn. »Doch sag, wen haben sie denn da so aufwendig zu Grabe getragen? Doch nicht welche aus unserem Stamm?«

Ich war mit meinem Wolfsbruder Winnetou durch den Keim des Wolfes derart verbunden, dass ich deutlich spüren konnte, was in ihm vorging. In den letzten Jahren war der Stamm der Wolfs-Apachen von einem häufig allzu verwirrten Häuptling angeführt worden, und das hätte fast den Untergang des ganzen Rudels heraufbeschworen. Nun war er, Winnetou, der Häuptling, und er wollte es bleiben, erstens zum Wohle seines Stammes, und zweitens, weil es ihm gefiel, Häuptling zu sein.

Was würde geschehen, wenn Schuschuschuna in seiner Verwirrung den Weg in die Ewigen Jagdgründe nicht fand, wenn er nicht einsehen wollte, dass er tot war, und darauf bestand, weiterhin die Wolfs-Apachen anzuführen? Würde der Stamm dann künftig von einem geistig verwirrten Geist angeführt werden?

Bevor Winnetou noch etwas äußern konnte, das Schuschuschuna noch mehr verwirrte, griff ich ein, indem ich sagte: »Leider sind es sehr wohl welche aus deinem Stamm, die dort beerdigt werden, großer Häuptling Schuschuschuna. Es kam beim Silver-tsil zu einem Kampf, als bleichgesichtige Halunken und räudige Wolfs-Kiowas versuchten, sich den Silberschatz der Wolfs-Apachen unter die Nägel zu reißen.«

Er starrte mich erschrocken an. »Ach nein? Aber … ja, Schuschuschuna erinnert sich. Da war etwas.«

»Und stell dir vor«, fuhr ich fort, »die Lage des Silver-tsil und der Silbermine ist nun allgemein bekannt.«

»Nein«, rief er entsetzt, »das darf nicht sein.«

»Fortan wird es nicht mehr ausreichen, dass zwei ehrlose, in Schande gefallene Krieger den Schatz bewachen«, behauptete ich. »Um all die gierigen Schurken, Halsabschneider und Kiowas davon abzuhalten, in die Silbermine einzudringen, muss sie von einem tapferen Krieger bewacht werden.«

»Hmm.« Der Geist Schuschuschunas nickte. »Da hat er recht.«

»Einem Krieger, der niemals vor einem Gegner zurückweicht«, führte ich weiter aus.

Erneut nickte der Geist. »Stimme ich dir zu.«

»Am besten von einem großen Häuptling, dessen Name schon genügt, den Halunken und Spitzbuben Respekt einzuflößen.«

Schuschuschuna nickte abermals zustimmend. »Da spricht mein weißer Bruder sehr weise.« Dann jedoch fügte er mit einem Achselzucken hinzu. »Nur kennt Schuschuschuna keinen so großen Häuptling.«

»Nun, äh …« Ich räusperte mich. »Ich schon.«

»Oh!«, sagte der Geist erstaunt.

»Er steht direkt vor mir.«

»Oha!«, rief der Geist.

»Sein Name ist Schuschuschuna!«

Schuschuschuna wandte den Kopf nach links und rechts, um den Betreffenden anzusehen, dann begriff er, dass er selbst gemeint war: »Schuschuschuna? Also er? Also ich?«

»Genau dieser!«

»Und«, fragte mich der Geist mit leisem Zweifel, »wer soll dann den Stamm der Wolfs-Apachen führen, während Schuschuschuna den Silberschatz bewacht? Ihn in der Not leiten und Unbill von ihm fernhalten?«

»Nun«, sagte ich und schlug meinem Wolfsbruder Winnetou auf die Schulter, »wäre es nicht an der Zeit, dass auch dein Sohn mal was leistet und ein klein wenig Verantwortung übernimmt? Ich meine, er kann sich ja nicht bis in alle Ewigkeit einen schönen Lenz machen und darauf bauen, dass sein Vater schon alles richten wird. Oder?«

Winnetou stieß mir den Ellbogen wütend in die Rippen und zischte mich an: »Was redet mein Wolfsbruder Old Silver'and? 'at er eine Silberplatte unterm Skalp?«

Schuschuschuna aber nickte und sah seinen Sohn streng

an. »Da hört es Winnetou! Eigentlich wollte Schuschuschuna es ihm schon lange sagen, jetzt ist er froh, dass dieser weiße Mann es mal ausspricht. Äh, wer bist du überhaupt?«, fragte er mich.

»Der Mayer Karl.«

»Nie gehört.«

»Old Silverhand.«

»Ah, der unverschämte Lümmel, der meine Tochter betatscht hat«, rief er, und ich wurde rot im Gesicht, denn jeder der Umstehenden bekam es mit, und so mancher von ihnen stieß ein lautes »Uff, uff!« hervor.

Schuschuschuna aber schlug mir mit seiner Geisterhand auf die Schulter, zwinkerte mir zu und sagte grinsend: »Ist schon ein scharfes Luder, die kleine Schuschischi, hm?«

Dann wandte er sich wieder seinem Sohn zu: »Der junge weiße Mann hat recht, Winnetou. Es ist wirklich an der Zeit, dass Winnetou sich seinen Pflichten als zukünftiger Häuptling stellt. Schluss mit dem Schlendrian! Ab jetzt wird Winnetou den Stamm der Wolfs-Apachen führen! Und er wird sich als Schuschuschunas würdiger Nachfolger erweisen, sonst kommt Schuschuschuna zurück und tritt ihm in den … Winnetou weiß schon, wohin. Und Schuschuschuna … Schuschuschuna … äh …« Er sah mich verwirrt an. »Was macht Schuschuschuna noch mal?«

»Der Silver-tsil«, erinnerte ich ihn. »Die Silbermine.«

»Ah ja«, sagte er. »Schuschuschuna wird den Silver-tsil bewachen. Das ist keine Aufgabe für Drückeberger und Feiglinge wie die, die das bisher gemacht haben. Wie der Klage-Peter immer sagte: Das kann nicht gut gehen! Aber jetzt übernimmt Schuschuschuna das, und wenn sich so ein räudiger Wolfs-Kiowa dort blicken lässt, macht Schuschuschuna ihm einen Knoten in die Rute und jedem Weißen einen Knoten in den … äh, in den … in den Dingens.

Egal, jedenfalls gehe ich jetzt zum Silver-tsil und beziehe dort Posten. Und Winnetou …«, er sah seinen Sohn streng an und hielt ihm mahnend den durchscheinenden Zeigefinger unter die Nase, »Winnetou lernt endlich, Verantwortung zu übernehmen und sich seinen Pflichten zu stellen!«

Damit schritt er davon, ging durch die Reihen der verdutzten Werwölfe, die ihm eine Gasse bildeten, und auf den Silberberg zu, der sich im Licht des Mondes in majestätischer Pracht erhob.

Kaum hatte der Geist den Grabhügel mit der Steinpyramide und der wölfischen Trauergemeinde verlassen, verblasste seine grünlich leuchtende Erscheinung, und er war nicht mehr zu sehen.

»Merci«, sagte Winnetou neben mir, der den Sinn meiner Rede und die Absicht, die dahintersteckte, endlich begriffen hatte. »Old Silver'and ist ein wahrer Grandseigneur. Ohne seine Klug'eit …« Er verstummte.

»… wäre der arme Winnetou seinen verschrobenen Alten niemals losgeworden«, vollendete Sam Howlin, kniete sich nieder und tätschelte den Kopf seines treuen Begleiters Tunta.

Winnetou widersprach dem nicht, sondern wandte sich an mich. »Was wird mein Bruder Old Silver'and jetzt tun? Wird er, wie er es beabsichtigt 'atte, in die Städte der Weißen zurückkehren?«

»Ohne Silb… äh, ich meine: ohne mein Herzl Schuschischi?« Ich schüttelte den Kopf. »So ganz mittellos werde ich nicht nach St. Louis zurückkehren können. Es sei denn, ich fange dort wieder als Hauslehrer an. Aber das kommt nach allem, was gewesen ist, wohl nicht mehr für mich infrage.«

»Meinem Wolfsbruder steht der Sinn nach Silber und Reichtum?«, fragte Winnetou.

»Äh … nun ja, auch nach Ruhm und Ehre und so weiter. Aber …«

»Er muss ja noch bleiben, damit ich einen echten Westmann aus ihm machen kann!«, mischte sich Sam ein und kicherte.

Winnetou legte mir die Hand auf die Schulter und führte mich von der Grabpyramide weg und den Hügel hinab: »Wenn es Winnetous Wolfsbruder Scharlih …«

»Bitte nenn mich nicht so!«

»Wenn es also Winnetous Wolfsbruder Scharlih um Reichtum geht …«

»Ja, was willst du mir sagen, Wolfsbruder Winnie?«, fragte ich ihn herausfordernd.

»'at Scharlih schon mal von dem Silberschatz im Wörthersee ge'ört?«

»Hm, klingt jedenfalls interessant.«

»Was war das mit einem Silberschatz?«, hörte ich Sam hinter uns rufen. »Los, komm, Tunta. Wir müssen den beiden nach. Die hecken mal wieder etwas aus, wenn ich mich nicht ganz gewaltig irre!«

Epilog

Dies, werter Leser, war die Wort für Wort wahre Geschichte, wie ich einst den edlen Werwolf und Häuptling der Wolfs-Apachen Winnetou kennenlernte und zu seinem Wolfsbruder wurde. In den Jahren, die diesen Ereignissen folgten, habe ich noch viele aufregende Abenteuer an seiner Seite erlebt, bis er schließlich von der Silberkugel eines feigen Dämonenjägers niedergestreckt wurde.

Doch wenn ich daheim in Radebeul im schönen Deutschland in die Nacht hinausblicke und der Vollmond am Himmel steht, meine ich immer noch, in weiter Ferne sein Heulen zu vernehmen, den Ruf des treuherzigsten, edelsten, mutigsten Indianers, der sich jemals in einen Wolf verwandelt hat.

Auch in meinem Blute lebt noch immer der Keim des Werwolfs, doch vor mir braucht sich niemand zu fürchten. Ich verwandle mich nur, wenn ich mich fernab der zivilisierten Welt befinde und mich mit elenden Schwarzmagiern, Teufelsanbetern, Vampiren, Hexen oder gottlosen Freidenkern herumschlagen muss.

Das Grabmal Schuschuschunas und Schuschischis gibt es noch heute, in der Nähe des Silberbergs, den der Geist Schuschuschunas bewacht. Sam Howlin hat es mir berichtet, denn er begibt sich öfter mal dorthin, angeblich, um dort nach dem Rechten zu schauen und den beiden Werwolfs-Indianern seine Ehre zu erweisen. Wenn du mich fragst, er reitet nur zum Silver-tsil, um sich zu vergewissern, ob der Geist Schuschuschunas nicht doch irgendwann ein Einsehen hat und in die Ewigen Jagdgründe entschwindet, sodass sich Sam den Silberschatz der Werwolf-Apachen krallen kann.

Nun ja, der Westmann an sich ist eben unverbesserlich …

ENDE

Nachwort und Dank

Es gibt so viele Leute, denen ich zu Dank verpflichtet bin, und die kann ich hier gar nicht alle gebührend würdigen, darum möge man mir verzeihen, wenn ich nur die wichtigsten erwähne:

Am allerwichtigsten ist mein kleiner Sohn Ben, der mein Leben seit zwei Jahren um so vieles bereichert hat, dann meine Frau, die mir vieles ermöglicht hat, was ich ohne sie entweder gar nicht oder nicht so schnell erreicht hätte. Dann vor allem mein Bruder Christoph, der sich liebevoll um Ben gekümmert hat, während ich dieses Buch schrieb, und in dieser Zeit mit ihm eine Menge Abenteuer erlebte, die mindestens so aufregend und spannend waren wie die von Old Silverhand und dem Wolfs-Apachen Winnetou. Ohne seine Hilfe und Unterstützung hätte das alles nicht geklappt. Und außerdem ist er der beste Onkel, den sich ein Junge wünschen kann.

Dank auch an meinen Lektor Carsten Polzin vom Piper-Verlag, ohne den dieses Projekt nicht zustande gekommen wäre. Er hatte die eigentliche Idee zu diesem Buch, strich ~~die vielen dichterischen Feinheiten~~ viel überflüssiges Geschwafel und machte das Manuskript zu einer runden Sache. (Und er brachte mir überdies bei, wie man mit dem Kopf eines Zombies kickt.)

Ebenso gebührt mein Dank den vielen anderen Mitarbeitern des Piper-Verlags, die sich für dieses Buch eingesetzt haben. Wird es ein Erfolg, ist es ihr Verdienst!

Ein weiteres Dankeschön geht an die Macher der Karl-May-Wiki, in der man so gut wie alles über Karl May und seine Werke findet. Bei den Recherchen zu diesem Buch waren diese Seiten sehr, sehr hilfreich, denn sie liefern eine Menge gut aufgearbeiteter Fakten und Infos, die ich mir sonst mühsam hätte zusammentragen müssen.

Zum Schluss einen ganz großen Dank dem Karl-May-Verlag, dass er sich auf dieses Projekt eingelassen hat. Die Mitarbeiter dieses Hauses sind die wahren Hüter des Silberseeschatzes, denn sie halten seit so vielen Jahren die Legende von Winnetou am Leben und pflegen das Werk des wohl berühmtesten Autors der deutschen Unterhaltungsliteratur mit viel Liebe und Sorgfalt. Von daher gilt mein Dank ihnen nicht nur als Autor, sondern auch als Leser, der in jungen Jahren ein großer Winnetou-Fan war.

Bei der Vorbereitung zu diesem Buch habe ich nach all der Zeit wieder zu Karl May gegriffen und war erstaunt, wie sehr er mich noch immer fesselt. Ich hoffe, ich habe bei dem einen oder anderen das Interesse geweckt, auch einmal den Original-Winnetou zu lesen (und dafür empfehle ich die mit größter Sorgsamkeit bearbeitete und behutsam der modernen Sprache angeglichene Ausgabe des Karl-May-Verlags). Sie, liebe Leser, werden eine Welt entdecken voller mutiger, aufrechter Helden, bösester Schurken und spannender Abenteuer – wenn ich mich nicht irre.

Peter Thannisch
München, im Sommer 2010